曾许诺

The Promised

桐华

— 著 —

中国友谊出版公司

每年四月，

当桃花开满山坡，

大家会在桃花树下唱情歌、

桃情郎。

从明年开始，

每年四月，

我都会在桃花树下等你，

不见不散。

前言　十四年前

二〇〇五年到二〇一九年，我已经写了整整十四年的故事，完成了十个长篇故事。十四年的时光带走了一些东西，也给我留下了一些东西。

二〇〇五年五月，我在网上在线写下了《步步惊心》的开篇：正是盛夏时节，不比初春时的一片新绿，知道好日子才开始，所以明亮快活，眼前的绿是沉甸甸的，许是因为知道绚烂已到了顶，以后的日子只有每况愈下。

也许因为我一直相信水满则溢、月满则亏，所以，我在连下面的一千字该写什么都不知道的情况下，却自然而然地写下了这段话。之后，我曾多次修改这个故事，但唯独这段话，我一直没有动过。

那个下午，加州的阳光一如既往地灿烂，我在不知道该做什么的情况下，决定写个东西。我写完上面的那段话后，才开始思考女主该叫什么名字，可见那一瞬间，我完全是一时冲动。

直到今日，回想那一瞬间的冲动，依旧觉得不可思议。当然，事后去分析，似乎也有些蛛丝马迹。比如，我痴迷读小说、看电影；比如，那段时间正好是一段假期。可如果照这种逻辑分析，世间所有的事都会有所谓的征兆。

其实，那就是一时的冲动。生命是偶然中的必然，既有无常的一面，又有因果注定的一面。

如果我在冲动之后写着写着就不写了，那么这个冲动就如无数澎湃而起的浪花，来得挺漂亮，消失得也挺干脆。

但是，我竟然把这个冲动变成了坚持，每天更新几千字，在五个月内完成了这部四十万字的长篇小说。

十月底我修订完书稿，发电子邮件给出版社编辑，给这个冲动正式画上了一个句号。

之后，这个故事成了畅销书，改编成了现象级的电视剧，不在我的预料之内，更不在我的期待之内，甚至完全不在我的控制之内。我唯一做过的事，就是付出全部的精气神写完了它，从此开始了我的写作之路。

我并不是一个很有规划的人，做事随性而致、随遇而安，但我是一个一旦开始做，必然会尽全力做到最好的人。没有规划，没有期许，只是一个个故事写下去。《步步惊心》《大漠谣》《云中歌》《最美的时光》《那些回不去的年少时光》《曾许诺》《长相思》《半暖时光》《那片星空那片海》《散落星河的记忆》。

十四年时间，写了古风、都市、校园、神话、童话、科幻，虽然故事风格不停变换，但每一个故事都是当时最想写的故事，每一个故事都在当时尽了全力。

这一次把所有故事修订后结集再版，也算对过去时光的一次总结，感谢你们一路陪伴，也感谢过去自己的勤奋努力。不知道未来我还能写下几个故事，只希望我依旧手为心写，尽力而为。

引言

宇宙混沌、鸿蒙初开时，天下只有一位帝王，那就是劈开天地、创造了这个世界的盘古大帝。

那时候天与地的距离并非遥不可及，人居于陆地，神居于神山，人可以通过天梯见神。神族、人族、妖族混居于天地之间。

盘古大帝有三位情如兄妹的下属，神力最高的是一位女子，年代过于久远，名字已经不可考，只知道她后来建立了华胥国，后世尊称她为华胥氏。另外两位是男子，一位神农氏，驻守中原，守四方安宁；另一位高辛氏，驻守东南，守日出之地汤谷和万水之眼归墟[①]。

盘古大帝仙逝后，天下战火频起，华胥氏厌倦了无休无止的战争，避世远走，创建了美丽祥和的华胥国，可她之所以被后世铭记，并不是因为华胥国，而是因为她的儿子伏羲、女儿女娲[②]。

伏羲、女娲恩威并重，令天下英雄敬服，最终制止了兵戈之争，被尊为伏羲大帝、女娲大帝。

---

① 《列子·汤问》："渤海之东不知几亿万里，有大壑焉，实惟无底之谷，其下无底，名曰归墟。八纮九野之水，天汉之流，莫不注之，而无增无减焉。"

② 《春秋世谱》："华胥生男名伏羲，生女名女娲。"

伤痕累累的大荒迎来太平，渐渐恢复了生机。

几千年之后，伏羲大帝仙逝，女娲大帝悲痛不已，避居华胥国，从此再没有人见过她，生死成谜，伏羲、女娲一族日渐没落。

此消彼长，随着伏羲、女娲一族的没落，中原的神农、东南的高辛成为两大霸主，表面上仍然恪守当年在伏羲、女娲大帝面前签下的血盟，互不侵犯，可暗地里都野心勃勃，想吞并对方。

在大荒的西北，有一座不出名的山，叫轩辕山，山脚下居住着无人注意的小神族——轩辕族。一次盛大的祭祀仪式后，轩辕族的大长老力排众议，推举了族中最年轻的英雄为首领，可即使大长老都没有预料到这个少年会完成什么样的伟业。

不过几千年的时间，少年率领着名不见经传的轩辕族迅速壮大，等神农和高辛意识到他的危险时，已经错过了消灭他的最佳时机，只能无奈地看着轩辕族一跃成为第三大神族，势力已与神农、高辛两个上古神族并列。

三大神族，为首的是神农族，也就是当年奉盘古之命驻守中原的神农氏的后代，首领被称为神农王，神农王以仁治国；其次是高辛族，是当年驻守东南方的高辛氏的后代，首领被称为高辛王，高辛王以礼治国；最后是新近崛起的轩辕族，统辖西北，首领被称为轩辕王，轩辕王以法治国。

自此，中原的神农、东南的高辛、西北的轩辕，三分天下，三足鼎立。

目录

曾许诺

目录

曾许诺

· · ·

目录

曾许诺

· · ·

目录

曾许诺

· · ·

第一章 我本楚狂人

神农国位于大荒最富饶的中原地区，是大荒中人口最多、物产最富饶的国家。

在神农国的西南，群山起伏，沟壑纵横，毒虫瘴气、猛兽凶禽横行，道路十分险恶，和外界不通，被视作蛮夷之地。这里居住着百黎族，百黎族的习俗和外面的部族大相径庭，十分野蛮落后，被神族列为最低等的贱民，男子生而为奴，女子生而为婢。

一百多年前，百黎族不甘人族的残酷奴役，一百多个山寨联合起来反抗，因为有恶毒的妖兽为百黎助阵，竟然令前去平乱的十几个神族大将铩羽而归，最后惊动了神农王。神农族第一高手炎弁（zhuàn）主动请缨前去降伏作乱的妖兽。

云海中，一行十来个神将驾驭着各种坐骑飞驰。

放眼望去，百黎山连绵千里，在缭绕的云雾中，重峦叠嶂，峭壁耸立，一座座黛青的山峰，数数点点、远远近近、深深浅浅地飘浮在白色烟海中，一阵风来，忽而似有，一阵风去，再顾若无，犹如一幅水墨丹青。

一个瘦小的黑衣神将笑道："没想到贱地百黎竟然有这般好风光，难怪说百黎贱婢容貌姣好，是人族豪门大户最喜欢用的奴婢。以前年年都有新奴婢，可被那头畜生一闹，百黎已经上百年没有进献过奴婢。听说如今一个真正的百黎贱婢都能换到一株归墟海底的蓝珊瑚。"归墟海底的珊瑚对人族而言只是斗富的物品，可对神族而言却是疗伤圣品，他说着话，眼神闪烁，显然另有打算。

他身旁的蓝衫男子提醒道："别被眼前的风光迷惑住了，百黎山中多险恶，我们神族不怕猛兽凶禽，可恶瘴剧毒能侵蚀灵体，不能不防，榆襄王子的下属陶岳中了那头畜生布下的瘴气，至今灵力都未能完全恢复……"

当先而行的男子冷哼一声，蓝衫男子反应过来说错了话，立即噤若寒蝉。冷哼的神将长得颇为英俊，只是眉目间纠结着一股暴戾，让人不敢多看。他脚下踩着有大荒恶禽之称的毕方鸟[①]，身上穿着一袭黑色战袍，胸前绣着一朵硕大的烫金五色火焰徽印，见此徽印就知道他是神农国的第一高手炎弃，榆襄虽是王子，可炎弃神力高强、兵权在握，向来不把榆襄放在眼里。

瘦小的黑衣神将叫黑羽，善于逢迎讨好，知道炎弃心思，冷笑道："不是瘴气毒物厉害，而是王子的手下们太没用！上百年连一头灵智未开的畜生都杀不死，还折损了好几员大将。这次炎弃将军亲来，那畜生连明天的日出都休想见到。明日紫金殿上，将军把畜生的头往所有大臣面前一扔，还不羞杀榆襄！"

炎弃眼中隐有笑意，却冷声斥道："别胡说八道！我只是奉神农王之命行事，你们都要全力以赴，等杀死了畜生，想要什么赏赐，我就给什么，区区的归墟珊瑚算什么？"

众位神将都喜笑颜开、高声谢恩。起先说话的蓝衫男子叫蓝阗，行事谨小慎微，说道："百黎山高林密、地形复杂，那头畜生熟悉地形，十分善于躲藏，即使以神族的灵识都搜不到他，所以之前的神将们追杀了他上百年都一直没有杀死他，如果他不露身，往这上百座山里一躲，只怕我们一时半会儿压根儿找不到他。"

众位神将面面相觑，都看向了黑羽，黑羽惶恐不安地低下了头，生怕炎弃会问他计策。

不想炎弃冷笑道："我早已经想好对付他的方法，对付野兽，自然要用兔子布置一个陷阱，我们守着陷阱等畜生自己送上门。你们去把百黎族的壮年男子都抓起来，限畜生太阳落山之前出现，太阳落山之后，每过一炷香就杀掉十个男人，直到畜生出现。"

蓝阗满面惊骇，其他神将也神情大变，黑羽却谄笑着说："果然是将军最英明！

---

① 毕方鸟：神话中的怪鸟，出现时常有火灾。《山海经·西山经》："其状如鹤，一足，赤文青质而白喙，名曰毕方，其鸣自叫也，见则其邑有讹火。"

这头畜生是百黎的贱民放出来的，那就还是要用百黎的贱民收回去。属下听闻今日是百黎的桃花节，贱民们不行婚配之礼，却男男女女都要聚集到桃花谷，像野兽一样苟合，我们现在赶去，连抓人都省了。”

蓝阗结结巴巴地说：“神族不得滥杀人族，如果神农王……神农王知道了，可了不得……”

“神农王能知道吗？难道你要去告密？”炎灷冷眼盯着他。

蓝阗立即跪下：“属下对将军忠心耿耿。”

炎灷冷哼一声，下令道：“我们就去看看贱民的桃花节。”

“是！”众神齐声应诺。

百黎的深山中。

因为树太高，林太密，虽然外面阳光十分灿烂，可在这山坳中，恍如昏暝。百黎族的巫王跪在厚厚的腐叶上，面朝大山，神情恭敬。

他叩拜几次后，对着大山高声而呼：“百兽的王啊，请您倾听我的祝祷！”

野风阵阵，山涛澎湃，没有回应。

巫王也早已习惯，从来没有人真正见过兽王，没有人知道他是猛虎还是巨熊，他们只是世世代代坚信他的存在。巫王神情悲凄地说：“百兽的王，您赶紧逃吧！神农王派了火神炎灷率领神将来杀您。炎灷是神农族第一高手，听说他掌管天下之火，一个火星就能摧毁一座城池，从神到妖，没有一个敢冒犯他，您也难以抵挡，赶紧逃吧！”

噼里啪啦，噼里啪啦——

一堆野果山栗砸在巫王身上，打得他额头流血。

“吱，吱，呲，呲……”几只猴子吊在树梢上荡来荡去，一边凶神恶煞地龇牙咧嘴，一边砸巫王，显然在赶他走。

巫王却不躲不闪，反而跪行了几步，用力磕头，哭泣着说：“百兽的王，您本在山中自由来去、无拘无束，我们百黎是贱民，本就该男儿为奴、女儿为婢。一百年前是我们痴心妄想，才把您拖入了这场滔天大祸，如今神族震怒，派火神炎灷来诛杀您。炎灷神力无边，可以让天倾倒、地塌陷。传说九百年前东海边的浮玉山出了一个妖龙，领着上千个小妖怪作乱，神农王派了一百多个神族大将都没能降伏妖龙，才刚成年的炎灷请求出战，竟然一个地火阵就把所有妖怪都烧成了粉末。”

巫王怕兽王听不懂，不惜冒着亵渎兽王的罪孽，说道："您生在深山、长在深山，不明白真正的神族高手的厉害。如果把您比作山中最凶猛的虎豹，这次来的炎弃就是世间最厉害的猎人，您要知道再凶猛的虎豹也斗不过本领高强的猎人。百兽的王啊，求您离开百黎吧，我们自己愿意为奴为婢，我们愿意供人驱使奴役……"

他苦口婆心地哭求，猴子们却依旧无知无觉地快乐戏耍着。

巫王又磕了几个头，踉踉跄跄地向林外走去，四个壮年男子急步上来，扶住他："巫王，兽王走了吗？"

巫王说："我已经讲得很清楚，我们不要他的庇佑了，请他离开。"

四个男子的脸色都晦暗下来，巫王说道："你们不要再痴心妄想了，来诛杀兽王的神可是火神炎弃，天下有谁敢和火神作对？难道你们真想我们百黎的兽王死吗？"

四个男子齐声说："宁可我们死，也不能让兽王被神族杀死。"

巫王点点头："昨日，我已经派巫师带着一百名男子和一百名女子去给山外的贵族们进献奴隶。听闻神农王十分仁厚，只要我们不再作乱，肯定会宽恕我们的罪孽，放弃诛杀兽王。"他强自振作了一下精神，拍拍四个小伙子的肩膀，含笑说，"今天是桃花节，你们可都是百黎的勇士，各个山寨的姑娘都等着你们，快去桃花谷见自己心爱的姑娘，多生几个小勇士！"

四个男子虽然勇猛，却从未去过山外，百黎族又天性单纯，听到巫王吩咐，他们都放下了心事，彼此推搡着，说说笑笑地赶向桃花谷。

桃花节，四月八，正是春浓大地、山花烂漫时。

桃花谷中，满山满坡都是五颜六色的鲜花，盛装打扮的姑娘们藏在花树下唱着山歌，寻找着情哥哥；男儿们或三五成群站在岩石上与伶牙俐齿的姑娘们对着山歌，或独自一人站在花树下吹着芦笙；还有已经情定了的男男女女手牵着手，躲在鲜花丛中窃窃私语。

西斜的太阳照耀着美丽的山谷，温柔的春风吹送着鲜花的芳香和烈酒的醇香，山坡上有美丽的姑娘、强壮的汉子，他们唱着热情的山歌，吹奏着欢快的芦笙……山谷中充满了欢乐，似乎连枝头的小鸟都在笑跳起舞，没有人知道欢乐的山谷即将变成血腥的屠宰场。

突然，四面腾起了火焰，欢乐的人们毫无准备，只能惊惶无措地躲避着火焰，渐渐地，人群被逼迫到了一起，火焰聚拢，变成了一个巨大的火圈，喷吐的火焰就像是红色的栅栏，把所有人都关押在了烈火监狱中。

几个勇士不甘地冲向火焰，可火焰却像活的一般，缠绕住他们的身子。他们被烧着，发出凄厉的惨叫，扑倒在地上，却怎么打滚都无法扑灭火焰，被活活烧死。

人群惊惧地看着眼前的一切，不知道究竟发生了什么。

炎奔驾驭坐骑，从天而降，不屑地看着火圈中的人。

炎奔对着群山说："畜生，限你日落之前赶到我面前，否则每炷香就死十个贱民，直到百黎灭族。"他的声音如雷一般一波波传开，山鸟惊惧，走兽奔逃，寨子里的人们都痛苦地捂着耳朵蹲在地上，浑身软绵绵地提不起一丝力气。

一个百黎勇士挣扎着爬起，怒吼道："兽王已经离开了，你休想用我们要挟兽王！"

炎奔冷笑一声："我先杀了你们这些贱民、暴民，他若逃到天边，我就到天边去取他首级。"

四个最勇敢的百黎勇士浑身战栗，双目充血，看看火圈中的族人，再望望莽莽大山，不知道究竟是盼着兽王出现，还是盼着他不出现。

太阳渐渐西斜，越变越小，往日这个时候，寨子里家家炊烟，户户笑语，可今日只有沉重的喘气声。渐渐地，喘气声都越来越小，众人都屏息静气，似乎这样就可以让太阳慢点走，让族人多一分活着的生机。

太阳的最后一丝余晖在消失，炎奔冷哼："果然只是一头无胆的畜生！"他挥了下手，示意杀掉十个人。

黑羽上前，炎奔和其余神将都暗暗提防，如果畜生真是百黎供奉的神灵，这是他最后的救人时机。

黑羽缓缓举起了刀。火圈外的神、火圈内的人都在屏息静气地等待，整个山谷中没有一丝声音。

唰——

随着刀光，十个人头齐刷刷地掉在地上。

"你是神吗？就是恶魔也没有你凶残！"鲜血刺激了人群，人们忘记了对神的畏惧，凄声咒骂，又哭又嚷。

炎弃失望地看着四周的大山，戒备松懈了，看来畜生毕竟是畜生，无情无义，并不会冒死来救人。

又过了一炷香，炎弃对黑羽点头，黑羽再次走向火圈，刀光闪过，又是十个人头齐刷刷地落地。

“跟他们拼了！”

“求求您，您是尊贵的神啊！”

男子们愤怒的咒骂声、女子们悲伤的哭泣声，此起彼伏，响彻山岭。

又过了一炷香，炎弃已经连看都懒得看了，只一心盘算着畜生会逃往哪里。

黑羽再次走近火圈，几个壮年男儿把站在外围的女子拉到身后，自动站成一排，恰好十个人，虽然脸上是视死如归的平静，眼睛却怒瞪着黑羽，诉说着绝不屈服。

黑羽心头一颤，咬了咬牙，挥刀要砍，扑通一声，突然就没了影子，只看地上裂开一个黑黢黢的地洞。

蓝阗和几个神将急忙上前查看，地洞又窄又深，火光难入，几只穿山甲探了探脑袋，哧溜一下又缩回了地洞。

“黑羽？”

“死……死了！”语调奇怪，似乎不会说话，两个短短的音节都说得艰涩难听。火圈里的人群却在欢呼：“是兽王！”“兽王来了！”

炎弃急怒下，一掌推出，一团赤红的火焰呼啸着飞进地洞。

“啊！”凄厉的惨叫，听着竟是十分耳熟。

蓝阗借着火光，看到地洞里好似趴着个人，他的神兵如意鞭变得无限长，把人缠了上来，是一具已经被炎弃的雷火烧得焦黑的尸体。

“是……是……黑羽。”

众位神将面面相觑，炎弃这才反应过来中了畜生的狡计，而此时地洞里的畜生早已逃走，激怒下，炎弃抬掌就想杀死火圈里剩下的贱民。一个女子尖叫：“您说过只要兽王出现就放过我们，兽王已经出现了！”

炎弃虽然脾气暴躁，残忍好杀，却向来自视甚高，从不出尔反尔。一腔怒气无处可去，他暴跳如雷，朝天怒吼：“畜生，我一定要亲手割下你的头颅，挖出你的心肝！”硬生生地改变了掌力，火焰砸向地洞，“轰”一声地洞塌陷。

蓝阗凝视着脚下，分析着刚才的一幕。只怕他们刚到百黎，畜生就在暗中观察他们。当二十个百黎人被杀后，贱民又哭又骂，声音嘈杂，他们认定计策失效，懈怠下来，这头畜生就驱使穿山甲把陷阱打通。黑羽掉下后，和畜生敌暗我明，怕遭暗算，不敢出声，畜生却故意出声激怒炎弃，借刀杀人。如果炎弃神力弱一点，也许黑羽还来得及解释，可炎弃神力太高，只是一瞬，已经夺去黑羽性命。

这头畜生果然狡猾狠毒，如今让他逃了，不可能再拿人质逼他出来，这连绵千里的百黎山就是畜生的家，他们神力再高，也如大海捞针。

众位神将都面色沮丧，生怕被炎弃责骂，炎弃却闭目了一瞬，指着西南方向说："畜生逃向那边了，我们追！他藏身地洞时，身上沾染了火灵，逃不出我的手掌心！"

一群神将立即精神一振，畜生的修为和炎弃相比有天壤之别，唯一的优势就是熟悉地形，善于藏匿，此时他无法躲藏，就相当于失去了一切庇护。

炎弃对神将们下令："你们佯装不知，四处追击，让他继续逃。我去前面静候他，看看他究竟是个什么东西，不论他是妖是魔，我都要让他好好尝一下被炼火慢慢炙烤的滋味，等他痛哭着求饶时再割下他的头颅。"炎弃兵权在握，连王子都让他三分，今日却被一只野兽玩弄于股掌之间，不亲手杀掉他，不足以泄恨。

"是！"众神齐声应诺。

炎弃收敛气息，驾驭毕方鸟，悄悄赶往前方，拦截畜生。

他落下后，四处打量了一下。两面绝壁，直插云霄，即使是神族，如果不借助坐骑都难以翻越，只前后两条小道，看似堵死了前后就无路可走，但悬崖上藤葛茂密，长长短短的藤条犹如绿色珠帘一般参差错落地垂在山间。

炎弃凝视着所有的藤条，冷冷一笑，双掌齐舞，手指轻弹，无数点火星飘出，犹如萤火虫般徘徊飞舞在藤蔓间，渐渐消失不见。

他布置妥当后，隐身密林，静候畜生到来。

畜生的行动十分迅捷，不过一盏茶工夫，就有微不可辨的声音传来。炎弃凝神细看，只见树林间，一只全身长毛、体态魁梧、似猿非猿的东西奔跃而来。

炎弃还想等他接近一点再突然发难，可畜生蓦然停住，戒备地看向炎弃躲藏的方向。炎弃神力高强，收敛气息后，即使神族高手也难以察觉，可这头畜生却似乎光凭鼻子嗅一嗅，就能嗅出危险。

既然已经被发现，炎弁也不再躲藏，走了出去。

畜生龇牙咧嘴地怒叫，张牙舞爪地冲过来，力大无穷，有撕裂猛虎之势，可是他遇见的是火神炎弁。炎弁轻弹中指，几团火焰飞出，畜生居然也有灵力，幻出几片绿叶把火焰挡住。

趁着火势被阻，畜生突然向上高高跃起，抓住一根藤条向上方荡去，转瞬间又抓住了另一根更高的藤条，只要再几荡，他就能翻越峭壁，消失不见。而炎弁还要召唤坐骑，这里又满是荆棘藤蔓，巨大的毕方鸟只怕连翅膀都难以扇动。

"吼吼——吼吼——"畜生在高空，对炎弁龇牙咧嘴，也不知道是在做鬼脸，还是在嘲笑炎弁。

炎弁冷冷而笑："畜生毕竟是畜生！"话语未落，藤条上蹿出几点萤火，化作火蛇，缠住畜生，烧着了他身上的长毛。

悬崖上垂下的藤条都变成了熊熊燃烧的火藤，畜生再不敢抓藤条，跃回地面，疯一般急速奔逃，比猎豹更迅捷，是神都难以企及的速度。可黑暗的山林中，他身上的火光犹如太阳一般耀眼，根本无处可藏。

炎弁哈哈大笑，不急不忙地追在他身后："你用计来戏弄我，我就让你也尝尝被戏弄的滋味。"

畜生边逃，边幻出无数绿叶，试图用灵力灭火，可炎弁被尊称为火神，他的火岂会被轻易灭掉?

骨肉被炙烤，畜生痛得直拔身上的鬃毛，仰天嘶嗥，山林内响起了此起彼伏的嗥叫，各种动物都有，甚至立即就有鬣狗、豺狼蹿出来，想要阻挡炎弁，可连炎弁的身都没近，就化为烤焦的黑尸。

炎弁这才明白兽王的称呼并不是虚妄之语，这头畜生的确能号令百兽，难怪他那么善于藏匿，因为山林中每一只兽、每一只鸟都是他的探子。

畜生因为火光在身，无处躲藏，又因为疼痛，速度越来越慢，渐渐被炎弁追上。炎弁撒出他的法器化灵火网，把畜生兜了起来，满面笑意地催动着烈火。畜生在火网里凄声惨嚎，却野性难驯，居然不顾焚骨烧肉的痛苦，挣扎着将手从火网里伸出，去攻击炎弁。炎弁从没碰到在化灵火网中还敢反抗的神和妖，一时大意，被畜生的利爪抓到，手臂上五条长长的血痕。炎弁大怒，一手反转用力，打断了畜生的手臂，一脚用力踩在畜生的小腿，点点白色的火从他的足尖渗入畜生的肌肤，未伤肌肤分毫，却把畜生的脚筋慢慢烧断。

炎弃面容狰狞，嘶声说道：“我要把你的脚筋和手筋一点点烧断，再把你的骨头一点点烧毁，让你纵使化成灰都记住我炎弃的厉害。”

畜生虎目暴睁，怒瞪着炎弃，没有一点恐惧屈服。

炎弃烧断了畜生一只脚的脚筋，抬脚踩向他的手腕，就这一瞬间，畜生猛然全身发力，用头为兵器，撞向炎弃的胯下。

炎弃全身皆火，可唯独那里还有其他重要使命，不可能修炼出火，他急急闪避，畜生借机在半空中一个翻滚，甩脱了火网，却似乎已没有太多力气，没翻多远，就重重坠向了不远处的草丛。

炎弃追过去：“看你往哪里逃——”话断在口中。

畜生带着草丛陷入地底，等炎弃赶到，已经不见畜生的踪影。

这是一个猎人捕捉黑熊的陷阱，里面有一只误入陷阱的小鹿，因为这几日山寨忙着准备进献奴隶，猎人没有时间来收取猎物，鹿的鲜血却引来了狼，它们不敢从上面进入，也不敢接近陷阱，就从侧面打洞进去偷吃。畜生竟然就利用这个人和狼无意中共同建造的地底洞窟又逃脱了。

“看你如何逃出我的手掌心！”炎弃用神识搜寻，却发现再搜不到畜生，这才反应过来为什么残余的鹿尸被撕成了几块，这头狡猾的畜生深谙野兽和猎人的斗智斗勇，猜到炎弃能在这里埋伏他，肯定是自己身上有什么东西指引着炎弃，所以他像有经验的猎人用动物的尿掩盖人的气味一样，竟然将死鹿的尸体撕裂，边逃边用鹿血涂抹全身，掩盖泄露行踪的“气味”。

炎弃的火灵千年炼造，风吹不散，水洗不掉，鹿血也绝对盖不住，但天生万物，相生相克，金、木、水、火、土，五行相生，也相克。畜生满身是血地在地底钻爬，全身就会被黄土包裹，浸染了鲜血的黄土恰恰克制住了炎弃的火灵。也不知道畜生是懂得五行相克，还是误打误撞，反正炎弃失去了畜生的踪迹。

炎弃气得一掌击出，乱飞的火焰将身周的野草烧为灰烬。

蓝阗领着众神赶来，听到炎弃气急败坏地咒骂要将畜生碎尸万段，知道炎弃又输了，都不敢多语。

等炎弃怒气稍平，蓝阗问明情况后，说道：“畜生一只手受伤，一只脚的脚筋被烧断，即使逃也逃不快，我们仔细搜，一定可以追到他。”

炎弃立即下令，搜遍每一寸土地，不放过任何异样。

如同蓝阗分析，畜生毕竟已经不良于行，逃跑过程中顾了头就顾不到尾，难免留下蛛丝马迹，虽然有复杂的地形做掩护，可追杀他的神不是一般的小神小妖，而是一群灵力高强的神将。

畜生用了各种方法，都没有办法彻底甩脱他们。

不眠不休地逃了七天，畜生已经精疲力竭。因为一直没有机会休息，他身上的伤也越发严重，被炎弃烧断脚筋的左腿疼得越来越厉害，每动一下，就犹如烈火在里面上蹿下跳，炙骨疼痛。

畜生仰头看看眼前的千丈峭壁，翻过这座山就出了百黎。他在很多年前去过那里，也许逃到那里就能甩掉后面追着他不放的神将。

他深吸了一口气，拖着断腿向峭壁上攀缘，往日几个纵跃就能翻越的山峰，如今却只能一寸寸地挪动。

他抓住了一块凸起的岩石，胳膊上气力已尽，手一抖没抓牢，滚落下去，幸亏被横生的树枝挡了一下，才缓住坠势。畜生往下看了一眼，几块滚落的石头砸到地上，碎裂开，他若摔下去，肯定也会粉身碎骨。

不知道是伤还是累，他有些头晕，恨恨地吐出一口血水，继续挣扎着向峭壁上爬去。

靠着一只脚、一只手爬到峭壁顶端，他已经连抬头的力气都没有，身体软软地趴在山崖上，大口地吸着气，只想沉沉睡去。

山林中有夜枭啼叫，野狼哀嚎，它们的声音表明有外来者，炎弃他们又追上来了。

畜生用力支撑起身子，抬头看向对面的山崖，如果他的胳膊没有被打伤，脚筋没有被烧断，这么宽的悬崖他可以轻易翻越，可如今他全身是伤，连再走一步的力气都没有。

这一刻，他终于明白自己逃不掉了。

几百年间，他跟随着兽群无数次奔逃，已经看多了猎人如何捕杀他的同伴，在一次次生死挣扎间，他学会了各种各样求生的技能，可再凶猛的老虎只要受了伤，就能被猎人擒获。

他深吸了一口气，忍着剧痛爬起来，四肢垂地，却只有一手一脚能真正用力，犹如受伤的狼一般匍匐着前进，走到了悬崖边。

他宁可从这个悬崖跳下去粉身碎骨，宁愿血肉被母狼撕去养育小狼，也不愿毛皮被剥下，变成猎人地上的坐垫，头颅被割下，变成猎人屋子的装饰。

他仰头看向苍天，墨蓝的天上，一轮皎洁的圆月，当空而照。几百年间，他有无数同伴，死了一群又一群，丛林中，朝生暮死十分寻常，他从抢不到食物到今日统御山林，了无遗憾，可是这又是一个春天，让他狂躁困惑的春天……

夜枭的叫声更尖锐了，他闭上了眼睛，纵身跃下。

随着身体的快速坠落，呼呼的风声从耳畔刮过，犹如一曲死亡的丧歌。也许因为失去了视觉，嗅觉异样灵敏，也许因为对生命还有留恋，空气中的每一种气味都能清晰地辨别：满溢的芳香，那是草木在开花繁衍；淡淡的腥甜，那是野兽为了哺育后代把猎物的尸体拖拽回巢穴；若有若无的奶香，那是刚出生的小兽们的气味；还有一种陌生的味道无法辨认，顺着山风飘来，带着一点点清香、一点点暖意和一点点莫名的东西，让他的身体竟然焦躁发热。

他正困惑于山林里还有他无法辨认的气味，突然一阵清脆悦耳的笑声传来，犹如银铃荡漾在春风中。他心头一惊，下意识地伸手，居然抓住了树枝，几百年早已形成的本能，身体自然而然地迅速一缩、一翻，挂在树上。

山间怪石嶙峋，有一条潺潺溪水流淌，随着两侧山势的忽窄忽宽，溪水一处流得湍急，一处流得缓慢。一个青衫少女从山涧外走来，一手提着绣鞋，一手提着裙裾，踮着脚，在溪流中的石头上跳来跳去，她一边跳一边笑，粼粼月光就在她雪白的足尖荡漾，轻盈若水精，空灵似花妖。

那正是桃花盛开的季节，山涧两边的崖壁上全是灼灼盛开的桃花，溶溶月色下，似胭霞、似彩锦，美得如梦如幻。青衫少女显然也是爱上了这方景致，蹲在溪中的大石上掬了掬水，忽地站起来，拔下发簪，散开青丝，解开罗带，褪去衣衫，光着身子“扑通”一声跳进溪水，像条鱼儿一般，在水里嬉戏游玩，一时潜入水里，一时跃出水面，一时躺在水面上，哼着歌谣休憩，任由那满山的桃花纷纷扬扬地飘落，温柔地亲吻她的身体。

风中那股陌生的气息越发浓烈，一些莫名的东西让他的身体悸动、燥热，却又兴奋、喜悦。

夜枭的叫声越来越凄厉，炎弃正循踪而来，畜生却恍恍惚惚，忘记了一切，眼前浑然天成的山间月夜桃花图，犹如荒芜中的第一朵野花，大旱中的第一声春雷，让他心里一些陌生而熟悉的东西突然汹涌而出。

上百年来，每个春天，野兽们都会突然性情大变，不管他走到哪里，都能看到一对对野兽在一起，这个时候，即使和他最要好的伙伴也会对他龇牙怒嚎，警告他远离，毫不犹疑地离弃他。他不解、困惑，孤独地跑来跑去，四处查看，却越看越糊涂，他不明白那只漂亮神气的小鸟为什么站在自己精心搭建的巢前，张着彩色的尾巴，对另一只鸟低声下气地啼唱，邀请它住进自己搭建的巢；也不明白那只奸猾吝啬的红狐狸为什么会把自己冒死从村子里偷来的鸡送到另一只狐狸面前，一边不停地把鸡往前推，一边谄媚地又叫又跳，乞求它吃鸡；更不明白那头独来独往的白色老虎，为什么为了保护另一头老虎，就敢和几头大虎决斗，遍体鳞伤都不肯逃离。

孤寂、迷惑中，他总觉得有些什么东西，就在前面的某个地方，一旦抓住他就会明白，明白它们为什么那么快乐，明白他自己是什么，明白春天的意义，明白自己为什么孤独，但无论他多么用力地探爪去抓，却总抓不住。

现在，他明白了，在这个生机盎然、万物滋生的春天，他就像山林中的无数野兽一样，看到一只母兽后，突然就明白了。

这个山涧中的少女，让他心灵中沉睡的一块苏醒。

他想把她抱到他树顶的巢，带到他山里的洞，像那只鸟一样啼唱着告诉她，他建造的巢穴是多么安全牢固，可以抵挡老鹰，可以保护她生的蛋；他想去捕捉最鲜美的兔子，奉送到她面前，把最肥嫩的胸脯咬下来给她，像那只红狐狸一样乞求她吃；他想围着山涧四处撒尿，在每一棵树、每一块岩石上都留下自己的气味，向所有野兽和猎人宣告这是他的领地，让她在这里自由地嬉戏捕食，不允许任何人伤害她。如果有人胆敢跨入他的领地，威胁到她，他就会和那头白老虎一样，与他们誓死决斗。

汹涌澎湃的念头犹如一道道闪电划破漆黑的天空，他懵懂荒芜的心骤然而亮。

春天，原来这就是春天！

他仰天对月号叫，悠长高亢的叫声令山中所有的野兽都畏惧地趴下，山林骤然死一般寂静，却惊破了山涧中的安详静谧。潭水中的女子抬头看向山崖。因为距离遥远，只看到黑色的剪影，一头似狼似虎的野兽站在峭壁顶端，身后是一轮巨大的圆月，它昂头而啸，就好似站在月亮中，每根鬃毛都威风凛凛。

许是远在谷底，女子不见怕，反而轻声而笑，张开双手拍打着水面，扬起了漫天绯红的桃花，荡起了缤纷的晶莹水花，和着野兽的啸声，在桃花与水花中翩翩而嬉，一时起一时伏，一时盘旋一时落下，犹如在为野兽跳一曲月下桃花舞。

畜生悲伤地凝视了她一瞬，决然地回身，跃下悬崖，拖着断腿，一瘸一拐地向着远离山涧的方向行去，一路上不但没有掩盖行踪，反而时不时停下，侧耳倾听，确认炎炎他们已经远离了山涧，正追着他的踪迹而来。

在这个山花烂漫、莺飞蝶舞的春天，几百年的孤寂困惑消失了，可在他刚刚明白美丽的春天该做什么时，却无法再活到下一个春天了。他唯一能做的，就是让她不被伤害。

第二章 误落尘网中

二百年后，神农山。

神农山是神农王族居住的山，位于神农国腹地，共有四河九山二十八峰，最高峰紫金顶是神农王起居和议事的地方。

因为近年来神农王醉心医药，案牍文书等琐事都交由王子榆襄代理。榆襄是神农王唯一的儿子，神力低微，在神农族连前一百名都排不进，不过因为心地仁厚，行事大度，也颇得朝内臣子、各国诸侯拥护。

今日朝会完毕，榆襄没有下山，反而撇开侍从，乘坐骑悄悄赶往禁地草凹岭。

草凹岭在二百年前被神农王列为禁地，榆襄却显然驾轻就熟。他让坐骑停在一处隐蔽的开阔地，分开荆棘荒草，抓着乱石，爬上悬崖。

崖顶有一座依着山壁搭建的茅屋，屋内无人。茅屋外，云雾缥缈，无以极目，不过丈许就是陡峭的悬崖，崖边斜斜生长着苍绿的松柏，参差错落，几只白耳猕猴抓着野果吃得津津有味，两只鹞子一前一后飞来，落在树梢，咕咕而鸣。

榆襄站在崖边，眺望着云海，静静等候，半晌后，对猕猴和鹞子说："只怕我还在半空，你们这些家伙就已经和赤宸通风报信了，怎么还不见他呢？"

猕猴啃咬着野果嬉戏，鹞子啄理着羽毛鸣叫，显然并不懂人语，不能回答榆襄，悬崖下却有语声传来："我没闻到酒香，自然就跑得慢了。"

恰一阵风来，湿气愈重，云雾翻涌，犹如纱幔，笼罩四野，松柏飘摇，岩壁影绰，顿生天地凄迷之感。一道赤红如血的身影犹如骄阳，从云海掠出，飘飘荡荡地飞向榆襄，看似漫不经心，实际却迅极快极。

待红影落定，云雾散去，只看一个身形高大的男子懒懒而立，衣袍皴皱，头发披散，浑身上下都流露着满不在乎，一双眼睛却异常锋利，以榆襄之尊，也稍稍低了低头，避开了他的视线。

红衣男子就是榆襄等待的赤宸，看着榆襄空空的两手，嘟囔："没有带酒，溜入禁地找我何事？"

榆襄笑道："你若帮我查清一件事，我去父王的地宫里偷绝品贡酒给你。"

"你有那么多能干的下属，我能帮你做什么？"

"听闻炎弁贪图博父山的地火，把一座山峰做了练功炉，方圆几百里寸草不生，博父国民不聊生，可竟然一直没有官员敢向父王呈报。我想派一个神去查清此事，如果属实，立即奏明父王，责令炎弁灭了练功炉。事情不大，可你也知道炎弁的火暴性子，没有几个神敢得罪他，思来想去，唯有你不怕他。"

赤宸哧了两声，一只白耳老猕猴跃上悬崖，恭恭敬敬地把几枚朱红野果捧到赤宸面前。赤宸一边抓起野果丢进嘴里，一边含含糊糊地说："我是不怕他，可不表示我要去惹他。我和他的积怨已经够深，你也该知道师父把此处划为禁地，就是禁止炎弁和我接触，怕他一时控制不住杀了我。"

榆襄知道赤宸的性子吃软不吃硬，愁眉苦脸地又是打躬又是作揖，使出水磨功夫："好兄弟，你就帮帮我。"

赤宸笑着摇摇头："罢、罢、罢！我就帮你跑一趟博父山。"

见赤宸答应了，榆襄又不放心起来："一切小心，只需悄悄查清传闻是否属实就行，其余的事交给我来处理，千万别和炎弁正面冲突。还有，你把头发梳理梳理，衣袍整理整理，外面是人族聚居的地方，不比山上，你别吓着那些老实人……"

赤宸皱皱眉，将一枚野果弹进榆襄嘴里，纵身跃下悬崖，转瞬就消失在云海中，榆襄半张着嘴，愣了一瞬，笑嚼着野果离去。

博父国外的荒野上，赤宸脚踩大地，头望苍天，探查着过于充沛的火灵，感受着万物的挣扎哭泣，炎弁果然在此练功。

他并不觉得炎弁做错了什么，天地万物本就是弱肉强食，榆襄却心地过于良善，总喜欢多管闲事。不过，若没有榆襄多管闲事的毛病，星夜追他回神农山，也就没有今日的赤宸。

他收回了灵力，漫不经心地回首，却看到——

西风下，古道旁，一个少女穿着一身半新半旧的青衣，从漫天晚霞中款款走来。四野荒芜，天地晦暗，她却生机勃勃，犹如悬崖顶端迎风怒放的野花。

野风拂卷起她的发丝，她的视线在道路四周扫过，落到他身上时，她展颜而笑。那一瞬，夕阳潋流光，晚霞熙溢彩，烟尘漫漫的古道上好似有千树万树桃花次第盛开，花色绚烂，落蕊缤纷。

赤宸心底春意盎然，神情却依旧像脚下的大地一般冷漠荒芜，视线从青衣女子身上一扫而过，径直从她身边走过，准备赶回神农山。两百年来，他从一只野兽学着做人，最先懂得的就是狰狞原来常常隐藏在笑容下，最先学会的就是用笑容掩藏狰狞，他不想去探究她笑容背后的内容。

青衣女子却快步追向他，未语先笑："公子，请问博父国怎么走？"

他停住了步子，迟迟不说话，没有回身，却也没有离去，只是定定地望着天际的红霞，神情冷肃，眼中却透出一点挣扎。

少女困惑不解，轻拽住赤宸的衣袖一角："公子？你不舒服吗？"却不知道自己挽留的也许是一场杀身大祸。

也好，就看看她的真面目吧！在转头的一瞬，赤宸改变了心意，也改变了神情，笑嘻嘻地说道："我正好就是博父国人，姑娘……哦，小姐若不嫌弃，可以同行。"

"太好了，我叫西陵珩（héng），山野粗人，不必多礼，叫我阿珩就好了。"

赤宸盯着西陵珩，一瞬后，才慢慢说道："我叫赤宸。"

阿珩和赤宸一路同行，第二日到达博父城，寻了家客栈落脚。

远处的博父山冒着熊熊火焰，映得天空透亮，不管白天黑夜，都是一片绚烂辉煌。

因为酷热，店里的伙计都没精打采地坐着，看到一男一女并肩进来，男子朱红的袍子泛着陈旧的黄，一副落魄相。伙计连身都懒得起，装没看见。

赤宸大呼道："快拿水来，渴死了！"

伙计翻了个白眼，张开五指："一壶干净清水五个玉币！"言下之意：你喝得起吗？

赤宸也翻了个白眼，的确喝不起！却嬉皮笑脸地看着西陵珩。这一路走来，他一直蹭吃蹭喝，西陵珩也已习惯，拿出钱袋数了数，正好五个玉币。

“光喝水不吃饭可不行。”赤宸很关切地说。

“那你有钱……”西陵珩的话还没说完，赤宸一手摊开，一手指指她耳朵上的玉石耳坠：“就用它们吧，虽然成色不好，换顿饭应该还行。”

西陵珩苦笑一下，把耳坠子摘下，放到赤宸掌心。

伙计手脚麻利地把玉币和耳坠收走，临去前，丢了赤宸一个白眼，见过无赖的，可没见过这么无赖的！

伙计端上水和食物后，赤宸赶着先给自己倒了一杯，西陵珩却皱眉望着远处的“火焰山”。

赤宸慢慢地啜着杯中水，眯眼看着西陵珩，眸内精光内蕴，犹如一只小憩刚醒的豹子懒洋洋地审视着猎物。

西陵珩若有所觉，突然回头，却只看到赤宸偷偷摸摸地又在倒水。

赤宸见她发觉了，嘻嘻一笑：“喝吗？”说着，把水杯递到西陵珩面前。

西陵珩好脾气地摇摇头：“你多喝点吧！”

西陵珩叫了伙计过来：“我听说博父国风调雨顺，百姓安居乐业，为什么变成了这样？”

“几十年前的博父国风调雨顺、五谷丰登，可不知道从什么时候起，博父山开始冒火，天气越来越干旱，水越来越少，人们为了争夺水天天打架，在这里水比人命贵！”伙计望了眼天际的火焰，叹着气说，“老人们说博父山上的火焰是天神为了惩罚我们才点燃的，可我们究竟做错了什么？”

一个山羊胡、六十来岁的老头背着三弦走进客栈，面色紫红，额头全是汗珠，颤颤巍巍地对伙计说：“求小哥给口水喝。”

伙计早已见惯这样的场景，不为所动地板着脸。老头儿佝偻着腰，对店里零星的几个客人哀求：“哪位客官赏口水？”

众人都扭过了头。

“您过这边来坐吧！”

老头儿忙挨到了桌边，西陵珩要给老头儿斟水，赤宸紧拽着水壶，不停地给西陵珩打眼色，暗示她已经没钱。西陵珩拽过来，他拉回去，只看水壶一会儿往左，一会儿往右，老头儿的眼珠子也一会儿左、一会儿右。

左右、左右……

几圈下来，老头眼前金星乱冒，差点儿晕厥过去。

西陵珩用力打了赤宸一下，他才不情愿地松了手，老头儿也舒了口气，软软地坐下。

老头儿一杯水下肚，脸色渐渐好转，对西陵珩道谢："多谢小姐活命之恩，小老儿身无长物，给小姐弹首三弦，讲段异闻，聊尽谢意。"他调了调琴弦，清了清嗓子，"正好刚才听到小姐询问博父山的火，小老儿就冒死说出真话。其实，博父山火不是惩罚凡人的天火，而是火神炎弇点燃的无名之火。因为博父山与地火相通，火灵充沛，炎弇为了淬炼自己的火灵，引地火而上，将整座山峰变作他的练功炉，附近的村子本来和睦相处，如今为了抢夺水，频频打架，壮年男子要么死于刀斧，要么腿断手残，稍有些门路的人都逃去他乡，剩下的都是些孤儿寡妇，还有那花草树木，无手无脚，逃也逃不了……"

赤宸打断了老头儿的话，满脸惊惧："快别说了！非议神族，你不想要命，我们还要命！"

老头儿盯着西陵珩不语，似在祈盼着什么，半晌后，收起三弦，静静离去。

西陵珩遥望着"火焰山"，默默沉思。火好灭，炎弇却难对付！炎弇是神族中排名前十的高手，传闻他心胸狭隘、睚眦必报，若灭了他的练功炉，只怕真要用命偿还。

赤宸凑到西陵珩耳畔，低声说："我看这个老头儿有问题。说是渴得要死了，却满头大汗，压根儿不像缺水的人，不知道安的什么鬼心眼。"

西陵珩点点头："我看出来了，他不是人……不是一般的老人。"老头儿是妖族，灵力不弱，可惜是木妖，天生畏火，想是看出她身有灵力，为救这里的草木而来，虽别有所图，居心却并不险恶。

趁着赤宸休息，西陵珩偷偷甩掉了他，赶往博父山。

因为地热，博父山四周都充满了危险，土地的裂缝中时不时喷出滚烫的热气，有些土地看似坚固，底下也许早已经全部熔化。

西陵珩小心地绕开喷出的热气柱，艰难地走向博父山。右脚抬起，正要踩下，突然传来一声惨叫，急忙回头，看到赤宸被气柱烫到，摔倒在地上，她赶忙回去，把他扶起来："你怎么来了？"

身后传来一声巨大的爆炸，滚烫的热气席卷而来，西陵珩立即用身体护住赤宸，抱着他滚开。

刚才她要一脚踩下去的地方已经变成了一个深不见底的洞穴，滚滚蒸汽像一条白色的巨龙冲天而上，连坚硬的岩石都被击成了粉末。

西陵珩惊出一身冷汗，根本不敢去想如果她刚才一脚踏下去，会怎么样。

赤宸搂着西陵珩，扭扭捏捏地说："西陵姑娘，我还没成婚，你若想做我媳妇，我得先回去问一下我娘。"

"啊？"西陵珩心神不宁，没明白赤宸的意思，可看看自己压在赤宸身上，双手又紧抱着他，她立即红着脸站了起来，"我不是……我是为了救你。对了，你怎么来了？"

"你怎么来了？"赤宸反问。

"我想灭……"西陵珩气结，"我在问你！"

"我也在问你啊！你先说，我再说！"

西陵珩早已经领略过了赤宸的无赖，转身就走："你也看到了，这里很危险，赶紧回去吧。"

小心翼翼地行了一段路，看到一片坑坑洼洼的泥地，试探一下没什么危险，西陵珩正要跨入，又听到身后传来惨叫。赤宸抱着被熔浆烫到的脚，一边痛苦地跳着，一边龇牙咧嘴地向她挥手。

"你怎么还跟着？不怕死吗？"

"见者有份，我也不多要，只要四成就够了！"

"见到什么？要分你什么？"

"宝贝啊！你偷偷摸摸、鬼鬼祟祟，难道不是去挖宝？"

"我不是去挖宝！"

赤宸摇头晃脑地说："鸟为食亡，人为财死，你可别想骗我，我精明着呢！"

到了这里，再回头也很困难，西陵珩无奈，只能走过去："跟着我，别乱跑。"

赤宸连连点头，紧紧抓着西陵珩的袖子，一脸紧张。

因为赤宸的畏缩磨蹭，费了一会儿工夫，西陵珩才回到刚才的泥地。看到一个黄色气泡接一个黄色气泡从泥土中冒出，赤宸兴高采烈地要冲过去："真好看！"

西陵珩一把抓住他："这是地底的毒气，剧毒！"她暗暗庆幸，若不是被这个泼皮耽误，她已经走了进去。

西陵珩带着赤宸绕道而行，走了整整一天，终于有惊无险地到了博父山山脚。

热浪滚滚袭来，炙烤得身体已经快熟了，赤宸不停地惨呼，阿珩只能紧抓住他的手，尽量用灵力罩住他的身体，她自己越发不好受，幸亏身上的衣服是母亲夹杂了冰蚕丝纺织，能克制地火。

又走了一截，赤宸脸色发红，喘气困难："我……我实在走不动了，你别管我，自己上山挖宝去吧，我在这里等你。"

"跟你说了不是挖宝！"把赤宸留在这里，只怕不要一盏茶工夫，他就会被火灵侵蚀到烟消云散。西陵珩想了一想，把外衫脱下。

赤宸还不愿意披女子衣裳，西陵珩强披到他身上，赤宸顿觉身子一凉："这是什么？"

"你好好披着吧！"西陵珩勉强地笑了笑，她的灵力本就不高，如今没了衣衫，还要照顾赤宸，十分费力。

赤宸一边走，一边看西陵珩。她脸色发红，显然把衣服给了他后，很不好受。

赤宸走着走着，忽而嘴边掠起一丝诡笑，笑意刚起，竟然一脚踏空，摔到地上，西陵珩想扶他起来，他却一用劲儿就惨呼。

西陵珩摸着他的腿骨，问他哪里疼，赤宸哼哼唧唧，面色发白，显然是走不了路。

"我背你吧！"西陵珩蹲下身子。

赤宸完全不客气，嬉皮笑脸地趴到西陵珩身上："有劳，有劳！"

西陵珩吭哧吭哧地爬着山，也不知道是错觉，还是灵力消耗过大，只觉得背上的赤宸越来越重，到后来，感觉她背的压根儿不是一个人，而是一座小山，压得她要垮掉。

"你怎么这么重？"

赤宸的整个背脊都已石化，引得周围山石的重量聚拢，压在西陵珩身上，嘴里却不高兴地说："你什么意思？你要是不愿意背，就放我下来！我舍命陪你上山挖宝，你居然因为我受伤了就想抛弃我！"

"我不是那个意思，我只是觉得你好重……"

“你觉得我很重？是不是我压根儿不该让你背我？可我是为了你才受伤的！你觉得我是个拖累，你巴不得我赶紧死了！那你就扔下我吧，让我死在这里好了！可怜我八十岁的老母亲还在等我回家……”赤宸声音颤抖地悲声泣说。

“算了，算我的错！”

“什么叫算你的错？”赤宸不依不饶，挣扎着要下地。

西陵珩为了息事宁人，只能忍气吞声地说：“就是我的错。”

西陵珩背着赤宸艰难地走着，又要时刻提防飞落的火球，又要回避地上的陷阱，一路而来险象环生，好几次都差点丧命，赤宸却大呼小叫，还嫌她背得不够平稳。

西陵珩气得咬牙切齿，却又不能真不顾他的死活，只能一边在心里咒骂赤宸，一边暗暗发誓过了这一次，永远不和这个无赖打交道！

好不容易爬到接近山顶的侧峰上，西陵珩放下了赤宸。

西陵珩满头大汗，浑身是土，狼狈不堪，赤宸却一步路未走，一丝力未费，神清气爽，干干净净。

西陵珩擦着额头的汗，忽觉哪里不对劲儿，这才发现聒噪的赤宸已经好久没有说过话，纳闷地回头，看到赤宸正盯着她，眼神异样地专注，简直霸气凌人，一副全天下都不放在眼里的样子。

西陵珩心中一惊，觉得赤宸换了个人：“你……你怎么了？”

赤宸咧嘴而笑，觍着脸，抓着西陵珩的手说：“不如你做我媳妇算了，力气这么大，是个干庄稼活的好手。”

还是那个泼皮无赖！

西陵珩懒得搭理他，甩掉他的手，仰头看着冲天的巨焰，感叹炎弈不愧是火神，只是一个练功炉威力就这么大。她若灭了火，只怕很难逃过炎弈的追杀，只能走一步是一步了。

西陵珩拿出一个“玉匣”，看着像是白玉，实际是万年玄冰，两只白得近乎透明的冰蚕王从玄冰中钻出，身体上还有薄如冰绡的透明翅膀。

周围的空气似乎一下子降到了冰点，赤宸抱着胳膊直打哆嗦。西陵珩把“玉匣”交给赤宸：“站到我身后。”

她运起灵力，驱策两只冰蚕王飞起，绕着火焰开始吐丝织网，随着网越结越密，西陵珩的脸色越来越红，额头的汗珠一颗颗滚落。

终于，巨大的冰蚕网结成，西陵珩催动灵力，把网向下压，火焰开始一点点消退，已经收进山口中时，地火一炙，又猛地暴涨，想要冲破冰蚕网，西陵珩被震得连退三步，差点儿掉下悬崖，幸亏赤宸一把抓住了她。

西陵珩顾不上说话，点点头表示谢意，强提着一口气，逼着冰蚕网继续收拢。火焰依旧没有被压下去，反而越涨越高，西陵珩的脸色由红转白，越来越白，身子摇摇晃晃。

她喉头一股腥甜，鲜血喷出，溅到冰蚕丝上，轰然一声巨响，冰蚕丝爆出刺眼的白光，红光却也暴涨，吞没了白光，火焰冲破冰蚕网，扑向西陵珩，西陵珩被热浪一袭，眼前一黑，昏倒在地上。

此时，街道上的人都目瞪口呆地望着远处的博父山。

本来灿若朝霞的漫天红光被白网状的光芒压迫着一点点缩小，整个天际都变得黯淡起来，眼看着火光就要完全熄灭，可忽然间又开始暴涨，白网消失，火焰映红了半个天空。

就在火焰肆虐疯舞时，忽地腾起一道刺眼的白光，所有人都下意识地扭转头、闭起了眼睛。

等众人睁开眼睛时，发现白光和红光都消失不见，整个世界变得难以适应地黑暗。

天空是暗沉沉的墨蓝，如世间最纯净的墨水晶，无数星星闪耀其间，袭面的微风带着夜晚的清爽凉意。

这是天地间最普通的夜晚，可在博父国已经几十年未曾出现过。

所有人都傻傻地站着，仰头盯着天空，好似整个博父国都被施了定身咒。

过了很久，地上干裂的缝隙中涌出了水柱，有的高，有的低，形成了美丽的水花，一朵又一朵盛开在夜色中。不耀眼，却是久经干旱的人们眼中最美丽的花朵。

看到水，突然之间，街道上的人开始尖叫狂奔，不管认识不认识的人都互相拥抱。老人们泪流满面，用手去掬水放入口里；孩子们欢笑着奔跑，在水柱间跳来跳去。巨人族的孩子拿起石槽，凡人的孩子拿起木桶，把水向彼此身上泼去，边泼边笑。

西陵珩从昏迷中醒来时，看到了满天繁星，一闪一闪，宁静美丽。

她愣了一会儿，才意识到她在哪里："火灭了，火灭了！"她激动地摇着昏迷的赤宸。赤宸迷迷糊糊地睁开眼睛，惊异地瞪大眼睛，结结巴巴地说："没……没火了！你灭了山火？"

西陵珩狐疑地盯着赤宸："我不知道是谁灭的火，也许是你。"昏迷前的一刻，明明看到冲天火舌席卷向她，她以为不死也要重伤。

赤宸立即跳起来，豪气干云地拍拍胸口："就是我！我看到两只胖蚕要被火吞掉，就灌注全身灵力，把手里的盒子扔出去，山火被我的强大灵力灭了！"赤宸似乎想到待会儿下山，会受到万民叩谢，一脸陶醉得意。

他抢功般的承认反倒让西陵珩疑心尽释，"扑哧"一声笑了出来，看来是误打误撞，这人连冰蚕王都不认得，把地火叫山火，也不知道从哪里偷学了一点乱七八糟的江湖法术，就以为自己灵力高强。

赤宸不满地说："你笑什么？"

西陵珩笑吟吟地说："你忘记这山火是谁的了吗？这可是炎弁点的火，火神炎弁的脾气可是比他的火更火暴，他只需轻轻弹一下指头……"西陵珩盯着赤宸，"就可以把你烧成粉末！"

赤宸打了个寒战，神色惊惧不安，哼哼唧唧地想推卸责任："其实我当时已经吓糊涂了，看到火突然蹿得老高，扔了盒子就跑，摔了一跤就什么都不知道了。"

西陵珩看到这个无赖也终于有了吃瘪的时候，大笑着推着他往山下冲，边冲边大叫："灭火英雄来了！"

赤宸紧紧抓住西陵珩的手，脸色发白："别……别乱叫，我可没灭火。"西陵珩笑得前仰后合，依旧不停地吼："灭火英雄在这里！"

所有人都围了过来，跪倒在他们面前。

西陵珩用力把赤宸推进人群，走到众人面前，气壮山河地说："是我灭的火。"她朝赤宸眨了眨眼睛——逗你玩的，胆小鬼！

所有人都朝西陵珩泼水，她一边躲，一边快乐地笑起来："你们记住了，我叫西陵珩！如果有人来问你们是谁灭掉的火，你们就说是西陵珩。"

沉浸在狂喜中的人们边泼水边笑着叫："西陵，西陵，是西陵救了我们。"

挤在人群中的赤宸沉默地看着边躲边笑的西陵珩，眼眸异样黑沉，唇边的懒散笑意带出了一点点若有若无的温暖。

第二日清晨，赤宸醒来时，西陵珩已不知去向。

伙计笑嘻嘻地拎了一壶水给赤宸：“西陵姑娘已经走了，今日没有人给你买水，不过现在博父国的水——免费喝！”

赤宸接过水壶，淡淡道谢。

伙计一愣，觉得眼前的人似乎和昨日截然不同。

天空中传来几声鸟鸣，没有人在意，赤宸却立即站起来，推开窗户。

碧蓝的天空上，凡人的眼睛只能看到一个小小的黑点，不留意就会忽视，可他能看到，那是一只巨大的毕方鸟，鸟上坐着号称掌握天下之火的炎弇。

赤宸十分意外，他想到了炎弇会动怒，却没有料到他竟然震怒到不顾身份，亲自来追杀灭他练功炉的西陵珩。西陵珩若被他追上，必死无疑。

赤宸立即放下杯子，提步离去，看似不快，却很快就消失在原野上。

第三章 只因前缘误

一个月后，闽水岸边。

碧草清浅，杏花堆雪，一轮红色的夕阳斜卧于江面，漫天霞光，照得半江金红半江碧绿。江上船只来来往往，一艘乌篷船泊于渡口。

船家吆喝了几声，抽掉舢板，正要离岸。

“等等！船家等等！救命，救命啊！”一个青衣女子边跑边撕心裂肺地叫。

船家正在犹豫要不要停，看到一个红袍男子追在青衣女子身后，凶神恶煞般地喊：“站住，你给我站住！”

船家摇头喟叹，世风日下，世道险恶啊！

他把船桨缓了一缓，等青衣女子跳上船，立即用力开始摇桨，船儿开得飞快，可红衣男子竟然赶在最后一刻，堪堪跃上了船。

青衣女子哭丧着脸，拼命往人群里躲。

红衣男子用力拽住青衣女子：“我看你还往哪里跑？”

船家悄悄伸手去摸藏在船底的砍柴刀。

“西陵姑娘，救命大恩实在无以为报，就让我以身相许吧。”红衣男子一脸赤诚，青衣女子满脸沮丧，船家的刀定在半空。

红衣男子回身看船家；“你拿刀做什么，我们又不是不付钱。”说着丢了一捧贝币到船家怀里。

青衣女子刚想溜，又被红衣男子抓住：“我们下船后可以找一个客栈投宿，仔细商讨一下我们的终身大事。”

青衣女子似乎已经再没任何力气反对，抱着包裹一屁股坐下。

红衣男子则蹲在她身边，絮絮叨叨地说：“你看，我长相英俊，家底丰厚，灵力高强，是千里挑一的好男儿……”

全船的人都盯着红衣男子，上上下下地打量他，怎么都不能把听到的话和眼前的人对应起来。

“再说了，我们俩搂也搂了，抱也抱了，荒郊野岭中，你的整个背都紧紧地依靠着我的胸膛，我们身子贴着身子……”

全船的人都盯向青衣女子，神色鄙夷，怪不得无赖找她，原来是自甘堕落。

“是你的胸膛压着我的背，不是我的背靠着你的胸膛！”青衣女子铁青着脸怒叫。

那有区别吗？全船的人越发鄙夷地盯着她。

“他受伤了，我在背他……”在万众齐心的鄙夷目光中，青衣女子声音小得几不可闻，再没有勇气去看众人的表情，仰头向上，一脸无语问苍天。

船行了一路，红衣男子絮叨了一路，船都还没靠岸，青衣女子就跳上岸，又开始狂跑。

红衣男子回头看了看天际，似在查探确定什么，一瞬后，也跳下了船，追着青衣女子而去：“站住！站住！你给我站住！”

船家摇头喟叹，世风日下，世风日下啊！

青衣女子气喘吁吁地跑进客栈，刚坐下，红衣男子也跟了进来，坐到她对面。

青衣女子恶狠狠地叫了一桌子菜，然后指着红衣男子对伙计说：“我没钱，他付账。”又立即把一碗水塞到红衣男子手里，“你说了一天也该口渴了，喝些水。”

青衣女子是西陵珩，红衣男子自然就是她在博父国郊外碰到的无赖赤宸。

西陵珩灭了博父国的火后趁夜逃走，可当日傍晚就又遇到了赤宸，赤宸对她感恩戴德，说她救了他，救了他哥哥，救了他弟弟，救了他侄儿，救了他侄儿家的狗，救了那只狗没逮住的耗子……总而言之、言而总之，救了他们全家，救了整个博父国，他身为昂藏男儿一定要知恩图报，恰好两人已经肌肤相亲，又十分投缘，他就只好牺牲自己，以身相许。

刚开始，西陵珩只当是玩笑，在被追着乱跑了一个月后，她已经明白这不是玩笑，这是一个疯子最执着的决定。

赤宸喝完一大碗水，刚想说话，西陵珩眼明手快，立即把一个大鸡腿塞到赤宸嘴里：“乖！咱们先吃饭，吃完饭再讨论你以身相许的问题。”

喧闹的客栈猛地一静，人们的视线齐刷刷地扫向他们这边，寻找说话的人。

西陵珩也随着众人东张西望，装作那句话不是她说的。

众人看了他们几眼，继续议论着旱灾。“少昊”两字突然跳入西陵珩耳朵，引得她也专注聆听起来。

今年天下大旱，灾情最为严重的是神农国和高辛国的交界处，走投无路的灾民聚众暴乱，连神族都敢杀害，高辛王震怒，大王子少昊主动请缨，去镇压暴民。

一千八百年前，少昊就已名动天下。传闻他一袭白衣，一柄长剑，凭一己之力逼退兵临城下的神农国十万大军，绝代风华令天下英雄竞相折腰，可他如暗夜流星，一击成名之后就消失不见，到现在已经一千多年没有在尘世中出现。

千年以来，少昊已经变成了一个传说。据说少昊喜欢酿酒弹琴，他酿的酒能让活人忘忧、死人微笑；他弹的琴能让大地回春、百花盛开。少昊还喜欢打铁。高辛族是最善于锻造兵器的神族，这世上一大半的兵器都出自高辛族的工匠之手，而高辛族最好的铁匠是少昊，他神力高强，锻造的每把兵器都是绝世神兵，但他不知何故，总是兵器一出炉就销毁，以至于世间无人见过少昊锻造的兵器，可神族仍然坚定不移地相信少昊是最优秀的铸造大师。

说话的男子看衣饰应是高辛人，语气中满是对少昊的敬仰，他说得兴起，竟然忘记了这里毕竟是神农境内，难免很多神农人听得刺耳，讥嘲道：“满嘴假话！”

一石激起千层浪，客栈内的神农人七嘴八舌地说着少昊，一会儿说从未听闻神农派大军攻打过高辛，绝不相信少昊能凭一己之力逼退我们的十万大军，肯定是高辛人吹嘘；一会儿说少昊压根儿不如炎弃，只怕他见了炎弃立即要讨饶。

“高辛人真是可笑！少昊如果真那么厉害，怎么不见他去参加王母的蟠桃宴？除了那个不知道是真是假的战役外，他还赢过大荒内的哪位成名英雄？我们的炎弃可是在蟠桃宴上连胜百年，打败了无数高手！”

“我看少昊是压根儿不敢见炎弃。说什么英雄，就是个胆小如鼠的狗熊！”

“就是，就是！什么最好的铸造师，只怕见了炎奔要立即跪地求饶。”

众人越说越难听，西陵珩忽而手一颤，碗被摔到地上。“砰”的一声，说话声停止，大家都循声看来。

西陵珩一边手忙脚乱地擦着裙上的污渍，一边笑着问刚才说话的神农少年：“你见过少昊打造的兵器吗？”

“当然没有！”

“你既然没见过少昊打造的兵器，怎么知道他不是最好的铸造师？又怎么能说他胆小如鼠，不是炎奔的对手？”

少年不屑地反问：“那你见过吗？”

西陵珩一扬下巴：“我当然……”顿了一顿，声音低了下去，“我当然也没见过！”

少年冷笑：“你既然没见过少昊打造的兵器，又凭什么说他是最好的铸造师？又怎么知道他不是胆小如鼠，害怕炎奔？”

满堂人都附和、嘲笑。

西陵珩咬唇不语。

一个苍老的声音突然响起：“传说也许不尽实，可大荒人还不至于凭空虚赞少昊。”

众人都闻声看向店堂的角落，是一个背着三弦、长相愁苦的山羊胡老头儿。老头儿站起，朝西陵珩和赤宸欠了欠身子。

原来是博父城中见过一面的老头儿，西陵珩点头回礼，赤宸却只是抱臂而笑。

少年叫道：“老头儿，到这边来把话说清楚了，若有一分不清楚，休怪我们无礼！”

老头儿走到店堂中央，不客气地坐下，边弹三弦边说道：“虽然大荒内有句俗语‘一山、二国、三王族、四世家’，可如今天下三分，神农、高辛、轩辕三国鼎立，好事者排名神族高手，也只提三王族的子弟……”

满堂人都专注聆听，赤宸却一边吧嗒着嘴啃鸡腿，一边用油手拽拽西陵珩：“什么一二三四，乱七八糟地在说什么？”

众人都瞪他，老头儿笑道：“这句话说的是神族内的几大力量。三王族众所周知，神农、高辛、轩辕。一山指玉山，二国指华胥国、良渚国，四世家是赤水、西陵、鬼方、涂山。论来历，他们都比三大王族只早不晚，只不过一山遗世独立，二国虚无缥缈，四世家明哲保身，所以我们这些凡夫俗子常常忘记了他们。”

赤宸点点头，还想再问，西陵珩轻按住他手，附在他耳边低声说：“这些事情若要讲清楚，只怕要讲几日几夜，先听他说什么。”

赤宸促狭地捏了捏西陵珩的手，弄得西陵珩满手油腻。西陵珩蹙眉噘嘴，狠狠瞪了赤宸一眼，忽而抿唇一笑，把油腻的脏手在他衣袖上用力抹着。

赤宸心中一荡，低声问：“好媳妇，你好像知道的秘闻挺多，你姓西陵，是和西陵世家有什么关系吗？”

“算是有点吧，我与他们有血缘关系，不过我可不是西陵世家的正支，所以才被你欺负得乱逃！”阿珩在赤宸额头上敲了一下，又立即做了个“嘘”的手势，示意他别闹，听老头儿说什么。

“……少昊小时痴迷打铁，常常混入民间铁匠铺子，偷学人家的技艺。可这打铁的手艺可不是看出来的，而是千锤百炼敲打出来的，少昊就隐居乡里，开了一家铁匠铺子，为妇人打造厨具，给农人打造农具，因为东西实在是打得好用，七里八乡都喜欢来找他。少昊做了好几年铁匠，那些麻烦他修补农具的乡亲没一个知道他是少昊，直到六世高辛王病重，神农国趁机大兵压境，神族寻访到铁匠铺，乡亲们才惊闻。高辛的神族们喜欢谈论少昊脱下短襦，扔下铁锤，穿起王袍，拿起长剑，孤身逼退神农十万大军的故事，可对高辛百姓而言，他们更喜欢讲述少昊打铁的故事。”

山羊胡老头儿饮了一杯水，清了清嗓子继续说道：“大概因为身份被识破，少昊再没有回去过，可当地却改名叫铁匠铺，一则纪念铁匠少昊，二则因为少昊在时，但凡来求教打铁的人，他都悉心指点，以致当地出了无数技艺非凡的铁匠。铁匠铺子林立，人族的贵族都喜欢去那里求购贴身兵器，以显身份，在座几位小哥随身携带的兵器看着不凡，只怕就有铁匠铺的。”

几个少年神情怔怔，下意识地按向自己引以为傲的佩剑，老头儿微微一笑：“高辛国重礼，等级森严，贵贱严明，少昊却以王子之尊为百姓打造农具，又悉心指点前去求教的匠人。上千年来，少昊看似避世不出，可高辛国内处处都有他惩恶锄妖、帮贫助弱的传闻。这次镇压旱灾暴民是吃力不讨好的事情，别的神避之唯恐不及，少昊却主动请缨，可见他绝非胆小怕事之徒。小老儿看几位小哥的装束像是要远游，刚才的话在神农说说没什么，可千万别一时气盛在高辛说，高辛百姓十分敬重少昊，只怕会激起众怒。”

神农少年们面色难看，老头儿话锋一转：“讲到旱灾，不得不赞几句神农的大王姬云桑，神农、高辛都受灾严重，可王姬体恤百姓，处处为百姓尽力，如今只有天灾，没有人祸。高辛却因为王子中容处理不当，激起民暴，当地的神族官员被打死，现在幸亏少昊主动请命去平乱，否则这场人祸只怕更胜天灾。”

神农少年们这才觉得颜面挽回，神色好看起来，避开少昊不谈，只纷纷真心赞美着云桑。

西陵珩低着头，不知道在想什么，神情似喜似忧。

赤宸也神思恍惚，忽而皱了皱眉，起身快步出去，站在旷野中，凝神倾听。

西陵珩为了逃避他，一次次临时改变行程，也一次次无意识地躲开了炎弁，可炎弁似乎察觉了什么，这次竟然这么快就发现了他们的行踪，看来光逃不行，得另想解决办法。

赤宸回去时，西陵珩问道："你出去做什么？"

赤宸咧嘴笑着，扭扭捏捏地说："我突然想起终身大事还是要听听爹娘的意思，所以刚才立即托人传口信给家里，让他们尽快赶来见见你。"

西陵珩刚喝了一勺热汤，闻言一口气没喘过来，差点儿被呛死，手无力地指着赤宸，气得半晌说不出一句话。

西陵珩和赤宸吃完饭，订了相邻的房间歇息。

晚上，西陵珩躺在榻上翻来覆去，一直想着刚才听到的话，高辛少昊前去平乱。再想到疯子赤宸，她打了个寒战，决定立即离开，折道去东南，去看看这个她自小听到大的高辛少昊究竟什么样子。

为了甩掉赤宸，她决定半夜动身。

熬到夜深人静时，西陵珩背着包裹蹑手蹑脚地溜出客栈。

走着走着，总觉得不对劲儿，她停住脚步，猛地从左面回头，没有人，猛地从右面回头，没有人，放心地叹了口气，微笑地回过头，眼睛立即直了。

赤宸就站在她前面，正一脸纳闷，探头探脑地向她身后看，好似不明白她为什么要这么鬼鬼祟祟。他凑到西陵珩耳边，压着声音，紧张地问："怎么了？怎么了？有歹徒跟踪我们吗？"

西陵珩深吸口气，用手遮住脸，埋头快步走，不去看赤宸，生怕自己忍不住杀了这个无赖。

赤宸跟在她身边，唉声叹气地说："有一件事，实在很愧疚，刚收到家里长辈的信，让我去办点事情，恐怕要离开几天。”

西陵珩立即拿下手，喜笑颜开：“没事，没事，男子汉大丈夫志在四海，心怀五湖，功在千秋，德标万世，生前死后名，慷慨就义……呃……总而言之，大事为重！”

赤宸眼里闪过一丝笑意，脸上却愁眉苦脸：“可我想了想，办事固然重要，报恩也很重要……”

西陵珩立即表情十分沉痛，拍着赤宸的肩膀：“我其实心里很舍不得你，只是大事为重，大事为重！”

赤宸满脸感动，握住西陵珩的手：“阿珩，既然你如此舍不得我，我还是留下吧！”

西陵珩眼皮子、嘴角都在抽搐：“你真的要留下来？”

“真的要留下来！”

“真的？”

“真的！为了西陵姑娘，我愿意……”

西陵珩猛地一拳击打到赤宸脸上，赤宸“砰”一声昏倒在地。

西陵珩蹲下，一边得意地拍拍赤宸的脸颊，一边冷笑着说：“臭小子！咱们还是后会无期吧！”

她背上包裹，只觉全身轻松舒畅，蹦蹦跳跳地走了一段路，越想越觉得不妥，万一有坏人经过？万一有野兽路过？万一……

只能匆匆返回，可地上已经没有昏迷的赤宸。

她大惊，四处查看，一抬头，看见大树上写着一行字：“好媳妇，咱们后会近期！”字旁边画着一个咧嘴而笑的红衣小人。

西陵珩气得一脚踢向红衣小人，“哎哟”一声惨呼，痛得龇牙咧嘴，抱着脚狂跳。

两日后，西陵珩进入了高辛国。

河流都已干涸，田地颗粒无收，尸横遍野，戾气深重。西陵珩心情沉重，却无能为力，这并非人祸，而是天劫，即使神也不能逆天而行。

她不想再看这人间惨象，避开了人群聚集的大路，专拣深山密林走。

走了一整天，正想寻觅地方歇脚时，听到浑厚激昂的鼓声。西陵珩循着鼓声而去，渐渐听到了嘹亮的歌声、人群的欢呼声。

西陵珩不禁微笑着加快步伐，可当她走进古老的村落，看见的却不是什么欢喜的一幕，而是令她震惊的残忍。

两个盛装打扮的少女躺在祭台上，一个少女被开膛破肚，已经死亡，戴着面具的祭师一手拿着鲜血淋漓的匕首，一手握着一颗仍在跳动的心脏，载歌载舞；另一个少女紧闭着双眼，嘴唇不停地翕动，不知是在吟唱，还是在祈祷。

西陵珩曾听说过一些部族用人来祭祀天地，祈求天地保佑。这是当地的风俗，并不是她能改变的，可让她眼睁睁地看着一个鲜花般的女子惨死在她面前，她做不到。

西陵珩用灵力卷起无数树桩，祭台四周的人纷纷躲避，她趁乱救走了祭台上的少女。

少女叫索玛，是族中最聪慧的少女，被选为大战前的祭品，用来祈求战争胜利。

西陵珩问："你们是要对抗少昊率领的军队吗？"

索玛说："我不知道那些神族的名字，我只知道他们帮着贵族欺压我们，截断河流，不给我们水喝，都是大恶棍。"

西陵珩不禁为少昊说话："这次来的神和以前的不同，他肯定会想办法为你们调配水源，绝不会偏袒贵族，你们不用誓死反抗。"

索玛沉默了半晌，忽而笑道："你是一个好神，我相信你！等天黑了，我就悄悄回家，告诉阿爸。好姐姐，我看你能让木头、树叶听你的话，你修炼的是木灵吗？"

西陵珩点点头。

索玛看天色将黑，去山林里捡枯枝和野菜，要为西陵珩做晚饭。西陵珩让她不要忙碌，可索玛说："你救了我，我一无所有，这是我唯一能报答你的方式，不管你吃还是不吃，我都要为你做。"

索玛以凹石为釜，做了一釜半生不熟的野菜汤，用两个竹筒各盛了一筒，自己先喝了半筒，抬头看向西陵珩，眼神楚楚可怜。

西陵珩不忍拒绝，也跟着索玛喝起来。

野菜汤喝完，西陵珩觉得头晕身软，灵力凝滞："你给我吃了什么？"

索玛淡淡地说："一种珍稀的山菌，长在雷火后的灰烬中，我们人族吃着没事，可你们这些修炼木灵的神族不能吃，吃了就全身力气都使不出来，变得和我们一样了。"

西陵珩第一次真正理解了为什么神族既瞧不起人族，又忌惮人族，不仅仅是因为人族数量庞大，更因为天地万物相生相克，老天早赐给了人族克制神族的宝贝，只要他们善于使用，神族并非不可战胜，就如堤坝能拦截奔腾的湍流，可一窝小小的白蚁，就能让坚不可摧的堤坝崩毁。

西陵珩默默地看着索玛,索玛不敢面对她清亮的双眸,拿起根木棍,索性把她敲晕。

第二日清晨，西陵珩醒来时，发现自己被捆绑在昨日索玛躺过的祭台，她的灵力仍然一分都使不出。

鼓声敲得震天响，戴着面具的祭师们围着她一边吟唱，一边跳舞，匕首的寒光耀花了她的眼睛。

索玛对她说：“你是比我更好的祭品，你的鲜血不仅仅能祭祀天地，还能让所有人族战士明白神族没什么了不起！”

祭师们吟唱着古老的歌谣，一边跳舞一边走近她。

按照祭祀礼仪，祭师们会割开西陵珩四肢的经脉，让鲜血通过祭台的凹槽落入大地，这叫慰地，最后再将她的心脏掏出，奉献给上天，这叫祭天。通过慰地、祭天，可以换取自己所求。

她的手腕和脚踝被割开，因为刀很快，西陵珩并没有觉得痛。

随着鲜血的流失，灵力也汩汩地飘出，西陵珩真正意识到死亡在靠近，她一边在恐惧中做着最后的挣扎,一边生出荒谬的感觉,她真要死在几个普通的人族祭师手中?

鲜血浸透了祭台，西陵珩没有力气再挣扎，也放弃了挣扎，用最后的力气眷恋地看着头顶的碧蓝天空，娘亲、爹爹、哥哥……一身红衣的无赖赤宸竟然也浮现在眼前，她不禁苦笑，臭小子，我说了是后会无期!

祭师用力把匕首插进西陵珩的胸膛，西陵珩身子骤然一缩，眼睛无力地看着天空，瞳孔在痛苦中扩大，蓝天在她眼中散开，化成了无数个五彩缤纷的流星。她的意识随着无数个流星飞散开，飞向黑暗。

就在她要被卷入永恒的黑暗时，她的身体被一双温暖有力的手抱了起来。

清露晨流般的气息，漱玉凤鸣般的声音：“对不起，阿珩，我来晚了！”

有神族战士高声请示：“殿下，要将这些暴民全部诛灭吗？”

“他们只是为了让族人活下去，罪源不在他们，放他们回村子。”男子的声音隐含悲悯。

男子一边用灵力将阿珩的灵识封闭，一边在她耳畔说：“阿珩，我是高辛少昊。”

少昊，她心心念念想见的少昊……西陵珩极力想睁开眼睛，意识却消失在黑暗中。

傍晚时分，一身红衣的赤宸脚踩大鹏从天而降。

泣血残阳下，被无数鲜血浸染过的古老祭台有一种庄严夺目的美丽。

空气中飘荡着丰沛的灵力，却是宣告着灵力拥有者的噩耗。

赤宸走到祭台前，以一种舒服的姿势趴躺在仍旧新鲜的血液中，闭起眼睛，在鲜血中收集西陵珩的气息，再把自己的灵力通过大地和植物伸展出去，搜寻着她生命的踪迹。

从天色仍亮到天色黑透，他耗用了全部灵力，反复搜寻了很多次之后都没有发现半丝她的气息。

她真的死了！

没想到一句戏言竟成真，他们真的后会无期！

他像抚摸恋人一样，轻轻抚摸着祭台，任由鲜血浸染在他的指间、颊边，嘴里却冷嘲道："早知如此，还不如让你死在炎弃手里。"

赤宸翻了个身，看到树梢头挂着一轮圆月，他想起了第一次遇见西陵珩时也是一个月圆的晚上。忽然间，他觉得疲惫不堪，几百年来从未有过的疲惫，甚至对人世的厌倦。

他闭上眼睛，在她的鲜血中沉沉睡去。

半夜时分，赤宸醒了，鼻端弥漫着腥甜的血腥味。

他双手交握，放在头下，仰躺在祭台上，望着那轮圆月寂寂而明，一时间竟生出了无限寂寞，为什么老天要让他在博父国外与她重逢？

他闭着眼睛，低声说："西陵珩，早知如此，不如不再相遇！"

灵力沿着她鲜血流淌过的路源源不断地涌入地下，整个村子的树木都开始疯长，覆盖了道路，圈住了院墙，封死了门窗。睡梦中的人们惊醒时，惊恐地发现整个屋子都是绿色的植物，它们仍然在疯狂地生长，看似柔嫩的植物，却有着生生不息的力量，挤裂了柜子，扭碎了凳子，缠绕住每一个人的身体，不管男女老幼。

凄厉的惨叫声在山里此起彼伏地传出，无数山鸟感受到了恐怖，尖声鸣叫着逃向远处，宁静的山村好像变成了魔域。赤宸只是枕在西陵珩枕过的位置上，懒洋洋地笑看着天空。

惨叫声渐渐消失，山谷恢复了宁静，整个村子都消失得一干二净，只有茂密的植被郁郁葱葱。

他跃到鹏鸟背上，大鹏振翅高飞，身影迅速消失在天空。

月色下，整个祭台连着四周的土地都被密不透风的草木覆盖，从上往下看，倒像是一个绿色的巨大坟茔。

第四章 如有意，慕娉婷

在大荒的西边有一座秀丽的山峰，叫玉山①。玉山是上古圣地，灵气特殊，任何神兵利器只要进入玉山就会失去法力，是永无兵戈之争的世外桃源，所有执掌玉山的女子都恪守古训，不入红尘，远离纷争。历次神族争斗中，超然世外的玉山庇护过不少神和妖，就连神农和高辛两个上古神族都曾受过玉山恩惠，因而，玉山在大荒地位尊崇，就是三王也对其礼让三分。

执掌玉山的女子被尊称为王母，因玉山在西，世人也常称西王母。王母每三十年举行一次蟠桃宴，邀天下英雄齐聚一堂。这几日，又是三十年一次的蟠桃宴，宾客从八荒六合赶来赴宴，玉山上客来客往煞是热闹。

赤宸一身红袍，大步从瑶池边走过，神情冷漠，目光锐利。

瑶池岸边遍植桃树，花开千年不落，岸上繁花烂漫，岸下碧波荡漾，花映水，水映花，岸上岸下，一团团、一簇簇，交相辉映，缤纷绚烂。

一阵风过，桃花瓣犹如急雨，簌簌而落，轻拂过赤宸的眉梢、脸颊、肩头，他的步子渐慢，看着漫天花雨，目光变得恍惚迷离，氤氲出若有若无的哀伤。

---

① 《山海经·西山经》："又西三百五十里，曰玉山，是西王母所居也。"郭璞注："此山多玉石，因以名云。"

他的视线随着几片随风而舞的桃花瓣，望向了远处。渺渺碧波，烟水迷蒙，十里桃林，九曲长廊，朱红色的水榭中，一个青衣女子倚栏而立，手中把玩着一枝桃花，低头撕扯桃花蕊，逗弄着瑶池中的五色鱼。

赤宸的心骤然急跳，大步而去，一边快步疾走，一边张望着青衣女子，可隔着重重花影，那抹青影若隐若现，总是看不真切，等他奔到水榭处，已经不见青衣女子。

他急切地四处查看，阵阵清脆的笑声从桃花林内飞出，赤宸飞奔而去，一群少女正在嬉闹，有穿青衫的，赤宸伸手欲抓："阿珩！"少女娇笑着回头。

赤宸的手停在半空，不是她！

碧波廊上的身影几乎一模一样，一时间昏了头，竟然以为是阿珩，可阿珩已离世两年，刹那的心跳竟只是斜阳花影下的一场幻觉。

他神情怅然，转身而去，瑶池边的映日红桃开得如火如荼，可漫天缤纷在他眼里都失去了色彩，透着难言的寂寥。

桃花林内，两位女子并肩而行，从外貌看上去，年龄差不多，实际却是两个辈分。一位是神农国的大王姬云桑，一位就是玉山王母。

传说玉山之上宝贝无数，云桑好奇地问王母玉山到底收藏了些什么神兵宝器。

王母毫不避讳云桑，详细地一一道来。

云桑出身上古神族，家学渊源，王母所说的神器她都听闻过一二，可位列神兵之首的兵器却从未听过，居然是一把没有箭的弓。

云桑问王母："只听闻盘古大帝有一把劈开了天地的盘古斧，从未听闻过盘古弓，难道这世间竟没有一支箭可配用？既无箭，那要弓何用？"

王母性子严肃，不苟言笑，对云桑却十分和蔼，温和地说："这把弓并不是用来杀戮，而是用来寻找。太祖师父的残存手稿上说盘古大帝劈开天地后，因为忙于治理这个天地，失去了心爱的女子，盘古大帝为了再次见到她，于是穷极心思，打造了这把弓。据说把弓拉满，只要心里念着谁，不管距离多么遥远，不管他是神是魔、是生是死，都可以再次相聚。"

"怎么相聚呢？难道这把弓能指明寻找的方向？"

"不知道。据说当年伏羲大帝仙逝后，女娲大帝因为思念难解，曾上玉山借弓，可是拼尽全部神力，满弓射出后，连对伏羲大帝的一丝感应都没有，更不要提相聚了。"

云桑虽然稳重，毕竟少女心性，一听立即生了兴趣，感叹道："原来女娲大帝也像普通女子一般，会因为相思而无计可施。只是盘古大帝神力无边，无所不知，怎么会找不到自己心爱的女子呢？"

"不知道。"

"盘古大帝铸成弓后和他心爱的女子相聚了吗？"

王母笑道："我怎么知道？你这孩子别较真了！太祖师父只是根据传闻随手记录，究竟是真是假都不知道，也许压根儿就是一段穿凿附会的无稽之谈。"

赤宸听到这里，分开桃树枝丫，走了过去："我想要这把盘古弓。"

王母心内暗惊，她居然没有察觉到他在近处，语气却依旧温和："这是玉山收藏的神器之首，不能给你。"

云桑赶在赤宸开口前，抢着说："王母，这次蟠桃大会用来做彩头的宝贝是什么？"又对赤宸说，"你若想要神器，到时候去抢这个宝贝。"

"肯定不是盘古弓，不过也是难得一见的神器。"王母打算离去，"轩辕王姬第一次来玉山，我还要去见见她，你们随意。"

云桑少时曾跟随轩辕王后缬（xié）祖学过养蚕纺纱，与轩辕王姬轩辕魃（bá）朝夕相伴过十年，感情很好，喜道："原来魃妹妹也来了，我都好多年没见过她了，待会儿就去找她叙旧。"

云桑看王母走远了，对赤宸半是警告、半是央求地说："我知道你一向无法无天，任性而为，不过这里不是神农山，你可千万别乱来，否则出了事，谁都救不了你。"

"知道了。"赤宸笑了笑，打量着桃林的方位布局。

云桑心思聪慧，博学多识，行事果决，就是炎弃都让她三分，她却拿赤宸一点办法没有，看到他的笑意，心里越发忐忑，只能暗求是她多虑了："父王让我带你来蟠桃宴，是想让你熟悉一下大荒的形势，可不是让你来胡闹。这大荒内有几个女子得罪不得，第一就是王母，你千万不要……"

赤宸打断了她："第二呢？"

"轩辕族的王姬轩辕魃。"

赤宸打趣道："难道不是你？"

云桑嗔了赤宸一眼："轩辕王侍嫔很多，有四个正式册封的妃子，这四个妃子总共生了九个儿子，却只有一个王姬轩辕魃，并且是王后缬祖所生，轩辕魃一母同胞的哥哥就是最有可能继承王位的轩辕青阳。轩辕妭自幼和高辛族定亲，夫婿是高辛少昊，也是极有可能继承高辛王之位。”

赤宸的视线在桃林中徘徊，漫不经心地说：“这个轩辕妭倒的确惹不起。”

云桑含笑道：“不过，她性子是极好的。王母却……”

赤宸一听她还要转着弯子劝他别乱来，转身就走。云桑蹙眉，一瞬后又笑着摇摇头，以赤宸的性子，能忍耐着听到现在已经很不容易了。

云桑看看时辰，估摸着轩辕妭那里已清静下来，问清楚她居于凹凸馆后，沿着侍女指点的方向，独自一人前去拜访。

云桑博闻强识，见过不少名园奇林，知道名要与景相呼应，才算好名。“凹凸”二字做馆名，倒也奇突别致，只是实在想不出来景致要如何凹凸才能切中名字。

一路行来，离瑶池愈远，愈是荒凉，草木渐显野趣，碎石小径蜿蜒曲折，一条小溪潺潺而流，时隐时现。走了不多时，看到不远处的山崖上小桥流水、亭台楼榭。四周也种着桃树，可不同于瑶池岸边的映日红桃，十里桃林，花色浓烈，这里俱是千瓣白桃，种得稀落间离。一树树白花，贞静幽洁，仿若空谷幽居的佳人，或静静绽放在小轩窗下，或只闻暗香，不见花树，待四处寻找，才发现乌檐角下，隔着青石墙羞答答地探出一枝来。

许是为了不破坏馆中的清幽雅静，侍女也用得很少，云桑一路走来竟然没碰到一个侍女，无比贴合云桑心意。只是“凹凸”二字的意思仍看不出来，可建造此处者心思玲珑，想来绝不会空用“凹凸”二字。

沿着花径慢走，只闻泉水叮咚，却不见水，转过山壁，远远看到一汪深池，池水清碧如玉，池畔的石上雕着古拙的“凹晶池”三字。云桑心喜，快走几步，站在池边，只觉习习凉意拂面，无比惬意，不经意地低头看到池中倒影，被吓了一跳，池面上竟然有好几个她，有的矮小如侏儒，有的高大如巨人，有的脖子细肚子大，犹如水瓮，有的四肢颀长脑袋硕大，犹如竹竿顶冬瓜……个个都无比趣怪滑稽。

待发现其中奥妙，云桑几乎击掌称妙。原来这里不仅仅是水碧如玉，还是玉碧如水，眼前的整汪清池看似水波起伏，浑然一体，实际其间有无数碧玉，建造者利用碧玉的弧度巧妙地让池水时高时低，构造出无数个凹凸来，水面犹如玉镜，能映照出人像，也就形成了无数个凹凸镜，凹镜处会将人缩小，凸镜处会将人放大。

云桑看看四下无人，童心大发，在潭边走来走去，伸手抬脚，看着池中的自己一会儿是个大胖子，一会儿是个小瘦子，笑得前仰后合。她笑，形态各异的她也笑。云桑越发笑个不停，乐得眼角的泪都要流下来。

一个青衣少女躲在暗处，静静看着云桑。

她起先在山壁上玩时，已看到云桑，只不过玩心忽起，想看看端庄娴静的云桑第一次看到这汪怪异的池水时会不会像她一样手舞足蹈，笑得直不起身，所以躲到暗处，打算等云桑笑得最没有防备时，突然跳出来吓她一跳。

可等她真看到云桑大笑时，忽然就一点都不想打搅她了。云桑的母后早亡，小妹女娃在东海边玩水时溺水而亡，二妹瑶姬一出娘胎就是个病秧子，云桑小小年纪就心事重重，几乎从未失态大笑过。

云桑的笑声突停，面色冰冷，斥喝道："谁？出来！"

青衣少女一惊，正打算乖乖地出去认错求饶，却看桃林深处，一个面容清逸、身姿风雅的男子踏着花香，分开花树，徐徐而来。他眼中唇边俱是笑意："王姬，请恕罪，只是看到王姬犹如孩童般手舞足蹈、恣意大笑，所以未舍打扰。"

云桑颊边泛起淡淡红晕，神情越发清冷："既然知道我的身份，还敢放肆偷窥？"

她粉面含怒，眼角蕴愁，一身素衣，俏立于凹晶池畔，身后是几株欺云压雪的千瓣白桃，她的身姿却比花更清更幽。

男子翩翩施礼，诚恳地说："不是在下放肆，只是当年耗费三载心血设计这座凹凸馆时，就是希望这汪碧池能让见者忘记世间忧愁，开怀大笑。今日看见心愿成真，多有失礼，请王姬恕罪。"

云桑一愣，这巧夺天工、寓意深刻的"凹凸"二字竟然出自他手？不知不觉中，怒气已散。

潭中的身影，有胖有瘦，有高有低，云桑低声说："这千奇百怪的影像压根儿不像我们，却又都是我们，没有了华服的修饰，没有了外貌的美丑，一时间就忘记了自己的名字、自己的身份，只是自己为自己开怀大笑。你说心愿成真，刚才那开怀大笑只是一半，为了谢你让我开怀而笑，我就成全你的另一半心愿。"

男子问："另一半心愿？"

云桑淡淡一笑，指着潭中男子的身影和自己的身影："既然此潭中再没有外物的修饰羁绊，我只是我，你只是你，那么你无须请罪，我也无权恕罪。"

男子心头骤然急跳，眼中掠过惊讶欣喜，却只是不动声色地微笑。

云桑打量着池水说："此处凹凸结合，虽然精妙，却仍在大凹中，如果只凭此就叫凹凸馆，未免太小家子气，你定不屑为之。如果此池为凹，想来应该有山为凸，有了水凹石凸，山水气象，才能称得上凹凸馆。"说着话，云桑沿着凹晶池，向着水潭另一侧的陡壁险峰行去。

男子心中又是惊又是喜，凝视着云桑，默默不语。

云桑四处寻找着道路，草木陡然茂密起来，找了一会儿才在峭壁下发现一条羊肠小径，只容一人通过，岩壁上刻着"凸碧山"三字。"凹晶池、凸碧山。"云桑一边心头默念，一边沿着石阶而上，攀缘到山顶。

整块山峰都是玉石，凸起耸立，朝着潭水的一面凹凸起伏，凸起处颜色浅白，凹下处颜色深沉，由于反射光线的深浅不同，恰好中和了一些潭水中的凹凸，又因为是从高往下看，池水中的凹凸不再明显，所以从这个角度看过去，水平如镜，只清清楚楚地映着一男一女，并肩而立。

云桑想了一瞬，才明白肯定是崖壁上另有机关，巧妙利用了玉镜的折射，明明她和男子一个在上，一个在下，一个在岸这边，一个在岸那边，可云桑看到的影子却是她和他并肩而立，亲密依偎。

云桑先是赞叹男子学识渊博，将各种技艺融会在一起，等看到水潭中她与男子的"亲密"时，明知道男子那个角度看不到，也不禁双颊羞红，狠狠瞪了男子一眼，心里嘀咕，他这么设计就存了轻薄的心！飞快跃下山岩，不愿再和男子多"依偎"一瞬，仓促间，也就没有看到几个小字投影在水潭中，影影绰绰：水月镜像，无心去来。

云桑回到岸边时，依旧没有好脸色，讥嘲道："心思倒是凹凸，可惜用错了地方！"

男子却也是神情漠然，把一个玉匣递给云桑，淡淡地说："我奉殿下之命，来给王姬送这个，东西已送到，在下告退。"说完就立即扬长而去，十分无礼，和起先的谈笑自若、谦逊有礼截然不同。

云桑一口气梗在胸口，恨恨地看着他的背影，可又说不清楚自己恼什么。半晌后，低头看到玉匣上的玄鸟徽印——高辛王室的徽印，才突然意识到："喂，你认错了，我不是轩辕王姬，是神农王姬。"

青衣少女从山洞中跳出，一边拍掌，一边大笑："好个凹凸，设计得妙，解得更妙，我都在这潭水边玩了半日了，仍没看破什么水为凹、山为凸。"

云桑也不知为何，心中又羞又恼，竟是从未有过的古怪滋味，没好气地把玉匣扔给青衣少女，讥嘲道："轩辕王姬，你的好夫婿千里迢迢派属下给你送礼呢，难怪把你笑成这样！"

轩辕妭打开玉匣看了一眼，红着脸说："哪里是送礼？只是些药丸而已。"一抬头，看云桑愣愣地站着，叫了几声，她都未听到。

轩辕妭摇了摇她："姐姐，你怎么了？"

云桑说："刚才那位公子是少昊派来给你送东西的？"

"看来是了。"

"他看我衣饰华贵，又住在凹凸馆里，叫我王姬，我也答应，其实是把我误当作了你。"

"是啊，你不是已经知道了吗？"轩辕妭一头雾水，不知道云桑究竟想说什么。

"那他自然也就以为我是少昊的未婚妻了，以为我是有婚约在身的女子。"

"嗯。"轩辕妭点点头，仍然不明白云桑想说什么。

云桑嫣然一笑，眼中隐有欢喜。

"姐姐，你怎么一会儿怒，一会儿呆，一会儿喜的？和以前大不一样。"

云桑含笑不语，半晌后才说："你倒还和小时一个样子。咦？药丸？少昊为什么要特意派使者送你药丸？你生病了吗？难怪看着面色苍白。"

"唉！别提了，说出来都是笑话！我在人间游历时，受了点伤，被少昊救了。"

云桑在轩辕妭鼻头上刮了一下："这不是正好，英雄救美，美人以身相报。"

轩辕妭噘着嘴："好什么好？我压根儿没见到他是高是矮，是胖是瘦。当时高辛的叛乱刚刚平定，大哥说少昊还有要事处理，未等我苏醒就离开了。他看到了我，我却没看到他，我现在都亏死了！"

云桑笑道："别紧张，我虽也没见过少昊，可我敢肯定少昊绝不会让你失望。"

"哼，你都没见过能肯定什么？"

"你觉得刚才那男子怎么样？"

"他的言谈举止让我想起了知未伯伯。"知未辅佐轩辕王立国，被誉为王师，轩辕妭的评语足可以看出她也相当赞赏刚才的男子。

云桑说："良禽择木而栖，在高辛二十多位王子中，心思如此凹凸的男子选择了少昊，所以你就放心吧。"她迟疑了一瞬，期期艾艾地问，"你能打听到他是谁吗？"

"我让四哥去问问就知道了，不说才华，只说容貌，那么清逸俊美的公子在高辛也没几个。"

云桑脸上飞起一抹羞红："我还有件事情想麻烦你。"

"什么？"

云桑附在轩辕妭耳边窃窃私语，轩辕妭时而惊讶，时而好笑，最后频频点着头，两个女子坐在潭边说了一个多时辰，太阳西斜时，云桑才离去。

晚上，浮云蔽月，山间有雾。

蟠桃园中的桃花犹如被轻纱笼罩，一眼望去，似乎整个天地都化成了迷迷蒙蒙的红色烟霞。

赤宸飞掠而入，站在桃园中央，取出一条红布蒙住双眼。白日里，他就发现玉山和桃林是一个大阵，若不想被幻象迷惑，就不能看，只凭心眼去感受微妙的灵气变化。

他在桃林内走走停停，时而前进，时而转弯，时而折回，终于破了桃林中的阵法，进入玉山的地宫。看他做得很容易，可其实一旦入阵，踏错一步就是死，几万年来也只他一个成功闯过。

整个地宫全部用玉石所建，没有一颗夜明珠，却有着晶莹的亮光。地宫内房间林立，道路曲折，收藏着各种各样的宝物，根本无从找起。赤宸想盘古弓既然是神兵，那么就应该收藏在兵器库中，他凝神体会了一瞬，直奔杀气最浓的方向去。

沿着台阶而下，甬道两侧摆着所有神梦寐以求的神兵利器，他却看都不看，只是盯着最前方。

在甬道的尽头，是整块白色玉石雕成的墙壁，壁上挂着一把弓。

弓身漆黑，弓脊上刻着古朴简单的红色花纹。似感觉到赤宸的意图是它，弓身爆出道道红光，弓也忽大忽小，大时比人都高，小时不过寸许。赤宸这才真正理解了王母说此弓无箭可配的原因——弓的大小随时在变，世间哪里有箭可配？

赤宸静静地凝视了它一会儿，用足灵力，一手结成法阵，一手迅速摘下弓。不知道触动了什么机关，地宫开始震颤，屋顶有一块块锋利的斩龙石落下。他急急闪避，好不容易闪避开。斩龙石化作千把利剑，飞击向他，他一边逃，一边撒出早准备好的桃叶。桃叶与玉山同脉，能掩盖住他的气息。

赤宸跌跌撞撞地逃出了地宫，浑身上下都是伤，样子狼狈不堪。侍卫已经赶到，他顾不上喘气，立即逃跑，可身后的追兵越来越多，从四面八方围堵而来。

林中已无处可躲，他只能跑向瑶池。

一轮圆月悬挂在中天，温柔地照拂着瑶池和桃林。晚风徐来，一池碧波荡漾，十里落英缤纷。

重重花影中，水榭的栏杆上悬空坐着一个青衣女子，女子双手提着裙裾，脚上没有穿鞋，踢打着水玩，串串水花高高飞起，粼粼月光与点点波光一同荡漾在她雪白的足尖。

刹那间，耳边一切声音都消失不见，赤宸的眼中只剩下了月光下、桃花影中的青衣女子，她的每一个动作都变得异常清晰缓慢。赤宸几疑是梦，只一边跑，一边盯着她，眼睛眨都不眨，唯恐一眨眼，她就会消失。

叫嚷声传过来，打破了瑶池夜晚的宁静，青衣女子闻声笑着回头，赤宸身子一震，硬生生地停住了步子。

溶溶月色下，女子面目清晰，正是他遍寻不着、以为已死的西陵珩。

"赤宸？你怎么在这里？"西陵珩跳起来，满面惊讶，看似凶巴巴，眼中却是藏也藏不住的惊喜。

赤宸呆了一瞬，几步飞掠到她身前，一把抓住她，仔仔细细地盯着她，这才敢确认一切是真："你又怎么在这里？"

西陵珩顾不上回答，指指桃林里的侍卫："他们是在追你吗？你偷了什么？"

赤宸耸耸肩，大大咧咧地说："我从玉山地宫拿了把弓，不过现在已经没有用了，待会儿还给他们算了。"

西陵珩脸色大变："你……你……你找死！这是圣地玉山，就是轩辕王、神农王、高辛王来了都要遵守玉山的规矩！"西陵珩急得团团转，赤宸却一点不着急，好整以暇地笑看着西陵珩着急。

眼看着侍卫们越来越近，西陵珩飞脚把赤宸踢到水里："快逃！我来挡着追兵！赶快逃下玉山，立即把这破弓扔了！不管发生什么事情，都永不要承认你进过玉山地宫盗宝，一旦承认，必死无疑！"

赤宸一脸无赖相，脑袋浮在水面，紧张兮兮地说："好媳妇，你若倒霉了，千万别把我供出来。”

西陵珩没好气地说：“快滚！”

眼见着侍卫们蜂拥而来，西陵珩偷偷去觑水面，看赤宸已经消失，才松了口气，隐隐觉得哪里不对，却已被侍卫们团团包围住，顾不上多想，和侍卫胡搅蛮缠地拖延着时间。

第二日，表面上玉山一切照旧，可所有的客人都察觉到了异样。

云桑派侍女去打听发生了什么，侍女回来禀奏说：“昨日夜里玉山地宫丢失了一件神器。”

云桑气得双眼几乎要喷火，怒盯着赤宸，正要发作，侍女接着说道：“据说已经抓住了贼子。”

云桑心下一松，讪讪地对赤宸抱歉一笑，对侍女斥道：“下次说话不许大喘气，一口气说完了。”

侍女新近才到云桑身边，还不了解云桑外冷内热的性子，怯怯应道：“是！”

云桑问道：“谁胆子这么大，竟然敢冒犯玉山？”

“没打听到，因为事关重大，听服侍王母的姐姐说，王母亲审贼子，审了半夜都没审出结果，也没有找到赃物，只得先把贼子放了，还禁止侍女再谈论，不过……不过……”侍女一口气实在喘不过来，脸涨得通红。

云桑无奈地说：“你把气喘顺了再说。”

侍女不知所措，泫然欲泣，始作俑者赤宸却笑起来：“不过什么？”

侍女深吸口气，快速回道：“不过王母说地宫失窃时只有她一个在场，嫌疑最大，若她不能证明自己清白，就要幽禁她一百二十年。”

赤宸若有所思：“要幽禁一百二十年？”

云桑挥手让侍女退下，淡淡道：“这已经很轻了。在玉山犯事，最怕的不是王母处罚，而是王母不处罚。王母直接把贼子交给他的家族，他们自然要给玉山一个交代，面对天下悠悠众口，刑罚只会重不会轻。”

赤宸凝望着窗外的百里瑶池、千年桃花，默默无语。

蟠桃宴在傍晚开始，座位设在瑶池边，亭台楼阁内安放着案榻，参差错落，看似随意，实际极有讲究。

主席上设了四座，王母坐主位，右手边坐的是高辛族的王子季厘，左手边坐的是神农族的王姬云桑，云桑下方是轩辕族王子仲意，挨着他们的是四世家的席位，再远处才是其余各族来宾。

赤宸坐在神农席中，一边举杯慢饮，一边用神识搜着西陵珩，没有发现她。想来因为犯错，被禁止参加蟠桃宴了。

试炼台上开始比试神力法术，胜出者会得到一份王母准备的彩头，这是历年蟠桃会的传统节目，也许刚开始只是增加酒兴的游戏，上千年下来，却慢慢地演变成了各族英雄一较高低的绝佳机会，令天下关注，甚至由此衍生出了大荒英雄榜。

王母命侍女将宝匣打开，匣内装着一朵娇艳欲滴的桃花，王母说："这是玉山灵气孕育出的驻颜花，不但是兵器，还可以不耗费主人一丝灵力就帮主人停驻年轻的容颜。"

所有女子都梦寐以求容颜永驻，不禁低声惊叹。

赤宸本已借口更衣，避席而出，听到惊叹声，回身看向驻颜花，心内一动，停住了脚步。

赤宸站在一旁，静看着比斗，直到最后一轮决出了胜负，他才掠向试炼台，几招就把胜者逼退，以迅雷不及掩耳之势夺取了驻颜花，对王母扬扬指间的桃花："多谢！"旋即跃下试炼台，飘然而去。

举座皆惊！

刚才的胜者也是闻名神族的英雄，竟然被赤宸几招就打败，却压根儿没有一个来宾认识赤宸，大家交头接耳，纷纷打听着他是谁。

云桑心内暗骂赤宸，面上却仍全力维护赤宸，为他寻着行事如此无礼的借口。

王母倒也没介意，只淡淡宣布了神农族赤宸获胜。

昨夜与西陵珩相逢，赤宸握住她手时，看似漫不经心，实际一则在查探她的伤势，一则在西陵珩身上留下印记，此时按照印记指引，很容易就能找到西陵珩。

夜色中，西陵珩握着一卷绢轴，沿着瑶池而行，边走边回头查看，似在查看有没有被尾随跟踪，眼见着越走越僻静。

赤宸看她行动诡异，没有出声叫她，隐在暗处，悄悄尾随。

月夜下，碣石畔，一个锦衣公子临风而立，面容俊美，气态清逸。

西陵珩款款走到他面前："诺奈将军？"

"正是在下。"

"我是轩辕王姬的闺中密友西陵珩。"西陵珩上下打量着诺奈，如同为女伴审视着情郎。

诺奈因为容貌出众，才名远播，在高辛时，每次出行必会被人围观，他早就习惯被人盯着看，可不知为何西陵珩的视线让他心头浮现出凹晶池畔、凸碧山上的轩辕王姬。竟然局促不安，匆匆施礼道："王姬传信说有重要的事情，让我不要参加蟠桃宴，在这里等候她，不知有什么重要的事情？"

这重要的事就是不让你在蟠桃宴上见到她，西陵珩背着双手，歪着头，笑嘻嘻地问："你觉得王姬如何？"

"王姬蕙质兰心，玉貌佳颜。"

"倒是不枉王姬对你另眼相待。"西陵珩把手中的绢轴递给诺奈，"这是王姬麻烦我转交给你的东西。"

诺奈大退了一步，没有接卷轴，神色冰冷，话里有话："少昊殿下不论品性还是才华、都举世无双，与王姬恰是良配，王姬若有事，尽可拜托少昊殿下，无须在下效劳。"

西陵珩含笑点点头，云桑叮嘱她，如果诺奈欣喜地接受私下传递，不但不要给他，还要狠狠地臭骂他一顿；如果诺奈不愿意接受，反而要想方设法地把东西给他。

西陵珩把绢轴强塞到诺奈手中："你紧张什么？王姬不过是恰好对园林机关很感兴趣，这是她这几年绘制的图样，诚心向你求教。"

诺奈脸色稍霁："王族内多的是名师，在下不敢妄言指点。"

西陵珩悠悠轻叹："你也说了不敢妄言，你以为那些所谓的高士敢妄言吗？再说了，别说轩辕族内，就是放眼天下，有几个能有诺奈之才？你看了图就明白了，只怕不输于你的凹凸馆，即使他们敢妄言，也没那个才华去妄言！"

诺奈听到这里，犹如嗜武之人遇见宝剑，心痒难耐，竟然恨不得立即拆开绢帛细看："那等我细细看过后，再给王姬回复。"

西陵珩点点头，狡黠地笑道："王姬行踪不定，过几日也许会派信使求见，将军可不要再无礼地将人拒之门外。”

诺奈笑着行了一礼，告辞而去。

西陵珩看他走远了，慢慢往回走，脑中仍在胡思乱想着云桑和诺奈，原来云桑姐姐也有如此促狭好玩的时候，越想越好笑，忍不住手舞足蹈、叽叽咕咕地笑个不停。

忽而脸上点点清凉，一抬头，只见溶溶月色下，漫天雪白的桃花瓣，飘飘洒洒，纷纷扬扬，轻卷细舞着，犹如冬日忽临，天地间被白雪笼罩，却更多了几分温柔、几分旖旎。

西陵珩喜得伸出双手，接住一捧桃花瓣，放在鼻尖轻嗅，淡淡清香袭来，这不是幻术，是真的桃花。

她忍不住在“雪花”中飞舞，一会儿轻扬长袿，一会儿猛翳修袖，身姿婉约，步态空灵，犹如花妖。

她笑着叫：“赤宸，是不是你？”

赤宸的身影渐渐出现，指间拈着驻颜花，笑站在漫天桃花雪中，岳峙渊渟，气宇轩昂，令柔丽的桃花都带上了几分英武之气。

西陵珩犹如做梦一般，停住了飞舞，怔怔地看着赤宸。

他们俩隔雪而望，都默不作声，只漫天白花，纷纷扬扬，飘飘洒洒，落个不停，也不知道是舍不得打破这一瞬的美丽，还是心中别有所感。

半晌后，西陵珩轻叹道：“我就知道你不会听我的话逃下山。”

赤宸微笑不语。

西陵珩缓缓走到他面前，仔细看着他：“昨夜你走后我才反应过来，纵然是神族高手，也没有几个能从玉山地宫盗宝后全身而退，博父山上也是你救了我，对吗？你究竟是谁？”

“我就是我。”

西陵珩嗔怒：“不要再骗我，我是说你的真名！”

“百黎族的巫师们叫我兽王；神农山上的神有的叫我禽兽，有的叫我畜生；师父和榆襄叫我赤宸。”

赤宸平平淡淡地道来，西陵珩却觉得莫名地心酸，低声道：“你灵力不弱，我还以为你是神族内哪个成名的英雄，没想到竟然一点名气都没有。”

赤宸对指间的驻颜花吹了口气，驻颜花慢慢长大，足有一尺来高，枝丫上结满了花骨朵，有红有白，煞是美丽，他递给西陵珩。

没有哪个少女不爱美丽的花朵，西陵珩惊喜地接过："送给我的？"

赤宸点点头。

"谢谢！"西陵珩刚道过谢，却又撇撇嘴，狠狠瞪了赤宸一眼，转身就走，"大骗子！你明明那么厉害，却在博父国欺负我！"

她攀到山顶，找了块略微平整的石块坐下。赤宸坐到她身旁，轻声叫："阿珩。"

西陵珩头扭到一边，不理会他，只兴致勃勃地把玩着驻颜花，看着雪越下越大。

赤宸坐看了一会儿，双手拢在嘴边，发出了几声鸣叫，不一会儿，竟然有两只鸟合力衔着一枝桃枝过来，叶儿碧绿，犹带着夜间的露水，间中长着一个粉嫩嫩、水灵灵的蟠桃，一看就知道十分好吃。

神族能凭借神力驱策兽妖鸟妖，可想驭使灵智未开的普通飞禽走兽反倒不可能，西陵珩看得目瞪口呆。两只鸟儿在她面前振动着翅膀，娇声啼唱，似在邀请她吃桃子。

西陵珩不自禁地咽了口口水，看了一眼赤宸，拿过桃子，咬了一口，甘香清甜，直透心底，竟然比以前吃过的所有果子都好吃。

"真好吃！"

赤宸凝视着阿珩，笑而不语，这是整座玉山上最好吃的一颗桃子，曾经他不明白为什么那只红狐狸会把最好吃的东西送出去，可现在看到阿珩笑眯眯的眼睛，他明白了。

阿珩心头莫名一阵悸动，竟然不敢再看赤宸，低下头，只默默地玩着桃花，吃着桃子，觉得又是惶恐，又是害怕，还有一种说不清楚的甜蜜。

漫天花雪纷纷扬扬，他们并肩坐在石崖上。赤宸仰头看着皎洁的月亮，只觉心里宁静喜乐，好似回到了莽莽深山中，自在随意，却不再有孤单。

第五章 笺短情长，寸心难寄

蟠桃宴后，宾客全部离去，没有了宾客自然也不用傀儡宫女，宫殿内真正的宫女并不多，来来去去，悄无声息，常常一早上都听不到一句说话声。

没有了虚假的喧闹，连绵百里的亭台楼阁，繁绮瑰丽中竟满是荒凉肃杀，连那千里绚烂的桃花也遮盖不住，也许，这才是玉山的真实面貌。

西陵珩忽然明白了为什么王母每三十年要开一次蟠桃宴，太寂寞了！即使都是些不相干者，也可以用别人的热闹打发自己的寂寞。

想着在玉山还有一百二十年，几万个日日夜夜，向来乐天的她都开始犯愁。

赤宸似乎猜到她会觉得孤单，派侍从送来一只瘦弱的獙（bì）獙[①]。它的母亲在守卫地盘时战死，临死前还未生产，为了让孩子活命，拼着最后一口气，用利爪剖开自己的肚子，将未足月的孩子取出，恰好被赤宸所救，可这样的孩子又如何能活呢？

小獙獙奄奄一息，西陵珩抱去给王母看，王母冷冷地说："狐族矜贵，十分难养，活不了。"

小小的獙獙眼睛都不大睁得开，可西陵珩用手指逗弄它时，它会含着西陵珩的手

① 《山海经·东山经》："（姑逢之山）有兽焉，其状如狐而有翼，其音如鸿雁，其名曰獙獙。"獙獙属于狐族，身上虽然生有肉翼，但非常轻薄，并不能飞翔。

指，呜呜地吮吸，好似表达着自己对生的渴望。

西陵珩拿天下人梦寐以求的蟠桃和玉髓喂獙獙，她不觉得是浪费，既然活不长，那就要吃喝尽兴。

王母倒不管她，只冷眼旁观。

蟠桃和玉髓汇聚天地灵气，可正因为灵气过于充沛，若不能吸纳，反而会置人于死地。果然，没多久，小獙獙的毛皮鼓胀起来，越来越大，变得像个皮球，像是马上就要炸裂，因为痛苦，小獙獙双眼通红，暴躁不安。

西陵珩着急地安抚着它，它却又抓又咬，西陵珩的手被抓得鲜血直流。小獙獙无意吮吸到她的鲜血，觉得减轻了痛苦，它就紧紧咬着西陵珩的手，用力地吸着她的血。西陵珩倒是不在意，由着它吸，也丝毫不束缚自己的灵力。慢慢地，獙獙的身体恢复了原样，它心满意足地蹭着西陵珩，沉睡过去。

误打误撞，竟然寻得了一线生机，真是傻有傻福！王母摇摇头，转身离去。

西陵珩每天都拿蟠桃和玉髓喂獙獙，如果獙獙身体鼓胀，就再用自己的血喂它。一日日过去，本来要死的獙獙竟然开始满地跑，毛发格外黑，肋上的双翼也生得与众不同，脉络十分结实。

长到一岁多时，獙獙已经像猫一般大，西陵珩唤它阿獙。

一日，西陵珩逗它玩时，将它放到桃树上，自己偷偷跑开，阿獙哀哀叫了几声后，居然扑扇着翅膀，跌跌撞撞地来追西陵珩。

獙獙虽然生有双翼，可翼上无力，并不能飞，但是，被蟠桃和玉髓喂养大的阿獙竟然能飞！

西陵珩惊得大笑，立即四处乱跑，引着阿獙练习飞翔，闹得桃林遭了殃。

宫女们都来看能飞的阿獙，阿獙年纪虽小，可已有了狐族天生的美丽出众，模样十分讨大家喜欢，宫女们惊讶，欢喜地叫它“飞天小狐狸”，王母偶然间也会驻足看一眼，眼中有意外。

西陵珩冲她做鬼脸，得意地笑，嘲笑她也会犯错，小獙獙不仅活着，还活得十分健壮。

西陵珩被关在深山，只有阿獙相伴，每日就盼着能收到信。

大哥青阳公务繁忙，不要说写信，连一点慰问的话都没有。四哥仲意倒是很关心她，可主要是送些吃的、玩的，并不怎么写信。唯独赤宸来信频密，常常一月好几封，大到各地风光，小到他听的一个笑话、吃的一道菜，都会写到信里，也不拘长短，长时百字，短时就一句，“案头的昙花开了，白色，很香”。

有时，还会给她惊喜。赤宸告诉她，汉水出了吃人的大水怪，他主动请命去制伏水怪，受了点轻伤，不过水怪死了，他把水怪的牙齿做成风铃带给她。

西陵珩将风铃挂在屋檐下，每当风吹过，在悦耳的叮当声中，她脑海中会栩栩如生地浮现出：巨浪滔天，赤宸与水怪搏斗，胳膊受伤，鲜血染红了汉水，而他嘴角仍带着满不在乎的狂妄笑意。

西陵珩渐渐依赖上了赤宸的信，即使只是寥寥一句，也带着外面天地的生机和精彩。她的回信则千篇一律，她和阿獙做了什么，她和阿獙又做了什么。

西陵珩偶尔会想，如果把她的信放到一起看，肯定能把赤宸闷死，不过她写得很开心，赤宸也一直没有被她烦到不再给她回信。

大概他们俩来往信件太频密，虽然王母不介意她的青鸟[①]每次上山时帮阿珩捎信，可赤宸觉得不方便，告诉阿珩已经为她找了一只很好的鸟做信使。

几个月后，一只五花大绑着的琅鸟[②]被送上玉山。

西陵珩站在鸟前看信，赤宸说奉神农王之命，要去西南方的茂密雨林，那里还未有神族官员去过，不知道要去多久。原本打算把这只鸟驯服后才送给她，可现在无法带着鸟同行，只能先送来。

西陵珩看完信，歪着脑袋看鸟，想象不出来，以赤宸之能，竟然驯服不了一只鸟。

琅鸟通体白色，双眼碧绿，因为体态美丽，性情温顺，所以神族少女常养在闺房，可这只琅鸟十分倨傲，抬头望天，看都不看西陵珩一眼。

西陵珩给琅鸟喂食，它很温驯，乖乖吃了两条小五色鱼。西陵珩心喜，也不难驯嘛！喂第三条时，琅鸟以迅雷不及掩耳之势狠狠地啄在西陵珩手上，撕去一片肉。

---

① 《山海经·海内北经》：“西王母梯几而戴胜，其南有三青鸟，为西王母取食。”《山海经·大荒西经》：“三青鸟赤手黑目。一名曰大鵹，一名曰小鵹，一名曰青鸟。”

② 《山海经》中的瑞鸟，通体白色。

西陵珩的手上鲜血直流，琅鸟得意地叫着，声音怪异难听，可周围的鸟儿却都闻声而来，畏惧地停在枝头。

王母听到琅鸟的叫声，诧异地走出屋子，仔细看了一会儿后，说：“这只琅鸟好似有些来历。”

西陵珩忙虚心求教，王母说：“琅鸟本来的叫声悦耳动听，这只琅鸟叫声如此难听是因为它没把自己当琅鸟，超出自己能力地想发出凤凰鸣叫。凤凰每五百年生一蛋，不知道为什么一颗琅鸟蛋落在了凤凰巢中，机缘凑巧，凤凰的蛋不见了，凤凰误把琅鸟蛋当作自己的儿女孵化，又抚养它长大，此鸟勉力学凤凰鸣叫，所以就这样了。”王母看看树上想走又不敢走的鸟，笑着说，“如果是真正的凤凰，应该叫声如琴鸣，百鸟朝拜，心悦诚服，而不是这样。”

宫女们都掩嘴轻笑，西陵珩却有些伤感，心怜起琅鸟来。它这个样子，真正的琅鸟不敢接近它，凤凰又不屑与它为伴，其实它何曾想做凤凰！

西陵珩对琅鸟说：“你能和赤宸斗，可见早已不是凡鸟，我没那心力驯化你，但赤宸费心捉你送给我，我不能拂逆他的心意，轻易将你放走。你先在玉山暂住，为我传递消息，等我下山之日，随你选择是走是留。你若答应，我现在就松开你；你若不答应，我就捆你一百年。”

琅鸟张开嘴，用一团火焰回答了西陵珩的提议。

王母摇头感叹，可怜天下父母心，估计那对凤凰至死都不明白为什么儿子不像它们，可为了帮助儿子，它们竟然不惜牺牲自己，把自己的百年内丹喂给了琅鸟。

西陵珩躲开火焰，也不生气，只对阿獙说：“我们走。”

王母看看四周的侍女，侍女们立即低头离开。

琅鸟自由惯了，即使被赤宸捉住时，也因为日日抗争，过得紧张刺激。现在却被束缚于方寸之地，大家都不理它，西陵珩每天只来一次，扔下食物就走，不管它怎么挑衅，她都面无表情。

琅鸟刚开始还有精力乱叫乱鸣，后来却连鸣叫的兴致都没有，日日对着毫无变化的景物发呆。

朝云升，晚霞落。

桃林深处常常传来獙獙的欢鸣声。

偶尔，獙獙会飞过琅鸟的头顶，留下一道黑影，琅鸟对獙獙笨拙的飞翔不屑一顾，可当獙獙消失后，它却仰着头，痴痴望着什么都没有的天空。

一百多天后，西陵珩放完食物要走时，它用嘴叼住了西陵珩的衣服。

西陵珩回首看它："你答应了？"

它把头一昂，不吭声。

西陵珩对它的臭脾气毫不介意，微笑着说："你脾气虽暴烈，性子却高傲，自然不屑于有诺不践。"她挥手解开它身上的绳子，"我有事时会找你，平日里你若不想见我，玉山之内，随你翱翔。"

它刚要飞走，西陵珩又说："你不是琅鸟，也不是凤凰，你就是你，天下间独一无二，我就暂且叫你烈阳，你日后若有机缘修成人形，可以随自己喜好换别的称号。"

烈阳呆呆地站着，似在思索西陵珩的话。西陵珩手拿桃枝，在地上写下"烈阳"两字。

琅鸟盯着地上的"烈阳"看了半晌，展翅而去。

西陵珩轻嘘口气，对阿獙摇头感叹："它真是太倔强了，性爱自由的飞禽竟然能坚持一百多天！我差点儿就撑不下去，打算给赤宸写信，求他允许我放了它。"

阿獙咧着嘴笑，眼中满是笑意。

阿獙是狐族，本就是飞禽走兽中首屈一指的聪明者，又长于灵气充盈的玉山，食蟠桃，饮玉髓，受西陵珩教化，虽然还不能口吐人言，其实与聪慧的人族孩童无异。

西陵珩开心地朝屋子里跑去："我去给赤宸写信，他若看到送信的是烈阳，肯定大吃一惊，好奇我怎么能这么快驯服了烈阳。你说我们要不要告诉他我和烈阳的约定？先不告诉他，让他好奇去吧！"

烈阳果然守诺，听到西陵珩的叫声就飞来。

西陵珩托付它后，又把准备好的一竹桶玉髓挂在它脖子上，烈阳本以为是让它送的礼物，不想西陵珩说："这是给你喝的，你速度快，一日就能到，收信的赤宸自会替你打开，这样你就不用吃那些对你无益的食物。"

烈阳展开双翅，沉默地飞出窗外。它的速度果然疾如电，一道风过，已经失去踪影，屋檐下的风铃犹在叮叮当当。

西陵珩坐于案前，单手托腮，凝视着风铃，双颊渐渐泛红。

在玉山，年年岁岁花相似，岁岁年年神亦相同，可玉山下已经春去秋来，秋过春回，悠悠三十年，又到了蟠桃宴。

王母为了准备蟠桃宴，做了很多傀儡宫女干活，宫殿里突然热闹起来。

西陵珩觉得很有意思，也学着做傀儡，王母教她，先要点心头精血，令傀儡得生气，再用灵力操控它做事。傀儡并不难做，操控却很难，先不说与自己命脉息息相关的心头精血，只是所需的庞大灵力就不是一般的神所能承受。即使以王母之能，若非这是在灵气充盈的玉山，若非这些傀儡都是贴身服侍，她也无法操纵这么多傀儡。

王母取笑西陵珩："马上就不用写信了，可以当面说话，是不是很高兴？"

西陵珩愣了愣，似喜似愁，低下了头。

王母摇头而笑。

西陵珩突然抬头问："以前的王母并不举行蟠桃宴，蟠桃宴是从你开始的规矩，每三十年一次的蟠桃宴，劳心费力，你真正想见的那个神或者妖可有来过？"

王母蓦然色变，手中正在做的木头傀儡掉在地上，厅内捧茶而来的宫女碎成了粉末。

"不要以为我对你好言好语，你就忘记了这是什么地方，小心我再关你一百二十年！"

王母怒气冲冲，拂袖而去，宫女们噤若寒蝉，西陵珩却朝阿獙偷笑："我怎么觉得好像有点喜欢这个老妖女了？"

蟠桃宴召开时，各路英雄如期而至。

西陵珩非常开心，因为轩辕族来的使者是四哥仲意，论理仲意上一次刚来过，这次不该他来，四哥肯定是为了她才特意向父王争取来玉山的。

可是，神农一族只有洪江赴宴。

洪江向王母赔罪："二王姬病逝，神农王非常伤痛，以致成疾，族内各官员各司其职，不敢轻离，所以只有晚辈来。"

王母将一笼蟠桃交给洪江，让他带给神农王："替我向神农王转达哀思，劝他节哀顺变。"

洪江行礼后恭敬地告退，王母站在悬崖边，眺望着云海翻涌，身影透着难言的寂寞哀伤，一站就是一整天，没有一个宫女敢去打扰。

西陵珩走过去，站在王母身后。

王母将一个木盒递给她：“这是青鸟刚从山下拿上来的，看来赤宸虽然未来，礼却到了。”

西陵珩打开盒子，里面放着两个木头雕刻的凤凰。

西陵珩先是不解，后又突然明白，把它们放在地上。

两只凤凰接触到地气，立即迎风而长，变成了两只和真凤凰一模一样的凤凰，披着五彩霞衣，啾啾而鸣，上下飞舞，左右盘旋。

凤凰贵为百鸟之王，性格高傲，可这两只凤凰和西陵珩无限亲昵，时而飞到远处为她跳舞，时而飞到近处绕着她的身子盘旋。凤凰的鸣声如琴，愉悦动听，它们边鸣叫边飞舞，不要说西陵珩，就是王母都露了笑意。

半炷香后，凤凰才因为附着在上面的灵力耗尽，结束歌舞，收起翅膀落下，变回了木雕。

王母看着木雕出神，西陵珩问：“怎么了？”

王母冷冷地说：“你的朋友倒真不简单，竟然能在千里之外操控傀儡，尤其难得的是还有声音。”其实，令王母感叹的不是这个，只要不惜代价，傀儡可以远隔千里杀人取物，可那是为了权和利，而赤宸不惜耗损心血，竟只为让西陵珩一笑。

西陵珩笑着收起木雕，虽然它们已经没有用了。

很快，三天的蟠桃宴就结束了。

对西陵珩而言，蟠桃吃了三十年早吃腻了，蟠桃宴十分无趣，可当蟠桃宴结束时，她又觉得难受，说不清为什么，也许只是因为仲意哥哥要离去。

西陵珩依依送别哥哥后，独自躲到了桃林深处，连阿獙都没带。王母却不知道怎么就寻到了她，问道：“想家了吗？”

西陵珩很早以前就在纳闷王母说过的一句话。当日王母惩戒她时，说的是“看在你母亲的面上，我保全你的名声，不对外宣布偷盗罪名，只罚你帮我看守桃林一百二十年”。西陵珩自小到大，只听说过看在她那威名远播四海的父王的面上，第一次听说“看在你母亲的面上”，而且是从玉山王母口中所出，所以她一直很好奇。

她大着胆子问王母：“你认识我母亲吗？”

“很多很多年前，我们曾是亲密无间的好友。”

“真的？”西陵珩不是不信，而是意外。

“如今提起你爹爹，天下无人不晓，可当时没有几个人听过他的名字，而你母亲已经名动天下，人人皆知西陵有奇女，神农王、高辛王都派使者去为儿子求过亲。如果你母亲同意的话，如今你也许就是神农、高辛的王姬了。”

西陵珩大吃一惊，简直不能相信：“那当年，我娘亲是什么样子？我爹爹又是什么样子？”

王母眯着眼睛，似在回想：“你母亲是我见过的最聪慧勇敢的女子，你父亲是我见过的最英俊倜傥的少年，那时……”王母的话语断了，半晌都不出声。日光透过绯红的桃花落下，碎金点点，疏落间离，风吹影动，王母的容颜上有悠悠韶华流转，有着阿珩看不懂的哀伤。

“为什么我母亲从未提起过你呢？”

王母的笑意从唇边掠开，惊破了匆匆光阴：“因为我们已经不是好友了。”

“你有多久没见过他们了？”

“两千多年了，自从我执掌玉山，我就再未下过山，他们也从未来过。”

西陵珩看了看四周，说不出来话，上千年，她就独自一人守着这绚烂无比的桃花日日又年年？

王母沉吟了一瞬，问道：“你母亲可好？”

西陵珩侧着头想了想说：“挺好的，她喜静，从不下山，也很少见客。”

王母的容颜仍如二八少女，纵使是神族，蟠桃也不能让他们长生不死，不过常食却能让容颜永驻。西陵珩看着王母，突然冒出一句：“我母亲的头发早已全白了。”

“你爹爹……你爹爹……”王母的话没有成句，就不再说。

西陵珩却已经明白她想问什么：“母亲喜静，爹爹很少去打扰她。”

王母和西陵珩相对无言。王母是因为玉山戒规不能下山，母亲呢？又是什么让她画地为牢？

王母忽然想大醉一场，高呼侍女，命她们去取酒。

王母醉了，几千年来的第一次醉。

西陵珩看着她在桃花林里长袖飞扬，翩翩起舞。

王母笑着一声声地唤她：“阿缬，快来，阿缬，快来……”

西陵珩第一次知道，原来自己的母亲曾被女伴娇俏地叫“阿缬”。她站起来，陪着王母跳舞，却无法回应王母的呼唤。很多很多年前，王母也应该有一个温柔的名字，只是太久没有人叫，所有人都不知道了。西陵珩不想叫她王母，至少现在不想，所以她不说话，只是陪着她跳舞。

蟠桃宴后，玉山恢复了原样，冷清到肃杀，安静到死寂。

每一天都和前一天一模一样。一模一样的食物，一模一样的景色，因为四季如春，连冷热都一模一样，没有一点变化。

前面的三十年，西陵珩因为年纪小，经历的事情少，并不真正理解失去自由的痛苦，无所畏惧，痛苦自然也淡。可这三十年才刚开始，她想着还有三个三十年，就觉得前面的日子长得让她畏惧，因为畏惧，她的痛苦变得沉重。

玉山隔绝了世界，也把西陵珩隔绝在世界之外。她常常想，也许等到她下山时，会发现她已经和所有朋友没有话可说。他们知道的，她一点都不知道。

即使是神族，一生中又能有几个正值韶华的一百二十年？

西陵珩给赤宸的信越来越短，越来越少，到后来索性不写了。

赤宸却仍坚持着隔三岔五书信，他甚至都不问西陵珩为什么不再回信，他只平静地描述着自己的生活，偶尔送她一个小礼物。

西陵珩虽然不回信，可每次收到赤宸的信时，心情都会变好一点。

三年多，一千多个日子，西陵珩没有给赤宸片言只语，赤宸却照旧给她写信。

四年后，玉山上依然是千年不变的景色，玉山下却刚刚过完一个异样寒冷的严冬，迎来了温暖的春天。

西陵珩在桃林眯着眼睛看太阳时，青鸟带来了赤宸的信。

信很长，平平淡淡地描述风土人情，温温和和地叙述着一些故事，里面一句看似平常的话却灼痛了她的眼。

行经丘商，桃花灼灼，烂漫两岸，有女浆衣溪边，我又想起了你。

一个无意落下的“又”字让西陵珩辗转反侧了一晚上。

第二日清晨，烈阳带着她的信再次飞出玉山。

经过几十年的相处，阿獙和烈阳已混熟，烈阳性子古怪，并不容易相处，可阿獙喜欢烈阳，不管烈阳怎么对它，它总能黏住烈阳，烈阳被黏得没了脾气，慢慢接纳了阿獙。

阿獙和烈阳戏耍时，西陵珩就一边看守桃林，一边养蚕。

几十年来，她收了赤宸很多礼物，却没有一件回赠。玉山之上有美玉、有异草、有奇珍，可那都属于王母，不属于她。

她的母亲精通养蚕纺纱，在她还没学会说话时就已经学会了辨别各种蚕种。她琢磨着也许可以借助玉山的灵气，养出一种天下绝无仅有的蚕，为赤宸做一件天下绝无仅有的衣袍。

玉山上没有日月流逝的感觉，桃花一开就是千年，西陵珩计算时光的方式是用她和赤宸的信件往来。

他给我写信了，我给他写信了，他又给我写信了，我又给他写信了……漫长的时光就在信来信往中流过。

十六年养成桃花蚕，五年纺纱，三年织布，一年裁衣，西陵珩总共花了二十五年为赤宸准备好了衣袍。

衣袍制成时，满屋红光惊动了整个玉山。侍女们以为着火了，四处奔走呼叫，王母匆匆而来，看到一袭简简单单的红色衣袍，可那红色好似活的一般，在狂野地怒放，在呼啸着奔腾，盯着看久了，觉得自己都要被红色吞噬。

就连王母都是第一次看见这样的红色，愣愣地看了好一会儿，对西陵珩说："你果然是阿缬的女儿。"

西陵珩命烈阳把衣袍带给了赤宸，并没有说衣袍何来，只说回赠给他的礼物，希望他喜欢。

第六章 辜负当年林下意

又是一年蟠桃宴。这一次蟠桃宴，轩辕族来的是王子苍岩，神农族来的是王姬云桑，高辛族来的是王子宴龙。

云桑到山上后，按照神农王的吩咐，把来往政事全部交给赤宸处理，自己十分清闲，她随意漫步，却不知不觉中就走到了凹凸馆，看到轩辕妭坐在池边，呆呆盯着天空。

云桑十分意外，走近“嗨”了一声，吓得轩辕妭差点儿跳起来。

“你怎么会在玉山上？没听说你来啊！”

“说来话长，六十年前的蟠桃宴后，我压根儿没下山，一直被王母关在这里。”

云桑愣了一愣，反应过来：“你……你就是被王母幽禁的贼子？”

轩辕妭瘪着嘴，点点头。云桑坐到轩辕妭身旁：“我可不相信你会贪图玉山的那些神兵利器，究竟怎么回事？是不是中间有什么误会？”

轩辕妭耸耸肩，装作无所谓地说：“反正玉山灵气充盈，多少神族子弟梦寐以求能进入玉山，我却平白捡了一百二十年，全当闭关修炼了。”

云桑心思聪慧，自然知道别有隐情，不过如今她愁思满腹，轩辕妭不说，她也没心思追问。她望着眼前的水凹石凸，不禁长长叹了口气：“我正有些烦心事想找你聊一聊。”说完，却又一直沉默着。

轩辕妭知道她的性子要说自会说，否则问也问不出来，不吭声，只默默相陪。

云桑半晌后才说：“自从上次和诺奈在这里相逢后，我们一直暗中有往来。”

轩辕妭含笑道："我早料到了。"

"二妹瑶姬自出生就有病，她缠绵病榻这么多年，父王的全部关爱都给了她，我只能很快地长大，不仅要照顾刚出生就没了母亲的榆襄，还要宽慰父王。有时候看到瑶姬被病痛折磨得痛不欲生，父王跟着一起痛苦，我甚至在心底深处偷偷地想，瑶姬不如……不如死了算了，对她、对我们都是解脱。"

轩辕妭默默握住了云桑的手，母亲十分怜惜云桑，曾感叹这丫头从未撒娇痴闹过，似乎天生就是要照顾所有弟妹的长姐。

"三十年前，瑶姬真……真的……去了，父王大病，卧榻不起，几乎要追随瑶姬一起去找母亲，我一滴眼泪没掉，日夜服侍在父王身边，父王的病一点点好转，我却渐渐发现自己承受不了失去瑶姬，她看似孱弱，但总在我最需要时陪伴着我。"云桑看着轩辕妭，"你也生在王族，自然知道王族中那些不见鲜血的刀光剑影，榆襄秉性柔弱，很多事情我必须强硬。有时候，累极了，连倾诉的朋友都没有一个，只能呆呆地坐着，瑶姬会跪坐在我身后，解开我的头发，轻柔地为我梳理，药香从她身上传来，好似一种安慰；夏日的夜晚，我查阅文书，她会坐在我身旁，裹着毯子，慢慢地绣香囊；冬天时，她禁不得冷，却又渴望着雪，总是躲在屋中，把帘子掀开一条缝，看我和榆襄玩雪，我们拿个雪团给她，她就好像得了天下至宝，欢喜得不得了……"

云桑的手冰冷，簌簌直颤，轩辕妭紧紧握着她的手，想给她一点温暖和力量。"大殿内再闻不到瑶姬的药香，我难受得像是整颗心要被掏空，可我还不能流露出一丝悲伤，因为父王的病才刚有好转，不敢刺激到他。一个雷雨交加的夜晚，我被惊雷炸醒，瑶姬再不会抱着枕头，站在帘子外，小声地问我：'姐姐，我害怕，能和你一起睡吗？'我一直以为是我在陪伴、安慰她，可如今没有了她身上的药香，我突然觉得雷声很恐怖，这才明白，那些可怕的夜晚，不仅仅是我在陪伴瑶姬，也是瑶姬在陪伴我。雷雨交加中，我冲下了神农山，找到驻守在高辛边境的诺奈。当我闯进他的营帐时，他肯定被吓坏了。那段日子，我瘦得皮包骨头，脸色蜡黄，当时匆匆下山，衣衫零乱，披头散发，浑身湿淋淋，连鞋子都未穿。"

云桑看着轩辕妭，脸上一时红、一时白："我不知道我怎么了，竟然一见他就抱住了他。那一刻，就好似终于找到了个依靠，把身上的负担卸下来。我在他怀里号啕痛哭，那是我从小到大第一次失态。后来，他一直搂着我，我一直哭，就好似要把母亲去世后所有没有掉的眼泪都掉完，直到哭得失去了意识。"

云桑脸颊绯红，低声说：“我醒来时，他不在营帐内。我也没脸见他，立即溜回了神农山。很长时间，我们都没有再联系，后来我们都绝口不提那夜的事情，全当什么都没发生，他对我十分冷淡，但……但……”云桑结结巴巴，终究是没好意思把“但我们都知道发生了”说出口。

神农和高辛是上古神族，礼仪烦琐，民风保守，轩辕却民风豪放，对男女之事很宽容，所以轩辕妭和云桑对此事的态度截然不同。轩辕妭觉得是情之所至，自然而然，云桑却觉得愧疚羞耻，难以心安。

轩辕妭含笑问：“姐姐，你告诉诺奈你的身份了吗？”

云桑愁容满面：“还没有。起初，我是一半将错就错，一半戒心太重，想先试探一下他的品行，后来却不知道怎么回事，越来越害怕告诉他真相，生怕他一怒之下再不理会我。我就想着等再熟悉一些时说，也许他能体谅我。可真等彼此熟悉了，我还是害怕，每次都想说，每次到了嘴边就说不出口，后来发生了那件尴尬的事情，他对我很疏远、冷淡，我更不好说，于是一日日拖到了今日，你可有什么办法？”

“不管你叫什么，不都是你吗？说清楚不就行了。”

“信任的获得很难，毁灭却很简单。重要的不是欺骗的事情的大小，而是欺骗本身就说明了很多问题。将心比心，如果诺奈敢这样欺骗我，我定会怀疑他说的每一句话是不是都是假的。诺奈看似谦逊温和，可他年纪轻轻就手握兵权，居于高位，深得少昊赞赏，诺奈的城府肯定很深，获取他的信任肯定很难，我却……我却……辜负了他。”云桑满脸沮丧自责。

轩辕妭愣住，真的有这么复杂吗？半晌后，重重地叹了口气，竟然也莫名地担忧起来。

蟠桃盛宴依旧和往年一般热闹，所有宾客都聚集在瑶池畔，觥筹交错，欢声笑语。

赤宸坐了一会儿，避席而出，去寻找西陵珩。他快步走过了千重长廊，百间楼台，一重又一重，一台又一台，渐渐地，距离她越近反倒慢了起来。

寻到她住的院子，庭院空寂，微风无声，只屋檐下的兽牙风铃叮叮当当地响着，宛如一首古老的歌谣。

赤宸怔怔地聆听。当日他做好风铃时，它的颜色白如玉，经过将近六十年的风吹日晒，它已经变得褐黄。

绕过屋舍，走入山后的桃林。

月夜下，芳草萋萋，千树桃花，灼灼盛开，远望霞光绚烂，近看落英缤纷。

一只一尺来高的白色琅鸟停在树梢头，一头黑色的大狐狸横卧在草地上，一个青衫女子趴在它身上，似在沉睡，背上已落了很多花瓣。

阿獙忽地抬头，警觉地盯着前方，一个高大魁梧的红衣男子出现在桃花林内。烈阳睁眼瞧了一下，又无聊地闭上。

阿獙和烈阳朝夕相处几十年，有他们独特的交流方式，阿獙的警惕淡了，懒懒地把头埋在草地上，双爪蒙住眼睛，好似表明你们可以当我不存在。

赤宸轻手轻脚地坐在西陵珩身旁。

西陵珩其实一直都醒着，赤宸刚来，她就察觉了，只是在故意装睡，没有想到往常看似没什么耐心的赤宸竟然十分有耐心，一直默默地守候着。

西陵珩再装不下去，半支起身子，问道："为什么不叫我？我要是在这里睡一晚上，你就等一晚上吗？"

赤宸笑嘻嘻地说："一生一世都可以，你可是我认定的好媳妇。"

西陵珩举拳打他："警告你，我才不是你媳妇，不许再胡说八道。"

赤宸握住了她的手，凝视着她，似笑非笑地说："你不想做我的好媳妇，那你想做谁的呢？你可是被我这只百兽之王挑中的雌兽，如果真有哪个家伙有这个胆子和我抢，那我们就公平决斗。"

赤宸并不是一个五官英俊出众的男子，可他的眼睛却如野兽般美丽狡黠，冷漠下汹涌着骇人的力量，令他的面容有一股奇异的魔力，使人一见难忘。

西陵珩不知道为何，再没有以前和赤宸嬉笑怒骂时的无所谓，竟然生出了几分恐惧。她甩掉了赤宸的手："我们又不是野兽，决斗什么？"

赤宸大笑起来："只有健壮美丽的雌兽才会有公兽为了抢夺与她交配的权利而决斗，你……"他盯着西陵珩啧啧两声，摇了摇头，表示不会有公兽看上她，想和她交配。

西陵珩羞得满面通红，终于理解了叫他"禽兽"的人，赤宸说话做事太过赤裸直接，她捂着耳朵嚷："赤宸，你再胡说八道，我以后就再不要听你说话了。"

赤宸凝视着娇羞嗔怒的西陵珩，只觉心动神摇，雄性最原始的欲望在蠢蠢欲动，他忽而凑过身来，快速地亲了西陵珩一下。

西陵珩惊得呆住，瞪着赤宸。

赤宸行事冷酷老练，却是第一次亲近女子，又是一个藏在心尖尖上的女子，心动则乱，生死关头都平静如水的心竟然嗵嗵乱跳，眼中柔情万种。贪恋着刚才那一瞬的甜蜜，忍不住又低头吻住了西陵珩，笨拙地摸索试探着，想要索取更多。

西陵珩终于反应过来，重重咬下。赤宸“嗷”的一声后退，瞪着西陵珩，又是羞恼又是困惑，犹如一只气鼓鼓的小野兽。

西陵珩冷声斥道：“滋味如何？下次你若再……再……这样，我就……绝对不客气了！”

赤宸挑眉一笑，又变成了那只狡诈冷酷的兽王，他手指抹抹唇上的血，伸出舌头轻轻舔了一下，盯着西陵珩的嘴唇，回味悠长地说：“滋味很好！”故意曲解了她的话。

西陵珩气得咬牙切齿，可骂又骂不过，打又打不过，起身向桃林外跑去，恨恨地说：“我不想再见你这个轻薄无耻之徒！你我之间的通信就此终止！”

“求之不得！我早就不耐烦给你写信了！”

西陵珩没回头，眼圈儿却突地红了起来，她都不知道自己难受什么。

晚上，西陵珩翻来覆去睡不着，屋檐下的风铃一直叮叮咚咚响个不停。她跳下榻，冲到窗户边，一把将风铃扯下，用力扔出去。

整个世界安静了，她反倒更心烦，只觉得世界安静得让她全身发冷，若没有那风铃陪伴几十年，玉山的宁静也许早让她窒息而亡。

过了很久，她起身看一眼更漏，发现不过是二更，这夜显得那么长，可还有六十年，几万个长夜呢！

恹恹地躺下，闭着眼睛强迫自己睡。翻了个身，忽觉不对，猛地睁开眼睛，看见赤宸侧身躺在榻边，一手支着头，一手提着被她扔掉的风铃，笑眯眯地看着她。

西陵珩太过震惊，呆看着赤宸，一瞬后才反应过来，立即运足十成十的灵力劈向赤宸，只想劈死这个无法无天的浑蛋！

赤宸连手都没动就轻松化解，笑着说：“你这丫头怎么杀气这么重？”

说话间，榻上长出几根绿色的藤蔓，紧紧地裹住了西陵珩的四肢。

西陵珩知道她和赤宸的灵力差距太大，她斗不过赤宸，立即转变策略，扯着嗓门大叫：“救命，救命……”

赤宸支着头，好整以暇地笑看着她，似乎等着看西陵珩究竟有多笨，要多晚才能反应过来，他既然敢来，自然不怕。

西陵珩明白他下了禁制，声音传不出去。停止了喊叫，寒着脸，冷冷地问："你想干什么？"

赤宸笑嘻嘻地坐起来，开始脱衣服，西陵珩再装不了镇定，脸色大变，眼中露出惊恐："你敢！"

"我不敢吗？我不敢吗？这天下只有我不愿做的事情，没有我不敢做的事情！"他立即伸手来解西陵珩的衣衫，脸上没有一丝表情，眼神透着冷酷。

西陵珩眼中满是失望痛苦，一字字说："我现在的确没有办法反抗你，但你记住，除非你今日就杀了我，否则我一定会将你挫骨扬灰。"

赤宸"扑哧"一声笑出来，神色顿时柔和，他拍拍西陵珩的脸颊："你可真好玩，随便一逗就七情上面，你真相信我会这么对你吗？"

西陵珩早被他一会儿一个脸色弄得晕头转向，呆呆地看着他，赤宸替她把衣带系好，侧躺到她身旁，笑眯眯地看着她："你们总以为野兽凶蛮，可公兽向母兽求欢时，从不会强迫母兽交配，她们都是心甘情愿。"

西陵珩瞪了他一眼，脸颊羞红："你既然……既然不是……干吗要深夜闯入我的房间？"

"我要带你走。"

西陵珩不解，赤宸说："我不是说了我已经不耐烦给你写信了吗？既然不想给你写信，自然就要把你带下玉山。"

"可是我还有六十年的刑罚。"

"我以为你早就无法忍受了，你难道在玉山住上瘾了？"

"当然不是，可是……"

"你怎么老是有这么多可是？就算你们神族命长，可也不是这么浪费的，难道你不怀念山下自由自在的日子吗？"

西陵珩沉默了一会儿问道："阿獙和烈阳怎么办？"

"我和他们说好了，让他们先帮你打掩护，等我们下山了，烈阳会带着阿獙来找我们。"赤宸抚着阿珩的头发，"阿珩，不管你答应不答应，我都已经决定了，我会敲晕你，把你藏到我的车队里，等和王母告辞后就带你下山。即使日后出了事，也是我赤宸做的，和你西陵珩没有关系。”

西陵珩冷冷地说：“你既然如此有能耐，六十年前为什么不如此做？”

赤宸笑着没回答：“谢谢你送我的衣袍。”

“那是我拜托四哥买的，你要谢就谢我四哥去。”西陵珩瞪了他一眼，闭上了眼睛。

赤宸说：“你睡吧，待会儿我要敲晕你时，就不叫你了。”

这话真是怎么听怎么别扭，西陵珩实在不知道该回答他什么。赤宸轻弹了下手指，绑住西陵珩手腕的植物从翠绿的嫩叶中抽出一个个洁白的花骨朵，开出了一朵朵小小的白花，发出幽幽清香，催她入眠。

西陵珩在花香中沉睡了过去。

西陵珩醒来时，发现自己已经不在榻上，在一个白壁鎏金玉辇中。

她虽然知道赤宸肯定下过禁制，还是收敛了气息后，才悄悄掀开车帘，向外面看。

大部分的部族已经由宫女送着下山了，只有三大神族由王母亲自相送，此时正站在大殿前话别。

王母和神农族、高辛族、轩辕族一一道别后，众神正要启程，天空中忽然传来几声清脆的鸟鸣，就好似有人敲门，惊破了玉山的平静。

王母脸上的笑容敛去，已经几千年没有神更没有妖敢未经邀请上门了。“是谁擅闯玉山禁地？”王母威严的声音直入云霄，在天空中如春雷般一波又一波地轰鸣出去，震得整个天地都好似在颤动。

各族的侍者们不堪忍受，捂着耳朵痛苦地倒在地上，大家这才真正理解了玉山的可怕。

“晚辈高辛少昊，冒昧求见玉山王母。”

凤鸣一般清朗的声音，若微风吹流云，细雨打新荷，自然而然，无声而来，看似平和得了无痕迹，却让所有滚在地上的侍者都觉得心头一缓，痛苦尽去。

一千九百年前，少昊独自逼退神农十万大军，功成后却拂衣而去，不居功、不自傲，由于年代久远，人族一知半解，神族却仍一清二楚，没有不知道少昊的。

“少昊”二字充满了魔力，为了一睹他的风采，连已经在半山腰的车舆都停止了前进，整个玉山都为他而宁静。

王母的声音柔和了一点：“玉山不理红尘纷扰，不知你有何事？”

“晚辈的未婚妻轩辕妭被幽禁在玉山，晚辈特为她而来。”

高辛和轩辕，两大姓氏连在一起的威力果然不同凡响，玉山上犹如油锅炸开，所有神族都在窃窃私语。

王母皱了皱眉，说：“请进。”

“多谢！”

西陵珩紧紧地抓着窗子，指节都发白了，整个身子趴在车窗前，目不转睛地盯着空中。

恰是旭日初升，玉山四周云蒸霞蔚，彩光潋滟，一个白衣男子脚踩黑色的玄鸟，从漫天璀璨的华光中穿云破日而来，落在了大殿前的玉石台阶下。

白玉辇道两侧遍植桃树，花开鲜艳，落英缤纷，玄鸟翅膀带起的大风卷起了地上厚厚一层的桃花瓣，合着漫天的落英，在流金朝阳中，一天一地的绯红乱了人眼，而那袭颀长的白影踩着玉阶，冉冉而上，宛然自若，风流天成。

他走上了台阶，轻轻站定，漫天芳菲在他身后缓缓落下，归于寂静。

天光隐约流离，袭人眼睛，他的面容难以看清，只一袭白衣随风轻动。

他朝着王母徐徐而来，行走间衣袂翻飞，仪态出尘，微笑的视线扫过了众神，好似谁都没有看，却好似给谁都打了个招呼。

王母凝望着少昊，暗暗惊讶。世人常说看山要去北方，赏水要去南方，北山南水是截然不同的景致，可眼前的男子既像那风雪连天的北地山，郁怀苍冷，冷峻奇漠，又像那烟雨迷蒙的江南水，温润细致，儒雅风流，这世间竟有男子能并具山水丰神。

少昊停在王母面前，执晚辈礼节：“晚辈今日来，是想带未婚妻轩辕妭下山。”

王母压下心头的震惊，冷笑起来：“你应该很清楚我为何幽禁她，你想带她走，六十年后来。”

“轩辕妭的确有错，不该冒犯玉山威严，可她也许只是一时贪玩，夜游瑶池，不幸碰上此事。请问王母可曾搜到赃物，证明轩辕妭就是偷宝的贼子？如若不能，有朝一日，真相大白于天下时，玉山竟然幽禁无辜的轩辕妭一百二十年，玉山的威名难免因此而受损！”

少昊语气缓和，却词锋犀利，句句击打到要害，王母一时语滞，少昊未等她发作，又是恭敬的一礼：“不管怎么说，都是轩辕妭冒犯玉山在前，王母罚她有因。晚辈今日是来向王母请罪，我与轩辕妭虽未成婚，可夫妻同体，她的错就是我的错。我身为男儿，却未尽照顾妻子之责，令她受苦，错加一等。”

王母被他一番言辞说得晕头转向，气极反笑：“哦？那你是要我惩罚你了？”

“晚辈有两个提议。”

“讲。”

“请囚禁晚辈，让我为轩辕妭分担三十年。”

“还有个提议呢？”

“请王母当即释放轩辕妭，若将来证明宝物确是她所拿，我承诺归还宝物，并且为玉山无条件做一件事情，作为补偿。”

所有听到这番话的神族都暗暗惊讶，不管王母丢失的宝物多么珍贵，高辛少昊的这个承诺都足矣，更何况证据不足，已经惩罚了六十年，少昊又如此恳切，如果王母还不肯放轩辕妭，的确有些不对了。

王母面上仍寒气笼罩：“如果这两个提议，我都不喜欢呢？”

少昊微微一笑：“那我只能留在玉山上一直陪着轩辕妭，直到她能下山。”

这个少昊句句满是恭敬，却逼得王母没有选择，如果她不配合，反倒显得她不讲情理。王母气得袖中的手都在抖，世人皆知玉山之上无男子，若换成别的神族高手，她早把他打下山了，可眼前的男子是高辛少昊——惊鸿一现却名震千年的高辛少昊，她根本没有自信出手。

王母把目光投向了远处，默默地思量着，少昊也不着急，静静等候。

几瞬后，王母心中的计较才定，面上柔和了，笑着说：“你说的话的确有点道理，轩辕妭若只是无心冒犯，六十年的幽禁足以惩戒她了，如果她不是无心冒犯，那么我以后再找你。”王母对身后的侍女吩咐，“去请轩辕妭，告诉她可以离开玉山了，让她带着行李一块过来。”

少昊笑着行礼：“多谢王母！”

西陵珩待在玉车内，天大的事情竟然被少昊三言两语就解决了？她必须赶在王母发现她失踪前主动出去。

她下意识地看向那袭红衣，不想赤宸正定定地盯着她，他的目光凶狠冰冷，眼中充满了震惊、质疑、愤怒，甚至带着一点点期盼，似乎在盼着她告诉他，她不是轩辕妭，她只是西陵珩。

西陵珩不知为何，心居然在隐隐地抽痛，她想解释，可最终却只是嘴唇无力地翕动了几下，抱歉地深深低下了头。

她伸手去挑开帘子，“啪嗒”一下，帘子被一条绿色的藤蔓合上，藤条缠住了她的手，她想要推开它，它却用力地缠住她的手，不肯让她出去。

可是她必须赶在侍女回来前出去，她一边用力地想要抽手，一边抬头看向赤宸。赤宸脸色苍白，身子僵硬，脸上没有一丝表情，只是两只眼睛死死地盯着她。

西陵珩紧紧地咬着唇，用力地抽着手，藤蔓却是越缠越紧，眼看着时间在一点点流逝，西陵珩一咬牙，挥掌为刀，砍断了藤蔓，跃下玉璧车，走向少昊。

少昊看到她，微微而笑，一边快步而来，一边轻声说：“阿珩，我是少昊。”

明明见到这般出众的少昊很欢喜，可是那藤蔓却似乎缠绕进了她心里，一呼一吸间，勒得心隐隐作痛。阿珩匆匆对少昊说：“我们下山吧！”

“好。”少昊很干脆，向阿珩伸出手，她迟疑了一下，握住他的手。他拉着阿珩跳上玄鸟，玄鸟立即腾空而起，少昊站在半空，对王母行礼：“多谢王母成全，晚辈告辞。”

玄鸟展翅远去，阿珩回头望去，桃花树下，落英缤纷，赤宸一动不动地站着，仰头盯着她，唇角紧抿，眼神冷厉。

鸟儿越去越远，那袭红衣却依旧凝固在那里，鲜红得灼痛了她的眼睛。

希望赤宸能明白她的苦心，不要怨恨她，可不明白又如何？也许他们本就不该再有牵连，毕竟她的真名叫轩辕妭。

不知道过了多久，阿珩才想起身旁站着她的未婚夫婿高辛少昊。

她不敢抬头，只看到他的一角白袍随风猎猎而动，动得她心慌意乱。

自从懂事，她就想过无数回那个少昊是什么样子，四哥总笑着宽慰她，天下的男儿都会在少昊面前自惭形秽。她总觉得是四哥夸大其词，如今，她才真正明白，四哥一点都没夸张。

阿珩不说话，少昊也不吭声。

长久的沉默令她觉得尴尬，阿珩想是否应该对他说一声“谢谢”，鼓起勇气抬头，入目是一张煞白的脸。未等她开口，少昊的身子直挺挺地向下栽去，玄鸟一声尖锐的哀鸣，急速下降去救主人。阿珩立即运足灵力，无数蚕丝从她衣上飞出，在半空系住了少昊。

玄鸟带着他们停在一处不知名的山涧中，阿珩随手一挥，将一块大石削平整，权作床榻，把少昊放到上面。

少昊脉息紊乱，显然刚受过伤，阿珩只能尽力将自己的灵力缓缓送入他体内，为他调理脉息。

傍晚时分，少昊的脉息才稳定下来。阿珩长吐了口气，擦着额头的汗珠。

难怪她刚才说走，少昊立即就走，原来他怕王母看出他身上有伤。可天下谁有这本事能伤到少昊？阿珩一边纳闷着，一边双手抱着腿，下巴搁在膝盖上，细细打量着少昊。

少昊面容端雅，一对眉毛却峻峭嶙峋，像北方的万仞高山，孤冷伫立，寒肃苍沉。

阿珩好奇，他的眼睛是要什么样，才能压住这巍峨山势？

正想着，少昊睁开了眼睛，两泓明波静川，深不见底，宛若南方的千里水波，有云树沙鸥的逍遥、烟霞箫鼓的散漫、翠羽红袖的温柔，万仞的山势都在千里的水波中淡淡化开了。

阿珩被少昊撞个正着，脸儿刹那就滚烫，急急转过了头。

少昊不提自己的伤势，反倒问她："吓着你了吗？"

西陵珩低声说："没有。"

"我随你哥哥们叫你阿珩，可好？"

"嗯。"阿珩顿了一顿，问，"谁伤的你？"

少昊坐起来："青阳。"

"什么？我大哥？"阿珩惊讶地看少昊。

少昊苦笑："你大哥和我打赌，谁输了就来把你带出玉山。"

阿珩心里滋味古怪，原来英雄救美并非为红颜。而他竟然连误会的机会都不给她，就这么急急地撇清了一切。

"你被幽禁在玉山这么多年，有没有怨过你大哥对你不闻不问？"

阿珩不吭声，她心里的确腹诽过无数次大哥了。

"王母囚禁你后，你母后勃然大怒，写信给你父王，说如果他不派属下去接回你，她就亲自上玉山要你，后来青阳解释清楚缘由，承诺六十年后一定让你出来，才平息了你母后的怒火。"

阿珩眼眶有些发酸，她一直觉得母亲古板严肃，不想竟然这样纵容她。

少昊微笑着说："青阳想把你留在玉山六十年，倒不是怕王母，而是你上次受的伤非常重，归墟的水灵只保住了你的命，却没有真正治好你的伤，本来我和青阳还在四处搜寻灵丹妙药，没想到机缘凑巧，王母竟然要幽禁你，青阳就决定顺水推舟。玉山是上古圣地，灵气尤其适合女子，山上又有千年蟠桃、万年玉髓，正好把你的身体调理好。"

原来如此！这大概也是赤宸为什么六十年后才来救她出玉山，她心下滋味十分复杂，怔怔难言。

少昊笑道："若不是这个原因，你四哥早就不干了。仲意性子虽然温和，可最是护短，即使青阳不出手，他也会自行想办法，还不知道要折腾出什么来。"

阿珩忍不住嘴角透出甜甜的笑意："四哥一向好脾气，从不闯祸，他可闹不出大事来。"

少昊笑着摇头："你是没见过仲意发脾气。"

"你见过？为什么发脾气？"西陵珩十分诧异。

少昊轻描淡写地说："我也没见过，只是听说。"

阿珩问："我大哥在哪里？"

少昊笑得云淡风轻："他把我伤成这样，我能让他好过？他比我伤得更重，连驾驭坐骑都困难，又不敢让你父王察觉，借着看你母后的名义逃回轩辕山养伤了。"

阿珩说："你伤成这样，白日还敢那样对王母说话？"

少昊眼中有一丝狡黠："兵不厌诈，这不是讹她吗！她若真动手，我就立即跑，反正她不能下玉山，拿我没辙！"

阿珩愣了一愣，大笑起来。鼎鼎大名的少昊竟是这个样子！

笑声中，一直萦绕在他们之间的尴尬消散了几分。

正是人间六月的夜晚，黛黑的天空上星罗棋布，一闪一灭间犹如顽童在捉迷藏，山谷中开着不知名的野花，黄黄蓝蓝，颜色错杂，树林间时不时传来一两声夜枭的凄厉鸣叫，令夜色充满了荒野的不安，晚风中有草木的清香，吹得人十分舒服。

少昊站了起来，刚想说应该离去了，阿珩仰头看着他，轻声请求："我们坐一会儿再走，好吗？我已经六十年没看过这样的景致了。"

少昊没说话，却坐了下来，拿出一葫芦酒，一边看着满天星辰，一边喝着酒。

阿珩鼻子轻轻抽了抽，闭着眼睛说："这是滇邑的滇酒。"

少昊平生有三好——打铁、酿酒和弹琴，看阿珩闻香识酒，知道是碰见了同道："没错，两百多年前我花了不少工夫才从滇邑人那里学了这个方子。"

阿珩说："九十年前，我去滇邑时贪恋上他们的美酒，住了一年仍没喝够，雄酒浑厚，雌酒清醇，分开喝好，一起喝更好。"

少昊一愣，惊讶地说："雄酒？雌酒？我怎么从没听说过酒分雌雄？"

阿珩笑起来："我是到了滇邑才知道酒也分雌雄。一个酒酿得很好的女子给我讲述了一个故事。她说她的先祖原本只是山间的一个砍柴樵夫，喜欢喝酒，却因家贫买不起，他就常常琢磨如何用山里的野果药草来酿酒，精诚所至，金石为开。有一日他在梦里梦到了酿酒的方子，酿造出的美酒，不仅醇厚甘香，还有益身体。樵夫把美酒进献给滇王，获得了滇王的喜爱。过度的恩宠引起了外人的觊觎，他们用各种方法试图获得酿酒方子，可男子一直严守秘密。后来他遇到一个酒肆女，也善酿酒，两人结为夫妻，恩爱欢好，几年后生下一个男孩和一个女孩。男子把酿酒的方子告诉了妻子，妻子在他方子的基础上，酿出了另一种酒。两种酒同出一源，却一刚一柔，一厚重一清醇，两夫妻因为酒相识，因为酒成婚，又因为酒恩爱异常。正当一家人最和美时，有人给大王进献了和他们一模一样的酒，他渐渐失去了大王的恩宠，又遭人陷害，整个家族都陷入危机中。他觉得是妻子背叛了他，妻子百口莫辩，只能以死明志，自刎在酿酒缸前，一腔碧血喷洒在酒缸上，将封缸的黄土全部染得赤红。已经又到进贡酒的时候，男子匆忙间来不及再酿造新酒，只能把这缸酒进献上去，没想到大王喝过后，惊喜不已，家人的性命保住了，可还是没有人知道究竟是不是男子的妻子把方子泄露了出去。男子经过此事，心灰意冷，隐居荒野，终身再未娶妻，可也不允许女子的尸骸入家族的坟地。我碰到那个山野小店的酿酒女时，事情已经过去了上百年，她说奶奶临死前，仍和她娘说'肯定不是娘做的'。她奶奶因为自己的母亲，在家族内蒙羞终生，被夫家遗弃，却一直把母亲的酿酒方子保存着，只因她知道对酿酒师而言，酒方就是一生精魂所化。"

少昊听得专注，眼内有淡淡的悲悯。阿珩说："我听酿酒女讲述了这段故事后，生了好奇，不惜动用灵力四处查探，后来终于找到另外一家拥有酒方的后人。"

"查出真相了吗？"

“的确不是那个心灵手巧的女子泄露的方子，而是他们早慧的儿子。他们夫妇酿酒时，以为小孩子还不懂事，并不刻意回避，没想到小孩子善于模仿，又继承了父母的天赋，别的小孩玩泥土时，他却用各种瓶瓶罐罐抓着药草学着父母酿酒。他只是在玩，但在酿酒大师的眼里别有意味，细心研习后就获得了酿酒方子。女子自刎后，这位酿酒大师虽然一生享尽荣华富贵，却总是心头不安，临死前将这段往事告诉了儿子。”

少昊轻叹口气：“后来呢？”

“因为我帮那个山野小店中的酿酒女查清了这桩冤案，她出于感激，就把密藏的雌酒方给了我，不过我只会喝酒，不会酿酒，拿着也没用，我写给你。”

“我不是问这个，我是说那个女子的尸骸呢？你不是说她被弃置于荒野吗？”

阿珩看了少昊一眼，心中有一丝暖意，他这么爱酒，首要关心的却不是酒方。她说：“他们在先祖的坟前祝祷，把事情的来龙去脉讲清楚后，把女子的尸骨迁入了祖坟，没有和男子合葬，但是葬在了她的儿子和女儿的旁边。”

少昊点点头，举起酒壶喝了一大口：“这应该是雄酒吧？”

“嗯，他们家族的人一直以女子为耻，都不酿造雌酒，以至于世间无人知道曾有一个会酿造绝世佳酿的女子，幸亏女子的女儿偷偷保留了方子。不过现在你若去滇邑，只怕就可以喝到雌酒了。”

少昊把酒壶倾斜，将酒往地上倒去，对着空中说：“同为酿酒师，遥敬姑娘一杯，谢谢你为我等酒客留下了雌滇酒。”他又把酒壶递给阿珩，“也谢谢你，让我等酒客有机会喝到她的酒。”

阿珩也是不拘小节的性子，笑着接过酒壶，豪爽地仰头大饮了一口，又递回少昊：“好酒，就是太少了！”

少昊说：“酒壶看着小，里面装的酒可不少，保证能醉倒你。”

阿珩立即把酒壶取回去：“那我不客气了。”连喝了三口，眯着眼睛，慢慢地呼出一口气，满脸都是陶醉。

少昊看着阿珩，脸上虽没什么表情，可眼里全是笑意：“可惜出来时匆忙，忘记带琴了。”

阿珩笑起来：“以乐伴酒固然滋味很好，不过我知道一样比高士琴声、美人歌舞更好的佐酒菜。”

“什么？”

“故事。你尝试过喝酒的时候听故事吗？经过一段疲惫的旅途后，拿一壶美酒，或坐在荒郊篝火旁，或宿在夜泊小舟上，一边喝酒一边听那些偶遇旅人的故事，不管是神怪传说还是红尘爱恨，都会变得温暖而有趣。”

少昊笑起来，被阿珩的话语触动，眼中充满了悠悠回忆：“两千多年前，有一次我误入极北之地，那个地方千里雪飘、万里冰封、寒彻入骨，到了晚上，天上没有一颗星星，地上也没有一点灯光，四野一片漆黑，我独自一人走着，心中突然涌起了很奇怪的感觉，不是畏惧，而是……似乎整个天地只剩下了我一个，好像风雪永远不会停，这样的路怎么走都走不到尽头。就在我踽踽独行时，远处有一点点光亮，我顺着光亮过去，看见……”少昊看了眼阿珩，把已到嘴边的名字吞了回去，“看见一个来猎冰狐的人躲在仓促搭建的冰屋子里烤着火、喝着酒。猎人邀请我进去，我就坐在篝火旁，和他一起喝着最劣质的烧酒，听他讲述打猎的故事，后来每次别人问我‘你喝过的最好的酒是什么酒’，不知道为什么，我总会想起那晚上的酒。”

阿珩笑说：“我喜欢你这个故事，值得我们大喝三杯。”她喝完三口酒后，把酒壶递给少昊。

轮到阿珩开始讲她的故事：“有一年，我去山下玩……”

漫天繁星下，少昊和阿珩并肩坐于大石上，你一口、我一口喝着美味的雄滇酒，讲述着一个又一个大荒各处的故事。少昊阅历丰富，阿珩慧心独具，有时谈笑，有时只是静静看着星星，一夜时间竟是眨眼而过。

当清晨的阳光照亮他们的眉眼时，阿珩对着薄如蝉翼的第一缕朝阳微笑，难以相信居然和少昊聊了一晚上，可是畅快淋漓。这么多年来，少昊这个名字承载了她太多的期盼和担忧，还不能让别人知道，每一次别人提起时，都要装作完全不在乎，而这么多年后，所有的期盼和担忧都终于化作了心底深处隐秘的安心。

少昊却在明亮的朝阳中眼神沉了一沉，好似从梦中惊醒，微笑从眼中褪去，却从唇角浮出。

他微笑着站起：“我们上路吧。”

阿珩凝视着他，觉得他好似完全不是昨夜饮酒谈笑的那个男子。昨夜的少昊就像那江湖岸畔绿柳荫里相逢的不羁侠客，可饮酒可谈笑可生死相酬，而朝阳里的他像金玉辇道宫殿前走过的孤独王者，有隐忍有冷漠有喜怒不显。

阿珩默默追上了他，正要踏上玄鸟，少昊仰头看着山峰，朗声说道："阁下在此大半夜，一直徘徊不去，请问有什么为难的事情吗？"

是赤宸？阿珩的心一下提到了嗓子眼儿，一个箭步就蹿到了前面，不想从山林中走出的是云桑。

阿珩失声惊问："你怎么在这里？"

云桑微微一笑："我有几句话问少昊殿下，听你们的故事听得入迷，就没忍心打扰。"

少昊疑惑地看着阿珩，阿珩忙说："这位是神农国的大王姬云桑。"

少昊笑着行礼："请问王姬想要问什么？"

云桑回了一礼，却迟迟没有开口，十分为难的样子。少昊说道："王姬请放心，此事从你口出，从我耳入，离开这里，我就会全部忘记。"

云桑说："父王很少赞美谁，却对你和青阳赞赏备至，我不是不相信你，只是所说的事情实在有些失礼。"

"王姬请讲。"

"在玉山上时听说诺奈被你关了起来，不知是为什么。如果牵涉高辛国事，就当我没问；可如果是私事，还请殿下告诉我，这里面也许有些误会，我可以澄清。"

少昊说："实不相瞒，的确是私事。"

"啊——"阿珩吃惊地掩着嘴，看看云桑，看看少昊。难道少昊知道了"轩辕王姬"和诺奈……

少昊说："诺奈与我自小相识，因为仪容俊美，即使高辛礼仪森严，也挡不住热情烂漫的少女们，可诺奈一直谨守礼仪，从未越矩。这些年，不知为何，诺奈突然性子大变，风流多情，惹了不少非议。男女之情是私事，我本不该多管，但我们是好友，所以常旁敲侧击地提起，规劝他几句，可不谈还好，每次谈过之后，他越发放纵。诺奈出身于高辛四部的羲和部，有很多贵族都想把女儿嫁给他，有一次他喝醉酒后竟然糊里糊涂答应了一门亲事。"

"什么？他定亲了？"云桑脸色霎时变得惨白。

"不仅仅是定亲，婚期就在近日。听说王姬博闻多识，想来应该知道高辛的婚配规矩很严，诺奈虽然是酒醉后的承诺，但婚姻大事不是儿戏，诺奈根本不能反悔。他日日抱着个酒瓶，醉死酒乡，任由他们安排，甚至醉笑着劝我也早点成亲，好好照顾妻子，但我看出他心里并不愿意娶对方，所以寻了个罪名，把他打入天牢，也算是先把婚事拖延下来。”

云桑眼神恍惚，声音干涩：“那个女子是谁？”

“因为事关女子的名誉，越少人知道越好，实在不方便告诉王姬，请王姬见谅。”

阿珩气问：“怎么可以这样？诺奈糊涂，那家人更糊涂，怎么能把诺奈的醉话当真？云桑，我们现在就去高辛，和那家人把话说清楚！”

少昊看了阿珩一眼，没有说话。云桑对阿珩笑了笑，却笑得比哭都难看：“那家人不是糊涂，而是太精明！诺奈是羲和部的将军，他们都敢‘逼婚’，只怕那女子来历不凡，不是常曦部，就是白虎部。”她又看着少昊说，“殿下拖延婚事只怕也不仅仅是因为看出诺奈心里不愿意。”

少昊微微而笑，没有否认：“早就听闻神农的大王姬蕙质兰心、冰雪聪明，果真名不虚传。”

“那殿下有把握吗？”

“高辛的礼仪规矩是上万年积累下来的力量，我实没有任何把握，也只能走一步是一步。”

“你们在说什么？”阿珩明明听到了他们俩的对话，却一句没听懂。

云桑对少昊辞别，召唤了坐骑白鹊[①]来，笑握住阿珩的手，对少昊说：“我有点闺房私话和王姬说。”

少昊展手做了个请便的姿势，主动回避到一旁。

云桑对阿珩说：“不用担心我的事，回朝云峰后，代我向王后娘娘问安。”

“姐姐……”阿珩担心地看着云桑。

云桑心中苦不堪言，可她自小就习惯于用平静掩饰悲伤，淡淡笑道：“我真的没事。”她看少昊站在远处，低声说，“我和诺奈的事不要告诉少昊。”

“为什么？你怕少昊……”

“不，少昊很好、非常好，可我就怕他对你而言太好了！你凡事多留心，有些话能不说就别说。要记住身在王族，很多事情想简单也简单不了。”

阿珩似懂非懂，愣了一瞬，小声问：“姐姐，赤宸回神农了吗？”

---

① 白鹊，古代又叫白羽鹊，祥瑞之鸟，姿容端美，性情高洁。

“不知道。当时心里有事，没有留意，这会儿你问，我倒是想起来了，赤宸的性子说好听点是淡然，说难听了就是冷酷，万事不关心，可昨天竟然反常地问了我好多关于你和少昊的事，什么时候定亲、感情如何。”云桑盯着阿珩，“现在你又问赤宸，你和赤宸……怎么回事？我竟然连你们什么时候认识的都不知道。”

阿珩叹气：“说来话长，先前没告诉姐姐，是怕你处罚他，以后我慢慢告诉你。”

“我处罚他？”云桑哼了一声，苦笑着说，“他那天不能拘、地不能束的性子，谁敢招惹他？他别折磨我就好了。”云桑上了白鹊鸟，“我走了，日后再拷问你和那个魔头的事情。我可告诉你，赤宸是个惹不起的魔头，你最好也离他远点。”对阿珩笑笑，冉冉升空。

“阿珩，我们也出发。”少昊微笑着请她坐到玄鸟背上，可那温存却疏离的微笑令他显得十分遥远，就像是天上的皓月，不管再明亮，都没有一丝热度，阿珩觉得昨天晚上的一切都是一场错觉，那个漫天繁星下和她分享一壶酒、细语谈笑一夜的少昊只是她的幻想。

阿珩和少昊一路沉默，凌晨时分，到了轩辕山下，少昊对阿珩说：“我没有事先求见，不方便冒昧上山，就护送你到此。”

阿珩低声说：“谢谢。”

少昊微笑着说：“谢谢你的酒方子，下次有机会，请你喝我酿的雎滇酒。”他抬头看了一眼山顶，“接你的侍从来了，后会有期。”说着话，玄鸟已载着他离去。

云辇停在阿珩身边，侍女跪请王姬上车。

阿珩却听而不闻，一直仰头望着天空，看见一袭白衣在火红的朝霞中越去越远，渐渐只剩下了一个白点，最后连那个白点也被漫天霞光淹没，可他的山水风华依旧在眼前。

第七章

最是一生好景时

轩辕山有东、西、南、北四峰。轩辕王的正妻嫘祖、次妃方雷氏、三妃彤鱼氏、四妃乌罗氏各居一峰。最高峰是东峰朝云峰，嫘祖所居，山高万仞，直插云霄，是轩辕国内第一个看见日出的地方。

阿珩还在云辇上，就看到四哥仲意站在朝云殿前，频频望向山下，初升的朝阳很温暖，可仲意的等待和关切比朝阳更温暖。

阿珩不等车停稳就跳下车："四哥。"扑进了仲意怀里。

仲意笑着拍拍她的背："怎么还这个性子？还以为王母把你管教得稳重了。"

阿珩笑着问："大哥呢？母亲呢？"

"母亲在殿内纺纱，大哥不知道怎么了，前天一来就把自己封在山后的桑林内，不许打扰。"

阿珩窃笑，一边和哥哥往殿内行去，一边在他耳畔低声说："他受伤了。"

"什么？"仲意大惊。

"他为了让少昊出手去救我，和少昊不知道打了什么赌，两人都受伤了，大哥虽然赢了，可伤得更重。"

仲意这才神色缓和，摇头而笑："他们俩平时一个比一个稳重，一个比一个精明，却和小孩子一样，每次见面都要打架，打了几千年还不肯罢手。"

宽敞明亮的正殿内鸦雀无声，他们的足音异样清晰，阿珩和仲意都不禁收敛了气息。

经过正殿，到达偏殿，偏殿内光线不足，只窗前明亮，一个白发老妇正坐于一方阳光中，搓动着纺轮纺纱，光线的明亮越发映照出她的苍老。

阿珩想起在桃花林内翩翩起舞的王母，只觉心酸，她轻轻跪下："母亲，我回来了。"

缬祖纺完一根纱后，搁下七彩纺轮，才抬头看向女儿，阿珩也不知道为什么，突然跪行了几步，贴到母亲身旁，轻轻叫了声"娘亲"。

缬祖淡淡地说："我给你做了几套衣服，放在你屋子里，过几天你下山时带上。"

"谢谢母亲。"阿珩低着头想了一下又说，"这次我不想下山了，我想在山上住几年。"

缬祖问："为什么？"

"女儿就是有点累了，想在山上住几年。"阿珩自小到大总是想尽办法往山下溜，可玉山的六十年，让她突然发现朝云峰和玉山没有任何区别，一样的寂寞，一样的冷清，她想陪陪母亲。

缬祖对仲意吩咐："去帮我煮蛊茶。"

仲意行礼后退下。

缬祖站了起来，向殿外走去，阿珩默默跟随着母亲。

朝云殿后遍植桑树，枝繁叶茂，郁郁葱葱，灿烂的阳光洒在桑树上，满是勃勃生机，顿觉心神开阔。

缬祖问阿珩："我已有几百年没动过怒，却在六十年前大怒，甚至要亲上玉山向王母要你，你知道我为什么会这么生玉山王母的气？"

阿珩说："母亲相信女儿没有拿王母的神兵。"

缬祖冷漠的脸上露了一丝笑："真正的原因并不是这个，这是青阳以为的原因。青阳说你哪里有偷神兵的眼界，顶多就是去偷个桃子。"

阿珩心中腹诽着也许娘亲和王母有怨，嘴里却恭敬地说："女儿不知道。"

缬祖停住了脚步，回头看向朝云殿："你是轩辕族的王姬，迟早一日要住进这样的宫殿，可在这之前，我要你拥有八荒六合的所有自由，王母却生生地剥夺了你最宝贵的一百二十年。她在玉山那鬼地方已经住了几千年，比我更清楚这世上最宝贵的是什么。一百二十年的自由和快乐！天下有什么宝物能换？她比谁都清楚她的刑罚有多重，明明拿走了你最宝贵的东西，却在那里假惺惺地说给我面子。”

烟霞缭绕中，云阁章台、雕栏玉砌的朝云殿美如工笔画卷，阿珩看着看着却觉得眼眶有些发酸。

缬祖的目光落回了女儿的脸上：“阿珩，趁着还年轻，赶紧下山去，去大笑大哭、胡作非为、闯祸打架。住在宫殿里的日子你将来有的是，能在外面的日子却非常有限，不要再在朝云峰浪费。我不需要你的陪伴，我只需要你过得快活。你现在不明白，等你将来做了母亲就会明白，只要你们过得好，我就很好。”

阿珩终于明白了为什么她每次偷偷下山，母亲都不知道，她还曾经得意于自己的聪明；明白了为什么她可以顺利地离家出走，父亲和大哥都没有派侍卫来追她；明白了为什么她可以和别的王姬不一样，自由自在地行走于大荒内。

“母亲……”她语声哽咽。

仲意捧着茶盘而来，把茶盅恭敬地奉给母亲。

缬祖慢慢饮尽茶，冷淡地下令：“阿珩，明天你就下山，去哪里都成，反正不要让我看到你就行。”说完，扔下茶盅离去。

阿珩眼眶红红的，仲意对着她笑，用力刮了下她的鼻头，牵起她的手：“走，我们去找大哥。”就如同小时候一般。

仲意和阿珩蹑手蹑脚地往桑林深处潜行，走着走着就碰到了禁制，不过这禁制对仲意和阿珩都没有用，他们轻松穿过，看到了一幕奇景。

这里的桑树只三尺来高，却都是异种，树干连着叶子全是碧绿，如同用上好的碧玉雕成。此时，参差林立的碧玉桑上开着一朵又一朵碗口大的白牡丹花，实际是一朵朵冰雪凝聚而成的牡丹，却比一般的白牡丹更皎洁。

碧玉桑颜色晶莹，冰牡丹光泽剔透，整个世界清纯干净得如琉璃宝界，不染一丝尘埃。

在琉璃宝界的最中间，一朵又一朵白牡丹虚空而开，重重叠叠地堆造成一个七层牡丹塔，虚虚实实地掩映着一个男子，看不清面目，只看见一袭蓝衣，蓝色说淡不淡，说浓不浓，温润干净到极致，却也冷清遥远到极致，就像是万古雪山顶上的那一抹淡蓝的天，不管雪山多么冷，它总是暖的，可你若想走近，它却永远遥不可及，比冰雪的距离更遥远。

阿珩和仲意相视一眼，远远地站住，各自把手放在了一株碧玉桑上，都把命门大开，任由灵力源源不断地流入桑树，想帮助大哥疗伤，一时间桑树绿得好像要发出光来，而整个琉璃界内的白牡丹越开越多，寒气也越来越重。

可他们的大哥青阳不但没有接受他们的好意，反倒嫌他们多事，几朵冰牡丹突然飞起，砸在阿珩和仲意脸上，他们根本连抵抗的时间都没有，就被冰封住，变成了两根冰柱。

所有的白牡丹都飘了起来，绕着那袭蓝色飞舞，而桑林上空，千朵万朵碗口大的冰牡丹正在络绎不绝、缤纷摇曳地绽放，整个天地都好似化作了琉璃花界，美得炫目惊心。

半晌后，青阳缓缓睁开了眼睛，所有的白牡丹消失，化作了一天一地的鹅毛大雪，纷纷扬扬地下着。

青阳负手而立，仰头欣赏着漫天大雪。他站了很久，身上未着一片雪，可仲意和阿珩连眉毛都开始变白。

青阳赏够了雪，才踱步过来。仲意和阿珩身上的冰消失，仲意冻得肤色发青，阿珩上下牙齿打着冷战，不停地用力跳。青阳冷冷地看着她："你在玉山六十年，竟然一点长进都没有，就是头猪放养到玉山上，也该修出内丹了。"

青阳骂完阿珩，视线扫向仲意，仲意立即低头。

阿珩不敢顶嘴，却跳到青阳背后，对着青阳的背影一顿拳打脚踢，边打边无声地骂，青阳猛地回头盯住她，阿珩立即装作在活动手脚，挥挥手，展展腿，若无其事地说："手脚都被冻僵了，得活动活动，省得落下残疾。"

她跳到仲意身边："难得六月天飘雪，我们去猎只鹿烤来吃，去去身上的寒意。"拽着仲意的手就要走。

仲意叫："大哥，一起去！难得今天我们三个都在，明日一别，还不知道下次聚齐是什么时候。"

青阳淡淡地说："我还有事要处理。"话音刚落，他的身影已经在三丈开外。

仲意默默看着大哥的背影，眼中有敬佩，还有深藏的哀伤。

阿珩拽拽四哥的袖子："算了，他一直都这个样子，我们自个儿去玩儿吧。他若真来了，肯定一会儿骂我不好好修行，一会儿训斥你在封地的政绩太差，最后搞得大家都不高兴。"

仲意张了张嘴，好像要说什么，却又吞了回去。

阿珩和仲意取出他们小时候用过的弓箭，入山去猎鹿，彼此约定不许动用灵力搜寻，只能查行辨踪。

阿珩和仲意找了好几个时辰，连鹿影子都没看到，他们倒不计较，仍旧一边四处找，一边聊天。

仲意试探地问："你觉得少昊如何？"

阿珩四处张望着，随意地说："能如何？不就是一个鼻子两只眼！不过我倒挺好奇，若天下英雄真有个排名榜，大哥到底排第几？我在玉山上才听说，大哥竟然参加过蟠桃宴，这可很不像大哥的性格。"

仲意笑着说："这事别有内情，那时候高辛族的二王子宴龙掌握了音袭之术，能令千军万马毁于一旦。不要说高辛，就是整个大荒都对宴龙推崇有加。可有一年大哥突然跑去参加蟠桃宴，在蟠桃宴上令宴龙惨败，轩辕青阳的名字也就是那个时候真正开始令大荒敬畏害怕。"

"败就败了，为什么要惨败？宴龙得罪过大哥吗？"

"不知道，大哥从不说自己的事。我自个儿私下里猜测也许和少昊有关。有一年我出使高辛，宴龙声名正如日中天，又得高辛王宠爱，在高辛百官面前羞辱少昊，少昊却不知道在想什么，一言不发，只是默默忍受。我回来后，大哥查问我在高辛的所见所闻，我就把宴龙和少昊不和的事情告诉了大哥，大哥当时没一点反应，结果第二年他就跑去参加蟠桃宴，在整个大荒面前羞辱了宴龙。那年的彩头是一把凤凰骨做的五弦琴，大哥得到宝琴之后，当着众神族的面麻烦高辛使节把琴转交给少昊，说是他比斗输给了少昊，承诺给少昊一把名琴。"

阿珩咋舌："这不就是告诉全天下宴龙给少昊提鞋都不配吗？！"

仲意道："是啊！"

阿珩很是纳闷："大哥和少昊怎么会有那么深的交情呢？"

"大哥认识少昊的时候，我们的父亲不过是一个小神族的族长，大哥只是一个普通的神族少年，少昊也只是一个很会打铁的打铁匠。"仲意叹了口气，"大概那个时候，朋友就是最纯粹的朋友，像传说中的那种朋友，一诺出，托生死。"

阿珩说："听起来很有意思，四哥，再讲点。"

"我只知道这些，他们认识好几百年后我才出生，也许将来你可以问问少昊，希望他比大哥的话多一点。"

阿珩想起云桑说的话，问道："四哥，你和诺奈熟悉吗？"

"说起来，我在高辛国内最熟的朋友就是诺奈。他在设置机关、锻造兵器上都别有一套，善于画山水园林，常与我交流绘图心得。大哥说他要成亲了，我本来还准备了厚礼，可大哥又让我先别着急。"

"为什么？"

"高辛的军队分为五支，一支是王族精锐，叫五神军，只有高辛王能调动，其余四支是青龙部、羲和部、白虎部、常曦部，少昊的母亲出自青龙部，青龙部算是少昊的嫡系，现在的高辛王后出自常曦部，宴龙和中容几个同母兄弟掌握了常曦和白虎两部，羲和部一直中立，所以不管是少昊还是宴龙，都在争取羲和部。诺奈是羲和部的大将军，大哥说诺奈要娶的女子来自常曦部，似乎还和宴龙是表亲，对少昊很不利，这桩婚事能不能成还很难说……"仲意突然惊觉说得太多，笑着拍拍阿珩的头，"是不是很复杂？不说这些无趣的事了。"

原来是这样，难怪云桑说王族的事情都不可能简单，阿珩只觉心里沉甸甸的。蟠桃宴上大哥出手打败了宴龙，看似朋友情深，为少昊打抱不平，可有没有可能是因为轩辕与少昊联姻，一荣俱荣，一损俱损，青阳捍卫的不过是自己的利益？

仲意看阿珩一直沉默着，笑道："这些无聊的事情你听听就算了，不用多想。"

阿珩笑了笑，问道："四哥，你可有喜欢的女子？"

仲意没有说话，脸上却有一抹可疑的绯红。

阿珩看着哥哥，拊掌而笑，惊得山林里的鸟扑落落飞起一大群。

"她是什么样的？你可告诉她了你喜欢她？她可喜欢你？"

仲意板着脸说："女孩儿家别整天把喜欢不喜欢挂在嘴上。"

阿珩笑得前仰后合，跳开几步，双手圈在嘴边，对着山林放声大喊："我哥哥有喜欢的姑娘了！"喊完，她就跑。

山谷发出一遍又一遍的回音——有喜欢的姑娘了，有喜欢的姑娘了，有喜欢的姑娘了……

阿珩一边得意地笑，一边对仲意做鬼脸，你不让我说，我偏要说，你奈我何？

仲意舍不得骂，更舍不得打，只能板着脸快步走。

阿珩背着双手，歪着脑袋，笑嘻嘻地跟在仲意身后，看仲意的怒气平息了，才又凑上去，拽哥哥的袖子："那个姑娘是什么样子？她会不会喜欢我？"

仲意唇角有温柔的笑意："她肯定会喜欢你。她倒是经常打听你和大哥的喜好，担心你们会不喜欢她。"

阿珩笑抱住仲意的胳膊："只要哥哥喜欢她，我就会喜欢她，我会当她是姐姐一样敬爱她。"

仲意笑着不说话，只是突然伸出手，揉了几下阿珩的头，把她的头发揉得乱七八糟，未等阿珩反应过来，他就笑着跑了。

阿珩气得又叫又嚷地去追打他。

阿珩和仲意在山里跑了一天，也没打到一头鹿，不过他们回来时，却兴致很高，又说又笑，你推我一下，我搡你一下，叽叽咕咕个不停。

缬祖和青阳正坐在殿内用茶，本来一室宁静，可阿珩和仲意还没到，已经笑声叫声全传了进来。

青阳抬头看向他们，阿珩冲青阳做了个鬼脸，挨坐到缬祖身边，甜甜叫了声"娘"，好似表明我有母亲撑腰，才不怕你！

阿珩一边咯咯笑着，一边说："娘，我告诉你个秘密。"

仲意立即涨红了脸："阿珩，不许说！"

阿珩不理会他："娘，四哥他有……"

仲意情急下去拽妹妹，想要捂住阿珩的嘴，阿珩一边绕着缬祖和青阳跑圈子，一边笑，几次张口，都被仲意给打了回去。她的灵力斗不过仲意，闹得身子发软，索性耍赖地钻到了母亲怀里："娘，你快帮帮我，哥哥他以大欺小。"

缬祖终年严肃冷漠的脸上，绽开了笑颜，一边搂着阿珩，一边说："你们两个可真闹，一回来就吵得整个朝云殿不得安静。"

阿珩在母亲怀里一边扭，一边笑，双手揽着母亲的脖子，嘴附在母亲的耳畔，说着悄悄话，一边说，一边瞟仲意。缬祖侧低着头，边听边笑。

仲意看到母亲的笑容，突然忘记了自己要干什么，此时的母亲，眼里没有一丝荫翳，只有满溢的喜悦。他下意识地去看大哥，大哥正凝视着母亲和妹妹，唇角有隐约的笑意。

仲意恶狠狠地敲了下阿珩的头："你个小告密者，以后再不告诉你任何事情。"

阿珩冲他吐吐舌头，压根儿不怕他，缬祖笑看着仲意："你选个合适的时间，带她来见见我。"想了下又说，"这样不好，我们是男方，为了表示对女方的尊重，还是我们应该先登门。你觉得什么时候合适了，我就去一趟若水，亲自拜访她的父母。你回头留意下她的父母都喜欢什么，写信告诉我，我好准备。"

若水是仲意的封地，山水秀丽，民风淳朴，仲意中意的姑娘就是若水族的姑娘。

仲意已经连耳朵都红了，低着头，小声说："我和她现在只是普通朋友。"

缬祖笑着摇头："你是男子，难道要等着姑娘和你表白？如果心里喜欢她，就要事事多为她考虑，不要委屈了女儿家的一番情思。"

"嗯，我知道了。"

阿珩在母亲怀里笑得合不拢嘴："幸亏娘开口了，要不然四哥这个温软磨叽的性子非活活把姑娘给着急死，说不准我那个未来的嫂嫂天天深夜都睡不好，数着花瓣卜算四哥究竟对她有意思还是没意思呢！"阿珩随手一招，一朵花从花瓶中飞到她手里，她装模作样地数着花瓣，"有意思，没意思，有意思，没意思……"

仲意气得又要打阿珩："娘，你也要管管阿珩，让她尊敬一下兄长。"

缬祖搂着女儿，看看仲意，再看看青阳，心里说不出的满足，对侍女笑着吩咐："去拿些酒来，再把白日采摘的冰葚子拿来。多拿一些，仲意和阿珩都爱吃这个，还有坛子里存的冰茶酥，别一次拿完，吃完一点取一点，青阳喜欢吃刚拿出来的。"

侍女们轻快地应了一声，碎步跑着离去，很快就端了来。

阿珩靠在母亲的怀中，笑看着哥哥，抓了把冰葚子丢进嘴里，一股冰凉的甘甜直透心底，她微笑着想，我错了，朝云殿和玉山截然不同！

母子四个一边聊着家常琐事，一边喝酒，直到子时方散。

青阳吩咐仲意送母亲回房，他送阿珩回屋，到了门口，阿珩笑着说："我休息了，大哥，你也好好休息一下。"

不想青阳跟着她进了屋，反手把门关好，一副有事要谈的样子。

阿珩心内长长地叹了口气，面上却不敢流露，打起精神准备听训。

青阳淡淡地问："从玉山回来，按理说昨日就该到了，为什么是今日清晨？"

"少昊身上有伤，耽搁了一些时辰。"

阿珩在哥哥冰冷锐利的目光下，知道不能蒙混过关，只能继续说："后来，我们没有立即上路，聊了一会儿天。"

"一会儿？"

"一晚上。"

青阳走到窗前，看着外面的桑林："你觉得少昊如何？"

早上四哥已经问过这个问题，可阿珩没有办法用同样的答案去敷衍大哥，只能认真思索着，却越思索越心乱。

青阳等了很久都没有等到阿珩的答案，不过，这也是答案的一种。他轻声笑起来："少昊他非常好，只要他愿意，世间没有女子舍得拒绝他。"阿珩的脸慢慢红了，青阳转身看着妹妹，"可是，你就要是世间那唯一的一个必须拒绝他、不能喜欢他的女子。"

阿珩太过震惊，脱口而出："为什么？你们不是好友吗？"

"青阳和少昊是好友，轩辕青阳和高辛少昊却不见得。你应该知道父王渴望一统中原甚至天下的雄心，指不准哪天我和少昊要在战场上相见，殚精竭虑，置对方于死地。"青阳唇边有淡淡的微笑，好似说着"唉，明天天气恐怕不好"这样无奈的小事。

阿珩脸上的绯红一点点褪去，换成了苍白："可我还是要嫁给他，因为我是轩辕妭，他是高辛少昊。"

"是，你还是要嫁给他，你唯一能做的就是不要对他动心。"青阳轻哼一声，眼神蓦然变冷，"我以为少昊会看在我的面子上，手下稍稍留情，没想到他竟然花费了一整个晚上的心思在你身上。"

阿珩低下了头，低声说："和他无关，是我想多了解一点他，主动和他亲近，我知道他喜欢酒，刻意用酒挑起了他谈话的兴趣。"

青阳走到阿珩面前，抬起了阿珩的头，盯着她的眼睛，神色凝重："小妹，千万不要再做这样危险的事情！他是高辛少昊，是我都害怕的高辛少昊！他不会永远看在我和他的交情上，仁慈地提醒自己不要把你当作他手中的棋子……"

阿珩眼中有了湿漉漉的雾气，却倔强地咬着唇。

青阳说："对我和少昊来说，心里有太多东西，家国、天下、责任、权力……女人都不知道排在第几位。为了自己，你还是视他为陌路最好。"

阿珩冷冷讥嘲："真该谢谢大哥为我考虑如此周详。不知道你究竟是担心少昊拿我做了棋子，还是担心我不能做你和父亲的棋子。"

青阳默不作声，好一会儿才说：“不管你接受不接受，这就是事实，谁叫你的姓氏是轩辕呢？”他拉门而去。

阿珩疲惫地靠着榻上，心头弥漫起悲凉。母亲和四哥总是尽量隔绝着一切阴暗的斗争，希望她永远是自由自在的西陵珩，大哥却时时刻刻提醒着她姓轩辕、名妭，是轩辕族的王姬。

因为太累，阿珩靠着榻，衣衫都没脱就迷迷糊糊地睡着了，半夜时分，被外面的声音吵醒。

她匆匆拉开门问侍女：“怎么这么吵？”

“有贼子深夜潜入朝云殿。”侍女似乎仍然不敢相信，说话的表情和做梦一样。

阿珩也吃了一惊：“这贼子也算倒霉，什么日子不好来？偏偏往大哥的剑口上撞，这不是找死吗？！”

侍女点头，一脸不可思议：“是啊，做贼都做得不专业，怎么拣这么个日子？真是胆大包天！”

胆大包天？阿珩心头跳了一跳：“贼子长什么样子？”

“他脸上戴着个木面具，看不清楚长相。”

“贼子在哪里？”

“在四殿下和大殿下所住的左厢殿。”

阿珩撒腿就跑，侍女忙喊：“王姬，您慢点儿，殿下吩咐我们保护您。”

阿珩一口气跑到左厢殿，抓住个侍卫问：“贼子在哪里？”

侍卫回道：“贼子闯入了四殿下的屋子，抓住了四殿下。”

阿珩气得咒骂：“真是个浑蛋！”

侍卫立即跪下，惶恐地说：“属下知错。”

阿珩无力地挥挥手：“我不是在骂你。”

阿珩硬着头皮走了进去，整个左厢殿只青阳一个，负手而立，神态十分平和，听到阿珩的脚步声，他说：“谁让你来了？出去！”

阿珩看了一眼四哥的屋子，房门紧闭，她尝试着用灵识去探，可自己的灵力太低微，越不过禁制。

青阳站在门前，缓缓抽出了长剑：“我数三声，如果你自己出来，我给你个全尸。”

屋里传来懒洋洋的笑声："我数三声，如果你敢进来，你就是个大王八；如果你不敢进来，你就是个大乌龟。"

天下间还有谁敢这么对轩辕青阳说话？虽然赤宸变化了声音，可这口气真是除了他再不可能有第二个。阿珩咬着唇，看着青阳，青阳丝毫没有动怒，面色平静无波，轻轻举起了剑，没有任何声音，可面前的屋子一片一片地破裂，就像是朽木一样开始分崩离析，一瞬后，青阳的面前已经没有屋子，只是一片空地。

地上长满了粗壮的绿色植物，一直蔓延到桑林内。仲意被藤条吊在半空，歪垂着脑袋，全身都是鲜血，四周弥漫着死气，没有一丝生机。

"四哥——"阿珩心神俱裂，惨叫着飞扑上前。

青阳的剑也抖了一抖，只是抖了一下，可隐匿在植物中的赤宸已经抓住了这个千载难逢的契机，他全力跃起，手中握着一把鲜血淋漓的刀，嬉皮笑脸地叫："这就是杀死你弟弟的刀。"

青阳盛怒下挥剑，霎时间，整个天地都是霍霍剑光。十几招后，青阳的剑刺入了赤宸的胸口，杀气直奔心脏而去，就在赤宸要毙命的一刻，青阳把剑停住，几丝灵力游走在他的心脏尖上，疼得赤宸整个身子都在轻颤。

赤宸脸色煞白，却不见畏惧，反而笑着点头："不愧是轩辕青阳！我布置了一个又一个迷障，只想激怒你，让你怒中犯错，却压根儿没有用，反中了你的计，你刚才的那一下手抖压根儿就是抖给我看，让我以为自己有机可乘，主动送上门。"

青阳微笑着，淡淡地说："怎么没有用呢？我不会杀你，我会让你后悔活着。"

赤宸咧着嘴笑，他脸上的木质面具只遮着上半边脸，一笑就一口雪白的牙，满是不在乎，好似那个身体内插着把剑，心脏被剑气挤压的不是他："那你可犯了个大错误。"

他猛地举起刀，用力向下劈去，刀锋携雷霆之力，流星般落下，所指却是自己，而不是青阳。

青阳愣了一愣，待反应过来，已经晚了，刀刃贴着赤宸的胸膛飞过，青阳的剑被劈断，而赤宸付出的代价是伤口从胸口的一个点延伸到了腹部，变成了一条长长的月牙，鲜血如泉水一般喷涌出来。

赤宸在大笑声中，身子一翻，就退入了桑林，迅速被桑林的绿色吞没。

青阳提着断剑追赶，可桑林内到处都是飘舞的桑叶，铺天盖地，什么都看不清楚，青阳停住了步子，朗声说："看在你这份孤勇上，我会安葬你。"

没有任何声音，只有漫天的桑叶徘徊飞舞着。

月色十分明亮，青阳举起断剑细看，这把剑在他手中千年，居然断在了今夜。青阳将剑收起，回身看到阿珩软坐在地上，怀中抱着浑身是血、无声无息的仲意。

阿珩眼睛惊恐地瞪着前方，瞳孔却没有任何反应。

青阳走过去，蹲到阿珩身边："没事了，别害怕，仲意没有真受伤，这是那个贼子为了激怒我设置的迷障。"他的手从仲意身上抚过，仲意身上的血全没了。

阿珩的血液这才好像又开始流动，她张着嘴"啊……啊……"了几声，全身都在发抖，一句话都说不出来，只是眼泪滚了下来，她挥着拳头，猛地打了青阳一拳。

青阳没有避让，刚才他明知道仲意没死，却任由阿珩悲痛欲绝，等于间接利用了阿珩去诱导敌人。

仲意迷迷糊糊地睁开眼睛："怎么了？"

青阳向桑林内走去："仲意，你带阿珩回右厢殿休息。贼子伤得很重，应该没命冲破朝云峰的禁制逃走，不过我还是去查看一圈。"说着话，青阳已经消失不见。

阿珩不停地哭，仲意完全不知道发生了什么，只能抱着妹妹，不停地说："没事，别哭，别哭，没事，乖，乖……"

阿珩哭着哭着，忽然抬头问："大哥刚才说什么？"

仲意说："他说要去查看一圈。"

阿珩立即跳起来，提着裙子就跑，仲意在她身后追："你要干什么？"

阿珩停住了步子，低着头想了想说："我们回去休息吧。"

仲意喃喃说："这个闯进朝云殿的贼子能在大哥手下成功逃走，应该不是无名之辈，可谁会做这样的事情呢？朝云峰上又没有什么宝物。"

回到自己屋子后，阿珩拿下驻颜花，将它变成一枝桃花，插入瓶中，和衣躺到榻上，接着睡觉。

一会儿，窗户"咔嗒"一声轻响，一个人影摸到了榻边，阿珩翻身而起，手中的匕首放在了来者的脖子上。

赤宸摘掉面具，面具下的脸惨白，却依旧笑得满不在乎。

阿珩十分恨他的这种满不在乎，匕首逼近了几分，刀刃已经入肉，隐隐有血丝渗出："你究竟想干什么？"

"我来见你啊！"

阿珩的匕首又刺入了一分，几颗血珠滚出："为什么要夜闯朝云殿？不会正大光明求见吗？"

"如果我直接求见轩辕妭，轩辕妭会见我吗？轩辕妭的母亲会允许我上山吗？再说了，我想见的女子是西陵珩，不是轩辕妭。"赤宸的手握住了阿珩握着匕首的手，"你更愿意做西陵珩，对不对？"

阿珩不吭声，手却慢慢松了劲，匕首掉落在赤宸脚下。赤宸笑睨着她："这样多好，我不但进入了朝云殿，还能进入你的闺房。好媳妇，如果你肯让我搂着在榻上躺一会儿，那我就不虚此行了。"

阿珩气得直想劈死他，咬牙切齿地说："也得要你有命来躺！"

屋子外面突然响起了说话声，是仲意的声音："大哥，找到了吗？"

阿珩吓得立即把赤宸往榻上拽，迅速放下帘帐，用被子盖住赤宸，自己趴在帘子缝紧张地盯着门，竖着耳朵偷听。

"没找到。这个贼子要么是在山野中像野兽一般长大，要么就受过野兽般的特殊训练，非常善于隐藏踪迹，不过我总觉得他就在附近，没有逃远，你带侍卫把朝云殿仔细搜一遍，所有屋子都查一下。"

仲意应了声"好"，再没有了说话声音。

阿珩已经提到嗓子眼儿的心才算放下，抚着胸口回头，却看赤宸躺在她的枕头上，拥着她的被子，笑得一脸得意，比黄鼠狼偷到鸡还得意。

阿珩真想一耳光扇过去，把他的笑都扇走。

赤宸笑着说："榻已经睡到了，就差搂着你了。"

阿珩冷笑："你就做梦吧！"

"做梦吗？"赤宸一脸笑意，朝阿珩眨了眨眼睛。阿珩头皮一阵发麻，刚想狠狠警告他不要胡来，就听到外面有匆匆的脚步声，仲意大力拍着门："阿珩，阿珩……"

阿珩立即说："怎么了？我在啊！"

仲意说："我感受到你屋子里有异样的灵气，你真的没事？"

"我没事。"

仲意却显然不信，猛地一下撞开了门，阿珩立即哧溜一下钻进了被子，顺便把赤宸的头也狠狠摁进了被子里，赤宸却借机搂住了她。

阿珩不敢乱动，只能在心里把赤宸往死里咒骂，她挑起一角帘子，装作睡意正浓地看着仲意：“究竟怎么了？”

仲意闭着眼睛，用灵识仔细探查了一番，困惑地摇头：“看来是我感觉错了。”

阿珩的心刚一松，仲意又盯着阿珩问：“你往日最爱凑热闹，怎么今天反倒一直老老实实？”

阿珩笑着，故作大方地说：“我累了呀！四哥，你要不要坐一会儿，陪陪我？”

阿珩本以为四哥领了大哥的命令，肯定会急着完成任务，没想到四哥竟然真坐了下来，他朝侍卫挥挥手，让他们退出去。

他默默地盯着阿珩，阿珩渐渐再笑不出来。

仲意轻声问：“你真希望我在这里陪你吗？”

阿珩咬着唇，摇摇头。

“你知道自己在做什么吗？”

阿珩想了一下，点点头。

仲意叹了口气：“我搜完朝云殿后，会带着所有侍卫集中搜一次桑林。”

仲意站起来要离开，阿珩叫：“四哥，我只是……他并不坏，也绝没有想伤你……”

仲意回头看着她：“我知道。不管你做什么，我都会选择帮你，谁叫你是我妹妹呢？”说完话，他走了出去，又把房门紧紧关好。

阿珩立即掀开被子跳下榻，赤宸笑嘻嘻地看着她，一脸得意扬扬。

阿珩实在没力气朝他发火了，只想把这个不知死活的瘟神赶紧送走。

她一边收拾包裹，一边说：“我们等侍卫进入桑林后就下山，四哥会为我们打掩护，你最好别再惹事，你该庆幸刚才是我四哥，若是我大哥，你就等死吧！”

阿珩收拾好包裹后，又匆匆提笔给母亲写了封信，告诉她自己趁夜下山了。她可不敢保证事情不会被精明的大哥察觉，为了保命，还是一走了之最好。

一切准备停当，她对仍赖在榻上的赤宸说：“我们走吧，你的灵力够吗？能把自己的气息锁住吗？”

赤宸点了点头：“只要你大哥在三丈外，时间不要太长，就没有问题。”

阿珩说：“那你就求上天保佑你吧！”

朝云峰的禁制虽然厉害，却对阿珩不起作用，阿珩带着赤宸成功地溜下了朝云峰，沿着只有她和四哥知道的小径下山。

到半山腰时，一头黑色的大兽突然冲出来，直扑阿珩身上，阿珩吓了一跳，正要躲避，发现是阿獙，她惊喜地抱住它，用力亲了它好几下："阿獙，你来得正好，带我们下山吧。"

阿獙蹭着阿珩的脸，发着愉快的呜呜声。

烈阳落在树梢上，倨傲地看着他们，好似很不屑阿獙的小儿撒娇行径。

烈阳在前面领路，阿獙驮着他们向远离轩辕山的方向飞去。

赤宸看着阿珩，满脸笑意："阿珩，你还是和我一块下山了。"

阿珩冷冷地说："看在你受伤的分儿上，我送你一程，明天早上我们就分道扬镳。"

阿珩忽觉不对，赤宸的灵力突然开始外泄，她一把抓住赤宸的胳膊："你别逞强了，实话告诉我究竟伤得如何？输给轩辕青阳可不丢面子，也许整个大荒的神族高手中，你是唯一一个能从他剑下逃脱的。"

赤宸凝视着她，似低语、似轻叹："阿珩，我不会让你嫁给少昊！"唇边慢慢地露出一个心满意足的笑，就像小孩子终于吃到了自己想要的糖果，却丝毫不顾忌后果是所有牙齿都会被蛀蚀光，笑容还在脸上，赤宸就昏死在阿珩怀里。

昏迷的赤宸再没有了往日的张狂乖戾，脸上的笑容十分单纯满足，这样的笑容几乎很难在成年男子脸上看到，因为年龄越大，欲望就越复杂，只有喜好单纯直接的孩子才会懂得轻易满足。

天色青黑，一轮圆月温柔地悬在中天，整个天地美丽又宁静。阿獙的巨大翅膀无声无息地扇动着，飞翔的姿态十分优雅，像一只正在天空与月亮跳舞的大狐狸，它载着赤宸和阿珩穿过了浮云，越过了星辰，飞向远处。阿珩却很困惑茫然，不知道他们究竟该去往哪里。

第八章 青杠木 百角藤

阿珩一夜未合眼，天明后才累极打了个盹儿，惊醒时发现已日薄西山，阿獙停在一个山谷中。

阿珩一个骨碌坐起来，伸手去摸身旁的赤宸，触手滚烫，伤势越发严重了。

阿珩看看四周，全是郁郁葱葱的莽莽大山，她十分不解，问停在树梢头的烈阳："赤宸和你说清楚去哪里了吗？你是不是迷路了？"

烈阳对阿珩敢质疑它，非常不满，"嘎"一声尖叫，把一只翅膀竖起，朝阿珩恶狠狠地比画了一下，转过了身子。

阿珩正在犯愁，她不会医术，必须找到会医术的人照顾赤宸，忽然听到远处有隐约的声音，她决定去看一看。

她在前面走着，阿獙驮着赤宸跟在后面，烈阳趾高气扬地站在阿獙头顶上。

转过一个山坳，阿珩的眼前突然一亮。

两侧青山连绵起伏，一条大江从山谷中蜿蜒曲折地流过，落日的余晖从山势较低的一侧斜斜映照过来，把对面的山全部涂染成了橙金色，山风一吹，树叶颤动，整座山就哗哗地闪着金光。

宽阔的江面上也泛着点点金光，有渔家撑着木筏子，在江上捕鱼，他们用力扬手，银白的网高高飞起，再缓缓落入江面，明明只是普通的细麻网，却整张网都泛着银光，合着江面闪烁的金光，炫人眼目，比母亲纺出的月光丝还漂亮。

渔人们一起大声呼号，一边喊号子，一边配合着将网拉起，渔网内的鱼争先恐后地跃出水面，在空中摆尾翻转，水花扑溅，阳光反照，好似整个江面都有七彩的光华。

那么忙碌辛苦，可又是那么鲜活生动。

阿珩看得呆住，不禁停住了脚步。

在鱼儿的跳跃中，渔人们满是收获的欢喜。一个青年男子一边用力拉着渔网，一边放声高歌，粗犷的声音在山谷中远远传开。

"太阳落山鱼满仓，唱个山歌探口风，高山流水往下冲，青杠树儿逗马蜂。对面小妹在采桑，背着箩筐满山摸，叫声我的情妹妹，哥哥想你心窝窝……"

渔人的歌声还没有结束，清亮的女儿声音从山上传来。

"哥是山上青杠林，妹是坡上百角藤。不怕情郎站得高，抓住脚杆就上身，几时把你缠累了，小妹才得松绳绳……"

因为被山林遮挡，看不到女子，可她声音里的热情却如火一般随着歌声，从山上直烧到了江中。

渔人们放声大笑，唱歌的男子脸上洋溢着喜悦和得意。

"不怕情郎站得高，抓住脚杆就上身，几时把你缠累了，小妹才得松绳绳。"阿珩默默想了一瞬，才体会到歌词里隐含的意思，顿时面红耳赤，第一次知道男女之事竟然可以如此明目张胆地表达。

她隐隐明白他们到了哪里，如此原始质朴，又如此泼辣热情。在传说中，有一块不受教化的蛮荒之地，被大荒人叫作百黎，据说那里的山很高，男儿都壮如山，那里的水很秀，女儿都美如水。

阿珩嘱咐了阿獙几句，让它先带着赤宸躲起来，而她在山歌声中，沿着山间小道向山上行去。

一栋栋竹楼依着山势搭建，背面靠山，正面临水，一楼悬空，给家畜躲避风雨，二楼住人，有突出的平台，上面或种着花草，或晾着渔网猎物。此时家家的屋顶上都飘着炊烟，正是劳作了一天的人们返家时。

因为阿珩与众不同的衣着，牵着青牛的老人笑眯眯地打量她，背着猪草的儿童也笑嘻嘻地偷看她。

一个扛着锄头、牵着青牛的白胡子老头儿含笑问：“姑娘是外地人吧？”

阿珩笑着点头，问道：“这里是百黎吗？”

老头儿发出爽朗的笑声：“这里是我们祖祖辈辈居住的家，这个寨子叫德瓦寨，听说外面的人把这里上百座山合在一起给起了个名字，叫什么百黎的，你来这里是……”

“我听说百黎的山中有不少草药，特意来寻找几味草药。”蛮荒之地，人迹罕至，阿珩不想引人注意，假扮采药人，正是游历四处最好的身份。

老人热情地邀请阿珩：“那你还没有落脚的地方吧？我儿子和孙子入山打猎去了，家里有空置的屋子，你可以到我家歇脚。”

阿珩笑着说：“好的，那就谢谢……爷爷了。”

老人可不知道阿珩已经几百岁，微笑着接受了阿珩的敬称，带着阿珩回到家里。

“这是我的孙女米朵，今年十九岁，不知道你们两个谁大。”老人蹲在火塘边，一边烧水，一边笑眯眯地打量着阿珩和米朵。

阿珩忙说：“我大，我大。”

米朵已经做好饭，可看到有客人，就又匆匆出去，不一会儿，拎着一条活鱼回来。

阿珩笑着向德瓦爷爷打听：“不知道寨子里谁主事？有人懂医术吗？”

“各个寨子都有推选出来的寨主，要说医术，就要去求见巫师了，我们这上百个山寨——就是你们说的百黎，都是找巫师看病，平日里什么时候播种，什么时候围猎，什么时候祭天，也要寨主去询问巫师。”

“谁的医术最好？”

“当然是无所不知的巫王了。”德瓦爷爷说着话，把手放在心口，低下了头，恭敬和虔诚尽显。

“我能见见巫王吗？”

德瓦爷爷的表情有些为难：“恐怕不行，不过我可以帮你去问问。”

“您知道巫王住哪里吗？”

“巫王平时都住在另外一个山寨，叫赤宸寨，赤宸寨有祭天台，巫王要守护我们的圣地。”

“赤宸寨？”

德瓦爷爷笑着，满脸骄傲：“赤宸就是我们族的大英雄，据说好几百年前，大英雄曾经救过全族人，山寨本来不叫这个名字，后来为了纪念他才改成了赤宸寨。”

阿珩问：“赤宸寨在哪里？”

德瓦爷爷拿着烧火棍，在地上边画边说赤宸寨在哪座山上。

阿珩笑着站起，向德瓦爷爷告辞。

德瓦爷爷猜到她的心思：“我说姑娘啊，赤宸寨还远着呢，要翻好几座山，你吃过饭，好好睡一觉，明天我们起个大早，准备好干粮，我带你去。”

米朵站在厨房门口，一边在衣裙上擦手，一边看着阿珩，隐约可见厨房里丰盛的饭菜，对一个贫寒的山野人家来说简直是倾家相待。

阿珩对德瓦爷爷说：“实不相瞒，我有急事，必须要出去一趟。你们先吃，把给我做的饭菜留下，我今天晚上一定会回来吃米朵妹妹做的饭菜。”

德瓦爷爷笑着说：“那好，我给你热几桶酒嘎，等你回来。”

阿珩点了点头，表示感谢。

阿珩刚出德瓦爷爷家，就看到烈阳闪电一般飞来，不停地嘎嘎叫。阿珩大惊，若不是出了事，烈阳不会如此着急，忙跟着烈阳飞奔。

阿獙一见她，立即着急地跑过来。阿珩扶起赤宸，看到他脸色转青，身子冰冷，空气中弥漫着奇怪的香气。她撕开他的衣服，发现伤口都变成了黑色，香气越发浓郁。

即使阿珩再不懂医术，也知道伤口不该是这个样子，更不可能异香扑鼻。这样的症状只能是中毒了。

阿珩用灵力探了一下他的脉息，发现赤宸的灵体都受到波及，被吓得一下子软坐到了地上。

不会是大哥下毒，大哥虽然狠辣，可也骄傲，他不屑于用这些东西。能给赤宸下毒的人只能是赤宸身边的人。据云桑所说，这几十年，神农王对赤宸十分倚重，大大小小的政事都让赤宸参与，这次来玉山，明明云桑在，都只让赤宸处理政事，俨然有独当一面的趋势。阿珩虽心性单纯，毕竟从小在王族长大，自然明白此消彼长，赤宸的崛起肯定会威胁到别人的权势利益，因权力相争而引起的陷害暗杀都很平常。

想除掉赤宸的人会是谁呢？是炎弃、榆襄、洪江……或者他们都有份？

阿珩不敢再想下去，大哥的警告就在耳边，父王一直想称霸中原，绝不会允许她卷进神农族的内斗中。

她抱着赤宸坐到阿獙背上："我们走吧。"

天还未全黑，阿珩就到了赤宸寨。

一进山寨，她就明白了为什么这里被选为祭天台所在地，如果把百黎族的上百座山看作龙的一块块脊骨，这里就是龙灵汇聚的龙头。

并不需要打听巫王的居住地，整个山寨全是竹屋，只有一个地方用白色的大石块砌成了石屋，像堡垒一样把守着灵气最充盈的山峰。

阿珩直接走到了白色的石头屋子前。

几个少年正在院子里忙碌，都打着光膀子，下身穿着散口的宽脚裤，赤着脚，看到阿珩，也并不因自己穿着不雅而回避，反倒全好奇地看她。

一个二十多岁的男子走了出来："您找谁？"

阿珩向他行礼："我求见巫王。"

男子看着她，眼中隐有戒备："巫王不见外地人。"

"我求医而来。"

男子笑了："你们外面的人提起我们时，连个正式的称呼都不用，只叫我们野人，我们这些野人哪里懂得什么医术？姑娘请回吧！"

阿珩知道这些巫师和一辈子都住在寨子里的村民不同，他们很有可能去过外面的世界，因为了解，反倒很戒备。

阿珩无奈地说："我必须要见到巫王，冒犯了！"她从男子身边像条泥鳅一般滑过，溜入了院子，不等他们反应过来，就沿着白石子铺成的道路猛跑。

"抓住她，快抓住她。"

一群人跟在她身后追，更多人从屋子里出来堵截她，阿珩像头小鹿一般，灵活地躲过所有的追击，跑进了后山，看见了高高伫立着、朴素却庄严的白色祭台。

她一口气冲上祭台，站在了祭台的最中央，笑着回头，所有巫师都站住了，那是祭拜天地的神圣地方，就连巫师都不一定有资格进入。

他们愤怒地盯着她，阿珩抱着双臂，笑眯眯地说："现在巫王肯见我了吗？"

一个须发皆白的长袍老者拄着拐杖而来，眼神坚定而充满智慧："姑娘，我们对天地敬畏并不是因为愚昧无知，而是我们相信人应该有一颗感恩敬畏的心，才能与天地万物和谐相处。”

阿珩说：“巫王，我站在这里也不是因为要侮辱你们，而是我必须亲眼看到你。现在我放心了，有一件事情想托付给你，你能不能让其他人回避？”

“这里都是我的族人，你有什么事情就直接说吧。”

阿珩无奈地叹了口气，面朝大山，发出清啸。在她的啸声中，一道白色的身影犹如流星般划过天空，降落在祭台上，是一只一尺多高、通体雪白的鸟，一对碧绿的眼睛骄傲不屑地打量着所有的巫师。

巫师们越发愤怒，几个可以进入祭台的大巫师想去捉住阿珩，巫王伸手拦住他们，示意他们仔细倾听。

不知道从哪里刮来了风，祭台上悬挂的兽骨风铃发出清脆的鸣叫，刚开始，声音还很细微，随着风势越来越大，风铃的声音也越来越大。

在风铃叮叮咚咚疯狂响声中，一道巨大的黑色身影出现在空中，是一只异常美丽的大狐狸，随着它的徘徊飞翔，整个祭台都被狂风席卷。

巫师们仰望着飞翔的狐狸，目瞪口呆，那只白色的鸟似乎还嫌他们不够受刺激，居然一张嘴开始喷出火焰，红色的，蓝色的，黄色的……一团又一团的七彩火焰绽放在夜空，像一朵朵美丽的花，映照得整个祭台美丽庄严如神仙宫邸，而青衣女子就站在这幅奇景的最中央。

巫王吩咐了几句，围在祭台周围的人迅速离开，只留了几个年长的大巫师。

巫王神色凝重地问：“姑娘来自神族吗？不知为何事而来？”

阿獙停在了阿珩身边，阿珩扶起躺在阿獙背上的赤宸：“不知道巫王可认识他？”

巫王看清楚赤宸的样貌后，面色大变，立即跪倒在地，整个身体都在激动地颤抖：“怎么会不认识？我们每一代的巫师在拜师时，都要先跪他的木像，对他起誓要守护这方山水的自由安宁，只是……只是……从不敢奢想竟然能在有生之年真看见赤宸大人。”

阿珩说：“他受伤了。”

巫王急忙跪行到赤宸身旁，查探伤口，从赤宸的身体内小心翼翼地取出一截断剑，又仔细地检查着毒势，脸色越变越难看。

阿珩侧身坐到阿獙背上，想要离去。巫王知道阿珩来历不凡，忙拦住她，着急地说：“求您帮帮赤宸大人，大人的伤势非常重，这个剑上凝聚的剑气又非常特殊，我从未见过这么厉害的剑气，再加上毒……”

阿珩取过断剑刃看了一眼，剑刃边缘刻着一只只凹凸起伏的玄鸟纹饰，正是高辛王室的徽记。阿珩记起自己的身份，心中一凛，看向巫王：“你要我帮他？我第一次帮他，被囚禁了六十年；第二次帮他，背叛了我的大哥。”她举起断剑，“这剑是我的未婚夫所铸，他的铸造技艺非常好，赤宸的伤口肯定不容易愈合；这把剑是我大哥的贴身佩剑，是我大哥亲手把剑插入了赤宸的胸口。”

巫王面色发白，呆呆地看着阿珩，阿珩问：“你现在还要我帮忙吗？”

巫王立即摇头，阿珩说：“很好。”她拍拍阿獙，阿獙载着她飞上了天空，祭台四周的风铃又开始叮叮当当地响。

阿珩听着风铃声，有些失神，她在玉山时，屋檐下挂的风铃和这些风铃一模一样，那漫长的六十年回想起来，似乎唯一的色彩就是赤宸的书信。

她一边摸着阿獙的头，一边对阿獙说：“大荒人暗中把百黎族的巫王叫作毒王，他一定能救赤宸，我又不懂医术，留下也帮不上忙。对吧，阿獙？”

没有人回答她，她所需要说服的不过是自己。

阿珩回到德瓦寨时，德瓦爷爷和米朵才吃完晚饭没多久。

阿珩说：“我来吃饭了。”

米朵高兴地去热饭菜，德瓦爷爷笑呵呵地说：“明天我和寨主说一声，再带你去赤宸寨。”

“不用了，我的事情解决了，不用去赤宸寨了。”

“啊，那就好。”

百黎人善于酿酒，他们酿造的酒嘎浓烈甘醇，让阿珩一喝钟情，德瓦爷爷看她喜欢，乐得胡子都在笑。

在德瓦爷爷和米朵的热情款待下，阿珩享用了一顿异常丰盛的晚餐。

交谈中，阿珩知道米朵年龄已经很大，早该出嫁，可老人的儿媳因为生病，常年躺着，家里的事情全靠米朵操持，所以她迟迟没有出嫁。

米朵把自己的房间让给阿珩住，那是家中最好的屋子。

阿珩已经感受到白黎族人的待客之道，他们总是尽力把最好的给客人，所以她没推辞地接受了。

洗漱后，阿珩坐在竹台上晾头发。

黛青色的天空上，挂着一弯淡淡的新月。晚风从山上吹来，带着草木的清香，不远处的溪水潺潺流淌，叮叮咚咚的，就像是一首天然的曲子。

一个男子从山下上来，坐在溪边的大石上，吹起了竹笛。

竹楼的门“吱呀”一声拉开，米朵轻快地跑向溪边，不一会儿，阿珩看到溪水边的两个人抱在了一起。

对话声隐约可辨。

“客人可喜欢我打的鱼？”

“很喜欢，一直夸赞好吃。”

“那是你做得好。”

两个人彼此搂着，向山上走去。

阿珩忍不住笑起来，眺望着远处的大山想，男儿就如那青杠木，女儿就如那百角藤，木护藤来藤缠树，风风雨雨两相伴，永永远远不分离。

隔壁房间里传来咳嗽声、喝水声。

德瓦大爷竟然醒着！他知道孙女去和男人私会？

阿珩有微微的困惑，也有淡淡的释然。男欢女爱本就是天地间最自然的事情，只不过在这里它保留了本来的样子。

不知道为什么，她眼前浮现出赤宸的身影，赤宸就是在这般的山水中长大吗？他可会打鱼？他也会唱那样嘹亮深情的山歌吗？他唱给谁听过呢……

阿珩枕着山间的清风明月，进入了梦乡。

第二日，阿珩被公鸡的啼叫声吵醒。

这里的清晨不是玉山上死一般的寂静，也不是朝云峰上清脆悦耳的鸾鸟鸣唱。

人们碰见的相互问好声，少女们相约去采桑的清脆叫声，男人们取工具的撞击声，妇人们高声叫唤孩子的骂声，孩子们吵闹啼哭的声音，牛的哞哞声，羊的咩咩声，母鸡的咯咯声……

太吵闹了！可是——

阿珩微笑，也真是生机勃勃啊！

阿珩见到了米朵的母亲。因为长年生病，已经被折磨得皮包骨头，连句完整的话都说不出来。

阿珩也知道了米朵的情郎叫金丹，这两天都不在山寨，米朵告诉阿珩，金丹去别的山寨相亲了。

阿珩大惊："你们俩不是……你不生气？"

米朵笑着摇摇头："阿妈瘫在床上，弟弟还小，我现在是家里唯一的女人，家里离不开我，他已经等我四年，不能再等了。"

"那你们就分开了？"

"嗯，他以后要对别的妹子好了。"米朵虽然神色黯然，可仍然笑着。

"你明知道你们要分开，你还……还和他晚上私会？"阿珩不能理解。

米朵很诧异，反倒不能理解阿珩："正因为我们要分开，我们才要抓紧能在一起的时间尽量在一起啊。"

阿珩说不清楚米朵的道理哪里对，也说不清楚哪里不对。也许，在这个远离俗世的深山中就是对的，在那个被礼仪教化过的繁华尘世就是不对的。

阿珩不想金丹离开米朵，而唯一能让米朵嫁给金丹的方法就是让米朵的家里多一个能操持家计的女人。

阿珩让米朵去找巫师来给阿妈看病，米朵说一年前金丹和几个寨子里的阿哥抬着阿妈去了赤宸寨，大巫师说不是人力所能救治，只能听凭天地的意志。

阿珩也明白并非世间所有的病都可以医治，神农王的医术冠绝天下，也救不活女儿瑶姬。

因为心情不好，她跑到人迹罕至的山顶上去看阿獙和烈阳，这两个家伙把包裹弄得乱七八糟，阿珩只能重新整理，在一堆杂物中看到了一袋桃干。

这是她在玉山上晒的蟠桃干，本来是给阿獙和烈阳的零嘴，可阿獙和烈阳吃了几十年，都吃得恶心了，碰都不乐意碰。

阿珩捡了块桃干，随手丢进嘴里，吃着吃着，猛地跳了起来，往山下冲。

阿珩决定用蟠桃去救米朵的阿妈，不过有阿獙的先例，她不敢直接给阿妈吃，于是拿了一小块来泡水，把泡过的水倒给米朵的阿妈喝。

第一天，阿珩提心吊胆，阿妈没任何不好的反应；第二天，阿妈居然开始喊饿，想吃饭。惊得米朵又是哭又是笑，因为阿妈已经四五年没主动要过饭吃了。

阿珩看着好像有效果，就接着用那块桃干泡水。

阿妈连喝了三天桃干水后，饮食逐渐正常，虽然还不能坐起来，可显然已经有好转的趋势，只要慢慢调养，下地走动是迟早的事。

金丹回寨子后，听说米朵阿妈的病情好转。他立即扛起家里最大的一只羊，咚咚地大踏步冲进米朵家，说不出来话，只用力把大肥羊往阿珩怀里塞。

阿珩惊恐地跳到桌子上，一边大声呼救："米朵，米朵……"一边瞪着那头羊，很庆幸地想幸亏不是一头牛。

米朵从阿妈的房间跑出来，看到金丹，愣了一愣，猛地捂住脸，蹲在地上放声大哭起来。德瓦爷爷坐在火塘边，侧着身子，用手遮着额头，偷偷抹眼泪。

阿珩跳下桌子，拍米朵的背："别哭，别哭，你的金丹哥哥走时，你没有哭，怎么他回来了，你却哭起来了？"

阿珩治好米朵阿妈的病的事情在山寨里不胫而走，山寨里生了重病的人纷纷来找阿珩看病。

阿珩心惊胆战，可她喝过山寨里所有人家的酒嘎，吃过山寨里所有人家的饭，压根儿不能拒绝，只能依样画葫芦，继续用桃干泡水。一边泡水，一边心里叫王母，希望她这千年开花、千年结果的桃子真的像大荒内人们传说的那么厉害。

在阿珩的战战兢兢中，喝过水的人，即使病没有好转，痛苦也大大减轻，至少能安详从容地迎接死亡。

喜悦的人们用山歌唱出对阿珩的感激。在嘹亮的山歌声中，阿珩的医术慢慢传遍了百黎族大大小小的上百个山寨。各山各寨的人，但凡患有疑难杂症的，都怀抱着一线希望，跑来求阿珩。

他们翻山越岭、跋山涉水而来，牵着家里最值钱的牛，抱着家里最能生蛋的母鸡，虔诚地跪在阿珩面前，被风霜侵蚀的脸上满是渴望和祈求。

阿珩没有办法拒绝，只能来者不拒。其实，她一直想走，可不知道为什么，总是在走前的一刻告诉自己再住一天。阿珩不知道究竟什么羁绊着自己，也许是百黎族雄壮的山、秀丽的水；也许是德瓦寨每一张热情善良的笑脸；也许是粗放热情的山歌；也许是醇厚浓烈的酒嘎；也许是少女们偷偷放在她门口的甘甜山果；也许是孩童们抓着她裙角的黑黑小手；也许只是田埂边那头青牛犁地时的叫声。

在无数个莫名其妙的理由中，她就这么住了一天又一天，一天又一天。

清晨，阿珩刚一睁开眼睛就又开始思想斗争，今天要不要离开？

一会儿想这个走的理由，一会儿想那个留的理由，最后却什么都忘记了，只是惦记着赤宸的病情究竟如何了，巫王已经解了他的毒吧？他是不是已经回神农山了？

翻来覆去，忽然觉得今天早上很异样，没有男人招呼去劳作的声音，没有女人叫骂孩子的声音，没有孩童的哭闹声……整个山寨异样的安静。

阿珩从竹楼匆匆下去，看到巫王跪在竹楼前，额头贴着地面，背脊弯成了一个弓，就像一个祈求的石像。

整个山寨都静悄悄，所有人都躲在远处，困惑畏惧地看着这边，不明白他们伟大的巫王为什么要跪在阿珩面前。

阿珩弯身扶起巫王，惊慌地问："赤宸的毒还没解吗？"

巫王摇摇头，阿珩立即说："我们去赤宸寨。"

大巫师领着阿珩走上祭台，赤宸就躺在祭台最中央。阿珩跪坐下，查看赤宸的伤势。

巫王说："剑伤虽严重，但有百黎的山水灵气护持，赤宸大人本可以慢慢愈合伤口。"

阿珩说："致命的是这个毒？"

巫王点点头："百黎族也很善于驱使毒物，在大荒中以善于用毒闻名，可我们是蛊毒，而这个毒是药毒，我想尽了办法都解不了。"

阿珩说："你既然知道赤宸是被我大哥所伤，还敢向我求救？不怕毒是我们下的吗？"

"我已经九十二岁，别的见识也许少，人心却见了很多。"巫王摩挲着手中的断剑，沉声说，"剑是铸剑师的心血所化，如果铸剑人心中没有天地，他铸造不出可吞天地的剑，能铸造出这柄剑的人绝不会把剑送给一个用毒去亵渎剑灵的人。"

阿珩抬头盯了巫王一眼，没有说话。

巫王说："下毒的人心思十分毒辣，这毒早就潜伏在赤宸大人体内，至少已有几十年，平时不会有任何异样，只有当赤宸大人受重伤后动用灵力疗伤，才会毒发，毒性会随灵力运行，遍布全身，让赤宸大人既不能用灵力疗伤，也不能用灵力逼毒，只能坐等死亡降临，赤宸大人的灵体已经支撑不住……”巫王面色黯然，“几个大巫师建议我去神农山求助，但我拒绝了。”

“为什么？”

“听师父讲，赤宸大人生长在荒野，熟知毒虫毒草，我在百黎被尊奉为巫王，大荒人却因为我善于用毒，喜欢叫我毒王，就是神族的高手都会让我三分，可我也不能让赤宸大人中毒。能令赤宸大人中毒的只能是精通药性的神族高手，天下最精擅医术的神是神农王族，这个药毒也许就出自他们，我怎么敢去向他们求助？如果赤宸大人真要死，我希望他能安静地死在百黎的山水间。”

阿珩对眼前的睿智老人又多了一份尊敬。

可现在该怎么办？不能向神农族求救，不能向高辛族求救，更不可能向轩辕族求救。思来想去，阿珩觉得自己竟然是走投无路、求救无门。

巫王看阿珩满面焦灼，反倒不安：“西陵姑娘，你不必太自责。我们百黎族人崇拜天地，看重的是今朝和眼前，追求及时享乐，生死则交给天地决定。即使就这么死了，我想赤宸大人也不会有遗憾。”

阿珩脸色青寒：“赤宸可不会喜欢这么窝囊地死，即使要死，他也要死得让所有恨他的人都不痛快。”说着话，阿珩唇角露了一丝笑意。

巫王不禁也笑了：“用生命去爱，用死亡去恨，这就是百黎的儿女，外人看我们野蛮凶狠，其实只是我们更懂得生命宝贵，我们敬畏死亡，却永不惧怕死亡，所以我会尽全力救治赤宸大人，但也会平静地接受他的离去。”

阿珩说：“谢谢你的开导，不过赤宸欠了我两次救命之恩，我还没和他收债，他可别想这么轻易地赖账！”

阿珩抬起头长长吟啸了一声，啸声中，烈阳和阿獙从天而降，停在了祭台上。

阿珩摸着阿獙的头：“赤宸病了，我需要你的鲜血，可以吗？”阿獙在玉山长大，吃的是蟠桃，饮的是玉髓，全身都凝聚着玉山的天地灵气。

阿獙头贴着阿珩温柔地蹭着，好似在安慰她。

阿珩对巫王说：“麻烦你了。”

巫王拿着祭祀用的玉碗和银刀走到阿獙身旁，阿獙非常善解人意地抬起一只前腿，大巫师举起银刀快速割下，鲜血涌出，一股异香也扑鼻而来。

阿珩背朝着他们，割开自己和赤宸的手掌，两手交握，将赤宸体内带毒的血液牵引入自己体内。

巫王端着满满一碗血走过来，阿珩让他把血喂给赤宸："这血不能解毒，但应该能延缓毒势蔓延，你每日从阿獙身上取一碗血喂给他，我要离开一段时间，过几日会让烈阳送解药回来。"

阿珩已经转身离去，可走了几步发现自己的裙裾不知道被什么绊住了，迈不开步子，她回身去看，发现赤宸紧握着她的裙裾。

巫王说："赤宸大人不想你离去。"

阿珩用了点灵力，掰开赤宸的手，俯在赤宸耳畔低声说："我不会让你死。"快步跑下了祭台。

没了阿獙充当坐骑，阿珩的速度不快，烈阳却没有往日的不耐烦，在她头顶盘旋着，来来回回地飞。

阿珩一直在全力催动灵力，既为了快速赶路，也为了让毒气遍布全身。一人一鸟连赶了一天路，远离了百黎族。

傍晚时分，夕阳渐渐将天地装扮成橙红色，阿珩的脸色却开始越来越苍白，心跳越来越慢，渐渐有喘不过气的感觉。

她在一片树林中，坐了下来。

烈阳落到她身前，焦急不解地看着她，发出嘎嘎的叫声，吓得林子里所有鸟都趴到地上。

阿珩撕下一片衣袖，把衣袖绑在烈阳脚上："去神农山，找云桑。"她气喘得再说不出来话，身子靠在大树上，手指了指天空。

烈阳仰头冲着天空几声大叫，四周的鸟儿全都哆嗦着走过来，自发地环绕着阿珩一只挨一只站好。烈阳展开翅膀，腾空而去，快如闪电，眨眼就没了影踪。

此处本就在神农境内，以烈阳的速度，应该很快就能赶到。别人即使看到这截断袖，也不会知道是什么意思，不会发现赤宸性命垂危的事，可云桑曾跟着母亲学艺十载，很熟悉母亲纺织出的布匹，她一看到东西就知道是她在求救，肯定会立即赶来。

阿珩再也支撑不住，慢慢闭上了眼睛。

夕阳下，荒林内，受了烈阳胁迫的鸟儿们一个个挤挨在一起，形成一道五彩斑斓的百鸟屏障，将阿珩保护在中央。

阿珩眼前泛着迷迷蒙蒙的金色流光，心中浮现出一次又一次见赤宸的画面，还有六十年的书信往来，她的记忆力好得令自己惊奇，那么多的书信，她居然都记得。

行经丘商，桃花灼灼，烂漫两岸，有女浆衣溪边，我又想起了你。

阿珩嘴角带着笑意，今年已经错过了花期，明年吧，明年她想看看人间的桃花，那一定比玉山上的蟠桃花更美。其实，她一直都想问赤宸，为什么是又想起，难道你常常想起吗？

阿珩渐渐失去了意识，嘴角弯弯，带着笑意，心中的最后一幅画面，安宁美丽：丘商的绿水犹如碧玉带，蜿蜒曲折，赤宸一身红袍，立在舟头，沿江而下，夹岸数里，俱是桃花，香雪如海，落英缤纷……

当阿珩满心期盼着云桑赶来时，她不知道云桑此时并不在神农国。

云桑在荒谷中辞别少昊和阿珩后，乔装改扮赶往了高辛。

她一直纠结于自己的担忧，却从没有想过诺奈的感受，诺奈作为臣子，作为少昊的朋友，却在雨夜与少昊的妻子相拥一夜，高辛礼仪森严，诺奈又心性高洁，那一夜后，他心里究竟有多少的无奈、惶恐、羞耻、愧疚？

无奈于自己无法控制的情感，惶恐着与王子夺妻也许会让家族大祸临头，羞耻着自己的卑鄙下流，愧疚于背叛了朋友。也许只有日日纵情于声色，践踏自己才能面对少昊，可少昊什么都不知道，反而忧心忡忡地关心着他，劝他洁身自爱，少昊每一次的真诚关心都像是在凌迟着诺奈，诺奈只会更憎恶、鄙视自己。

玉山上相逢时，云桑只是一时冲动地试探，从没有想过有朝一日事情竟会到此，她的无心之过竟然会被宴龙他们利用，使诺奈、诺奈的家族甚至少昊未来的王位都陷入了危机。

云桑深恨自己，身在王族，自小到大，从未行差踏错，可偏偏那一日，水凹石凸间，惊鸿相逢，水月镜像，芳心萌动，忽喜忽嗔，让她忘记了自己的身份，像个普通少女一般，莽撞冲动，忐忑不安，自以为是地去试探、去接近。

这样孤身一人赶往高辛，她不知道能否见到被关押在天牢的诺奈，更不知道当她坦白告诉诺奈她的身份时，诺奈会怎么看她，也许他压根儿不会原谅她。

但是，她一定要见到诺奈。

漆黑的夜晚，颗颗星星如宝石般缀满天空，闪闪烁烁，美丽非凡。不管荒凉的旷野，还是堂皇的宫殿，不管是神农，还是高辛，不一样的地方，都有着一样黑夜、一样的星空。

旷野寂静，漫天星辰，百鸟保护中，阿珩唇边含着微笑，昏昏而睡，她的生命却正在昏睡中飞速流逝。

云亭章台，雕梁画栋，府邸中，面带倦容的少昊放下手中的文书，走到窗边，拿起酒壶，慢慢地喝着酒，突然想起什么，从怀里拿出一方丝帕，上面是阿珩写给他的雌酒方。他低头看了一会儿，抬头望向天空，繁星点点，犹如人间万家灯火，不知道阿珩此时又在哪盏灯下听故事。不知不觉中，疲倦散去，少昊的唇边隐隐带上了笑意。

金甲银枪，守卫森严，天牢外，云桑脸上戴着一个面具，面具是用人面蚕所织，轻薄如蝉翼，将她化作了一个容貌普通的少女，因为不是用灵力变幻容貌，即使碰到灵力远远高于她的神，也窥不破她的身份。云桑抬头看了看天，恰一颗流星划过天空，她望着天际的星辰默默祈祷。

定了定心神，她左手提着一个缠丝玉莲壶，里面装满清水，右手握着一把长剑。云桑将一颗神农王给她用来在危急关头逃生的药丸放入水壶中，可以迷幻心智的袅袅青烟从她右手的玉莲花中升起，萦绕在她周身，她提莲带剑飞掠入天牢。

大山肃穆，清风徐暖，祭台周围的兽骨风铃叮叮当当，声音柔和，吟唱不停，犹如一首催人安眠的歌谣。

赤宸躺在祭台中央，沉沉而睡。巫王和阿獙守在祭台下。

巫王靠着石壁打瞌睡，阿獙看似也在睡觉，两只尖尖的狐狸耳朵却机警地竖着。

很久后，赤宸竟然缓缓睁开了眼睛，凝望了一会儿星空，慢慢地举起手，看着掌上的刀痕，心中对事情的来龙去脉渐渐分明，他凝着一口气，用力翻身坐起，阿獙也立即站了起来。

“阿獙，我们去神农山。”赤宸坐到阿獙背上。巫王惊醒了，急忙抓住赤宸衣摆：“您的毒还未解，不能驾驭坐骑飞行。”

“你是第几代的巫王？竟然敢来告诉我应该做什么！”赤宸的眼神如野兽般冷酷无情，好像没有一丝人性，巫王畏惧地跪下，头都不敢抬。

赤宸拍了拍阿獙，阿獙立即腾空而起，一人一兽消失在夜空。

第九章 医天下者 不自医

神农山位于中原腹地，风景优美，气势雄浑，共有九山两河二十八峰，北与交通要塞泽州相连，南望富饶的燕川平原，东有天然屏障丹河守卫，西是天下最繁华的都城轵邑。看到神农山，才能真正理解什么叫王者气象，什么是中原富庶，为什么神农族会是三大神族中民众最多的神族。

阿珩悠悠醒转时，已经在神农山下。她看看赤宸，再看看烈阳和阿獙："你……你……我……我怎么在这里？云桑姐姐呢？"

赤宸嬉皮笑脸地凑在她眼前："好媳妇，原来你竟然舍得以命换命来救我。"

"胡说！你个惹祸精，我巴不得你早点死！"

赤宸掰开她的手掌，伤口仍未愈合："只要云桑带你上山，神农王肯定会救你，可解药只有一份，你若偷偷换下解药，派烈阳送给我，你自己呢？"

阿珩被戳破心中打算，恼羞成怒，甩开赤宸的手："别自作多情，十个你死了，我都会活得好好的！"

赤宸笑眯眯地说："这就对了！以后千万不要做这样的傻事，我只要我活着时，你对我好。我若死了，把我的尸骨随便扔到山里，野兽自然会来打扫干净，像从来没存在过一样，你也应该立即忘掉我，高高兴兴地继续过你的日子。"

他表情虽然嬉笑，可说的话很认真，真不知道他究竟经历过什么竟然把生死看得如此透。阿珩脸色发白："别疯言疯语了，虽然有阿獙的鲜血，可我们支撑不了多久，不知道把守神农山的是谁，得赶紧想想如何见到神农王。”

赤宸说道：“炎斧、洪江、珞迦。”

炎斧有神农族第一高手之称，洪江被称为水神，珞迦是近些年的后起之秀，在神农族内声名不弱于赤宸。阿珩脸色晦暗：“这哪里是在守护神农山？摆明了另有所图。究竟是谁给你下的毒？有没有值得信赖的朋友能设法给神农王传个信？”

赤宸眼神阴戾，冷冷地说：“人心难测，生死关头，除了自己，任何人都不可靠！”

这会儿的赤宸多疑谨慎，和刚才笑谈生死的样子截然不同，阿珩不禁隐隐地对赤宸的过去越发好奇起来，他究竟经历过什么，性格才如此复杂？

赤宸望着神农山沉思，似乎在想对策，阿珩心中一横，顾不得父亲和大哥知道了会如何，说道：“我去以轩辕王姬的名义求见神农王。”

赤宸抓住她：“我不同意！西陵珩！”他伸手拨弄了一下她髻上的驻颜花，“桃是五木之精，玉是石之灵，驻颜花是玉山的玉灵和桃树的木灵汇聚了十几万年才凝结而成的奇宝。所谓‘驻颜’二字的真正意思是它会为你停驻任何你想要的容颜，并不是简单的不老。想想自己喜欢变成什么样，过一会儿，你绝不会想承认自己是轩辕妭。”

阿珩还没理解他的意思，他笑嘻嘻地对烈阳说：“你在玉山这么多年，灵力应该大有长进，看到那座城池了吗？去那里练习一下你的凤凰玄火，看什么不顺眼就喷它一团火。”

烈阳是唯恐天下不乱的主，一听就来了精神，立即展翅而去，阿珩叫都叫不住，吓得抓住赤宸：“那可是神农族的都城！你让烈阳去放火烧城？你疯了吗？”

赤宸一脸不解：“我又不是在放火烧轩辕族的都城，你紧张什么？”

“我紧张什么？那是一国之都啊！如果让人知道那只鸟是我的，神农族会立即发兵讨伐轩辕族！”

阿珩说着话，已经看见轵邑的东城门烧了起来，她捂住脸，喃喃说：“我真的不应该和你这个疯子有任何瓜葛，我为什么不长记性？”

赤宸冷眼看着轵邑渐渐变成了一片火海，抬头望向天空，看到炎斧驾驭着坐骑毕方鸟急急飞向轵邑，炎斧号称自己掌控了天下所有的火，可赤宸知道，他还缺凤凰玄火，可惜凤凰是祥鸟，又是百鸟之王，炎斧也不敢轻起贪心，今天却有凤凰玄火从天而降，他肯定再顾不上神农山。

赤宸拍拍阿獙，示意它带着他们飞向神农山的主峰紫金顶。

阿珩顾不上再生气，摸摸脸颊，紧张地问：“碰到灵力远比我高强的神也不会认出我吗？”

“这不是依靠灵力的幻形术，再高的修为都抵不过天地造化，只要你自己小心，没有人能看破。”

阿珩刚松了口气，又紧张地问：“四周都有重兵把守，你究竟想做什么？”

赤宸笑着展开双手：“害怕吗？好媳妇，我的怀抱永远可以让你躲避。”

阿珩深吸口气，强忍下把他一脚踹下去的冲动。

山峰两侧出现了侍卫：“神农王闭关炼药，来者退！”

赤宸让阿獙停在了山谷中，阿珩全神戒备，赤宸却蹲在阿獙身旁和阿獙说悄悄话:“你是不是很喜欢阿珩啊？”

阿獙立即用力地摇尾巴，咧着嘴幸福地笑，又把头往阿珩身上靠，阿珩却紧张地顾不上它，小声对赤宸说：“我们已经被包围了。”

赤宸充耳不闻，摸摸阿獙：“可是阿珩将来会成婚，她的夫婿却不见得喜欢你，说不定还会很讨厌你。”

阿獙一怔,眼睛立即瞪得圆滚滚的,尾巴直直地竖在了半空,上弯的嘴角慢慢扯平。

赤宸又说：“阿珩成婚后会生自己的小孩，她会喜欢自己的孩子，到时候肯定顾不上你了。你还记得我在去轩辕山的路上给你讲的继父的故事吗？那些继父都会想方设法把前面的孩子赶出去！”

阿獙打了个寒战，尾巴“啪”一下子掉了下去，嘴角开始慢慢往下弯，眼睛里弥漫起雾气。

阿珩无限紧张中仍爆起了怒气：“你给阿獙讲继父虐待小孩的故事？”赶紧去拍阿獙，“你别听这个浑蛋的话，他在故意吓唬你。”

赤宸却盯着阿獙，很认真地说：“你想想啊，到时候阿珩有了自己的孩子，不要你了，烈阳也不要你了，你多可怜！”

阿獙“啊呜”一声就哭了起来。自从出生以来，它就把阿珩看作母亲，天经地义地认为阿珩和它永远在一起，每天都十分开心，后来又有了烈阳，每天一起玩耍，更是无忧无虑，现在才意识到原来它所拥有的一切瞬间就会失去，它第一次有了“失去”的概念。

阿珩不可置信地瞪着赤宸：“这都什么时候了？你还欺负小孩，真是个疯子！”

阿珩着急地安抚阿獙，可阿獙想到有一天它会失去这么好的阿珩，越想越难过，越哭越伤心，就好像那悲惨的一天已经来临。

赤宸选择停歇的这个山谷叫回音谷，是上紫金顶的必经之路，把守山谷的侍卫都是精挑细选的神族精锐。

回音谷地势特殊，一点细微的声音就会引发回音，被扩大传出，某代神农王利用这个天然地势，在各个特殊的音壁点上安置了侍卫，只要有人潜入，立即会引起侍卫注意，所以上万年来从没有人能强行通过回音谷。

因为回音谷的回音效果，阿獙的放声大哭就如同有上百个阿獙在悲痛，哀音如春雷一般滚滚地传出去。狐族的叫声本就可以魅惑人心，獙獙又是狐族里叫声最悦耳动听的一族，阿獙食蟠桃、饮玉髓，灵气充盈，此时发自内心的哀哭简直令山河同悲，草木哀戚，天地都变色。

神农族的侍卫本已经包围了他们，却在阿獙的哭声中难以自持，刚开始还能用灵力相抗，可谁心中没有过失去的哀伤呢？阿獙的声音把他们深藏在内心的哀伤挑起，往事纷纷浮现，生命中一次又一次的离别全部交叠在一起，痛苦汇聚成江海，不禁悲从中来，放声痛哭。

整个回音谷中竟然响起了一曲令天地都哀戚的离歌，连神力高强的珞迦和洪江都不敢轻动，只能各自据守一个山头，盯着赤宸。

赤宸坐在大石上，对洪江和珞迦勾勾手，洪江和珞迦迟疑了一下，驾驭坐骑降落在他面前。赤宸笑看着周围哀哭成一片的侍卫说："回音谷就像是一个天然的音阵，侍卫无形中用自己的灵力启动了阵法，他们越难过越哀哭，越哀哭就越难过，直至精血衰竭而亡。"

洪江和珞迦都色变，这上百名侍卫是守护神农山的精锐，他们无法想象神农山失去他们的后果。

洪江对赤宸行礼："奉命把守神农山只是我们的职责所在，还请你手下留情。"

赤宸说："我要见神农王。"

洪江为难："我必须去向炎斧大人请示。"

赤宸笑道："炎斧应该已经嘱托你全权负责神农山的事情，你若非要请示就去吧，反正我没什么事，倒是等得起，可这些侍卫等得起吗？难道你打算看着这些侍卫哭死在此？”

洪江迟疑不决，看着珞迦。珞迦容貌秀美宛如女子，说起话来也十分柔和：“一切听从洪江大人安排。”顿了一顿又说，“神农王是吩咐过谁都不见，可赤宸是神农王唯一的徒弟。”

洪江看看周围哀哭欲绝的侍卫，叹了口气，对赤宸说：“我只能答应带你去紫金顶求见神农王，至于神农王今日能不能见你，就不是我能做主的。”

赤宸拱拱手：“洪江一诺重千金！”他抓着阿獙的尖耳朵，附在他耳畔嘀嘀咕咕地说着，阿獙的眼睛慢慢亮了，哭声突然就没了。它歪着脑袋看赤宸，赤宸很郑重地说：“我保证！”

阿獙嘴巴一下就上弯，变成了一个快乐的月牙。

阿珩揪着阿獙的另一只尖耳朵，痛心疾首地说：“你怎么这么傻啊？他说什么你就信什么？”

阿獙“啊呜”一声，把头贴到阿珩身上，毛茸茸的狐狸大尾巴扫来扫去，拂着阿珩的脸，眼睛都笑成了两只弯弯的小月牙。

阿珩只能无奈地摇头。

阿獙停止了哭泣，阵眼已去，洪江运足灵力，对着回音谷几声气吞山河的虎啸，所有侍卫一个激灵，停止了哭泣。

阿珩听到洪江的啸声，心内暗惊，不禁认真地打量了一眼这个与炎奔齐名，却一直被遮挡在炎奔阴影中的将领，忽地明白了为什么赤宸说“洪江一诺重千金”。

洪江和珞迦护送赤宸、阿珩到达紫金顶，正欲求见，在殿前扫地的白胡子老头儿抬起头，面无表情地说：“神农王说洪江、珞迦都留下，赤宸去小月顶见他。”

洪江和珞迦都面色一变，赤宸和他们拱手道别。

阿珩看距离远了，才低声问：“小月顶有什么特殊吗？”

赤宸眼内思绪重重：“小月顶唯独的特殊……”他猛地咳嗽了一声，喷出一口黑血。刚才他虽然没出一丝力，可仅仅为了维持在洪江和珞迦面前的气势已经十分辛苦，“就在于我们都没去过。”

阿珩轻声说：“你休息一会儿吧。”

赤宸疲惫地笑了笑，把头靠在阿珩肩膀上，阿珩伸出手，想推开他，却又收了回来，只默默地坐着。

不一会儿，小月顶就到了。

非常普通的一座山峰，没有宫殿，没有侍卫，什么都没有，就是草木异常繁盛。一头梅花鹿站在崖顶的松树下眺望，看到他们，呦呦鸣唱，似在迎客。

阿獙也高兴地唱起来，应和着呦呦鹿鸣，一时间好似山水都笑开颜。

梅花鹿昂起头，对他们长长鸣叫了一声，在前面轻盈地跳跃，好似在说："客人们，随我来吧！"

他们随在梅花鹿身后，沿着山间小径，一路穿花拂柳，转过一个山坳，进入了一个山谷。

霎时间，只觉眼中蓝光浮动，以为一脚踏上了蓝天。

整个山谷没有一丝杂色，密布着各种各样蓝色的花，杜鹃、百合、辛夷、芙蓉、蔷薇……全是蓝色，幽幽蓝色合着山谷中湿漉漉的雾气，氤氤氲氲，有一股说不出的缠绵相思之意，好似江南初春时节，乍暖还寒时，轻轻飘着的毛毛雨，天仍旧是蓝的，甚至有轻薄的日光洒下，可人的心里心外都弥漫着湿意。

放眼望去，只山坡上有坟茔三座，安静地休憩在蓝色的花海中。

阿珩没有跟随梅花鹿前行，突然爬上山坡，跑到坟前，分开半人高的蓝色山茶花，看到墓碑上分别写着：

爱妻神农听訞之墓，夫神农石年泣立。

爱女神农女娃之墓，父神农石年悲立。

爱女神农瑶姬之墓，父神农石年哀立。

阿珩第一次知道尝遍百草的神农王的名字是石年，她摸了摸墓碑上的字，这并非刻印上去，而是用心头精血直接书写而成，一个墓碑就是无数滴宝贵的心头精血，写字的人在用生命哀恸。

神农王只娶过一位妻子。一千多年前神农王后就已经去世。这千年来，各族出于各种目的，纷纷进献美貌贤德的女子，却全被神农王拒绝了。众人猜测的原因各种各样，最可靠的解释是如果再立后，势必会令一族坐大，神农王不想打破现在各族之间的平衡，所以虚悬后位。

阿珩凝视着墓碑上的字，心内暗想，也许所有人都理解错了原因，神农王只是为了一个世间最简单的原因——虚悬后位。

梅花鹿看他们没有跟来，不解地鸣叫催促，阿珩站了起来，回头看到赤宸站在山谷中的小径边，仰头看着她，目光柔和却坚定，似乎不管她流连多久，他都会一直等下去。

在一片波涛起伏的蓝色忧伤中，他好似成了唯一的明亮。

阿珩心中急跳几下，不敢直视赤宸，向山坡下冲去。赤宸展颜而笑，温柔地说："慢一点，别摔了。"

梅花鹿领着他们穿过山谷，到了一片开阔的山地，颜色顿时明媚起来，一方方的田地，种着各种各样的药草。

一个穿着葛麻短襦、卷着裤脚的老者在地里劳作，听到鹿蹄声，他直起身子，扶着锄头，笑看向他们。

眼前的老者乍一看面目平凡，穿着普通，再看却生出高山流水、天地自然之感，阿珩心中一震，明白这就是三王之首的神农王了。

神农王说："没想到赤宸还带了客人。"

赤宸开门见山地说："解药，两份！"话还没说完，他就成了强弩之末，软坐到田埂上，唇角全是黑血。

神农王把一颗解药递给赤宸："这毒药只有一份，解药也只准备了一份。"又对阿珩说，"小姑娘，让我看看你。"

阿珩把手递给他，神农王把了一下她的脉，含笑问："为什么要把毒引入自己体内？"

阿珩瞪了赤宸一眼，对神农王说："不是您想的原因，我是他的债主。"

赤宸把手里的药丸一分两半，自己吞了一半，剩下一半递给阿珩，神农王说："即使你天赋异禀，能撑到现在也到了极致，还是先给自己解毒吧。"

赤宸没理他，只看着阿珩。

神农王眼中有了诧异，仔细看着阿珩："小姑娘的毒暂时没有事，我会立即再给她配制解药。”

赤宸想了想，把剩下的半颗药丸丢进嘴里。

一只颜色赤红的鸟飞落在神农王肩头，神农王取下它爪上的玉简，看完后苦笑着问：“轵邑的火是你放的吗？”

赤宸闭着眼睛不回答，他的双手插在土地中，脸色渐渐好转，整个山坡上种植的灵花异草，甚至连土地的颜色都在迅速黯淡，就好似整个大地的光华都被赤宸吸纳了去。

阿珩惊骇地看着，神农王说：“他是自己悟得了天道，功法自成一套，非我们能理解。”

阿珩讷讷地问：“琅鸟被捉住了吗？”

神农王轻抚了下肩头的赤鸟，赤鸟展翅而去：“我已经传命让榆襄把琅鸟看好，不会让炎奔动它。”

阿珩放下心来：“谢谢。”

神农王叹道：“炎奔深恶赤宸，如果他在，赤宸绝不能这么轻易上山，可他一动贪念，就被赤宸利用了。”

阿珩已经越来越糊涂，难道不应该是下毒的人阻止赤宸见神农王吗？怎么听着好似神农王故意命人把守神农山？

“你什么时候为阿珩配制解药？”赤宸站在了他们面前，双目精光内蕴，显然伤口已经开始愈合。

神农王转身向竹屋行去：“解药明天才能配好，你们要在这儿住一天了。”

阿珩和赤宸随在神农王身后进了竹屋，神农王取出茶具烹茶，赤宸盘膝坐到了窗下。阿珩可不好意思让神农王为她烹茶：“我来吧，我在家里时经常为母亲烹茶。”

神农王笑着点点头，把蒲扇交给阿珩，坐到了赤宸对面，却不说话，一直沉默着。

赤宸突然说：“我怀疑过炎奔、洪江、珞迦，连榆襄和云桑都怀疑过，却一直坚信你什么都不知道。到了神农山才突然发觉，最有可能下毒的人是你，只有尝遍百草、精通药性的神农氏才能配出这么厉害的毒。为什么，师父？”

赤宸的一声“师父”寒意凛凛，令整个屋子都好似要结冰。阿珩屏息静气，偷偷去看赤宸，却看他脸朝着窗户，压根儿看不到他脸上的神色。

神农王默默地凝视着赤宸，一时令人窒息的宁静。

水蓦地翻滚起来，打破了宁静，阿珩手忙脚乱地煮茶，匆匆把茶端到案上：“我出去看看阿獭和小鹿在玩什么。”想要回避。

赤宸把她摁坐到身边：“你有权知道自己为什么中毒。”眼睛却是挑衅地盯着神农王，“师父，你既然想杀我，又何必要收留我？”

神农王笑对阿珩说：“你可知道赤宸如何成了我唯一的徒弟？”

阿珩摇摇头。

神农王捧着茶盅，视线投向了窗外：“几百年前，有一次朝会，管理西南事务的官员说贱民百黎造反了，竟然杀害了数百名人族和一个神族官员，我当时因为瑶姬的病，心思烦乱，就命榆襄负责此事。一百多年后，炎弃上书弹劾榆襄，原来百黎的祸乱起自一只不知来历的妖兽，因为自悟了天道，能号令百兽，百黎族敬称他为兽王，却比虎豹更凶狠、残忍。榆襄心怜百黎贱民，不忍对野兽下杀手。可野兽冥顽不灵，已经重伤了十几个大将。为了这事，炎弃和榆襄两边的人吵得不可开交，我问清楚野兽所犯的杀孽，斥责了榆襄，同意炎弃去诛杀百黎的兽王。”

阿珩已经猜到那只野兽就是赤宸，虽然时过境迁，仍心惊肉跳，赤宸竟然被神族高手追杀了上百年，难怪他一旦藏匿起来，连神力高强的大哥都找不到。

神农王喝了口茶，休息了一下，继续讲述：“我以为此事结束了，可没想到一个深夜，榆襄突然来求见，说百黎族投降了，甘愿世世代代做贱民，唯一的条件就是饶恕他们的兽王。榆襄苦求我召回炎弃，我不禁对这只野兽生了好奇，于是当日夜里就赶往百黎。在一个沼泽里找到了他们，当时的形势又凶险又好笑，野兽用自己做饵把急躁自负的炎弃诱进了尸毒密布的沼泽，里面的毒虫千奇百怪，几个神将都中了毒。炎弃明明可以一把火就把野兽烧死，可他若引火，就会引爆沼泽里积累了几万年的沼气，炎弃火灵护体，顶多受点轻伤，其他神将却会死。当时炎弃破口大骂，一定要把野兽挫骨扬灰，野兽还不太会说话，一边龇牙咧嘴地咆哮，一边不停地敲打自己的胸膛，好像在说，来啊，来啊，烧死老子啊！”

神农王说着，忍不住笑看了一眼赤宸，对阿珩说：“当时我心里非常震惊，野兽生于山野，懂得利用虫蛇毒瘴没什么，可他选择同归于尽的地点大有学问，沼泽是个很奇怪的地方，水土混杂，都克制火灵，却又充满沼气，一点火星就能爆炸，炎弃在这里完全无法自如控制一切。这只话都不会说的野兽比许多神族高手都懂得利用天时地利。”

阿珩想到刚才的哀音阵，赞同地点点头。

神农王说："我看出这只野兽压根儿不是野兽，只是一个无父无母、被百兽养大的弃婴。我先下令让炎弃闭嘴，开始和野兽慢慢沟通，他对我充满敌意，一边看似在听我说话，一边却狡诈地用各种毒虫毒兽偷袭我，试探着我的弱点，但他不知道我熟知药性，一般的毒根本伤不到我。我越是观察他，越是惊叹他的天赋，可也越是心惊，这样卓绝的天赋却这样暴戾嗜杀，我一时欣喜于发现了一个天赋异禀者，一时又觉得应该立即杀了他。"

赤宸显然也是第一次知道自己的生死竟然就在神农王一念之间，回头盯着神农王，没有一丝表情，看不出他心里究竟在想什么。

"就在我犹豫不决时，不知道从哪里飘来一朵落花，这只凶蛮狡诈的野猴子抓住落花，左右看看，四周都污秽不堪，他好似生怕把花弄脏了，小心翼翼地把花插到头上。我看着他满头乱毛，顶着一朵野花，模样十分滑稽，两只眼睛却狠狠地瞪着我，忍不住大笑起来，杀意顿消。下令炎弃他们都离开，我和野猴子在沼泽里单独待了十天十夜，终于赢得了一点他的信任，让他出了沼泽。我用治好他的伤、补好他的脚筋做条件，请他跟我回神农山，被他拒绝了。我渐渐发现他虽然暴虐，可也单纯，和他相处的唯一方法就是坦诚相待，我直接告诉他我觉得他很聪慧，不应该和百兽为伍，想把他变得和我一样，他竟然就同意来神农山了。"

赤宸凝视着阿珩，目光清澈明亮，就像春夜的如水月光、山涧的烂漫野花。阿珩又是困惑，又是慌乱，逃开赤宸的目光："那只小野兽后来就成了您的徒弟，有了一个名字叫'赤宸'。"

神农王苦笑："到神农山后，我说服他做我的徒弟可没少花心思，先和他反复解释师父和徒弟的意思，他明白后竟然频频摇头，觉得自己吃了大亏。我承诺取消百黎的贱籍，又用一个北冥鲲的卵做交换，告诉他只要把卵孵化了，将来就可以在天上飞，他才勉强答应。"

阿珩很能理解神农王的苦笑，只怕整个天下的少年都梦想成为神农王的徒弟，他收赤宸却还要又哄又诱。

神农王看着赤宸，眼中感情复杂："你的天赋惊人，进步一日千里，我一面欣喜，一面害怕。自从决定收你为徒，你在我心中就和云桑、榆襄、沐槿一样，是我至亲的人，我高兴于你的每一点进步；可我还是一国之主，作为神农王，我无法不惧怕你。

我生怕有一天，你因为炎弃或者其他刺激，狂性大发，把你所学会的一切都用来对付神农百姓，所以我给你下了毒。”炎弃再暴躁贪婪，珞迦再隐忍深沉，也有弱点和牵绊，赤宸却无父无母，无牵无挂，性子又狂妄不羁，天不能拘，地不能束。

赤宸不耐烦地说：“算了，我懒得听你啰唆，也懒得和你算下毒的账了！你给阿珩配好解药，我就会永远离开。”

神农王笑看着赤宸，眉目间有淡淡的温柔：“一百八十年前，你狂怒下离开神农山，我以为你绝不会回心转意，榆襄却星夜把你追了回来。那时，我就知道我看错了你，可一瞬的犹豫，终究是没有为你解毒。我本来决定等你从蟠桃宴归来，亲口告诉你此事，再替你把毒解了，可没想到你会受重伤，导致隐藏的毒爆发。我下令炎弃他们把守神农山，严禁任何人上山，不是阻挠你，而是因为我自己中毒了，快要死了。”神农王最后这句话内容太诡异，几乎让人觉得听错了，可他又明明白白地说了一遍，“赤宸，我中毒了，活不了多久了。”

赤宸去抓神农王的手腕，神农王没有任何防备，任由他扣住命门：“轩辕族有青阳，高辛族有少昊，神农族却没有一个可堪重任的继承者：榆襄心地仁善，可能力平平；炎弃过于贪婪残忍，野心大过能力；洪江又太古板方正，不懂变通；珞迦倒是可造之才，但他看似柔和谦逊，却机心深藏，过于隐忍小心。这样一群不争气的小浑蛋还一个不服一个，只怕我一死，他们就要忙着斗个不停，榆襄根本镇不住他们。”

神农王忧心忡忡：“轩辕王已经厉兵秣马、隐忍千年，我的死讯，就是为他吹响大军东进的号角。高辛和神农已经斗了几万年，当年高辛王继位的关键时期，我父王派十万大军压境，若没有少昊力挽狂澜，只怕高辛王早已成了枯骨，这样的仇岂能不报？”

神农王眉间有一重又一重的忧虑，就像一座又一座的山即将倾倒，阿珩身发冷，心狂跳，似乎已经看到了千军万马在怒号奔腾，赤宸却好似什么都没听见，只专注地用灵力探查神农王的身体。

神农王的语声无奈而苍凉：“大荒几万年的和平安宁就要彻底终结，天下苍生又要陷入连绵不断的战乱中。”

赤宸默默拿开了手，神农王凝视着赤宸：“你能看在我命不久矣的分儿上，原谅我这个老头子吗？”

赤宸冷着脸说：“你还没死呢！”语气虽然仍然不善，却再没提要离开。

神农王笑道：“我打算在死前封你为督国大将军，不仅神农国的全部军队都归你统领，你还有权驳回神农王的决策。不过，神农国的军队分为六支，一支是神农王的亲随，只神农王能调动，另外五支则……”神农王叹口气，“实际上你能不能调动所有军队就要靠自己的本事了。”他站了起来，“我去给阿珩配制解药。”

神农王一走出去，阿珩立即抓住赤宸的胳膊，结结巴巴地问：“神农王，他……他……他说的都是真……真……真的吗？他是医术冠绝天下的神农氏，怎么可能治不好自己？”

赤宸淡淡地说：“他这一生为了治病救人，研习药性，尝试了太多毒物，各种药性在他体内混杂，一直在磨损他的身体，他这两年应该又尝试了不知名的毒草，毒草本身的毒，他已经解了，可毒草引发了几千年来郁积在体内的毒素，现在是万毒齐发，无药可解。”

“那也有办法的，对不对？”

赤宸低头看着阿珩，轻抚了下阿珩的头发，沉默地摇摇头。

阿珩猛地放开赤宸，跑出屋子，抬头望着蓝天，大口大口地吸气，可仍觉得喘不过气来。

这么多年三国鼎立，太平无事，就是因为神农王德高望重，天下民心所向，即使雄才伟略如父亲也不敢逆天而行，如果神农王一死……阿珩不敢再想下去。

远处的山坡上，夕阳把层林都染成了金色，阿獙和小鹿正在玩耍，一追一逃，一躲一藏间，欢快的鸣叫声传遍了山林。

阿珩不知不觉中追着它们的步伐，走进了那个蓝色的山谷，阿獙和小鹿却不知道哪里去了。

她坐在山坡高处，看着红霞密布的西边天空。

夕阳正一点点坠落，这是最后的美丽安宁了。

她随手摘了两片叶子，放在唇边吹奏着，嘀嘀溜溜的声音在山谷里传开。

有人闻曲而来，坐在了不远处，阿珩没有理会，依旧吹着曲子。

一曲完毕，她才侧头看向坐在坟茔旁的神农王。

傍晚的风大了，蓝色的花海一波又一波翻滚着浪花，时起时伏，神农王的身影时而模糊，时而清楚。

阿珩走到神农王身边坐下。

神农王微笑地看着夕阳："你有点像我的一个朋友，不是容貌，而是一些小动作。"

阿珩望着夕阳没说话。

"她叫西陵缬，现在知道她名字的人很少了，可在三千多年前，她曾是整个大荒最有名的女子，被称为西陵奇女，我父王还曾命我的兄长去求过亲。"

阿珩问："她答应了吗？"

神农王摇摇头："没有，如果她答应了，也许我的兄长就是神农王了。"

阿珩问："您的妻子是个什么样的人？"

神农王笑了，有浓浓的惆怅："你们果然是很像。阿缬在很多年前也问过我这个问题，在她之前从没有人关心，在她之后没有人再敢问，你是第二个问我这个问题的朋友。"

神农王的手放在妻子的墓冢上，神色温柔，眉眼间有绵绵不绝的相思："我自小灵力低微，不善于那些打仗的法术，长相也不出众，一直不受父亲看重，兄弟们也不大和我一起玩，我喜欢一个人种植花草。都城轵邑的外面有一条河叫济河，济河岸边住的都是灵力低微的神族，他们没有能力做官也不能参军，只能靠打些零工做点小生意为生。一个卖花女就住在济河畔，她喜欢用灵力培植各种各样蓝色的花，有蓝色的牡丹、蓝色的芙蓉、蓝色的风信子……"

神农王的手从身边的蓝色山茶花上抚过："我第一次看见她时，是一个湿漉漉的清晨，我去河边采摘药草，她出门汲水，穿着一袭白底蓝花的长裙，鬓边簪着一朵蓝色的山茶花。当时河上的人还很少，我们隔河而立，视线交投，她微微笑了一下，我却惊慌得看都不敢看她，抡起锄头就往地下锄，结果锄到自己的脚，她在对岸大笑。我在榻上修养了一个月，也不知道怎么回事，伤一好，就算着她汲水的时间去河边，刚开始是几个月去一次，慢慢变成几天去一次，再后来我天天都去河边挖草药，可我不敢和她说话，年少时的我十分内向腼腆，一看到她就脸红心跳，连多看一眼都不敢。我们一直隔河相望，却一直一句话都没有说过。三年后，父王命我陪哥哥去西陵家求亲，因为阿缬很会养蚕，我正好培育出一株碧玉桑，父王觉得我能帮着哥哥投阿缬所好，就让我一块去。那次求亲很失败，阿缬把哥哥刁难得狼狈不堪，不过我和阿缬却成了好友，阿缬邀请我和她一块去大荒游历，我自然忙不迭答应了，后来我们又认识了能歌善舞的阿湄，三个人结成了兄妹。三人中我最年长，阿缬却胆子最大，总是带我们去做一些我想都不敢想的事情。”

神农王笑着摇头，眉宇间有疏朗开阔、意气飞扬：“那真是我生命里最疯狂的一段岁月，我自己都不相信原来我也会醉酒闹事，打架斗殴。我们三个还约定‘要永远在一起，永远像现在一样快乐’。阿缬大声地说谁要是违约，她就会惩罚谁。可是，她碰见了那个光华耀眼的少年，她自己先违约了。她离开的那天，我们也是坐在一个山坡上，像今天一样眺望着夕阳，我吹曲子，阿缬唱歌，阿湄跳舞。我的曲子还没吹完，阿湄的舞还没跳完，阿缬突然说她要走了，要去找那个光华耀眼的少年。阿湄非常生气，怒气冲冲地跑了。我去送阿缬，她问我‘可有喜欢的姑娘，可有想永远在一起的人’，我突然就想起了济水岸边的蓝衣女子。阿缬说，‘你若喜欢她就该告诉她，你难道不怕她会嫁给别人吗？’突然之间，我就慌了，都来不及和阿湄告别，就匆匆往回赶。”

阿珩明知道他们最后结成了夫妻，仍然很紧张：“你找到她了吗？她还在济水边吗？”

“我半夜就到了河边，一直守到太阳出来，都没有看到她。岸边的蓝花依旧在春风中绚烂，可簪花的女子已经不知何处去。我又是失望又是难过，失魂落魄地傻站在江边，从清晨站到了晚上，等天色黑透，我回头时，却发现她就站在我身后，鬓边簪着蓝色的离花，含泪看着我。我以为她的亲人过世了，担心下竟然忘记了我们并不认识，对她说的第一句话是‘你别伤心，以后我会照顾你’。她微笑着取下离花，扔到河里，‘你二十年都未出现，我以为你出事了’。我这才明白她鬓边的离花是为我而戴。”

“后来呢？”

“后来，我们当然还经历了很多风波，因为她的身份太低微，我父王坚决不同意，幸亏赤水氏帮了大忙，将听訞写入族谱，听訞才以赤水氏的身份嫁给了我。”神农王微笑着抚摸过墓碑。

“听訞就像这些山坡上的野花，看着柔弱，可不管再大的风雨也不能摧毁它们，但我却害死了她。听訞的身体不适合生养孩子，可我身为神农王，必须要有子嗣，她为了我一次又一次怀孕，榆襄出生时，她的身体终于垮了。”神农王把头靠在妻子的墓碑上，低声说，“都说我医术冠绝天下，却救不活她，我没有救活女娃，也没有治好瑶姬，我这个无能的医者只能看着她们死在我面前。阿缬，你说听訞会不会怨怪我？”

阿珩知道神农王心神已涣散，竟然把她和母亲搞混了，怕刺激到他，一句话都不敢说。

神农王喃喃说："阿缬，我很自私！我知道自己死后会有很多人受苦，但我竟然在偷偷地盼着自己快点死，瑶姬死时，我真想跟着她一走了之，这样我和听訞就又可以团聚了，天下人都以为神农王哀伤成疾是一句夸张的托词，却不知道自从听訞离开，我就生病了，已经病了上千年。"

神农王握住阿珩的手："自从我做了神农王，你就再没和我私下通过消息，可瑶姬死后，你却给我写信，让我不能放任自己的悲痛，必须明白自己不仅仅是一个女人的丈夫、三个女儿的父亲，还是天下人的神农王！我如何不明白呢？如果不明白，我当年不会违背新婚之夜许给听訞的誓言，继位做神农王，也不会一年又一年撑到今日。可是，阿缬，我真累了！这一次毒发，我甚至暗暗地想，这下你没有办法再用大道理来规劝我了，我是必须要死了！阿缬，你我情如兄妹，可因为我是神农王，连通个信都要回避，听訞也因为我是神农王，才早早亡故。这一生，自从登基，细细数来，快乐的日子竟没有多少，生命太长太长，欢乐却太少太少，我太累了，想休息了，我自私地想休息了……"

阿珩眼中的泪珠滚滚落下，轻声说："没关系，你休息吧，没有人会怨怪你自私，你已经为神农百姓撑了很久。"

她忽然看到赤宸飞奔而来，人未到，灵力已到，把神农王护持住，四周抽出了无数朵白色的小花，把神农王包裹起来，神农王的灵识渐渐平稳，人沉睡过去。

赤宸问阿珩："你在和他说什么？他现在经受不起大的刺激。"

阿珩十分懊恼："我不该一时好奇问他关于神农王后的事情。"

赤宸盯着阿珩："你怎么把真容露出来了？"

阿珩摸了下自己的脸颊："刚才神农王提到了我的母亲，不知不觉中我老是想着年轻时候的母亲，大概驻颜花就把我的容颜变回去了。"难怪神农王心神会那么激动，原来错把她当作了母亲。

第十章 桃花树下约今生

阿珩一夜辗转反侧，几乎没有合眼。清晨，她起来时，只觉疲惫不堪，可精神紧绷，竟然一丝困意都没有。

她看到神农王坐在廊下雕刻木头，走过去坐到神农王对面，看着眼前的慈祥老者，还是没有办法接受这个维系着大荒太平的人竟然就要死了。

神农王说：“昨天晚上居然在一个小姑娘面前失态，真是让人见笑。”

阿珩取下髻上的驻颜花：“伯伯，我是西陵缬的女儿，小字珩，娘亲叫我珩儿。”

神农王凝视了她一会儿，视线慢慢移向她手中的驻颜花，阿珩娇俏地一笑，把驻颜花插回髻上：“这是从湄姨那里赢来的。”

神农王笑起来：“听说她把你关了六十年，她倒还是老样子，动不动就生气。”神农王说着话，神思怔怔，笑意淡了，“我最后一次见她是我成婚之日，没想到一别就是两千多年，她可好？”

阿珩想了一会儿说：“挺好的，她常常一个人站在悬崖边看落日。哦，对了！她还喜欢做傀儡，很多宫女都是傀儡人。”

神农王专注地雕刻着木鸟：“她的傀儡术还是我和你娘教她的，她一直想要一只会唱歌的木鸟，那时候她的灵力做不出来，总是央求我和阿缬帮她做。”

阿珩怕勾起往事，不敢再谈，转移了话题，问：“赤宸呢？”

神农王说：“他一直在各个山头忙碌，布置什么阵法，我猜他是想借天势地气为我续命。赤宸他虽然没有学过一天阵法，可他天生对五行灵气感觉敏锐，布阵破阵自有一套。”

正说着赤宸回来了，看到神农王手里的东西，皱了皱眉：“要做傀儡？你还有灵力浪费在这些事情上？我帮你做。”

神农王说：“我想自己做。”

赤宸说：“紫金顶比小月顶灵气充盈，你应该去紫金顶住。”

“我想在这里。”

赤宸哈哈大笑起来：“你这老头临死了才算有点意思，以前从不说我想什么，永远都是什么黎民啊苍生啊！你看，说说‘我想’也没什么大不了！是不是比整天惦记着天下痛快多了？”

神农王一巴掌笑打到赤宸头上：“你这只泼猴！阿珩的药在屋子里，去煎了。”

“我说了多少遍了？别打头！”赤宸一边嘟囔，一边从屋子里拿了药，蹲在泉水边煎药。

每一味药的先后顺序和分量都有严格要求，往日大大咧咧的赤宸格外小心专注。

阿珩凝视着赤宸，心中有感动，也有惶恐。

神农王笑问她：“你在想什么？”

“没什么。”阿珩低下了头。

神农王说：“赤宸喜欢你，你想过怎么办了吗？”

阿珩惊慌地抬头，急急否认：“赤宸不是认真的，他就是一时好玩贪新鲜。”

神农王凝视着赤宸，眼中有父亲般的慈祥和担忧：“你错了，他是这世间最认真的人，他的喜欢就是喜欢，发自内心，没有一丝杂念，真挚无比。”他们头顶正好飞过一对燕子，神农王指了指说道，“它们看似轻率，只是年年求欢，从没有许诺过一生一世在一起，可它们却终身不离不弃。你爹爹给了你母亲盛大的婚礼，承诺了终身结发，这些年他又是如何待她的？”

阿珩怔怔地望着远去的燕子，半晌后低声说：“我在百黎族住了一段时间，发现百黎族信奉人只活在今朝，他们认为只要眼前快活了，就是明天立即死了也没什么；可自小到大，父亲对我们的教导都是三思后行，一举一动必须从长远的利益考虑，不能贪图眼前的一时之欢，到底哪个对？”

神农王想了一会儿说：“你爹爹也没有说错，处在他的位置必须如此，但这些年我常常后悔，后悔没有多陪陪听訞，总以为将来有很多时间可以弥补她，却不知道天下的事，我们能拥有的只有现在，即使是神，也不知道明天会发生什么。”

阿珩默默沉思。

“吃药了。”赤宸端着药，走过来。

阿珩喝完药，对赤宸甜甜一笑：“谢谢你。”

阿珩难得对他和颜悦色，赤宸意外地愣住。

一只赤鸟飞来，落在神农王肩头，神农王道：“榆襄和沐槿上山来了。赤宸，你带阿珩去山里走走，榆襄和沐槿还不知道我的病情，我想单独和他们待一会儿。”

阿珩低声问：“沐槿是谁？”

赤宸对这些事情很淡漠，简单地说：“神农王的义女。”

“哦，那也是神农的王姬了，难怪有时候听人说神农有四位王姬，我还以为是误传。”

赤宸带着阿珩去白松岭。

白松岭十分秀丽，崖壁上长满独特的白皮松，各具姿态，游走其间，一步一景，美不胜收。

不过，这并不算什么，真正令人惊奇的是赤宸。他对山林有一种天生的熟悉，哪里有山泉可以喝，哪里有野果子可以吃，哪里可以看到小熊崽……他一一知道，就好似他就是这座大山的精魂所化。

两人渴了，赤宸带着阿珩到了一处泉眼。

阿珩弯身喝了几口水，又洗了洗脸，回身看向赤宸，此时正午的明亮日光透过松树林照射下来，泉水边的青苔都泛着翠绿的光。赤宸蹲踞在大石上，姿势很不雅，却有一种猛兽特有的随意和威严。他朝阿珩咧嘴而笑，眼神明亮，阿珩也不知道为何，心就猛地几跳，竟然不敢与赤宸对视。

她扭回头，随手把鞋子脱去，把脚浸在泉水中，一荡一荡地踢着水。

赤宸跳坐到阿珩身边，和阿珩一样踢着水玩。

日光从树叶的间隙落下，水潭上有斑斑驳驳的光影，赤宸像个贪玩的孩子一般，不停地用脚去踢水潭中的光点，每踢碎一个，他就欢快地大笑，那些因为神农王即将病逝而来的烦恼似乎一点都没影响到他。

阿珩的疲倦与恐惧从心里一点点涌出，不知不觉中靠在赤宸的肩膀上。

赤宸轻声问："怎么了？"

阿珩问："神农王还有多长时间？"

"他的病越到后面会越痛苦，万毒噬心，痛到骨髓，难以忍受，越早走越少受罪，可师父他表面上什么都看得通透，其实什么都放不下，肯定会尽力为他的子民多活一天，总是要撑到不能撑时，才不得不放手。"

"那究竟能撑多久？"

"不知道，也许三年，也许五年，不过即使我们都动用灵力为他续命，也不会超过十年。"

"赤宸，我觉得很累，很害怕。"也许因为此时的山水太温柔，赤宸的肩膀又很牢靠，阿珩第一次打开了心怀。战争一旦开始，首先被卷入的就是他们这些王族子弟。

赤宸脸贴在她的头发上："如果你累了，就靠在我肩头休息；如果你害怕，就躲到我怀里，让我来保护你。"

阿珩能感受到他温热的呼吸，一呼一吸之间，让她有一种异样的安心："如果靠的时间久了，你会不会累，会不会不耐烦？"

赤宸的唇好似从她发丝上轻轻扫过，停在了她的耳畔："不会。阿珩，难道你到现在还不明白？我愿意为你做任何事情。"

就好似有灿烂温暖的阳光射进了她的心里，阿珩整个身子都暖洋洋的，疲惫和恐惧都消失了。一夜未睡，浓重的困意涌上来，她像个猫儿般打了个哈欠："好困。"仰躺到青石上。赤宸也躺了下来。两人之间隔着一段亲近却不亲密的距离，阿珩有一种莫名的心安，就好似一切的危险苦难都被赤宸阻挡，这一刻就算天塌下来，也有个人保护她，陪着她。

山风轻拂，有泉水叮咚声随风而来，越发凸显出山中的静谧，阳光慷慨地洒下，隔着树影，明亮却不刺眼，将融融暖意镌刻入他们心底。闭上眼睛好似能听到岁月流逝的声音。赤宸与阿珩都闭目休憩，似乎一起聆听着那岁月静好、现世安稳。

夕阳西下时分，阿珩缓缓睁开了眼睛，只看眼前山水清秀，林木葱茏，四野绯色的烟霞弥漫，纹络天成，整个天空都化作了精美的七彩锦缎，燕子在彩云间徘徊低舞。阿珩目眩神迷、恍恍惚惚。她侧头恰恰对上了一双漆黑狡黠的眸子，犹如夜晚的天空，深邃寥廓，璀璨危险。阿珩怔怔地看着，忘记了今夕何夕，身在何处。

赤宸轻轻地靠近她，唇刚刚碰到阿珩，林间突然传来一声老鸹啼叫。阿珩惊醒，猛地坐了起来，面红耳赤，一颗心跳得嗵嗵响，却强作镇静地说："我们该回去了。"

赤宸愣了一瞬，气恼地仰天张口，野兽一般怒嗥，霎时间，山林内的走兽飞禽都仓皇地逃命，不一会儿就逃了个一干二净，静得连一声蛐蛐叫都再听不到。

赤宸坐了起来，凝视着阿珩，阿珩匆匆避开他的视线，快步赶往小月顶："走吧！"

赤宸默默跟在她身后，走了好久，忽然说："我身上的这件衣袍是你亲手做的，对吗？"

阿珩脚步顿了一顿，没有说是，也没有说不是，只是越走越快。

赤宸喜笑颜开，追上她，得意地说："你又是养蚕又是纺纱，折腾了二十多年，玉山上那么多宫女，谁不知道啊？我早就问得一清二楚了。"

阿珩羞窘不堪，没好气地说："有什么大不了？不就是一件破袍子吗？"说着快步跑起来，再不肯理会赤宸。

赤宸在她身后边追，边说："我会永远都穿着它。"

阿珩嘴角忍不住露出笑意，越发不敢看赤宸，越跑越快。

阿珩像小鹿一般敏捷地在山林间奔跑，像一阵风一般冲上了小月顶，因为草木茂密，不提防间，一头撞到了一个人身上。阿珩脚下打滑，差点崴伤脚，幸亏对方扶了她一把。

阿珩笑着抬头："谢……"

竟然是少昊，阿珩心突突乱跳，身子发软，面红耳赤地呆立在当地。

少昊抱歉地说："姑娘可有伤着？"他看向阿珩身后，微笑着点点头。赤宸的笑容却立即消失。

赤宸大步走了过来，一手扶住阿珩，一手推开少昊："高辛的王子殿下怎么会在神农山？"

少昊没有回答，榆襄和一个红衣少女并肩走来。阿珩猜测红衣姑娘应该就是神农王的义女沐槿，明艳动人犹如木槿花，难怪叫沐槿。

沐槿笑看着赤宸："云桑姐姐受伤了，幸亏遇到少昊殿下，殿下就护送云桑姐姐回来了。"当视线扫到赤宸对阿珩的呵护时，笑容立即消失。

阿珩一时心急，立即问道：“云桑怎么了？”

沐槿盯着她，眼中隐有敌意：“王姬的名字是你能直呼的吗？”

赤宸冷冷地道：“名字本来就是用来被叫的。”

沐槿意外地瞪着赤宸，显然没想到万事冷漠的赤宸竟然会出言相护，眼睛中渐渐浮上一层泪意，却倔强地咬着唇。

榆襄深深看了一眼阿珩，谦和地回道：“路上遇到几个为非作歹的妖族，伤势没有大碍，修养几个月就能好。姑娘认识我的姐姐吗？”

阿珩点了点头，心中蹊跷，云桑怎么会到高辛去？又怎么会那么巧地碰到少昊？

一只赤鸟飞来，落在榆襄肩头，榆襄笑着对大家说：“已经准备好晚饭，父王请我们过去。”

厅堂内，摆放着一桌简单的饭菜，神农王坐在首位，他们一一给神农王行礼，神农王凝视着他们，心情颇为复杂。这简陋的毛竹屋内，居然机缘巧合地云集着一群掌握未来天下走势的后生晚辈，不知道再过几百年，他们还会记得今日吗？

阿珩问道：“陛下，我不饿，想去看看大王姬，可以吗？”

神农王看了一眼少昊，说道：“你去吧。这丫头大了，很多心事都不肯和我说了，你去陪她聊聊也好。”神农王显然也察觉出云桑被妖怪所伤是胡说八道。

阿珩行礼后，告退。

等她走了出去，沐槿按捺不住地问：“父王，她是谁？”

神农王看看赤宸，又看看少昊，对榆襄和沐槿说道：“是我结拜妹妹的女儿，自从妹妹出嫁后，因为我的身份所限，我们很少来往，所以你们都没见过她。”

神农王的神情十分感慨，显然语出真挚，连心思缜密的少昊都相信了，不再怀疑阿珩的身份。

阿珩轻轻走进屋子，看到云桑神色黯然，呆呆地盯着窗外。

“姐姐。”阿珩拔下驻颜花，坐到云桑身边。

云桑意外地盯着她，本来还纳闷她怎么在神农山，看到阿珩手中娇艳欲滴的桃花，拿过来把玩了一会儿，叹口气：“原来赤宸夺取它是为了送给你。”又把花插回阿珩发髻上，“少昊在山上，小心一点，别露出真容。”

“我刚已见到他了。”阿珩的人和花都变换了模样，“姐姐，你怎么会被少昊所救？”

“我去见诺奈了。”

“诺奈不是在天牢吗？”阿珩一惊，反应过来，“你闯了高辛的天牢？”

“嗯。”

“那你见到诺奈了吗？”

云桑点点头。

“你告诉他你是谁了？”

云桑点点头。

“他怎么说？”

云桑珠泪盈盈，泫然欲泣：“他看到我时看似无动于衷，不停地催我赶紧离开，可我能看出来他又是吃惊又是高兴。我鼓起勇气告诉他，我不是轩辕的王姬轩辕妭，我叫云桑，是神农的王姬。他的表情……”

云桑的眼泪潸然而落：“他一句话都没有说，可是他的表情……他的表情……从不相信到震惊，从震惊到愤怒，又渐渐地从愤怒变成了悲伤。他死死地盯着我，那种悲伤空洞的眼神，就好像他的心在一点点地死亡。他愤怒的时候，我十分紧张害怕，可当他那样悲伤地看着我时，我宁可他愤怒，宁可他打我骂我……”

阿珩问：“后来他说什么了？”

云桑哭着摇头：“没有，他一直什么都没有说，后来天牢的士兵们赶来，渐渐把我包围住，生死关头，我求他说句话，不管是恨我还是怨我，都说句话，他却决然地转过了身子，面朝墙壁，好似入定。我一边和士兵打斗，一边和他说你今天若不说话，我就一直留在这里，后来，后来……他终于说了句话……”

阿珩心下一松：“他说什么？”

“滚！他让我滚！”

云桑泣不成声，呜呜咽咽地说：“我当时也疯了，对他吼，你叫我滚，我偏不滚。我虽然有父王的灵药保护，可仍然受伤了，被士兵捉住，这个时候我心里十分害怕，如果被高辛王知道我的身份，肯定是一场轩然大波，但我不后悔！幸亏少昊赶来，他十分精明，下令所有侍卫回避，问我究竟是谁，我一句话不肯说。他说‘我虽然看不出你的真容，可我能看出你是用了人面蚕的面具，这个天下能把人面蚕的蚕丝纺织成如此精巧面具的神只有轩辕山上的缬祖，但听闻她也只纺织了四面，分赠给了四个儿女，你的这面既然是女子的，想来应该是轩辕妭转赠给你的’。我越听越紧张，豁出去地想，反正他没有办法摘下这个面具，只要我不承认，他休想知道我是谁。这个时候少昊说了句话，深深打动了我”。

云桑抬头看着阿珩：“他说，‘轩辕妭是我的未婚妻，她的朋友就是我的朋友，既然你不想别人知道你的身份，那也不用告诉我，你只需告诉我哪里安全，我派心腹护送你去。’”

阿珩胸膛起伏，云桑轻轻叹了口气：“他这般君子，我岂能再猜忌他？所以我就告诉他，请送我回神农山。他立即明白了我的身份，沉默了一瞬说，这事越少人知道越好，我亲自送你回去。一路之上，他没有问过一句我为何夜闯高辛天牢，回到神农山，也只字不提我受伤的真正原因。父亲知道我说的是假话，不过他一向对我很放心，没有多问，若知道我做的事情，父王肯定……”

云桑低头，用手绢擦拭着眼泪。

阿珩默默坐了一会儿，说道：“姐姐，其实诺奈依旧很在乎你。”

云桑惨笑：“我是自作自受，不用安慰我。”

“他骂你，让你滚，其实是在保护你，和刚见到你时，不停地催促你离开的心是一样的。”

云桑在人情世故上远比阿珩精明，可她关心则乱，此时听到阿珩的话，仍旧将信将疑，别的思绪却越来越清楚。夜闯天牢虽然严重，可也不至于惊动少昊，少昊能那么迅速赶来，肯定是因为诺奈，少昊肯定看出她和诺奈关系异样，所以从一开始就很客气有礼。少昊袒护她不仅仅是因为轩辕妭，也许更是因为诺奈和诺奈身后的羲和部。

云桑低着头默不作声，神情却渐渐好转。阿珩凝视着她，心中暗暗难过，云桑还不知道神农王的病，等知道后还不知道要如何悲痛。

云桑抬头，纳闷地问：“你怎么了？为什么这么悲伤？”

阿珩站起来：“我出去看看他们，少昊应该要告辞下山了。”

云桑重重握住她的手：“替我谢谢少昊。”

阿珩点点头。云桑似乎还想说什么，沉吟了一瞬，轻叹口气，放开了阿珩。

阿珩向着山崖外信步而行，烈阳不知道从哪里飞来，绕着她打了个转，似乎也看出她心情很低落，安静地落在她的肩膀上。

阿珩抚着烈阳说：“云桑迟早会知道神农王的病情，瑶姬姐姐死时，云桑大概以为一切终于结束了，所有痛苦终于爆发了出来，可哪里知道……这个时候，是云桑最需要诺奈谅解的时候，诺奈只要心中还关心云桑，肯定不忍心让她背负双重痛苦，一定会来探望云桑。”

烈阳歪头看着她，阿珩拿出一枚玉简，用灵力给诺奈写信。刚写下“神农王病危……”，耳边突然响起云桑的话“王族的事情永远不会简单”，她停下来独自思量。

神农王的病情关系到天下局势，牵涉到神农王位的继承，是最高机密，不要说其他国家，就是神农重臣炎弁、珞迦他们都要隐瞒，只怕连云桑自己都不可能把神农王的病情告诉诺奈，阿珩又怎么敢擅自将神农王的病情泄露给一个兵权在握的高辛将军？

阿珩怔怔地站着，为什么会这样？如果是普通人家，父亲病重，人生最痛苦时，肯定最渴盼恋人能陪伴在自己身边，可云桑居然连告诉诺奈的权利都没有。不管再痛苦，云桑都要装作若无其事，诺奈不可能知道云桑即将要经受的痛楚。

阿珩默站了半晌，把关于神农王的话语全部涂去，只从诺奈在凹凸馆内错认了云桑的误会讲起，详细解释了一切都是云桑一时冲动的无心之过，绝不是有意欺骗，恳请诺奈原谅云桑。

神农王向少昊再次道谢后，命榆襄和赤宸送少昊，榆襄和少昊并肩而行，边走边谈笑，赤宸微微落后了几步，沐槿蹦蹦跳跳地跟在赤宸身旁，叽叽喳喳地缠着赤宸讲讲蟠桃宴。赤宸压根儿不吭声，她却早就习惯，自得其乐地自问自答。

一行人出了山谷，看到阿珩站在山崖边，静看着远处，一只白色的琅鸟停在她的肩头。她听到他们的说笑声，回过了头，暮色苍茫，山岚浮动，雾霭迷蒙，阿珩的面容看不分明，可隐隐的忧伤却流淌在每一片飘拂的衣袂间。

少昊心中一动，觉得似曾相识，可又想不起来在哪里见过。

赤宸快步过去，琅鸟“嘎”一声，飞到了赤宸肩膀上，沐槿从没见过鸟儿长得这么漂亮神气，伸手去摸，琅鸟狠狠啄向她，幸亏沐槿手缩得快，未见血，可也很疼，她气得要打琅鸟，赤宸警告她：“别惹它。”

沐槿委屈地叫：“赤宸！”

榆襄和少昊彼此行礼告别，阿珩走过来，对少昊说：“王姬让我替她转达谢意。殿下，能借一步说话吗？”

榆襄知趣地避让到一边，赤宸盯着阿珩，阿珩装作不知道，把一块玉简递给少昊，低声说："麻烦殿下把这封信交给诺奈将军。"

少昊接过玉简："姑娘放心，我会亲手交给诺奈。"

阿珩行礼道谢，少昊盯着她看了一瞬，摇摇头："真奇怪，我总觉得见过你。"

阿珩心中一惊，少昊却未再深究，哂然一笑，跃上了玄鸟的背，对大家拱拱手："诸位，后会有期。"

目送着玄鸟消失在云间，榆襄心悦诚服地感叹："难怪连父王都盛赞少昊、青阳。几百年前，我见到青阳时想，这世间怎么可能还有哪个神能和青阳并驾齐驱？今日见到少昊，才真正相信了，高辛和轩辕有他们，真是大幸！"

沐槿不屑地说："我们神农有赤宸！"

榆襄叹口气，言若有憾，实则喜之地说："可惜赤宸和他们不同！"

"哪里不同了？赤宸……"沐槿回头，看到赤宸站在阿珩身边，一边和阿珩说话，一边指间蕴着一团火焰，和琅鸟在打架，显然压根儿没听榆襄和她说什么。

沐槿气恼地跺脚，大叫："赤宸！父王叮嘱我们送完少昊赶紧回去，他有重要的事情告诉我们。"

阿珩神情一黯，和榆襄告辞："殿下，我不方便……"

榆襄亲切地说："父王让我请你一块去。父王说你是姑姑的女儿，咱俩也算兄妹了，我该叫你什么呢？"

"我叫阿珩。"

"珩妹妹，你叫我榆襄就好，或者叫我哥哥。"

阿珩跟着榆襄回到居所，神农王独自一人坐在篝火前，看到他们，示意他们过去坐。

他对榆襄和沐槿说："本来想一块儿告诉云桑，不过云桑如今有伤，这事先瞒她一段时间。你俩要记住，这件事情关系到神农安危，没有我的允许，再不可告诉任何人。沐槿，你明白吗？"

沐槿的神情一肃，竟有几分云桑的沉稳风范："我和珞迦自小一起玩大，感情深厚，我知道父王担心我会不小心让他知道，请父王放心，我虽然平时蛮横了一点，但不是不知轻重。"

神农王点点头，慈祥地看着榆襄和沐槿，郑重地说："我中毒了，大概只能再活三五年。”

榆襄和沐槿震惊地瞪着神农王，都不愿相信，可又都知道神农王从不开玩笑，眼内渐渐浮现出惊恐。

神农王也不再说，只微笑地凝视着他们，似乎等着他们慢慢接受这个事实。

半晌后，沐槿尖锐地干笑了两声：“父王，你的医术冠绝天下，哪里会有你解不了的毒？”说着，视线投向赤宸，似乎盼着他帮忙说话。

赤宸淡淡地说：“师父是活不长了。”

沐槿愣了一愣，眼泪飞溅出来。

榆襄怒吼着，扑上来要打赤宸：“你胡说八道！”

“榆襄！”神农王沉声呵斥，榆襄紧紧抓着赤宸的衣领。赤宸看似冷漠，却凝视着榆襄，眼神坚毅，似乎在告诉榆襄，现在是神农王最需要他坚强的时刻。榆襄渐渐平静下来，松开了赤宸，面朝神农王跪下：“父王。”为了克制悲伤，他的身子都在不停颤抖。阿珩不忍心看，低下了头。

沐槿虽仍然控制不住悲伤，但众人都神情肃穆，她的哭声也渐渐小了，阿珩把一条绢帕悄悄塞到她的手里。

神农王对榆襄说：“你的神力低微，心地过于柔软，没有决断力，并不适合做一族领袖，我几次都想过传位于他人，却怕会引起更大风波。毕竟你是名正言顺的储君，炎弈他们即使再不服，也不敢轻易起兵造反，可如果换成他人，却有可能立即令神农国分崩离析。”

榆襄羞愧地说：“儿子明白，儿子太不争气，让父王为难了。”

神农王笑着轻拍了一下榆襄的肩：“你母亲连花花草草都舍不得伤害，在她怀着你时，我们常常说我们的儿子应该是什么样，她说‘不要他神力高强，也不要他优秀出众，只希望他温和善良，一辈子平平安安’。”

榆襄身子一颤，不敢相信地看着神农王。神农王说：“我很高兴，你母亲一定更高兴，我们的儿子没有辜负我们的期望，不仅温和善良，还胸怀宽广。”

榆襄的眼中有些晶莹的东西在闪烁，他匆匆低下了头，声音哽咽：“我一直……一直以为父亲对我很失望。”

神农王摇摇头：“我从来没有对你失望过，是我一直对不起你，让你不得不做神农王的儿子。如果你生在一个平凡的神族家中，你会过得比现在快乐很多，可以做你想做的任何事情。我对你和你的姐姐们都很抱歉。因为我，让你们的母亲承受了她不该承受的重担，又因为我，云桑一直想做的事情也做不了，只能日复一日地做着神农国的大王姬，我也许是一个不算失败的帝王，可我不是个好丈夫，更不是一个好父亲。”

榆襄再忍不住，眼泪滚落下来：“父王，别说了！母亲和我们都没有怪过您。”

“如今我又要把神农一族的命运全部交托到你的手上，让你承担起你不想承担的责任。”

榆襄弯身磕头：“儿子会尽力。”

神农王双手放在他的肩膀上，眼中有太多担忧，可最终只是用力地按住儿子的肩膀，像是要把他按趴下，榆襄用力地挺直背脊，无论如何都不肯倒下去，好似在一个用力按、一个用力抗的过程中承接着什么。

半晌后，神农王说：“我想封赤宸为督国大将军，你觉得呢？”

榆襄立即说：“听凭父亲安排。”

神农王指指赤宸，对榆襄吩咐：“你去给他磕三个头，向他许诺你会终身相信他，永不猜忌他，求他对你许诺会终身辅佐你。”

榆襄跪行到赤宸面前，一手指天，一手向地，说道：“我的父亲坐在这里，我的母亲安葬在这里，我——神农榆襄，在父亲和母亲的见证下，对天地起誓，不管发生任何事情，我都不猜忌、不怀疑赤宸，必将终身信他，若违此诺，父母不容，天地共弃。”说完，砰砰地磕了三个头。

赤宸淡淡说道：“我答应你，我会尽力帮你。”

赤宸的誓言简单得不像誓言，神农王却终于如释重负地松了口气，真正笑了，他一手拉着榆襄，一手拉着赤宸，把他俩的手交放在一起：“神农族就托付给你们了。”

榆襄用力握住赤宸的手，眼中含泪地笑看着赤宸，赤宸粲然一笑，回握住他的手，用力摇了摇，榆襄用力砸了赤宸一拳：“别以后我一求你做什么，你就让我去偷酒。”这一次才是两个男人之间真正的盟誓。一握下，从此后，不管刀山火海，兄弟同赴。

神农王欣慰地开怀大笑：“今日不用你们两个猴儿去偷，沐槿，去把屋子里的酒都拿出来。”

云桑脸色苍白地从暗中走了出来，微笑着说：“别忘记给我也拿个酒樽。”显然刚才神农王所说的话她已经全听到了。

阿珩立即站起来扶住她，担忧地看着她，云桑捏了捏阿珩的手，表示没有事，自己撑得住。

被赤宸的淡然、云桑的镇定所影响，榆襄和沐槿虽然心情沉重，也都能故作若无其事，一杯杯饮着酒，陪着神农王谈笑，刻意地遗忘神农王病重的事。

神农王走到阿珩身旁："珩儿，陪我去走一会儿，醒醒酒。"

阿珩知道他是有话要说，忙站起，扶着神农王向山谷中走去。

神农王看出赤宸喜欢阿珩后，曾有意无意地想撮合他们，既是作为父辈的私心，更是作为帝王的私心，轩辕和高辛的联姻对神农大大不利。可今日和儿女们朝夕相伴了一天，他那颗帝王的心淡了许多，他甚至心里对阿珩有隐隐的歉意。

神农王拿出一个玉简交给阿珩："这个送给你，希望有朝一日能帮到你。"

阿珩用灵识探看了一下，看到起首的几个大字——《百草经注》？

"这是我一生的心血，就算作伯伯给侄女的见面礼。"

"为什么不传给云桑姐姐？"

"她的天分不在此，大概医药总是和死亡息息相关，云桑心里一直很抵触这些。而且——这不是什么好东西，很多人都在觊觎，若留给云桑，只怕会给她惹来杀身之祸。"

阿珩的神情渐渐凝重，手中的东西是天下第一人的一生心血，可以不动声色中就令绝代英雄一命呜呼，也可以凭借妙手回春之术左右天下。

阿珩提醒神农王："我可是轩辕王的女儿！"

神农王微笑："你也是我义妹西陵缬的女儿！"

阿珩犹豫了一瞬，收起玉简："谢谢伯伯。"

神农王道："不要谢了，是福是祸都难料。"

阿珩跪下给神农王磕头："伯伯，我打算立即离开。天下没有不透风的墙，我的身份一旦被人察觉，只怕会掀起惊涛骇浪，令本就形势严峻的神农族雪上加霜，也会把赤宸置于险地。不管是为了伯伯，还是为了赤宸，我都应该尽早离去。"

神农王沉默着，阿珩身处激流旋涡中，有的还是他亲手所致，却仍处处为他考虑，让他越发怜惜这个女孩，但——也只能是怜惜。

阿珩问："伯伯有什么话要我转告娘亲吗？"

神农王凝视着夜色的尽头，神思好似飞回了几千年前的日子，眼中的愁郁仍在，笑容却变得明朗飞扬，依稀少年时："不用了，我要说的话，她心里都明白。"

阿珩站了起来："伯伯，那我走了。赤宸那里，就麻烦伯伯替我告别。"

阿珩走到山崖上，召唤烈阳和阿獙。

"你真就打算不告而别？"

阿珩回头，看到满天星辰下，赤宸静静而立，看似平静，却怒气汹涌。

阿珩沉默着。

几声咳嗽传来，云桑骑着一头梅花鹿过来，喘着气对赤宸说："你如果真在乎阿珩，就让她离开。炎井、洪江、珞迦这些人的势力盘根错节，父王的病隐瞒不了多久。他们本以为王位之争还在几千年后，不管什么野心都得压着，如今事情突然巨变，他们肯定心思大乱，也许一时之间不敢对榆襄下手，可对你不会有任何顾忌。"

赤宸神情很不屑，云桑说："你自然是不怕，可你现在手中一个兵都没有，你就不怕一个顾虑不周，伤到阿珩吗？"

赤宸沉默不语。

云桑知道已经戳中赤宸的弱点，也不再多言，拍拍梅花鹿，鹿儿驮着她离开，低低的咳嗽声断断续续地传来，阿珩叫："云桑，你……你……一定要保重。"

云桑回过头，微笑着说："放心，我没有事。你……你……也一定要照顾好自己。"两人眼中都有隐隐一层泪光，阿珩笑着点点头，云桑笑了笑，身影消失在林木间。

赤宸走到阿珩身边，低声问："你有什么打算？离开神农山后打算去哪里？"

"母亲不许我回轩辕山，趁着天下还太平，我想再四处走走，和以前一样。"阿珩微笑着。

想到往事，赤宸也唇角含着笑意："能不能答应我一件事情？"

"什么？"

"每年让我见你一面。"

"怎么见？随着神农王的病情加重，神农国的戒备会越来越严密，只怕连出入都困难。"

"每年四月，当桃花开满山坡时，是百黎族的桃花节，大家会在桃花树下唱情歌、挑情郎。从明年开始，每年的四月，我都会在百黎的桃花树下等你，我们不见不散。"

想起百黎，那个美丽自由的世外桃源，阿珩心中不禁盈满了温馨，一幕幕浮现在眼前：米朵和金丹月下私会，浓烈醇厚的酒嘎，奔放火辣的情歌……神农王的话也一直回响在耳边，她是愿意像山野间的燕子一样双双对对共白头，还是要像母亲一样在富丽堂皇的宫殿中守着自己的影子日日年年？

阿珩思绪悠悠，半晌都没出声。

“西陵珩，你不愿意吗？”赤宸紧紧抓着她，神色冰冷，眼中却有炽热的焦灼、蛮横的威胁，阿珩忍不住“扑哧”一声笑了出来，张口要说，话到嘴边，已经烧得脸颊滚烫。

她手指微微勾着赤宸的手，脸却扭向了别处，不好意思看赤宸，细声细气地说：“你若年年都穿着我做的衣袍，我就年年都来看你。”

赤宸听出了她的言外之意，盯着连耳朵都红透的阿珩，欣喜若狂：“我穿一辈子，你就来一辈子吗？”

阿珩脸红得好似要滴下血来，声音小得几不可闻：“你若穿，我就来。”

赤宸哈哈大笑，猛地抱住了阿珩，阿珩低着头，娇羞默默，只听到嗵嗵的心跳声，慌乱、甜蜜，也不知道究竟是自己的，还是对方的。

半晌后，阿珩说：“神农王和榆襄都在等你，我得走了。”

赤宸对绕着阿珩盘旋的烈阳叮嘱：“我把阿珩和阿獙都交给你了！”

烈阳第一次被委以重任，而且是一个它勉强能瞧得起的家伙，它也表现出了难得的郑重，飞落到阿珩肩头，一只翅膀张开，拍拍自己的胸膛，好像在说：“有我在，没问题！”

阿珩和阿獙都乐不可支，烈阳羞恼地飞到阿獙头上，狠狠地教训阿獙。

阿獙依依不舍地冲小鹿叫了一声，展翅飞起，赤宸仍握着阿珩的手，阿珩冉冉升高，赤宸不得不一点点放开了她。就在快要松脱的一瞬，阿珩忽然抓紧了他：“我是你的债主，这天下只有我才有权取你的性命，不许让炎弃他们伤你！”

赤宸的笑意加深，重重握了她一下，松开：“我答应你，除了你，任何人都不能伤到我！”

阿珩和阿獙的身影在云霄中渐去渐远。

小鹿仰头望着天空，喉咙间发出悲伤的呜咽声。赤宸蹲下，揪着小鹿的两只耳朵：“别难过，迟早有一日，我会把他们正大光明地带回来。”

第十一章

然诺重，君须记

被王母幽禁了六十年后，阿珩再次独自游走大荒，却不再是胆大妄为的西陵珩，而是治病救人的“西陵公子”。

西陵公子为人治病分文不收，只有一个要求，那就是病人全家每日早晚要向神农山的方向诚心祝祷。

传说人为万物之灵，只要心诚，千万人的诚意和天灵地气融合就可以减少世间的痛楚，这就是为什么乱世会生英雄，因为世人祈求平定乱世的英雄，英雄也就应天而生。

西陵公子每到一处，必定开堂授课，只要对医术感兴趣，不管身份高低、地位尊卑，都可以去听。

随着西陵公子在大荒内的四处游历，他的医术越来越好。

很多知名医者都对西陵公子推崇有加，他们说和西陵公子谈一次，常会茅塞顿开，医术更上一层楼。不过，也有医者对西陵公子抱有怀疑，因为据说有时候问他一些极简单的问题，他会突然支支吾吾答不出来。

不管西陵公子的医术是高是低，反正随着西陵公子的足迹，他帮助了很多人，令很多人对他感恩戴德。

时光悠悠流转，转眼已经是六年。

这一日，西陵公子到了高辛国的云州城，像往常一样，他早上和医者们探讨医术，下午在城外的空旷处接待各地来的病者。

他的医堂很简单，就是一张草席。他坐在草席上，为会聚而来的人诊断病情。

因为西陵公子名气太大，整个荒野都是人，有衣服都难以遮蔽身体的乞丐，也有坐于软轿内等候的名门闺秀。幸亏早上听过他课的医者慷慨援手，效仿着他，铺一张草席，就地为病者看病。

人虽然很多，却很安静，没有人挤，也没有人吵，大家都按照顺序静静等候，以至于偌大的荒野有一种沉默的肃穆。

云州城主领着高辛的二王子宴龙走到山坡上，宴龙看到黑压压的人群，叹道："这个西陵公子倒真是个人物！"

云州城主笑着说："属下也正是这么想，所以听闻殿下路过，特意请殿下来。"

"哦？"

"属下琢磨着，若殿下能把西陵公子收归到帐下，应该对殿下的声望很有帮助。"少昊在百姓中很受拥戴，宴龙很需要能有助于他声望的左膀右臂。

宴龙点点头，城主又说："他的姓氏是西陵，说不准是西陵世家的子弟。这几千年来，西陵家子弟凋零，没有什么作为，不过百足之虫，死而不僵，虽然没落了，可他家与其他三世家都有姻亲关系，仍然是不小的助力。"

宴龙淡淡一笑："我去会会这位西陵公子。"

城主刚要命下属开路，宴龙斥道："这么多人在看病，别打扰了他们，我自己过去就可以了。"

"是，属下虑事不周。"

宴龙一路慢行，边走边留心听周围人对西陵公子的议论。他衣饰华贵，品貌出众，人群自然而然地给他让开了路。

西陵公子看着年纪不大，一身青衣，端坐于榕树下，容貌平凡，可神色恬淡，举止温和，令人一见就心生好感。

西陵公子抬头看到宴龙，愣了一愣，宴龙贵为高辛的二王子，宫中医师众多，显然不是找他看病。

宴龙向他微欠了欠身子，笑着示礼。

西陵公子也欠了欠身子，向他回礼，可回过礼后，就没再理会他，只专心接待病人。

直到天色黑透，人群不得不散时，西陵公子才停止了看病。

宴龙也是好耐心，一直在旁边静静等候，看人群散了，他才上前说话："在下姓常，非常敬服公子高义，想请公子饮几杯酒，闲聊几句江湖散事。"

西陵公子客气地推辞："劳累了一天，明日还要出诊，今日须早点休息。"

宴龙十分谦逊有礼，并不勉强："那我等公子义诊完再来邀约公子。"

连着三日，宴龙都是早早来，等候在一旁，不但不打扰西陵公子，反倒帮着做了很多事情，比如他组织人把病人分门别类，什么病就交给擅长看什么病的医者，经过他的有效组织后，效率大大提高。

三日后，义诊结束。宴龙才又来邀请西陵公子："今天晚上是高辛的放灯节，在下特意备了一点酒菜，希望公子能大驾光临，同赏河灯。"

西陵公子未答话，旁边几个来帮忙的医者对宴龙很有好感，不停地鼓动："公子去吧，劳累了几天，也该休息一下。"

盛情难却，西陵公子只能答应了宴龙。

宴龙带着西陵公子上了一艘非常精致的画舫，画舫上服侍的人都是妙龄少女，就连那撑船的船娘也容貌姣好、体态动人。置备的小菜十分可心——桂花圆子酿、松鼠鱼、碧海明月汤……

明眸皓齿的少女穿着南方的轻纱裙，用南人特殊的软语娇声把菜名一道道报出，别有一番情趣。

西陵公子笑赞："果然是未到南地不知何谓风流。"其实心中戒备，食不知味。

宴龙越客气，他越紧张。本来他对宴龙一无所知，可因为云桑和诺奈，他对宴龙和少昊之间的王位争斗了解了点滴，知道宴龙绝不是好相与的人物。

看着眼前的碧波荡漾，西陵不禁想起相逢于水边的云桑和诺奈，也不知道他们究竟怎么样了。她曾写信问云桑要不要她去高辛代为探望诺奈。云桑来信说，现在局势复杂，实在无心他念。阿珩明白云桑意有所指，王位交接时，一个不小心就会爆发大乱，云桑既要照顾病重的神农王，又要辅助柔弱的榆襄，只怕"心力交瘁"四字都不足以形容她的心境。

宴龙看西陵公子神情紧张，心神恍惚，取出梧桐琴，笑道："公子医人身体，在下的琴技只可娱人心灵，愿意为公子奏一曲，希望能消解公子的疲劳。"宴龙自负琴技天下无双，平日并不轻易弹，更不用说为人抚琴取乐，可对西陵公子存了收服之心，所以不惜纡尊降贵。

西陵公子忙行礼道谢。

宴龙琴技不凡，不愧被赞誉为天下第一。起音温和，有如春风，吹去一切凡尘俗事，令人心神放松，不知不觉中忘记了所有烦恼。琴音又与周围景致水乳交融，音在景中流，景在音中显，西陵公子随着琴声，细细欣赏起周围的景致。

河畔俱是放灯的人，为了祈求来年太平，纷纷把灯放入河中，点点灯光随着波涛起起伏伏，流向远处。

他们的画舫在河中无声而行，就如行走在璀璨星光中。此时又正是江南草长莺飞、花红柳绿的季节，河岸两侧百花盛开，烂漫四野，晚风徐来，花随风舞，落英缤纷，美不胜收。

西陵公子想着再有一个月百黎深山中的桃花就会盛开，他就又能见到赤宸，不禁神思飘摇。年年岁岁，他们都按照约定，相会于桃花树下。相聚虽然短暂，欢乐却很绵长。

几声粗哑难听的山笛声骤然响起，不成曲调，打断了西陵公子的思绪，也打乱了宴龙的琴音，“叮”的一声，琴弦断了，宴龙的脸色变了一变，盯着岸上道：“不如我们上岸去走走。”

西陵公子笑着点点头：“也好。”

船娘将船靠了岸，河灯看得越发清楚，宴龙边走边和西陵公子介绍各种花灯。

莲花灯意寓吉祥安康，桃花灯祈求好姻缘，枣花灯是祝祷早生贵子，并蒂莲灯是希望永结同心，龟甲灯是祝福父母长寿……

西陵公子原本只是看热闹，在宴龙的讲解下渐渐明白了，每一盏灯后都有一个人在虔诚地祈祷，每一盏灯都是一个诚挚的心愿。

几个顽童举着花灯冲过来，奔跑间花灯着了火，人群为了避火乱了起来。

西陵公子眼珠子骨碌一转，借着人群的混乱，假装和宴龙走散，浑水摸鱼地溜了。宴龙盛情款待背后的用意，他十分清楚，可他也知道自己永不可能答应，既然如此，不如早早离开。

等到了人少处，西陵公子发现已经看不到宴龙的身影，不禁嘻嘻而笑，不想桃花林内也传来笑声。

西陵公子愣住："是谁？"

她仰头去看，一个丰神俊逸的白衣男子斜坐在桃花树上，手握酒葫芦，意态潇洒，犹如花中醉仙，满树繁丽的桃花映得他飘逸出尘，卓尔不凡。

竟然是少昊，难怪能惊扰宴龙的琴音，西陵公子立即傻了。

少昊微笑着问："公子是来赏河灯的吧？"

"是。"

"其实，最好的赏灯地点不在河上。"

"那是哪里？"

一只黑色的玄鸟落在他们身前，少昊笑着指指天空："看天上的星星要在地上，看地上的星星自然要到天上。"

他邀请西陵公子上玄鸟。西陵公子犹豫了一瞬，跳到玄鸟背上。

玄鸟腾空而起，西陵公子和少昊并肩而立，同看着脚下。

高辛国内湖泊密集，河流众多。放灯节是高辛最大的节日，家家户户都会做灯来放，起先坐着画舫只能看到一条河上的灯，此时，从高空俯瞰，才发现所有的湖泊河流上都漂着点点灯光，光芒摇曳，渺渺茫茫，就好似地上有无数颗星星，而这些星星又汇聚成了无数条星河，或蜿蜒曲折，或浩大壮阔，竟是比浩瀚的星空更璀璨、更美丽。

西陵公子看得目瞪口呆，喃喃说："人间天境，不知自己究竟是在天上还是地上。"

少昊凝视着化作了漫天星辰的高辛大地，微笑着说："我年年都会看，年年依旧震撼。"

西陵公子问："放灯节的传统从何而来？"

"年代久远，传说很多。有个传说是说一个美丽少女的心上人去了远方战斗，一直都没有回来，悲伤的少女就在河上燃灯，指引他回家。据说奄奄一息的勇士靠着灯的指引，终于找到了回家的路，和少女团聚。还有一个传说是说在一个美丽安宁的村庄出现了大水怪，一个勇敢的少年为了救全村的人，和水怪搏斗而死，他的母亲非常悲伤，日日夜夜在河边徘徊，呼唤着儿子的名字，村民们为了安慰悲伤的母亲，就在河上燃灯。"

"那你相信哪个传说？"

少昊说："我相信这些灯就是星星。"

"就是星星？"

少昊不好意思地笑了一下："我出生的时候，母亲就去世了。抚养我的老嬷嬷常常指着天上的星星告诉我，母亲从没有离开，她化作了星星，一直在守护我。我刚开始很相信她的话，不管高兴还是悲伤时都虔诚地对着星星倾诉，就好像母亲听到了一切。可是有一次，我受了很大的委屈，弟弟有母亲保护，我却什么都没有，只能被欺凌。我就对老嬷嬷说，我再不相信你的鬼话，从来没有什么守护的星星！老嬷嬷很难过，带着我出来看人放灯，和今天晚上一样，整个高辛的大地似乎都变成了星辰密布的天空。老嬷嬷说：'看见了吗？这些全是守护的星星！'"

西陵公子凝视着脚下的星辰，明白了少昊的意思，这些灯是无数个少女、无数个勇士、无数个母亲、无数个儿子点燃的灯，灯光就是他们守护亲人的心，所以是守护的星星。

少昊微笑地看着西陵公子："在下高辛少昊。"

这是一个令大荒震惊的名字，西陵公子没想到他会突然道破自己身份，愣愣地看着他。

"我总觉得能潜心学医的人肯定都有心中想守护的东西，不知道西陵公子最想守护什么？"

西陵公子沉默着，少昊虽然没看破她是谁，却看透了她的心思。在父亲和大哥的威严和力量面前，她显得太渺小。她不想有朝一日，面对父亲和大哥时，她什么都做不了，所以她要努力研习医术。

少昊也不继续追问，微笑着说："西陵公子的医术就像是火，能帮助那些少女和母亲点燃她们的灯，让她们幸福，我想为整个高辛的少女和母亲请您留下，和我一起守护这幅人间天境图。"

西陵公子的心嗵地一跳，此时的少昊眉宇间尽是坚毅，如若万仞之山，坚不可摧。隐隐地，她竟然又是尊敬，又是害怕。

少昊笑了笑说："我也知道这个决定很大，你不必着急做决定，反正你还要在高辛国继续游历，等你考虑后再告诉我。不管你是否愿意，我都很感谢你来到高辛，更欢迎你再次来高辛。"

西陵公子只能点点头。

玄鸟载着他们落在了一处小小的院落中，西陵公子刚想拒绝，少昊笑着推开房门，只看案头全是书籍："这是我这些年收集的医书，希望对公子有所帮助。"

西陵公子不禁心动，快步走进去，拿起一册翻看，少昊轻轻关上了门，等西陵公子抬头时，少昊已经不在。

西陵公子想告辞，可又舍不得这些医书，只得坐了下来，继续阅读。

连着几日，阿珩都在潜心研读少昊收集的书籍，少昊从不来打扰她，她甚至感觉不到少昊就住在同一座院子中，只有偶尔传来的酒香让她明白那个人就在不远处。

这一日，她正在看书，又闻到酒香，不过这酒香是雌滇酒，她终于按捺不住，拉开了门，却看不到人影。

正在纳闷，从屋顶上传来声音："书看完了吗？"

阿珩回身，仰头，看到少昊侧身斜躺在屋顶上，一手支头，一手抱着个酒葫芦，身后恰好是一轮皓月，溶溶清辉下，他宛若月中醉仙。

"快了，你喝的是什么酒？"

"雌滇酒，要不要尝一下？"少昊把酒葫芦抛给西陵公子。

阿珩浅浅喝了一口，装作不胜酒力，又扔回给少昊："怎么酒还分雌雄？"

少昊微笑地望着天空，似乎想起了什么："这是一个同样喜欢饮酒的朋友告诉我的，酒的确还分雌雄。"

阿珩呼吸一滞，坐到院子里的石桌上，装作很好奇地问："什么样的人能让名满天下的少昊视作酒中朋友？"

少昊喝着酒，唇畔含着笑，一直不说话，过了一会儿才说："她挺有趣的。"少昊说着望向西面，"不知道她现在又在哪个地方喝着酒，听人讲故事。"

阿珩默不作声，少昊摇着酒葫芦问："要不要再尝尝？"

阿珩笑："好啊！"

少昊把酒葫芦扔了过来。

两人一个坐在石桌上，一个躺在屋顶上，一边喝酒，一边说着闲话。

阿珩知道少昊所图其实和宴龙一样，他先是故意破坏了宴龙的计划，之后又步步为营，让西陵公子无法拒绝他的好意，可同样的事情，少昊做来却自然而然，透着真诚。阿珩突然想，如果她真的只是西陵公子，只怕早已经对少昊心悦诚服，甘愿供他驱使。

两人聊到半夜，阿珩怕露馅儿，不敢再喝，装作醉了，踉踉跄跄地走回屋子休息。

清晨时分，阿珩正在洗漱，突然看见无数蚕涌进屋中，蚕儿排成两个大字“速回”。

阿珩手中的毛巾掉到地上，脸色发白。

等心神恢复镇定后，她走出屋子，发现少昊站在院子中，目送一只传递消息的玄鸟远去，少昊的面色透着异样的沉重。

什么样的事情才能同时惊动轩辕和高辛？阿珩确定了自己的猜测，心情越发沉重起来。

少昊说道：“我本想陪公子在高辛四处走一走，可现在家中有急事发生，召我回去，只能先走一步，抱歉！公子想去什么地方，我派属下护送。”

阿珩说：“不必了，因为有些私事要处理，我也正想向您辞行。”

少昊笑着点点头：“那你保重，我很期待与公子的来日重逢。”

阿珩几分无奈地笑了笑：“一定会重逢。”

少昊不再逗留，行色匆匆地驾驭玄鸟而去。

阿珩等他走了，也立即召唤阿獙和烈阳，匆匆赶往轩辕山。能同时惊动母亲和高辛王，召唤他们回家，目前只有可能是神农王病危的消息。看来高辛和轩辕在刺探他国消息的实力上旗鼓相当。

阿珩望向神农山的方向，赤宸可还好？

阿珩还在半空，就看见青阳站在朝云殿前。

她跳下阿獙的背，走到青阳面前，恭敬地行礼：“大哥。”

青阳只点点头，走在了前面，阿珩默默地随在他身后。

走进正殿，阿珩居然看见了几百年没有在朝云殿出现过的父亲。

父亲和母亲面对面坐在案前饮茶。

父亲一身王袍，气度雍容，正雄姿勃发；母亲却一头白发，风霜满面，已年老色衰。若不知道他们的身份，没有人敢相信他们是夫妻。

青阳行礼后，站到了一边，阿珩跪下磕头：“父王，母后，珩儿回来了。”

轩辕王笑着说：“坐到父王身边来，老是在外面野，从来不说来看看我。”

阿珩坐到父亲身边，轩辕王又对青阳吩咐：“你也坐。”

青阳坐到了母亲身边，亲自动手服侍着父母用茶。

阿珩抱住父亲的胳膊，一半撒娇，一半探询地问："父王，你怎么来了？最近不忙吗？"

轩辕王笑道："再忙也得为你的终身大事操心啊！"

阿珩心中咯噔一下，询问地看向母亲，缬祖说："你父王想选个日子尽快为你和少昊完婚。"

阿珩眼前发黑，定了定神，才轻声央求："父王，我还不想嫁！"

轩辕王正在喝茶，手势一点没缓，好似没听到阿珩的话。

青阳半低着头，一边倒茶，一边淡淡地问："你是不想嫁，还是不想嫁少昊？"

阿珩看着哥哥异样冷漠的面容，心头生了寒意，说道："我只是想再多玩几年，为什么要急匆匆地让我出嫁？"

青阳说："如果是平时，你想玩，那就让你玩，也没什么大不了，可如今的情势容不得你任性。"

"如今是什么情势了？"

"天下只知道神农王在闭关炼药，我们却得到消息说神农王得了重病，神农族只怕要换首领了。"

阿珩紧紧地掐着自己的手，虽然已经猜到神农王的病情只怕恶化了，可真亲耳听到还是觉得难以接受。

青阳说："因为我们的属国和神农的属国接壤，轩辕族和神农族这几千年来大小矛盾一直不断，他们早已经对我们不满，新继位的神农王迟早会征讨我们。神农族地处中原，土地肥沃，物产丰饶，人口众多，国力远远胜过我们。更何况，我们跟这些上古神族比，毕竟根基尚浅，如果神农和高辛联盟，轩辕也许就会面临亡族之祸，所以你越早和少昊完婚，对我们越好。"

阿珩瞪着青阳："你不停地说轩辕族、神农族，那我呢？"

青阳面无表情，冷冰冰地说："你是轩辕族的王姬，这是你必须承担的责任。"

阿珩乞求轩辕王："父王，您一向最疼我，我真的还不想嫁，您让我再多陪您和母后几年。"

轩辕王肃容说："不是父王不想留你，我和高辛王已经通过消息，明后日少昊就会亲自来轩辕定下婚期，别的事情都随你，可婚事必须遵从父命。"

阿珩猛地将几案上的酒杯、果盘都掀翻在地，冲出大殿："要嫁你们自己去嫁，反正我是不嫁！"

轩辕王对缬祖没好气地说："看看你把她纵容成了什么样子！眼里还有我这个父王吗？如果这次她再敢私逃下山，我一定严惩！"说完，轩辕王一甩衣袖，怒而起身。在侍卫的保护下，一行人浩浩荡荡地离开朝云峰。

庭院中种满了高大的凤凰树，花开得正好，风过处，一阵又一阵的花瓣落下，整个庭院都笼罩在迷蒙的红雨中，景色异样绚丽。

阿珩仰头看着天空，觉得喘气艰难。

缬祖的声音在她身后响起："为什么不想嫁给少昊？我虽然没见过少昊，但青阳和仲意都对他推崇有加，想必不会差。难道你已经心有所属？"

阿珩迟疑着，刚想张口："我……"青阳站到母亲身后，盯着她，眼神冰冷，隐带杀气，阿珩眼前浮现出当日大哥挥剑刺入赤宸心口的一幕，心中一寒，把已到嘴边的话都吞了回去。

"我……我谁都不喜欢，我就是还想再自由自在几年，不想出嫁。"

缬祖柔声说："女子总是要出嫁成婚的，你是轩辕的王姬，很多事情在你一出生时已经注定。别害怕，也许真等你出嫁了，你会后悔没有早早出嫁。过两日，少昊就会来，娘会设法让你们单独相处几日，也许你就会明白娘说的话。"

阿珩点点头，轻声应道："嗯。"眼睛却是看着大哥。

夜幕低垂，阿珩身体疲惫，却没有一丝睡意。

她站在窗前，看着凤凰花的绯红花瓣一片又一片从面前飘过，现在正是百黎山中桃花盛开的日子，明日就是桃花节，赤宸会在桃花树下等她，不见她不会离开。

阿珩心中又是甜蜜，又是苦涩，取下驻颜花，在指间把玩着。

等到大家都睡熟了，她蹑手蹑脚地溜出宫殿，去找阿獙和烈阳。

阿獙和烈阳听到她的足音，立即醒了。阿珩朝他们做了一个噤声的手势，偷偷地坐到阿獙背上，小小声地说："去百黎。"

阿獙和烈阳悄无声息地飞起来，刚藏入云霄，正欲全力加速，阿珩看到青阳站在五彩重明鸟[1]上，冷冷地看着她。

“你想去哪里？”

阿珩不回答，只说：“我的事情，你管不着，让开！”驱策阿獙向前，想强行离开。

青阳负手而立，动都没动，阿獙就已经困在了他的灵力中，怎么飞都飞不动。

阿珩摘下髻上的驻颜花，驻颜花迅速长大，无穷无尽的桃花瓣变作利刃，飞向青阳。青阳这才抬起一只手，随手一挥，桃花瓣被他的灵力全部挤压到一起，像搓麻花一样，变成了一根桃红色的绳子，缠向阿珩。

阿珩一边让阿獙左躲右闪，一边挥着驻颜花，想打开绳子，绳子却和长蛇一样灵活地飞舞着，不但避开了她的攻击，而且捆住了她。

烈阳为了救阿珩，喷出一连串的火焰球，吸引青阳的注意力，阿獙则偷偷用嘴去咬着绳子。

看到阿珩身上的绳子马上就要松开，青阳不耐烦地斥骂烈阳：“畜生，还不赶紧让开！”

烈阳猛地喷出一阵三丈高的巨焰，将青阳困在了火焰中，青阳很是诧异，竟然是凤凰玄火！这只鸟儿居然懂得藏拙示弱，令他轻敌。

他的坐骑重明鸟虽是大荒第一猛禽，能斗虎豹，可看到凤凰玄火，听到凤凰鸣叫，飞禽对凤凰天生的畏惧令它不敢正面对抗烈阳，动作迟缓了下来。

阿珩趁着这个机会，挣脱绳子，翻身坐到阿獙背上，向着远处飞去：“烈阳，快走！”

可性情刚烈的烈阳因为刚才被青阳骂了，没有听阿珩的话逃跑，反倒不知死活地继续向青阳进攻。

青阳起了杀心，如果不杀了这只怪鸟，坐骑重明鸟总是胆战心惊，即使有他的逼迫，也不敢全力去追阿珩。青阳强逼重明鸟飞向烈阳，从熊熊燃烧的凤凰玄火中从容而过，手掌变得雪一般白，击向烈阳。

阿珩回头间，魂飞魄散，都来不及招呼阿獙，直接奋力扑回去，一个瞬间，她用灵力堪堪卷开了烈阳，可自己身在半空，躲不开青阳的掌力，被打了个正着。

---

① 晋王嘉《拾遗记》记载：“重名之鸟，　名双睛，言又眼在目。状如鸡，鸣似凤。时解落毛羽，肉翮而飞。能搏逐猛兽虎狼，使妖灾群恶不能为害。”重明鸟是古代神话传说中的神鸟，它的形体似鸡，鸣声如凤，每个眼睛里有两个眼珠，所以叫作重明鸟。重明鸟是猛禽，气力很大，能够搏逐猛兽虎狼。

她的身体急剧下坠，青阳脸色发白，直接跳下重明鸟的背脊，抱住了阿珩。

这一切都发生在电光石火间，阿獙此时才飞回来，在下方接住了青阳和阿珩兄妹俩。

烈阳看到阿珩替它受了一掌，愤怒地叫着，发疯地撞向青阳，整个身体都开始燃烧，变成了一团青色的火焰。

青阳一手抱着阿珩，一手抬起，想杀死惹祸的烈阳。

“大哥！”阿珩拽住青阳的手，话没说完，一口血全喷到了青阳胸上。

青阳收回手，只用天蚕丝幻出一张大网，将烈阳捆了个结结实实。天蚕丝本来经不起凤凰玄火，可这几股天蚕丝化自缬祖为青阳所织的衣袍，又有青阳的灵力护持，烈阳怎么烧都烧不断。

青阳探看妹妹的伤势，伤势不算严重，幸亏他只用了四成灵力，阿珩身上的衣衫又是缬祖所织，化解了三成灵力。

阿珩温驯地靠在哥哥怀里，好似因为伤已经放弃了逃跑，可当青阳想替她疗伤时，她却突然反扣住青阳的命门，用驻颜花的桃花瘴毒封住他的灵气运行，把青阳定住。

她嘻嘻笑着跳回阿獙背上，回头对青阳说：“大哥，你就先在这里吹一会儿风，赏一会儿星星吧，这桃花瘴毒虽然厉害，可你是轩辕青阳，肯定能解开桃花瘴的毒。”

青阳盯着她说：“你也知道我是轩辕青阳，全大荒没有一个神或妖能这么轻易伤到我，你能这么轻易，只不过因为你是我妹妹，我对你没有任何提防！你为了别的男人伤我，他可值得你这么做？”

阿珩心下愧疚，说道：“大哥，我不是想伤你，我只是真的不想嫁给少昊。”

青阳说：“你以为你能逃掉？别忘记父王说过的话，如果发现你偷下山，必定严惩！”

阿珩咬了咬牙，驱策阿獙向百黎的方向飞去：“大哥，对不起。”她对赤宸有许诺，不管怎么样，她都要去见他！

第二日傍晚，阿珩到了百黎族的山寨。

百黎山中的桃花开得如火如荼，漫山遍野一团一团的绯红，云蒸霞蔚地绚烂。

阿珩已经驾轻就熟，直接循着歌声，走进桃花深处。

山谷中，没有祭台，没有巫师，没有祭祀的物品，只有一堆堆熊熊燃烧的篝火。

少男、少女们围着篝火唱歌跳舞。他们的服饰很简陋，他们的歌词很粗俗，可他们的歌声很嘹亮，舞蹈很欢快，笑声很动人。

火光映照下，他们的脸庞都散发着健康愉悦的红光。

高山上种荞不用灰
情哥哥儿探花不用媒
不要猪羊不要酒舍
唱首山歌迎妹儿回
……

篝火前的歌声嘹亮动听，阿珩却完全听不进去。她站在往年和赤宸相会的桃花树下，焦急地等着。

从小到大，她从没有一刻像现在这般无助。小时总觉得父亲很疼她，不管她要什么，都会给她；母亲很坚强，不管什么事情，都能保护她。可如今，她才明白父亲什么都给她，只是因为她要的东西从来没有危及父亲的利益，而母亲更没有她以为的强大。

家仍是那个家，但突然之间好像一切都变了，她有惶恐，还有害怕，可只要想到赤宸，就会觉得隐秘的心安，就好似心中藏着一个隐秘的力量源泉。其实，她并不需要赤宸做什么，她只想在他肩膀上靠一会儿，听他说一声“一切有我呢”，知道有个人愿意在她累和害怕时让她依靠，她就已经可以充满勇气地往前走。

山歌一首又一首地唱着，赤宸还没有来。

阿珩翘首企盼，频频张望，心中有无数话想立即告诉赤宸。她不想嫁给少昊，她这几年很努力地学医，就是想有朝一日有资格对父王说“不”，她今天真的对父王说“不”了。

山歌声渐渐消失了，少女们都已经找到了喜欢的情哥哥，可赤宸仍然没有来。

阿珩刚开始还能装作平静，后来已经焦急万分，仰着头一直盯着天空，指望能突然看到赤宸驾驭着大鹏从天而降。

篝火的火光越来越小，天色越来越黑，欢聚的人群渐渐散了，赤宸还是没来。

阿珩仰头望着天空，眼中有了伤心，却仍在不停地替赤宸想着理由，也许他有事耽搁了，也许他已经在路上……他一定会来！

她一边想着各种各样的理由，一边渴盼着，下一瞬，赤宸就会突然出现。

等待中，时间过得分外慢，慢得变成了一种煎熬。可煎熬中，时间仍然一点点在流逝。

夜越来越深，篝火已经全部熄灭，山谷中变得死一般寂静。

阿珩固执地望着神农山的方向，总是希冀着下一刻赤宸就会出现，一身红衣穿云破雾而来，脸上挂着满不在乎的笑，在看到她的一瞬，会突然变成欢愉的大笑，迫不及待地跳下大鹏。

那么一切的苦苦等待都没有什么，她顶多心里实际欢喜，表面却假装生气地不理他，让他来赔着小心赔礼道歉。

等到后来，阿珩心中充满悲伤愤怒，恨赤宸不遵守承诺，却暗暗对老天许诺，让赤宸来吧！只要他来了，她就原谅他的迟到！

可是，他一直没有出现！

东边的天空慢慢透出了一线鱼肚白，天要亮了，阿珩竟然已经在桃花树下站了一夜。一夜并不长，如果在幸福的睡梦中，只是一睁眼、一闭眼，可如果是一夜痛苦的等待，却好似有千万年那么长，足以令沧海化作桑田，让希望变作绝望，把一颗饱含柔情的心变得伤痕累累。

阿珩不相信赤宸会食言。天并没有亮，赤宸肯定会来！是他许诺不管发生什么，都不见不散，而现在正是她最需要他的时候！

阿珩头上肩上全是桃花瓣，在明亮的晨曦中，脸色异样地潮红，比桃花更红，她无力地抱着桃树，才能支持着自己仍站着，指头在桃花树上不停地划着，赤宸、赤宸、赤宸……深深浅浅的划痕，犹如她现在的心。

青阳徐徐而来，一身蓝衣随风飘拂，透着对世情看破的冷漠："值得吗？你不顾反抗父王，打伤大哥，冒险来见他，可他呢？"

青阳站在阿珩面前，替阿珩抚去头上肩上的落花："也许他有急事耽搁了，可是他对你的承诺呢？难道他对你的承诺只能在没事的时候才能遵守，一旦有事发生，你就被推后？神的生命很漫长，一生中多的是急事，你若只能排在急事之后，这样的承诺要来又有何用？"

青阳牵起阿珩的手："跟我回家吧！"

阿珩用力甩开他的手，仍很固执地看向东边的天空。他说了不见不散！

青阳无可奈何地摇摇头，倒是也没生气，反倒斜倚在桃花树上，陪着阿珩一块儿等。

太阳从半个圆变成了整个圆，光线明亮地洒进桃花林。阿珩的眼睛被光线刺得睁不开，青阳说："你还要等多久？和我回家吧，他不会来了！"

阿珩眼中含泪，就是不肯和青阳离开，我们约好了不见不散！他知道我在等他，一定会赶来！

可心里却有一个声音在附和着青阳，他不会来了，他不会来了……

声音在她耳边像雷鸣一般回响着，越响越大，阿珩只觉眼前金星闪烁，身子晃了几晃，晕厥过去。

青阳赶忙抱起阿珩，这才发现他起先的一掌，阿珩虽然只中了一成功力，可毕竟是他的一成功力，阿珩没有调息就着急赶路，又站立通宵，悲伤之下伤势已经侵入了心脉。

青阳又是怜又是气，抱起阿珩，跃上重明鸟，匆匆赶回轩辕山。

刚接近轩辕山，看到尹朱带领侍卫拦在路上。尹朱是轩辕的开国功臣，青阳也不敢轻慢，立即命重明鸟停住。

尹朱行礼，恭敬地说："陛下命我把王姬拘押，带到上垣宫听候发落。"

青阳客气地说："小妹有伤在身，请大人允许我陪她一块儿去。"

尹朱看看昏迷不醒的阿珩："劳烦殿下了。"

在侍卫的押送下，青阳带着阿珩进入上垣宫觐见轩辕王。轩辕王命医师先把王姬救醒。

阿珩醒转，看到自己身在金殿内，父王高高在上地坐着，她一声不吭地跪到阶下。

轩辕王问："你可知道错了？"

阿珩倔强地看着轩辕王，不说话。轩辕王又问："你愿意嫁给少昊吗？"

"不愿意！父王若想把我捆绑着送进高辛王宫，请随意！"阿珩的声音虽虚弱，可在死一般寂静的金殿内分外清晰。

青阳立即跪倒磕头："父王，小妹一时间还没想明白，我再劝劝她，她一定会……"

轩辕王做了个手势，示意他噤声。轩辕王看着阿珩："这么多年，我随着你母后让你想做什么就做什么，疏于管教，以至于你忘记了王族有王族的规矩。”他对尹朱吩咐，“把王姬关入离火阵，她什么时候想明白了，再来禀告我。”

青阳神色大变，阿珩是木灵体质，关入离火阵，那种苦楚相当于用烈火炙烤木头，他重重磕头，不停地乞求：“父王，小妹神力低微，受不了那种苦楚，还请父王开恩。”

阿珩却站起来，对尹朱冷冷地说：“离火阵在哪里？我们走吧！”

尹朱看阿珩一直被嫘祖保护得天真烂漫，从没想到这个随和的王姬竟然也有如此烈性的一面，心中对阿珩生了几分敬意，恭敬地说：“请王姬随属下走。”

阿珩扬长而去，青阳仍跪在阶下为她求情，轩辕王冷声说道：“轩辕与高辛联姻事关重大，你若一时冲动相帮珩儿，我连你也饶不了！”

“象林，你去朝云……”轩辕王正要下令，有王师之称的知未走上前，行礼说道：“请陛下派臣去朝云峰，臣会劝解王后娘娘不让她去救王姬。”

轩辕王盯了知未一瞬：“我本打算让象林去，既然你主动请命，那就你去吧。”

知未领命后，转身而出，视线与青阳一错而过，隐有劝诫。青阳心中一凛，冷静下来，对轩辕王磕头，恭声说：“儿臣明白了，小妹是该受点教训。”

轩辕王挥挥手，让青阳告退。

青阳出了上垣宫，屏退侍从，面无表情，独自走着。大街上阳光灿烂，人来人往，热闹无比，青阳却越走越偏僻，直走到一个破旧的小巷中。小巷内，有洗衣铺、屠夫铺，污水血水流淌在路上，还有一个小小的酒馆，专给贩夫走卒们出售劣酒。因为是白天，没有任何生意，青阳走进去，坐在角落里。

“老板，一斤酒。”

“好嘞！”老板一边答应，一边把酒放到青阳面前。

青阳默默地喝着酒，从白天喝到黑夜，酩酊大醉，歪倒在脏旧的案上沉睡。

老板也不去管青阳，自干自己的事。他还是个六七岁的孩童时，第一次看到青阳，等他三十多岁时，再次看到青阳，他惊骇地瞪着青阳，大叫“妖怪”，被爹狠狠打了一巴掌。爹说爷爷的爷爷的老祖宗卖酒时，这个男人就这个样子，不知道是神是妖，反正不是个坏人，每次来都只是喝酒，分文不少地付钱。

第二日傍晚时分，一个白衣男子走进酒馆，把一个酒壶递给老板：“灌一斤酒。”

“好嘞！”老板手脚麻利地把酒灌好。

白衣男子接过酒壶，走到青阳身旁，一手放在青阳肩头，一手拿着酒壶仰头连灌了几口。

青阳抬起头，没有惯常的冷漠，神情竟然有几分迷惘：“你来了？”

少昊问：“阿珩还能在离火阵内支撑多久？”

“你什么都知道了？”

“你的那个丫头四处都找不到你，一见我急得竹筒倒豆子一样全说了，我就猜你肯定又来这里喝酒了。”

“阿珩心脉有伤，平时她最娇气，从不肯好好练功，我真不知道她怎么能坚持到现在。”

少昊心叹，当年你可是被轩辕王的酷刑折磨了半年都没求饶，阿珩的倔强倒是和青阳一模一样。他想了想说：“轩辕王面前急不得，你先设法悄悄带我进阵一趟，把阿珩护住，我们再慢慢想办法救她。”

两人向外行去，少昊走到门口时，突然回头对老板扬扬酒壶，含笑道：“你的酒酿得比你家那位最早卖酒的老祖宗好，人却没有你老祖宗老实，不该听我是外地口音就给我少打了一两，缺一罚十。”

老板看到面前酒瓮里的酒莫名其妙地就哗啦啦地消失不见，惊骇地半张着嘴，等回过神抬头时，店铺外早已经空荡荡。

身在离火阵中，就好似整个天地除了火再无其他。

一团团火焰犹如流星一般飞来飞去，煞是美丽，却炙烤毁灭着阵法内的一切。因为阿珩是木灵体质，被火炙烤的痛楚比一般神更强了百倍。

阿珩一直紧咬牙关忍受，几次痛得昏厥过去，几次又被阵法唤醒，痛苦无休无止、无边无际。

到后来，痛苦越来越强烈，就好似有无数火在她的体内游走，阿珩忍受不住，痛得全身抽搐，在阵法内滚来滚去。

尹朱虽然是轩辕王的心腹大臣，可也是看着阿珩长大，心中不忍，劝道：“王姬，你和陛下认个错，陛下一向疼你，肯定会立即放了你。”

阿珩身体痛得痉挛，却一声不吭。

到后来，她已经连打滚的力气都没有，奄奄一息地趴在地上，可因为离火阵本就是给神施刑的阵，能让身体上的痛楚丝毫不减，仍旧钻心噬骨地折磨着她。

不知道过了多久，阿珩觉得好似漫长得天地都已经毁灭了。身周突然变得无比清凉，就好似久旱的树林遇到了大雨，一切的痛苦都消失了。她缓缓睁开眼睛，看到阵法内水火交接，流光溢彩，少昊长身玉立，纤尘不染，在他身周有无数水灵在快乐地游弋，漫天火光都被隔绝在水灵之外。

少昊凝视着阿珩，神色复杂，半抱起阿珩，把清水喂给她喝，低声问："嫁给我难道比烈火焚身更痛苦吗？"

阿珩张了张嘴，嗓子已被烧得根本说不出来话，只能摇摇头。

少昊把贴身的归墟水玉放到她口中，在她耳边低声说："偷偷含着它，装作你很痛。"

少昊放下阿珩，出了离火阵。随着他的离去，火灵又铺天盖地席卷而来，可阿珩五脏六腑内清凉一片，只肌肤有一点灼痛，和起先的痛楚比起来，完全可以忽略。

少昊奉高辛王的旨意来拜见轩辕王，商议婚期，轩辕王在上垣宫内设宴款待远道而来的少昊。

少昊谦逊有礼、学识渊博，再无聊的琐事被他引经据典地娓娓道来都妙趣横生，大殿内如沐春风，笑声不断。

轩辕王垂问高辛王对婚期的安排。少昊回道："高辛已经准备好一切，父王的意思是越快越好。"

朝臣们纷纷恭贺，轩辕王满意地笑着点头。少昊略带着几分不好意思说道："婚期正式定下后，按照高辛礼节，大婚前我与王姬不能再见面。我这次来带了一些小玩意儿给王姬，想……想……明天亲手送给王姬，还请陛下准许。"

众人都理解地大笑起来，亲手送礼是假，小儿女们想见面是真。轩辕王含笑道："当然可以。"

轩辕王盯了一眼身边的心腹，对青阳吩咐："去告诉珩儿一声，让她今日早点休息，明日好好装扮一下，不要失礼。"

"儿臣明白了。"青阳领命后，退出大殿。

青阳赶到离火阵时，轩辕王的心腹已经传令尹朱解除阵法。看到阿珩满身伤痕、奄奄一息的样子，青阳不敢让母亲见到，把阿珩先带回自己的府邸。

青阳修的是水灵，又有少昊的万年归墟水玉帮助，阿珩的外伤好得很快。

青阳心痛地看着阿珩："伤成了这样，还是不愿意嫁给少昊？"

阿珩倔强地抿着唇，一声不发。

青阳突然暴怒："是不是神农的赤宸？你信不信我去杀了那个百黎的小子？"

阿珩瞪着他，透出不怕一切的坚持。

青阳泄了气，他们四兄妹，秉性各异，倔强却一模一样，必须另想办法。

青阳沉默着，似乎在思索该从何说起，很久后问道："父王最宠爱的女人是谁？"

阿珩声音嘶哑，想都没想地说："三妃彤鱼氏。"这是轩辕族所有神皆知的事情。

"你觉得母亲的性子可讨父王欢心？"

"当然不！"阿珩莫名其妙，不知道青阳讲这些是什么意思。母亲的性子刚强坚硬，又不肯维持姣好的容貌，从阿珩记事起，父王就从未在朝云殿留宿。

"五百多年前，彤鱼氏曾想搬进朝云殿。"

阿珩想了一想，才理解这句话背后的意思，满脸震惊地抬起头："你的意思是……她想父王废后？"

青阳面无表情地点点头。

"我怎么从来不知道？"

"这些事情，仲意不肯让你知道，也求我不要告诉你。他和母亲是一样的心思，只想护着你，让你过得无忧无虑，可你迟早要长大，很多事情根本躲避不开。"

阿珩呆呆地看着青阳，心中翻来覆去都是废后的事情。

青阳冷笑着问："阿珩，你难道真以为我们家父慈子孝、手足友爱吗？"

阿珩说不出来话，她也察觉到了哥哥间的明争暗斗，可也许大哥太强悍，她从不觉得需要担心。

青阳问："你可知道为什么彤鱼氏不再和父王念叨她更喜欢朝云殿的风景了？"

"因为大哥？"

青阳带着一丝冷笑摇摇头："因为我，她只会更想住进朝云殿，这样她的儿子才能成为嫡子，才能更名正言顺地和我争夺王位。"

"那是因为……"阿珩实在想不出原因。

"因为你。"

“因为我？”阿珩难以相信，那个时候她还是懵懂幼儿，能帮什么忙？

“因为你和少昊定亲了，而少昊很有可能成为高辛王。父王有很多儿子，可只有你一个女儿。高辛注重门第出身，为了让你更顺利地登上高辛的后位，父王不会剥夺你嫡出的尊贵身份。”

阿珩满脸惊骇。

青阳说：“阿珩，母亲已经用全部力量给了你无忧无虑、无拘无束的五百多年，你知道这在王族中有多么宝贵吗？母亲现在是什么样子，你都看到了，你体谅过她为我们所付出的吗？你真就忍心让母亲被那些妃子羞辱？”

阿珩咬着唇不说话，青阳又说：“从小到大，仲意什么都护着你，你想没想过你的所作所为会对他造成伤害？如果你解除了和少昊的婚约，母亲很有可能要搬出朝云殿，仲意只怕也会被父亲贬谪，到时候所有的明枪暗箭都会冒出来，以仲意的性子，应付得过来吗？”

阿珩泫然欲泣，她以为拒绝婚事只是她一人的事情，父亲会惩罚她，她并不害怕，可没想到她的婚事竟然和母亲、哥哥的性命都息息相关。

“你若为了一个男人就要舍弃母亲和仲意，我也拦不住你！但你真以为抛弃了母亲和兄长就能得到你想要的一切吗？”

阿珩只是天真，并不是愚笨，心中已经明白一切，眼泪潸然而下，青阳却不肯罢休，步步紧逼，似乎想灭掉她心中所有的残余希望：“你忤逆父王，破坏了轩辕和高辛的联盟，父王也许不会杀你，但肯定想要赤宸的命！还有，高辛是上古神族，礼仪是所有神族中最森严的，即使少昊宽宏大量不和你计较，高辛的王室却容不下赤宸带给他们的耻辱，必定会派兵暗杀赤宸！据我所知，炎炎与赤宸仇怨很深，他会不会落井下石也要赤宸的命？阿珩，你想看着赤宸陷入三大神族的追杀中吗？到时候天下虽大，何处是你们容身之地？”

阿珩脸色煞白，如同身体被抽去了骨头，整个身子都向下瘫软。青阳击碎的不仅仅是她少女的烂漫梦想，还有母亲和仲意几百年来为她构建的一切美好。

青阳说：“知未伯伯守在朝云峰，你被惩罚的事情母亲还一无所知，你想要母亲知道吗？”

阿珩泪如雨下，却坚决地摇摇头。

“那好，我们就当什么都没有发生过，你好好休息一夜，明日清晨，我们回朝云殿，你亲口告诉母亲和父王，愿意嫁给少昊。”

阿珩伏在枕上，双目紧闭，一言不发，只泪珠涌个不停。

深夜，赤宸正要驾驭坐骑大鹏前往百黎，赶赴和阿珩的桃花之约，他想赶在桃花节前赶到百黎，为阿珩准备一个小小的惊喜。

突然之间，小月顶上腾起一道赤红色的光芒。

赤宸的脸色在刹那间剧变，他犹豫了一下，遥遥地看了眼百黎的方向，命大鹏返回神农山。

他刚从大鹏背上跃下，云桑就快步迎上来，面色煞白：“父王已经完全昏迷，榆襄现在守在父王身边。在榆襄正式继位前必须封锁所有的消息，否则轩辕和高辛得了消息，突然发兵，外乱就会引发内乱，变得不可收拾。我已用父王的名义传召炎斧、洪江、珞迦觐见，他们还不知道情况，待会儿他们来后，就立即派重兵把守，不允许他们再离开神农山，你要一切谨慎小心。”

云桑又对身边的侍卫统领荆天吩咐：“启动阵法，神农山的二十八峰全部戒严，从现在开始只许进不许出，不允许任何消息向外传递，想强行离开者当即斩杀！”

世代效忠神农王的神农山精锐们齐声应“是”，几千年才启动一次的封山阵法也再次启动。封山阵是历代神农王的心血所设，除非有神农王的心头精血护身，否则就是一只苍蝇都休想离开神农山。

赤宸一边大步流星地走向大殿，一边又回头眺望了一眼百黎的方向，只觉心中烦躁悲伤，却辨不清楚究竟是在焦虑小月殿中的神农王，还是牵挂百黎山中的阿珩。

榆襄、云桑、沐槿在神农王榻前守了一夜，天快亮时，神农王突然醒转。

榆襄和云桑都大喜，神农王说不出来话，只是用眼神四处看着，云桑还没明白，榆襄忙叫：“赤宸，快进来，父王要见你。”

守在外面的炎斧、洪江他们都盯向赤宸，表情各异。赤宸匆匆进来，神农王微微一笑，容颜枯槁，全是被痛苦折磨的憔悴。

赤宸忽地就想起了几百年前，一个背着篓筐、头戴斗笠的瘦老头儿走到沼泽中，揉着肚子，笑着说：“哎呀，你怎么能让猴子给你摘果子吃？给我一个吃吧！”

几百年来就是这个笑得温和老实，实际奸诈狡猾的老头子教导他说话，教导他识字读书，啰啰唆唆地和他讲人世礼节，绞尽脑汁地想磨去他的暴戾……

赤宸鼻子一酸，跪在神农王榻前，说道：“师父，我一定会遵守诺言！”

神农王舒了口气，眼中尽是宽慰，他看向沐槿，沐槿用力磕头：“若不是父王收养了我，我也许早死了，养育之恩无法报答，我知道父王最挂念的是神农百姓，我虽是个女儿，可也会尽我全力，替父王守护神农百姓。”

神农王嘴唇嗫嚅了几下，没有发出一丝声音，看向枕头旁。

云桑看枕头旁收着一个木头盒子，忙打开，里面有两只木头雕刻的木鸟，她也不知道是什么东西，但看父亲的神色知道父亲想要它们，她就把两只木鸟拿出，放在了父亲手里。

神农王凝视了它们一会儿，又看向云桑，嘴唇嗫嚅了一下，还是没有吐出声音，云桑这次却立即就明白了，她把一盆一直摆在卧房内的蓝色山茶花抱在怀里，哽咽着说：“我会……会把它种植在你和母亲……的坟头，您放心去吧！”

神农王凝视着山茶花，眼睛里的光华在淡去，唇边的笑意却越来越浓，最后，他的眼睛变成了灰白色，唇边的笑意凝固。

沐槿趴在神农王的榻旁，呜呜咽咽地哭泣，刚开始还极力压制着声音，却渐渐地再难抑制，声音越哭越大。

云桑直挺挺地跪着，不哭不动，半晌后，突然向后栽倒，昏死过去。

炎炎他们听到哭声，都冲了进来。看到神农王已去，一个个悲从心起，跪在地上哭起来。

神农王掌中的两只木鸟在神农王断气的一瞬变活了，腾空而起，绕着神农王的身子盘旋一周，飞出了窗口。

两只赤鸟从神农山小月顶飞出，穿过封山阵法，一只飞往轩辕山朝云峰，一只飞往玉山。

第二日的清晨。

王母在妆台前已经梳妆完毕，却迟迟未站起，看着镜子中的自己出神，容颜还是二八少女，和当年一模一样。

她的脑中不知不觉就响起了熟悉的曲调，在悠扬的音乐声中，她好似看到夕阳西下，山花烂漫，自己正在翩翩起舞。

一瞬后，她突然惊觉，这曲调并不仅仅响在她的脑海里，而是正从殿外传进来。

王母跳了起来，妆盒、镜子、凳子倒了一地，她却什么都顾不上了，发疯一样往外跑，冲出大殿，看到一只赤红的傀儡鸟正停在桃树枝头婉转鸣唱。

曲调熟悉，咏唱的却是无尽的抱歉和诀别。

王母呆若木偶，脸色惨白，眼泪不受控制地一颗又一颗从眼角涔出，又沿着脸颊缓缓坠落。

听着听着，她开始随着鸟儿的歌声跳舞，边跳边哭，边跳边笑。她等了千年，终于等来了这首曲子，却从没有想到等来的是诀别！

一曲完毕，傀儡鸟碎裂成了粉末。

王母却依旧轻声哼唱着歌谣，认真地跳着舞，就好似跳着那支千年前未跳完的舞，就好似要让他看懂千年前她未来得及说的话。

千年等待，以为总还有一次机会，只要一次机会，可这支舞终究……终究还是未能跳完。

所有的宫女都不知所措，震惊地看着又笑又唱、又哭又跳的王母。

在王母翩翩飞舞的彩袖裙裾中，天空突然飘下了几片冰凉晶莹的雪白。

宫女们伸手去接，不敢相信这是雪花，这里可是万年如春的圣地玉山！

一片又一片的雪花连绵不绝地落下，雪越下越大，玉山的千顷桃花纷纷凋零。

王母慢慢地跳着舞，容颜一点点在苍老，宫女惊恐地叫：“王母，您……您的脸！”王母婉转而笑，皱纹从嘴角丝丝缕缕地延伸出去，渐渐爬满了整张脸。

雪越下越大，整个玉山都被大雪覆盖，变成了白色。

青山不老，却为君白头。

正午时分，是朝云殿日光最好的时候，缬祖也喜欢这个时候坐在窗下纺纱。

当她无意中抬头，看到一只赤鸟飞过蓝天，翩翩落进桑林，脸色骤然间就惨白，扔下纺锤，快步走出朝云殿。

赤鸟站在桑树枝头，为她婉转鸣唱。

缬祖听了一会儿，笑了！

三千多年前，她离开的那天，他们在碧草茵茵的山坡上唱的就是这首歌。

那天的夕阳十分美丽，石年的曲子吹奏得是那么悦耳动听，阿湄的舞姿也是那么妩媚动人，可是她的歌却唱得十分敷衍，因为她正心神恍惚地想着那个轩辕山下英俊倜傥的少年。

她突然下定决心要去找那个少年，所以，石年没有吹完那一首曲子，阿湄也没有跳完那一支舞。

她从不知道，吹奏完一首曲子要三千多年。

如果当年的她知道，不管生命再怎么漫长，不管再有多少次日落，这个世间都永不会再有那么一次美丽的日落温柔地照拂着他们三个，也许，她不会那么急躁冲动地往前跑，她会更珍惜一点，纵然不得不离别，她也会在夕阳中认真地唱完那首歌。

赤鸟一曲完毕，碎裂成了粉末，宣告着制作它的神农王已经永远消失在这个世界。

“对不起！”

缬祖强压着的悲伤冲到了眼睛，化作泪珠，随着三千年的愧疚滚滚而落。

可是，再对不起，又有什么用呢？生命中永不会再有一次美丽的夕阳，温暖地映照着他们三个了。

七日后，神农国宣布七世神农王仙逝。消息立即传遍天下，五湖四海，八荒六合，举世哀恸。王子榆襄继位，成为八世神农王，同时宣布了前代神农王遗诏，任命赤宸为督国大将军，执掌神农国所有兵马。

十日后，高辛族和轩辕族同时宣布择定了婚期，高辛少昊将在近日迎娶轩辕妭，两大神族的正式联盟令整个大荒都开始期待一场千年不见的盛大婚礼。

第十二章 薄情转是多情累

五月初五，是高辛的五月节，大吉之日，宜婚嫁。高辛少昊和轩辕妭的成婚大典也就在这日举行。

轩辕百姓看才华、重英雄，高辛少昊是天下第一的出众男儿，是每个少女梦寐以求的完美夫君，他们唯一的王姬能嫁给少昊，他们很高兴。高辛百姓看门第、重血统，轩辕妭是轩辕王后缬祖所出，轩辕王的血统是差了点，可缬祖出自西陵名门，血统尊贵，族中还曾出过一代神农王后，轩辕妭足以匹配他们的大王子。

两国风俗不同，但毫无疑问，都很喜欢这场联姻。高辛少昊和轩辕妭的婚事变成了每家每户的喜事。自从出了轩辕山，轩辕族的送亲队伍所到之处，都是欢庆祝福的百姓。

仲意敲了敲凤辇，高兴地对车内的轩辕妭说："看到了吗？到处都是载歌载舞的人！"

轩辕妭端坐在车内，细声说："嗯，听到了。"

仲意说："前面就是湘水，少昊的迎亲队伍就在河对岸，按照礼仪，我只能送你到岸边，不如我们在这里休息一会儿？"

"好。"

仲意靠着车壁，轻声说："明明应该很高兴，可我一边高兴又一边难过，恨不得永远不要到湘水。"

轩辕妭也把头靠在车壁上，就好似靠着哥哥："少昊是大哥的好朋友，他一定会待我很好，你不必挂虑，再说了，我只是嫁到高辛，你又不是不能来看我。"

仲意笑了："嗯，我也是这么想的，而且我的封地若水距离高辛又很近。"

轩辕妭问："你什么时候迎娶未来的嫂嫂过门？"

"就这几年吧，正好也算个借口能请你回家，和我们团聚一下。"

"四哥，你以后常去看看母亲。"

"会的，我会照顾好母亲，你不要挂虑家中。"

负责礼仪时辰的礼官来催："殿下，再不启程就要错过吉时，高辛的迎亲队伍已经到岸边。"

仲意轻叹口气，吩咐启程。

不一会儿，就到了湘水岸边。

两边的送亲、迎亲队伍看到彼此，鼓乐声吹奏得越发卖力，再加上两岸百姓的欢叫声，天地间一片喜气洋洋。

在仲意的搀扶下，轩辕妭下了凤辇，她的衣着已是高辛的服饰，高辛以白色为尊，她一身素白长裙，袅袅婷婷，对岸的少昊锦衣玉冠，濯濯华华。两人隔江而望，一个青丝飞扬，清丽无双，一个衣袂飘拂，风姿卓绝，令两岸观礼的百姓都心花怒放，真心赞美他们是天作佳偶、一对璧人。

嘈杂喧闹的喜乐停了，先是礼官祝祷，然后鸣钟、敲磬。

当钟磬声悠扬地传出去后，高辛族上百名穿着礼服的童男童女开始咏唱迎亲歌。

维鹊有巢，维鸠居之，之子于归，百两御之。

维鹊有巢，维鸠方之，之子于归，百两将之。

维鹊有巢，维鸠盈之，之子于归，百两成之。

在盛大的高辛礼乐声中，成千上万只美丽的玄鸟翩翩飞来，在湘水上搭桥，这是高辛族最隆重的迎亲礼节，上万年间，虽有无数高辛王族成婚，可只有高辛王的结发妻子享受过这样的礼仪。

两岸的百姓都没有见过这么奇诡美丽的场面，发出惊喜兴奋的欢呼声。

少昊踏上玄鸟桥，在玄鸟的引领下，向轩辕妭行来，衣袂风翻，姿态端仪。

仲意笑着往后退了几步，对阿珩说："小妹，去吧！你的夫婿就在前面等着你。"看到高辛的礼节，他终于可以放心让妹妹踏过这条河了。

在悦耳隆重的歌声中，随着玄鸟的牵引，轩辕妭也踏上了玄鸟搭建的姻缘桥。

此时，日光和煦，清风徐徐，河岸两侧蒹葭苍苍，荻花瑟瑟；而河面上，碧波浩荡，空无一物，只一座横空搭建的玄鸟桥若一弯彩虹，穿破虚空，连起两岸。

少昊和轩辕妭按照礼仪教导，一步一步、不紧不慢地走着。

所有人都激动地凝望着他们，期待着他们在桥上相会、执手的一刻。

突然，一声穿云裂石的怒喝传来："西陵珩！"

高辛族的迎亲歌有上百人在唱，却完全压盖不住这云霄深处传来的悲愤叫声。轩辕妭充耳不闻，依旧朝少昊走去。

少昊瞟了眼云霄深处，也好似没听到一样，向着轩辕妭走去，手指却暗结灵印，风势突起，江面上云雾翻腾、水汽滚涌，两岸人的视线渐渐模糊，看不清江面。

少昊和轩辕妭走到桥中间时，江面上已经是云雾密布，少昊向轩辕妭伸出了手，轩辕妭刚想把自己的手交给少昊。

"西陵珩，你忘记了我们的约定吗？"云涛翻涌中，一个红衣如血的男子脚踩黑色大鹏，从天而降，眼中满是惊怒和悲愤。

轩辕妭定了定心神，才敢回头，眼睛一跳，好似被那袭鲜红给刺痛了眼，这是她亲手养蚕纺织的衣袍。

"你忘记你许的诺言了吗？年年与我相会于桃花树下，你真的愿意嫁给他吗？"赤宸飞到她身边，愤怒地质问。

阿珩居然淡淡一笑，说道："听不懂你在说什么，请你立即离开。"

"阿珩，随我走！"赤宸向轩辕妭伸出了手，神情倔强坚毅，眼中却藏着隐隐的哀求，"是你父兄逼迫你吗？"

轩辕妭凝视着赤宸，心中说不清什么滋味，他竟然冒天下之大不韪，公然来抢亲，他此举相当于向整个天下挑衅，到时候即使榆襄想护他，都没有办法。

"我与少昊自小就有婚约，嫁给他是理所当然，何来逼迫？"说完，她看向了少昊。少昊从始至终一直平静无波，就好似眼前的一切完全和他无关。

轩辕妭把手放在了少昊手里，少昊淡淡一笑，握住了。

赤宸猛地出手，欲从少昊手里把轩辕妭带走，少昊一只手握住轩辕妭，另一只手架住了赤宸的雷霆一击。

两人胳膊相抵，赤宸怒气如火，少昊平静如水。

一个刹那，赤宸就已经明白自己完全不是少昊的对手，这个已经成名千年的神族第一高手实力深不可测，可是他却不管不顾，连连出手，只想把阿珩从少昊手里抢回来。

少昊一边把赤宸的招式化解掉，一边温和有礼地说：“赤宸大将军，这是高辛和轩辕两国的婚礼，请随侍女去观礼台观礼。”

赤宸不说话，只疯狂地进攻。少昊虽然已经下结界封住了一切，两岸百姓完全看不到也听不到这里发生的一切，但时间一长，百姓肯定会起疑。

不能再拖延，他轻声说：“得罪了！”一言刚毕，他的五指化作了五条白色水龙，昂着龙头，张着大嘴，扑向赤宸。

惊天巨浪，赤宸被五龙攻击，完全抵挡不住，被打下了鹏鸟的背，落入河中，鹏鸟哀鸣一声，急速下降去救主人。

少昊此时一手仍稳稳地握着轩辕妭的手，询问地看向她，轩辕妭点了点头，少昊带着她向前走去。

没走一会儿，赤宸竟然又从水中跃起，驱策鹏鸟挡在他们面前，他已经受伤，浑身湿淋淋，狼狈不堪，可眉眼间依旧是毫不畏惧的桀骜不驯，压根儿不在乎自己不是少昊的对手，两岸还有高辛和轩辕的精锐军队，只要少昊一声令下，他就会被当场绞杀。

赤宸双掌变成血红色，准备出手，这一次少昊也不敢轻敌，放开了轩辕妭，左手徐徐举起，轩辕妭心中惊怕，一个急步，挡在少昊身前，厉声斥骂赤宸：“就是那些不懂礼教的野人们抢亲，也要先看看自己的分量，少昊身份尊贵，神力高强，仪容卓绝，你哪一点比得上他？难道我会弃珍珠选鱼目？请你自重，不要不自量力！”

赤宸不敢相信地盯着阿珩，悲愤交加，伤怒攻心，胸膛剧烈地起伏着：“我不相信这是我认识的西陵珩说出来的话。”

“本来就是你一厢情愿地叫着西陵珩，我告诉你，自始至终只有轩辕妭。”

赤宸的眸子刹那间变得暗淡无光，他点点头，不怒反笑：“原来是我瞎了眼，给错了心！”他边纵声悲笑，边脱衣服，把衣服扔向阿珩。

大鹏鸟载着他向远处飞去，很快连人带鸟就消失在云雾中，鲜红的衣袍飘飘荡荡地落下，掉在轩辕妭脚前。

维鹊有巢，维鸠居之，之子于归，百两御之……

随着风势，云雾渐渐散去，两岸的百姓又能看清楚江面。他们看到少昊已经站在轩辕妭身边，他们怀着喜悦激动，随着高辛的礼乐队一块高声唱诵着高辛的迎亲歌。

维鹊有巢，维鸠方之，之子于归，百两将之。
维鹊有巢，维鸠盈之，之子于归，百两成之。

在迎亲的歌声中，在两岸百姓的期待中，少昊和轩辕妭相视一眼，不约而同地伸出手，握住了彼此。

霎时间，两岸百姓发出震天动地的欢呼声，即使隔着云霄，依旧远远地传了出去。

那个坐在大鹏鸟上，正在运灵力疗伤的人，听到喜悦的欢呼声，气息猛地一乱，一口鲜血涌到喉间，他却硬是一咬牙，又把鲜血咽了回去。

少昊看着脚前红袍，迟迟未行，轩辕妭却好似什么都没看见，一脚踏在袍子上，两人在玄鸟的牵引下继续走着。

一步又一步，谨遵礼仪地走过了玄鸟桥，走到了高辛国的土地上。

成千只玄鸟上下飞舞，上万朵鲜花缤纷绽放，无数人欢呼雀跃。

之子于归，百两御之。
之子于归，百两将之。
之子于归，百两成之。

沿着鲜花铺满的道路，少昊牵着轩辕妭的手，走到了龙凤共翔的玉辇前，轩辕妭提起裙裾登车，头却不自禁地转回，看向对岸，那里是她出生长大的故国，有她血脉相连的亲人。

仲意似和她有心灵感应，立即高高举起了手，一边沿着江岸急走，一边朝她挥着手。

轩辕妭微微一笑，转回头，登上玉辇，坐在了少昊身旁，却在玉辇飞起时，忍不住望向了云霄深处。

他现在可好？

高辛少昊用最盛大的礼节迎娶了轩辕妭，高辛王也对这位刚进门的儿媳妇表达了无与伦比的宠爱，赐住五神山[①]的第二大宫殿——承华殿，其他各种各样的赏赐更是难以细说。

整个高辛国都在为大王子妃欢庆，大王子妃所住的承华殿却鸦雀无声。原来的宫人不知道这位新主子的性子，谨小慎微，不敢多言。跟随轩辕妭来的侍女们都是轩辕王亲手所挑，个个谨言慎行，自也不会随意出声，以至于偌大一座宫殿，侍从虽然多，可个个都和鬼影子一样，轻手轻脚，没有一丝杂音。

阿珩静坐在屋内，呆若泥人，脑内翻来覆去都是白天的一幕，当时只是紧张赤宸的安危，生怕少昊真的动怒下杀手，恨不得立即赶走赤宸，现在眼前却总是浮现着赤宸激怒扔衣、决然而去的样子。

烈阳忽然从窗户飞入，在屋里乱抓一气，打碎器皿，打碎了夜明珠，屋子里骤然黑暗，侍女们又是忙着驱鸟，又是忙着收拾东西。阿獙悄无声息地溜到阿珩身边，将一件脏污的红袍交给阿珩。

等侍女们重新拿来夜明珠，屋子里光华璀璨时，阿珩依旧端端正正地坐着。侍女们不敢责骂烈阳，还担心惊扰了大王子妃，频频告罪。烈阳停在树梢头，笑得鸟身乱颤。

过了一更，陪嫁的侍女半夏来问："王子妃要先歇息吗？看样子殿下今夜赶不过来了。"

"再等等。"

轩辕妭相信少昊会来，她知道这里的一举一动很快会呈报到高辛王那里，少昊也知道轩辕王清楚地知道他是否善待轩辕族的王姬。少昊不会犯这种令轩辕王误会的错误。

二更时分，外面热闹起来："殿下来了、殿下来了。"

---

① 《列子·汤问》："渤海之东不知几亿万里，有大壑焉，实为无底之谷。其下无底，名曰归墟。其中有五山焉：一曰岱舆，二曰员峤，三曰方壶，四曰瀛洲，五曰蓬莱，其山高下周旋三万里，其顶平处九千里。"

正说着，少昊走了进来，满身酒气，脚步踉跄，人倒还有几分清醒，在喜婆的引导下，勉强和阿珩喝了三杯合欢酒。

侍女们服侍少昊洗漱宽衣后，陆续退了出去。

少昊醉眼蒙眬地对阿珩行礼："宴席上敬酒的兄弟太多，好不容易才脱身，让你久等了。"

阿珩低声说："没有关系。"先上了榻，闭目静躺着。不一会儿，少昊也躺到她身旁，屋子里黑了下来。

阿珩全身僵硬，屏息静气，紧紧抓着衣服，心跳得好似要蹦出胸膛，少昊很快就醉睡过去，她等了半晌，少昊都没有任何动静，她用手指试探地戳了戳少昊，少昊仍旧沉沉而睡，阿珩终于松了口气。

阿珩翻了个身，背对着少昊，思绪万千，今夜是躲过了，以后呢?

清晨时分，少昊轻声叫她："阿珩，今儿要早起，按规矩要去给父王和母后行礼。"

阿珩一个激灵，紧张地坐起，少昊已经穿戴妥当，正坐在一旁，等候她起身。

阿珩红着脸，少昊也似知道她尴尬，随手拿起一卷书，低头翻看。几个侍女捧着妆盒，一边偷偷地看他们，一边偷偷地笑。在外人眼里还真是新婚宴尔的恩爱夫妻呢!

阿珩在侍女的服侍下，盛装打扮后，和少昊一起去给高辛王和高辛王后磕头请安。

昨天是国礼，隔着满殿的臣子，阿珩压根儿没看清楚高辛王；今天是家礼，阿珩才算真正看清楚了这位大荒三王之一，也明白了王母说高辛王儒雅风流的意思。

虽然三王齐名，可在大荒内，没有几个神能都见过三王，阿珩不禁在心内暗暗比较着这三位帝王。

神农王毫不在乎自己的外貌，阿珩见到他时，他葛服短襦，一双草鞋，两腿泥土，就是一个满脸皱纹、干瘦憔悴的老头儿，如果不知道他的身份，绝不会相信他就是令天下归心的神农王。

轩辕王并不注重容貌，只在乎帝王的庄重威严，大概觉得容貌既不能太苍老，显得没有力量，又不能太年轻，显得不够稳重，所以他看上去是个四十岁左右的男子，举手投足稳重威严，令人敬服，十分符合人们对威震天下的轩辕王的想象。

高辛王则显然非常爱惜自己的仪容，相貌依旧维持在年轻的二十来岁，也不穿王袍，而是一身家常的衣衫，看似寻常，实则是罕见的玉蚕丝所织。高辛王的五官和少昊有七八分相像，可少昊是并具山水丰神，而高辛王只有水、没有山，眉眼温柔多情，有着浓浓的书卷味，乍一看，完全就是红尘中的翩翩公子。

阿珩进去时，高辛王正拿着一卷书册在看，边看边点头，食指在空中无意识地描摹着。侍女想通传，少昊做了个噤声的手势，带着阿珩静立等候。

阿珩不禁想起了仲意，四哥也是这样，对歌赋字画的喜欢远远多过案牍文书。她好奇地偷偷看了眼高辛王看的东西，抿着嘴笑起来。

高辛王一抬眼，恰看到阿珩在抿嘴偷笑，他合拢书卷，问道："你在笑什么？"

少昊心中一惊，高辛王后似笑非笑地静看着。

阿珩忙跪下，回道："父王所看的书是我的一个朋友所写，看到父王如此欣赏，替他感到高兴，不禁就失礼了。"

高辛王大喜："你真认识写这些歌赋的人？我派人去寻访过他，却一直没有消息。"

阿珩道："他家里的人并不喜欢他专注于这些，他只是偷偷写着玩，可又常恨无知音，不甘寂寞地把文字偷偷流传出去。如今有知音欣赏，他已满足，并不想被人知道。"

高辛王点点头，似乎十分理解，也不再追问："看他写的这些东西，就明白他求的是松间一弯月，而不是殿前金玉身，你起来吧！"

阿珩这才正式给高辛王、高辛王后行礼。

高辛王后又赏赐了无数东西，一旁的侍从高声奏报各件礼品。轩辕王室很简朴，阿珩又自小不在这些物件上面上心，并不知道东西好坏，可看周围侍女的神色，也知道自己荣宠至极了。不过，这位王后出身高辛四部的常曦部，是二王子宴龙的生母，自嫁给高辛王后，接连生了六个儿子。她的妹妹和她同时入宫，位列妃嫔之首，养育了四个儿子、三个女儿，三个女儿都嫁给了白虎部，所以白虎部与宴龙、中容他们休戚与共。这对常曦氏姐妹在朝堂中势力极大，王后越是微笑和蔼，阿珩越是不敢掉以轻心。

高辛是上古神族，礼仪烦琐，阿珩和王后、王妃、王子、王子妃、王姬们全部见过礼后，又一一叙过家常，才能告辞离去。等走出大殿时，阿珩觉得自己都快笑僵了。

少昊和阿珩同乘云辇下山，他在车内问道："你说的那个朋友可是仲意？"

阿珩吃了一惊："嗯，是四哥。不过，请你保密，别告诉大哥，否则他又该责骂四哥了。”

少昊道：“其实，青阳……”阿珩看着他，他摇摇头，“没什么，我会保密。”

少昊因为有事要处理，把阿珩送到承华殿后，就匆匆离去。

阿珩刚换上家居便服，侍女半夏来禀告：“诺奈将军来给殿下送东西，因为东西金贵，殿下不在，他说一定要王子妃过目。”

阿珩忙说：“反正没什么事，那我就去看看。”

听到窸窸窣窣的脚步声，诺奈立即站起，看到阿珩，他微笑着行礼，笑容下却透着苦涩。

阿珩吩咐侍女们都站在屋外听吩咐，因为门窗大开，屋内一切一目了然，所以倒也不算有违礼仪。

阿珩和诺奈寒暄一番后，暗用驻颜花布置了一个结界，有的话侍女们能听到，有的却不行。这是临行前，大哥研究了一番驻颜花后，特意教她的法术。

阿珩对诺奈道歉：“当日玉山上，一时胡闹，假称西陵珩，没想到日后出了那么多事，实在对不住将军。”

“谁能想到堂堂轩辕王姬会如此戏弄我呢？我糊里糊涂上了当，也不能算愚笨。”诺奈没有恭敬地唯唯诺诺，带着几分怨气的自嘲反倒透出了释然和真挚。阿珩心中暗赞，难怪少昊和云桑都对此人青眼有加。“几年前，我曾拜托少昊给你带过一封信，后来你去看过云桑吗？”

“实不相瞒，当日看完信后，一时之间仍不能接受。其实我并不是心胸狭隘的人，可也许因为太在意了，反倒容不得一点欺骗。后来心平气和下来，想明白一切都只是机缘巧合的错上加错。可当时我有婚约在身，也没什么面目去见她，见了她又能说什么？我只能坚持先退婚，殿下帮我左右周旋，恰好女方那边犯了点错，殿下就以此逼迫常曦部解除了婚约。这事如今说来不过三言两语，可当时却僵持了三年多。解除婚约后，我高兴地以为终于可以光明磊落地见云桑，于是赶往神农山向神农王请求见神农的大王姬，没想到……”

诺奈神色黯然，沉默了一会儿才又说：“神农的侍卫都很不友好，我想着见到她就好了，可她也神色冷然，连神农山都不允许我上。我去的路上还暗自兴奋地打算私下问问她，如果我向神农王求婚，她可愿意。没想到她一脸漠然，在山下和我匆匆说了几句话，就要离开。我一腔热情都化作了寒冰，只能返回高辛。”

阿珩柔声问：“你现在明白云桑当时为什么那样了吗？”

诺奈点点头：“想来当时神农王已经不行了，云桑神色冰冷，眼神却躲躲藏藏，只是因为不想我看出她心中的哀痛，不停地赶我走，只是不想我察觉出神农王病重。”诺奈眼中难掩伤心，“她也未免太小瞧了我！连这点信任都不肯给我！”

阿珩说：“你错了，云桑姐姐不是不信任你，而是不想你为难。如果你知道了神农王病危，这么重大的消息，事关天下局势、高辛安危，你是高辛的将领，是少昊的好友，你是该忠于高辛、忠于少昊，还是该保护云桑？”

诺奈愣住，迟迟不能作答。阿珩说：“与其让你痛苦得难以抉择，不如云桑自己承担一切。这样你既未辜负她，也未辜负少昊。”

诺奈起身向阿珩行礼：“多谢王子妃一语点醒梦中人，在下告辞。”

“你去哪里？”

诺奈头也不回地说：“神农山。”

阿珩含笑凝视着诺奈匆匆远去，至少，有个温暖坚实的怀抱可以让云桑姐姐号啕痛哭，把所有的委屈和悲伤都发泄出来。转瞬间，想到自己，又不禁神色黯然。

晚上，赶在少昊回来之前，阿珩早早地睡了，想着以少昊的性子，绝不至于把她从睡梦里叫醒。果然，少昊回来时，看她已经安歇，轻手轻脚，没有打扰她丝毫。

清晨，阿珩起身时，少昊已经离去，临走前，还特意吩咐厨子做了轩辕的小吃给阿珩做早点。

连着半个多月，不是这个原因，就是那个原因，阿珩和少昊始终没有真正圆房。

阿珩每日天一黑就提心吊胆，根本睡不好，人很快瘦下来。一日夜里，她为了躲避少昊，借口水土不服，早早就上榻安歇。

从商议婚期到现在，已经一个来月没有休息好，竟然真的迷迷糊糊睡着了。少昊进屋时，看到半幅丝被都拖在地上，阿珩的一头青丝也半垂在榻下，他笑着摇摇头，轻轻拢起阿珩的头发，想替她盖好被子，手刚挨到阿珩的肩膀，阿珩立即惊醒，顺手就从枕下抽出一把匕首刺向少昊。

寒光闪过，少昊手背留下一道血痕，鲜血滴滴答答流下。阿珩蜷缩在榻角，紧握着匕首，盯着少昊，因为苍白瘦削，两只眼睛又大又亮，显得弱不胜衣。

少昊一边用绢帕擦去血痕，一边说："把匕首放下，我若真用强，你的一把匕首能管什么用？"

"我也不是想用来伤你，我只是……只是……"阿珩说不下去，把匕首扔到少昊脚下。

再这么下去不是办法，少昊决定把话挑明了说，他坐到榻旁："你和我都知道我们的婚姻意味着什么，很多事情不是你我能做主的。不管我们的父王怎么想，只从我们自己的利益出发，你需要我的帮助，我也需要你的支持，我们谁都离不开谁。不管你之前怎么想，也不管你和别的男子有什么，可你现在已经嫁给我，我希望从今往后，你能做一个真正的大王子妃。"

"是王子妃，还是你的妻子？"

少昊一愣："这有区别吗？"

阿珩说："妻子就是一生一世的唯一，像神农王对神农王后一样。你能不管荣辱得失、生老病死、兴衰沉浮，都和我不离不弃、生死相依，永远信任我、爱护我吗？"

少昊怎么都没想到阿珩会如此质问，意外之余，竟然有心惊的感觉，几次三番张口，却一直无法承诺。高辛和轩辕现在是盟友，可将来呢？他与阿珩之间有两个国家的黎民苍生、两个家族的生死存亡，怎么可能没有猜忌和提防？

半晌后，他问："那王子妃是什么？"

"王子妃就像高辛王后，她和你父王休戚与共、彼此利用、彼此提防。他们只是利益的盟友，所以高辛王妃嫔众多，王后不但不伤心，还会亲自甄选能歌善舞的美貌女子，讨高辛王欢心，因为王后也没把他当成生死相依的丈夫，从来没有全心全意信任过他、爱过他。你说你需要我的支持，你需要的是哪种？帮你登上王位吗？"

少昊盯着这个陌生的阿珩，似乎不久之前，满天星光下，她还只是个烂漫天真的女孩。

"少昊，既然你需要的只是一个能帮助你登上王位的王子妃，那么我们订个盟约吧，我们不做夫妻，做盟友。"

少昊定了定心神："愿闻其详。"

"二王子宴龙谈吐风雅，才貌风流，网罗了众多能人志士，在朝中很得人心，还获得了其他众多兄弟的全力支持。他的母亲是王后，执掌后宫，你的生母虽是高辛王的结发妻，可生你时就已经去世，你在后宫没有任何势力。你面临的局面是内有后宫层出不穷的阴谋，外有一群虎视眈眈的兄弟，你心里很明白，你的父王能信任你一时，却不可能信任你一世。为了自保，你只能常年游走在民间，寄情山水。几十年前，你想趁天下太平，未雨绸缪，整饬军队，为将来的天下动荡做准备，宴龙却频频阻挠，生怕你借机掌握军队。你本以为能取得高辛王的支持，没想到因为你在大荒内的声望太高，连你的父王也在忌惮你，你只能越发克制隐忍。宴龙他们却不肯罢休，竟然想通过和诺奈的联姻，控制偏向你的羲和部。你虽然暗中帮着诺奈把婚事推掉了，但高辛王因此对诺奈从十分欣赏变作了十分不满，你也算元气大伤。”

少昊问道：“这些是青阳告诉你的吗？”

阿珩说：“谁告诉我的不重要，重要的是我的确能帮到你。我可以做一个完美的大王子妃，借助轩辕族的力量，让宴龙他们无法再和你争夺王位，你将来可以随意调用高辛的将士来守护这块美丽的土地，守护那些在这块土地上辛勤劳作的人们。”

少昊越来越惊讶。他并不诧异轩辕妭能看透他的无限风光下实际隐藏着的重重危险，可他十分诧异轩辕妭知道他的志向。他之前只把这个女孩看作青阳的小妹，一个天真烂漫、冲动倔强的少女，可现在他发现自己错了。

阿珩看少昊一直盯着她，以为他不同意，忽地变换了容貌，模仿着少昊的语气：“看天上的星星要在地上，看地上的星星自然要到天上！请问公子愿意和我一起守护这幅人间天境图吗？”

“你是西陵公子？”少昊震惊得已经不知道该说什么。

阿珩点点头：“正是在下，我说了我们一定会重逢。”

“神农王仙逝后，大荒内传出谣言，说西陵公子是神农王的关门弟子。《百草经注》在你手中？你知不知道现在全天下有多少神和妖在找你？”

“我知道，因为这就是我放出去的谣言，云桑已经够苦了，我不想他们再去骚扰云桑。而且，那不是谣言，《百草经注》就是在我手里。”

少昊不能相信地感叹：“神农王怎么会把《百草经注》传给你？你可是轩辕王的女儿！”可事实在眼前，他又不得不相信。

“你现在愿意和我结盟吗？”

少昊谨慎地问：“既然是盟友，那就是互利，你的条件是什么？”

“第一，我们同榻但不……”阿珩咬唇看着少昊手掌上的伤痕。

少昊苦笑，他又不是急色之徒，立即说：“同意，第二呢？”

"有朝一日，你若成为高辛王，请不要封我为后。"

少昊盯着阿珩："同意！"

"第三，你成为高辛王之后，请以你帝王的无上权力赐给我一次选择的自由，让我自己决定是去是留。"阿珩眼中隐有泪光，从出生起，她就注定了没有选择的自由，可她想为自己争得一次选择的自由。

少昊第一次有点真正理解了阿珩，因为有些东西他感同身受，他点点头，郑重地许诺："我答应你！"

阿珩严肃地伸出手掌："从今往后，我们只是为了各自利益而战的盟友，所以不管猜忌还是提防、利用，都没有关系，只需要记住遵守诺言即可！"

少昊一瞬间下定了决心："好！做盟友，不做夫妻！"

他与阿珩三击掌，订下了盟约。

阿珩如释重负，打了个哈欠，困得眼皮子都睁不开："我终于可以好好睡一觉了。"倒头就睡，不一会儿竟然有轻微的鼾声传来。

窗外月色明亮，隔着纱窗流泻进来，照得地上如有玉霜。少昊侧身躺着，也许因为高辛的宫廷里都习惯绕着弯子说话，他已经太久没有如此直接地说过话，他了无睡意，脑海里反复回响着："妻子就是一生一世的唯一……你能不管荣辱得失、生老病死、兴衰沉浮，都和我不离不弃、生死相依，永远信任我、爱护我吗？"那么丈夫呢？丈夫也会是妻子一生一世的唯一，不管荣辱得失、生老病死、兴衰沉浮，妻子都会信他、爱他，对他不离不弃、生死相依。

少昊想着想着，哑然失笑。他需要的不是妻子，需要的是王位，站在王位旁边的女子也绝不会是妻子，因为那个地方太窄了，容不下两个并肩而立的人。

清晨，少昊把阿珩摇醒："该起来了，知道我们的父王希望看到什么吗？"

阿珩发了会儿呆，揉着眼睛用力点点头。

两人在侍女的服侍下起身，阿珩笑坐到梳妆台前，梳理发髻。

少昊靠坐在一旁，一边翻着书，一边和她说着闲话。

等侍女替阿珩梳妆打扮好，少昊亲手从院中剪了一朵海棠花，为阿珩簪到髻上。

阿珩带着几分羞涩，低声说："你去处理公务吧。"

少昊点点头，握着阿珩的手，一直走到大门口，才依依不舍地离去。

一直暗中盯着他们的侍女，不管是轩辕族的还是高辛族的，都抿着嘴偷笑起来。

阿珩微笑地看着她们，心内却长长叹了口气。

半夏把茶盅放到她面前，看着她，欲言又止。阿珩知道她实际上是大哥的属下，也猜到她想说什么，当作没看见，自顾拿出书籍，开始翻看。

晚上，少昊早早就回来了，和阿珩一起用饭，饭后又一起在园中散步。阿珩随口说她喜欢花草，想要一个大大的花圃，最好能一年四季都有鲜花。少昊竟然立即叫来侍从，命他们立即去找府邸的图纸，送到诺奈府上，要诺奈重新设计，为王子妃建一个大花圃，让她推窗即见花，关窗亦闻香。

少昊向来简单随意，第一次如此奢华铺张，惹得王族中议论纷纷。

阿珩也未辜负少昊的心意和诺奈的设计，一双巧手把花圃侍弄得闻名遐迩。因为高辛王也喜欢这些陶冶性情的奇花异草，后宫妃嫔、高门大族纷纷效仿高辛王，既是附庸风雅，也是讨得帝王欢心，知道大王子妃善于养花弄草，纷纷前来求教，连和少昊不和的常曦部的夫人、小姐们也忍不住登门求见。

少昊和阿珩常常一同用过晚饭后，一个坐在案前的灯下批阅各地文书，另一个侧躺在榻上翻看医书。夕阳西下时，两人也会并肩坐于窗前，少昊抚琴，阿珩侧耳倾听。兴致来时，两人还会一起采集园子中的芙蓉花，酿造芙蓉花露，进献给高辛王后。

少昊喜酿酒，阿珩会品酒，往往别人喝不出的差异，阿珩都能一语道破。同样喜酒的八王子季厘在府邸举行宴会，故意刁难他们，把少昊历年来酿造的酒全搬出来，混在他从大荒各地收集来的美酒中让大王子妃品尝，没想到蒙着双眼的王子妃一一道破来历，这还不稀奇，更稀奇的是她把少昊酿造的每种酒的缺点也一一指了出来，向来从容镇定的少昊都难掩惊讶，季厘佩服得五体投地，众人也引为奇谈。

在高辛神族的眼中，少昊和轩辕妭堪称天造地设的佳偶，连宴龙都似羡似讥地说："大哥别的倒是罢了，就是运气好，什么好事都被他撞上了，原本只是个王族的政治联姻，能不冷眼相忌就不错了，他却偏偏碰上个情投意合的。"

一次，殿内议事，时间晚了。高辛王刚命诸位臣子退下，少昊就急急往外走，高辛王叫他，他都没听到，等被侍卫唤回，他一脸惶恐。高辛王问道："你在想什么？"

少昊低声回道："前几天阿妭腌制了家乡小菜，今日开坛，早上出门时我让她等我回去后一起吃饭，没想到今日会这么晚，怕她饿过了。"

高辛王不以为忤，反而大笑，对着众位朝臣说："你们看看，我这个儿子娶了妻后才算有点烟火气了，以前一举一动哪里会犯错？”

满朝哄堂大笑，众人引为笑谈。至此，少昊爱妻的名声直接从朝上传到了民间，整个大荒都知道少昊与轩辕妭十分恩爱。

这些王族的闺房趣谈传入神农，自然也就被赤宸一句不落地全听了进去，每一字、每一句都如利剑，剜得他心血淋淋。阿珩一心只想着如何骗过精明的轩辕王，哪里会想到这些点点滴滴竟然会狠狠伤到赤宸，越发加深了他们之间的误会。

第十三章 秋风肃肃起边关

兔走乌飞，寒来暑往，转眼已是秋末。

和往常一样，阿珩和少昊用过晚饭后，同在一间屋子中却各做各的事情。

阿珩正在翻看医书，一抬头发现少昊盯着她，把书卷合拢：“怎么了？要休息了吗？”

少昊说：“榆襄在集结大军，只怕近期内就会进攻轩辕，高辛的探子回报，榆襄想向轩辕讨回当年被轩辕欺骗霸占去的土地。我想听听你的想法。”

“为什么要听我的想法？又不是我去领军作战！”

“我们两个在这风云际会的棋盘中还只是被利用的棋子，你若不甘心做棋子，就要努力，而你想让我尊重你，就必须有让我尊重的能力。”

阿珩立即坐直了身子，认真地想了想问道：“为什么榆襄这么快就决定要对轩辕动兵？他才刚登基几个月，王座还未坐稳。”

少昊说道：“就是因为他王座不稳，才不得不出兵。”

阿珩很是诧异，忙虚心求教：“愿闻其详。”

“轩辕族立国后，因为土地贫瘠，一直在东扩，侵占了不少神农国的土地。神农王族在中原腹地，轩辕侵犯不到他们的利益，可各个神农的诸侯国主的损失很大，他们对轩辕族的积怨很深，在前代神农王的德望压制下，他们不敢发动战争，对榆襄却没有顾忌，肯定联合起来请求发兵。炎弇、洪江这些真正掌握兵权的大将也一定会煽风点火、推波助澜。若打赢了，他们可以赢得军心，更可以赢得各个诸侯国主的支持，打输了就可以说榆襄昏庸无能。在百官逼求下，榆襄此时王位不稳，性子又缺乏魄力，只能被朝堂官员左右。”

阿珩叹气：“人人都以为帝王可以为所欲为，却不知道帝王也是处处被牵制，可是……”她迟疑着。

“可是什么？”

阿珩为了知道赤宸的消息，只能一咬牙，装作很平淡地说：“可是榆襄身边有赤宸辅助，赤宸的性子却不会任凭被摆布、被操纵。”

少昊面色如常，语气和刚才一样：“你说得对，但是现在还轮不到他做主。”

阿珩心下沮丧，是啊，赤宸如今空有一个名号，其实什么都不是，根本不能左右朝堂的局势。

少昊说道：“现在的神农王榆襄只有上代神农王的仁厚，没有上代神农王的智谋和决断，大荒内的普遍看法是神农王封赤宸做督国大将军是为了弥补榆襄性格上的缺点，我却觉得神农王还有更深一层的用意。”

“更深的用意？”

“在几万年前，高辛国力远胜神农。三世神农王是一位非常有远见和魄力的帝王，他废除了同姓王封地，施行了异姓王封地，不管你是不是神农王室，也不管你是神还是人，只要你为神农立了功勋，就可以被封王，享受封地的赋税。因为三世神农王的改革，神农英雄辈出，国力越来越强，渐渐压倒了高辛。可时间长了，异姓王封地制的弊端渐渐显露，各诸侯国世代承袭，彼此联姻，势力盘根错节，不免用人唯亲，贵族的子弟很容易就可以做将军、当大官，出身贫寒者却很难出头。贱民中往往藏着才华惊人者，却因为陈陋的制度不但得不到机会施展，还常常会被轻薄的贵族少年欺凌，他们心中一定压抑着很多力量，这些力量一旦被引爆，会非常可怕！”

听到这里，阿珩渐渐明白了少昊要讲什么，接着少昊的话道：“赤宸出身贱民，对那些没有根基却有才华的平民而言，赤宸就是他们建功立业、出人头地的希望，他们会自然而然地团聚在赤宸的周围——为赤宸所用，也就是为榆襄所用，神农国因为这些新鲜血液的注入，才会再一次焕发生机，这才是神农王真正的用意！”

少昊微笑着点头，也不知道是在赞许阿珩一点就透，还是钦佩神农王的惊人一招。“赤宸性格狂放不羁，蔑视世俗规则，却重情重义，有勇有谋，正是这些人苦等的明主，迟早有一日，他们一定会为他效死命。剑之所指、千军齐发，到那时赤宸才会成为真正的督国大将军。”

阿珩听得惊心动魄，又是欢喜，又是忧愁：“神农地处中原，土地肥沃，物产丰饶，人口众多，如果再有一个明君，能物尽其用、人尽其才，根本没有外敌能撼动神农国。”

少昊面色凝重：“整个高辛的人口连神农的二分之一都不到，神农又地形多变，处处是易守难攻的关隘，高辛却千里平原，只靠着江水的天然屏障防护，神农族渡江之日，就是高辛亡国之时。”

阿珩也心情沉重，轩辕虽然地形复杂，气候多变，能据守的关隘很多，可土地贫瘠，物资匮乏，即使父亲这些年一直励精图治，修河堤，开良田，仍没有办法和可以一年种两季农作物的中原地区比。

少昊轻叹口气：“其实这些都可以克服，高辛最大的危机在于万年不变的体制，尊崇血统和门第，禁止不同门第之间通婚。朝政被王族子弟和青龙、常曦、羲和、白虎四部牢牢把持，令多少神族、妖族、人族的有才华者心怀怨恨地流失？你父王的第一功臣知未就是高辛妖族，因为出身低贱，在高辛被人唾弃，却辅佐你父王，成就了轩辕的雄图霸业，被誉为王师。”

阿珩和少昊想到两国未来的命运都心事重重。

阿珩问：“如果现在神农对轩辕正式宣战，高辛恐怕不会参战吧？”

少昊淡淡说：“不会！轩辕这几千年来究竟积蓄了什么样的力量，我很想知道，现在有神农肯打前锋去试探一下，高辛当然要作壁上观，即使轩辕王来游说父王同意，我也会力谏反对！”

阿珩苦笑：“何必这么坦白？”

少昊道：“该欺骗的时候我会毫不犹豫地欺骗，这件事情上没必要，反正你很快就会知道。”

阿珩突然明白了为什么大哥和少昊能成为好友，他们俩都有一种近乎残酷的坦诚。她看了眼水漏，起身把书卷收好：“我们休息吧！”

少昊和阿珩并排躺在榻上，中间却隔着至少两尺的距离。

阿珩突然说：“我明天想去见一下父王和母后，请他们允许我出宫，你能帮我求个情吗？”

“恐怕不容易。高辛是上古神族，号称乐礼之族，民风保守，礼教森严，不要说王子妃，就是王后也不能随意外出。”

“父王给我三千蚕种陪嫁，我听说因为水土不对，已经死了一半。我想明日向父王请求出宫去勘察各地水土民情，选择适合高辛的蚕种。”

少昊想了想说：“父王性子儒雅，爱好舞乐书画，对儿女温和纵容，主要是王后那里难说，父王又不怎么理会后宫的事情。不过，高辛主要的衣料来源是麻，产量低，纺织困难，穿在身上还不舒服，这几千年来王室贵族所用的绸缎衣料都要从轩辕购买，是一笔很大的开销，我们以此请求，父亲肯定会支持你，王后到时也不得不让步。”

“谢谢！”

黑暗中，他们两个都沉默着，过了一会儿，少昊轻声说：“谢谢你肯教导高辛百姓养蚕纺织。”

“别忘了我们是盟友，我如今是高辛的大王子妃，这是我应该做的。”

阿珩翻了个身，背对着少昊；少昊也翻了个身，背对着阿珩。

在少昊的帮助下，阿珩从高辛王那里获准可以出入五神山，不过一定要在侍女和侍卫的陪同下。虽然和在轩辕时的自由不可同日而语，但她对这样的结果已经很满意。

日子就在看似平静中匆匆流逝。

年末，神农王榆襄派使者去轩辕觐见轩辕王，要求轩辕王归还从神农族侵占的土地，轩辕王拒绝了神农王的要求。

神农王在紫金顶对神农百官宣布，为收复被轩辕欺骗掠夺去的土地，向轩辕开战。

整个朝堂群情激昂，年轻的儿郎们渴望用自己的鲜血去洗刷掉祖先的耻辱，这个愿望在七世神农王手里无法实现，却在年轻的八世神农王手里得到了满足。

炎炎受封征西将军，率领五百神族、三千妖族、五万人族，向轩辕族讨还失去的土地。

第一战对整个国家的士气相当重要，可以说只许胜、不许败，阿珩以为父亲会派大哥青阳统领三军迎敌，不想统领轩辕军队的大将军是三哥轩辕挥。

轩辕挥是三妃彤鱼氏所出，阿珩和这个哥哥很少见面，完全不清楚他的能力。

她去询问少昊："为什么父王没有派大哥？炎弃号称火神，擅长控火，关键时刻肯定会布神阵，用火攻城，大哥的冰雪术恰好可以克制炎弃的火。"

少昊正在抚琴，听到阿珩的问题，一边抚着琴，一边说："如果神农此时进攻高辛，父王也不会派我迎敌。"

阿珩琢磨了一瞬，不愿意相信地说："父王怎么会忌惮大哥？大哥可是他一手教导出来的！"

少昊淡淡道："当儿子只是儿子时，轩辕王作为父亲，自然要花费心血培养出最能干的儿子，可当儿子渐渐长大变成臣子时，他作为帝王，也自然不能令一个臣子独大，轩辕王只是做了每一种身份应该做的事情。"

阿珩很能接受高辛王忌惮少昊，却十分难以接受父王在忌惮大哥，看来什么事情都是与己无关时最冷静。

少昊似乎完全理解她的感受，自顾自地信手抚琴，没有理会怔怔发呆的阿珩。

好半晌后，阿珩难受地说："你和大哥可真不愧是同病相怜的好朋友，外人把你们当绝代大英雄尊敬，自己家人却把你们当乱臣贼子来提防！"

少昊停住抚琴，想了想阿珩的话，笑起来："其实，青阳比我更艰难。"他看了眼不解的阿珩，"你以后慢慢就会明白。"

炎弃兵分两路，进攻轩辕的西边境，围住了潼耳关，轩辕挥一直谨记轩辕王的嘱咐，固守城池不出。

潼耳关易守难攻，只要轩辕挥死守城门不出，和炎弃耗时间，炎弃性子火暴，迟早犯错，等炎弃犯错时，就是轩辕反攻时。

守城看着容易，可历朝历代，多进攻型名将，却少守城型名将。守城打的是心理战，时间长了，远道而来的神农族固然着急，轩辕族也不好受。神农为了逼轩辕迎战，各种招数都用上。轩辕的士兵们都是血气方刚的男儿，面对神农的各种挑衅，恨不得冲出去和神农决一死战，都好过做缩头乌龟，轩辕挥却迟迟不肯迎战，他们渐渐有了怨气。

军中流言四起，说轩辕挥胆子太小，所以龟缩在城池里，如果换作大殿下青阳，肯定早就把炎弃打得落花流水。

轩辕挥本就有些沉不住气，听到下属们的议论，想起母亲对他的殷殷叮嘱，越发心乱。

临行前，母亲把他和九弟夷澎叫到一起。

“有些话，娘一直瞒着你们，现在你们都大了，也该告诉你们了。我和朝云峰上的那个女人，迟早有一天不是我死就是她死，若是青阳继承王位，我们母子三个立即自尽是最好的选择。”

夷澎无奈地说：“娘，那些都是过去的事情了。现在大哥对我们很好。何必对过去的事情耿耿于怀？”

“很好？”母亲一巴掌扇到夷澎脸上，“我给你说过多少遍，让你提防他？你再糊里糊涂下去，迟早死在他手里！他的毒蛇芯子都吐到你脸上了，你居然还把他当好哥哥？如果你肯帮着你三哥一点，青阳的势力何至于这么大？”

母亲似乎对弟弟完全失望了，目光殷殷地看着他：“挥儿，这次出征一定要胜利！这是我们母子熬了上千年才熬来的机会，只有胜了，你才有机会让你父王重用你，一定要证明你的能力不输于青阳，一定要让你父王明白你才是他最优秀的儿子。”

他不知道怎么答复母亲，只能跪下磕头：“儿子一定会尽全力。”

对母亲的许诺沉甸甸地压在心头，时时刻刻提醒着他。事关他们母子三个的生死，他必须胜利，必须！

两个急于立功的下属看出了轩辕挥心思浮动，劝他开城迎敌：“炎弃远道而来，又僵持了这么久，早就人困马乏，我们却是以逸待劳，现在又正是士气最旺时，如果趁夜奇袭，必定能建奇功。”

轩辕挥在听到“必定能建奇功”时，脑袋一热，下定了决心，他现在太需要用丰功伟绩来证明自己了。

他召集了各族将领，商量深夜偷袭炎弃，各路将领全都同意，主管粮草押运的应龙却一再反对，轩辕挥完全听不进去，斥责应龙：“你一个小小妖族，有什么资格在我们神族大将前大言不惭？”

屋子内，所有的神族都哄笑起来，应龙低下了头，不再说话。

深夜，轩辕挥亲自率领神族精锐去偷袭炎弃军队，几万人族大军守在外围，准备围剿溃逃的军队。

一切都如他们所料，炎弃的大军几乎没有任何提防，被他们一打就开始溃散逃跑。

轩辕挥看到有五色火焰标志的炎弃旗逃向北边，那里是一望无际的平原，炎弃简直连防守的地方都没有。轩辕挥心下狂喜，突然想到如果能杀死炎弃，只怕明日一早他的威名就会传遍整个大荒，想到轩辕青阳，想到父王，想到母亲……他兴奋之下，忘记了最后的谨慎，召集所有神族军队追杀炎弃。

当他们追到平原上时，突然之间，五色火焰旗分成了五朵火焰，环绕着飘开。轩辕挥冷笑，知道你擅长火攻，我自有准备。轩辕族的军队开始布调雨阵。

炎弃笑坐在毕方鸟上摇头，每一个阵势除了借助神族灵力外，还要因地制宜。如今寒冬腊月，在这枯草连天的地方调雨？这明明是火阵的最佳地点。

神农族看似在慌乱地四处溃逃，实际都已到了各自的方位，炎弃坐在阵眼，催动灵力，霎时间，整个草地都开始燃烧。

轩辕挥也命众将士调雨，可他们的阵法困在了炎弃的大阵中，此地的天灵地气又本就适合火灵，不适合水灵，慢慢地，他们的雨越来越小，炎弃的火却越来越大，吞噬向他们。

轩辕挥开始惊恐。

两军相逢勇者胜！主将一慌，军心立散，士兵开始逃跑，整个阵法都散了，逃跑的士兵越来越多，可天上地下都有神农族的士兵把守，见一个杀一个。

轩辕挥发现自己陷入了大火包围中，驾驭坐骑想逃，炎弃却用雷霆之火，将他从天空逼回到地上。

火光越来越盛，轩辕挥的坐骑惊怕，不再听从轩辕挥的命令，挣脱了轩辕挥的束缚逃跑了。

轩辕挥失去了坐骑，只能在火海里四处奔逃，用灵力隔绝着一波又一波的热浪，可这是神农族五百神兵联合布的火阵，又在火神炎弃的全力操控下，轩辕挥的灵力根本阻挡不了。

他的灵力渐渐枯竭，身体被幽冥之火侵入，整个内腹都开始燃烧，身体从内而外发出红光，他惨叫着求饶。

炎弃站在毕方鸟上，居高临下地看着一切，纵声大笑。

远处的应龙看到冲天的火光时，已经明白大势不可挽回，立即命一队熟悉地形的妖族带领人族军队绕道从山谷中撤退。他和两千妖族士兵守在两座山峰前，靠着箭术掩护人族大军的撤退，又利用山谷中的河水，设置了小小的水阵，阻挡着炎弃的追杀。

一夜厮杀，天地变得焦黑一片，死伤惨重。

天明时分，潼耳关失守的消息传回轩辕城。

以轩辕挥为首的神族将士全军覆没，妖族死伤惨重，人族溃逃入深山中，可奇迹般地竟然没有一人死亡。

轩辕王听到奏报，身子颤了颤，软坐到椅子上，一句话都说不出来。半晌后，才声音暗哑地下令："立即处死临阵逃脱的应龙，所有逃兵都贬为奴隶，充军中苦役。"

青阳知道轩辕王因为丧子之痛急怒攻心，不敢力劝，进言道："应龙死不足惜，不过他目睹了整场大战，有最可靠的情报，不妨先把他押送回来，问清楚炎弃那边的敌情后再处死他。"

轩辕王无力说话，只是挥了挥手，示意青阳全权处理。

青阳领命而出，对侍女朱萸吩咐："你立即赶赴边境，跟随押解应龙的官员一起回来，仔细照顾应龙，给应龙枷锁加身，不过一路上一定要尊重，千万不可怠慢。"

朱萸不解："为何要如此？他不是快要死了吗？"

青阳道："炎弃神力高强，被尊为火神。应龙带领两千妖族，就敢和炎弃周旋，利用地势保全了人族将士，以至于妖族死伤惨重，可谓仁智勇三全，是罕见的将才。父王现在急怒攻心，一时失察，等怒火平息后就会想到这点，肯定会重用他。"

正在说话，三妃彤鱼氏披头散发地从鸾辇上跳下，两只鞋子颜色都不一样，显然一听说消息，连梳洗都没顾上，就跑来求证。

她边跑边喊："陛下，他们传假消息，他们传假消息……"看到青阳，她的眼睛立即直了，怒火熊熊燃烧，"你，肯定是你，是不是你的诡计？我早知道你肯定想害死他们，你要为云泽报仇，是你害死了挥儿……"她一边哭喊，一边扑上来打青阳，侍女忙把她拖住。

朱萸骇得脸都白了，青阳却置若罔闻，恭敬地对彤鱼氏行了一礼，翩翩离去。

身后仍然是彤鱼氏凄厉的哭叫声："挥儿不会有事，挥儿不会有事……"

这样的话语是多么熟悉——

一千多年前，母亲脸色煞白地站在他面前，一遍又一遍喃喃地说："云泽不会有事，云泽不会有事……"

母亲绝望地抓着他的手，像是在哀求他，求他告诉她“云泽不会有事”。

他多么想告诉母亲“云泽没有事”，可是他什么都说不出来，只能沉默地跪在母亲面前，重重地磕头，用力地磕头。

母亲的身子如抽去了骨头般，软软地滑倒，瘫坐到地上。

他把云泽最后残留的一截头骨放在了母亲面前。

母亲捧起头骨，把头骨搂在怀里，不哭也不动，只是不停地用手抚摸着，嘴唇一翕一张，听仔细了，母亲竟然哼唱着摇篮曲：“小兔子跳，小马儿跑，娘的小宝不疼……”

他记得云泽幼时十分怕疼，不管是磕了还是碰了，都要哇哇大哭，母亲总是抱着他，轻声哼唱着这首摇篮曲，可是那么怕疼的云泽却被活活烧死了。

青阳的眼神越来越冷，唇角越抿越硬。

轩辕族全军覆没、一个王子战死的消息传到高辛，整个高辛的朝堂都乱了。

有的官员主张立即派兵支援轩辕族，否则神农打败了轩辕的话，下一个进攻目标就是高辛；有的官员反对，说轩辕只是吃了一次败仗，高辛应该再观望观望；还有的官员建议应该给神农送去美女重礼，向神农示好，最好能和神农联姻。

阿珩正在城外教导妇女纺纱，听到这个消息，立即赶回五神山。

她不敢去打扰百官朝会，只能在外面守候。

三身、季厘两个王子主张帮轩辕，共同抵御神农；宴龙、中容、黑齿等十几个王子主张不帮，各持己见，吵得不可开交。

高辛王让他们都安静，问少昊：“你怎么看？”

宴龙和中容都冷笑，少昊是轩辕的女婿，答案还用问？

少昊简单地答道：“儿臣的想法是按兵不动。”

高辛王道：“那就这样了，我也累了，散朝吧！”

听到少昊反对出兵，半夏拿眼偷瞅阿珩，阿珩没有任何反应，依旧是安静地站在僻静处。

少昊和季厘一起走出大殿，走着走着却停住了步子，让季厘先离开。

他穿过重重廊柱，走到阿珩面前，主动牵起阿珩的手：“我们走走再回宫。”

半夏和侍女们知趣地落在了后面。

少昊问："你听到我说的话了？"

"嗯。"

"生气了吗？"

阿珩说："本来我听到什么全军覆没，很害怕，一路跑了过来，可听到你说的话后反倒安心了。你肯定是认为轩辕并没有伤到元气，才如此笃定地不出兵，若轩辕真形势危急，你早急了。"

少昊轻声笑，笑声荡漾在风中，透着愉悦："这仗只怕一时半会儿打不下去，高辛的确不必着急。"

少昊说到这里就不再说，看着阿珩，好似有意在考她。

阿珩不甘示弱，仔细想了一会儿后说道："榆襄本身并不想打仗，派炎弃出战只是无奈之举。炎弃也不是真想打，只是为了争取军心和拉拢诸侯，现在他已经打了一个漂亮的大胜仗，杀了轩辕族的一个王子，可谓功劳十分大，再打下去，就要深入轩辕腹地，将是苦战，炎弃绝不想消耗自己的兵力，所以他肯定不会带兵深入。若有官员鼓动着继续作战，炎弃就会为了自己的利益站在榆襄一边。"

少昊点头："不愧是青阳的妹妹，进步很快，要不了多久，你已经可以上战场领兵作战了。"

阿珩对少昊作揖："那是因为我有名师，你每日里都和我谈论这些事情，只要不是块朽木，总该进步，不过……"

"不过什么？"

"我和三哥很少接触，几乎没什么印象。说实话，听到他死的消息，吃惊多于难过，可他是我父王最宠爱的女子生的孩子，我父王只怕现在很伤心，炎弃不会再打轩辕，我父王却不见得会放过他。"

少昊说道："我父王才情品貌都是顶尖，就是耳根子软，一点风吹草动就要提防我们这些儿子，可若我们哪一个真被杀了，他肯定立即发兵，不惜一切也要为我们报仇，但是你父王不同，他只会一时伤心，伤心过后又是一切以大局为重。"

阿珩听到少昊的话，心里发寒。

少昊想起青阳，眼中隐有担忧："阿珩，你知不知道你还有个哥哥？"

"知道一点，论排行应该是二哥，不过他死得早，所以大家都不提。"

"你知道他怎么死的吗？"

“四哥和我说是病死的，因为怕母亲伤心，我从来不敢问。说起来，我连这个哥哥叫什么名字都不知道。怎么突然问这个？”

“没什么，就是突然想起来。”

阿珩神色黯然：“说是神族寿命长，可我的九个哥哥，只剩七个了。我们总觉得自己命长，事事都不在乎，反正有的是时间，其实，很多东西的逝去就一刹那。漫长的生命只是让痛苦变得无限长。”

少昊瞟了她一眼，问道：“我酿造的雌雄酒都好了，要不要尝试一下双酒同喝的滋味？”

“好！”

族人全军覆没、一个哥哥阵亡，阿珩心里的压抑的确只有大醉一场才能化解。

少昊对天空发出一声清啸，他的坐骑玄鸟落下，少昊牵着阿珩的手跃到玄鸟背上，后面跟着的侍女侍卫都急了，追着他们跑：“殿下，王子妃，你们去哪里？”

阿珩对少昊厌烦地皱了皱眉头，脸一转却是笑容满面，依在少昊怀里，对着他们娇声说：“我们夫妻要去做夫妻事，你们也要跟着来看吗？”

轩辕的侍女们还好，高辛的侍卫、侍女全都惊骇地停住步子，不敢相信堂堂王子妃竟然口出淫乱之语。

阿珩冲少昊眨眨眼睛，少昊摇头大笑，驾驭着玄鸟迅速飞走了。

一切都如少昊和阿珩的分析，榆襄在大肆犒劳封赏了炎弁之后，对乘胜追击的建议并不热衷，炎弁又借口士兵水土不服，出现腹泻，拒绝再深入轩辕腹地。

轩辕国内，轩辕王封赏了妖族的应龙，赞许他为轩辕保存了珍贵的人族兵力。

面对轩辕王的厚爱，应龙一遍遍叩谢。

等应龙和其他官员告退后，殿堂内只剩下轩辕王和青阳时，轩辕王对青阳道：“这次你做得很好，若不是你，我不但会错杀一个难得的大将，还会伤到妖族的心。没有粮草，没有兵器，甚至没有土地，都可以想办法，但失去的民心却没有办法挽回。你也要记住，这世上最珍贵的是民心，万万不可失去民心。”

青阳恭敬地说：“儿臣谨记父王的教诲。”

轩辕王问：“炎弁的事情，你怎么看？”

青阳道：“炎弁杀了三弟，自然不能轻饶，我愿领军去讨伐他，必提他的头颅来见父王。”

轩辕王摇头：“炎弃不能杀！炎弃的母亲、祖母都出身尊贵，在神农国中势力根深蒂固，如果我们杀了炎弃，就等于逼这几大部族和我们死战。神农的人口是我们的三倍，我们再骁勇，也抵挡不住一个要和我们决一死战的神农国。”

青阳思索了一会儿，道：“儿臣愚钝，没明白父王的意思，还请父王明示。”

轩辕王说：“我们最好的做法不是杀了炎弃，而是让炎弃归顺我们，把他的势力收归到我们旗下。”

“怎么可能？炎弃是血脉纯正的神农族！”

轩辕王眉毛一扬，目光锐利，质问道：“怎么不可能？当年神农的先祖不就是盘古的下属吗？”

青阳忙道：“父王说得有道理。炎弃贪欲重，自认为神力是神农族最高，不甘心屈居无能的榆襄之下，只要许以重利，他必定动心。”

轩辕王笑着点点头：“不过他是条野狗，先要用锤头把它的锐气砸去，令它畏惧，再用肥美的兔子诱它入圈，慢慢把它驯化成家狗。”

“儿子明白了。”

“这件事情就交给你去办，我知道神农国内有你的探子，让他们说说话，让榆襄和所有官员都知道炎弃迟早要反，等炎弃意识到整个朝堂都认为他要反时，那他不反也得反了。”

青阳跪下磕头：“是。”轩辕王既是在安排任务，也是在告诉他，你做什么我都知道。

轩辕王低头翻看文书：“你下去吧。”

青阳站了起来：“三弟刚过世，仲意的婚事是否要推后？”

轩辕王想了想，道：“不用了，又不是长辈过世，没什么服丧的规矩，何况仲意的婚事是明年春天，还有一年多的时间，如期举行吧！轩辕如今正是用人之时，仲意娶了若水未来的女族长，将来征召若水族上战场也会容易很多。”

轩辕王不知道想起了什么，神思有些怔怔，一会儿后又说：“婚事虽然有你娘操办，但你娘这些年精神不济，你多帮着点，一定要盛大隆重，把四方的宾客都请到，让若水族明白，我们非常尊重他们。若水族骁勇善战，却心思单纯，我们越尊重他们，他们才会对我们越忠心。”

青阳年少时，轩辕王还没有建立轩辕国，缬祖也不是王后，没有什么母后的称谓，轩辕王不知不觉中用了旧日称呼，殷殷叮嘱，青阳忽然间听到，几分心酸，低着头，真心实意地一一答应。等轩辕王全部吩咐完后，青阳告退。

朱萸看到青阳出来，快步迎上去。

朱萸跟在青阳身后一边走路，一边说："应龙这浑蛋太不像话了，今日我碰到他，给他打招呼，恭贺他高升，他一脸冷冰冰，一点不领情。也不想想如果没有殿下，他早死了！"

青阳盯了朱萸一眼，讥讽道："你跟在我身边已经一千多年，修炼成人形也好几百年了，怎么还像块没心没肺的木头？"

朱萸满脸不服，不敢反驳，心里却嘟囔，我本来就是块没心没肺的木头啊！

青阳耐着性子解释："我救他是因为他的品德和智谋，想给他一次施展才华的机会，如果他过来亲近我们，反倒是辜负了我，也让我后悔救了他。"

"什么意思？"朱萸还是不懂。

青阳几乎无奈，一脸寒气地说："他若和我走得太近，父王在用他时，势必会有顾虑，那不就是辜负了我救他的心意？"

"哦！原来这样啊，看来我错怪了他！我就说嘛，我们妖族可是最懂知恩图报的。"

青阳看着这块木头，无奈地摇摇头，边走边吩咐："若水族崇拜若木，但若木离了若水就很难活，你想办法把若木在轩辕山养活，等仲意迎娶濁山昌仆时，我要若木花夹道而开。"

朱萸笑嘻嘻地说："这事包在我身上，我去找若木的老祖宗求求情，他欠我一点东西，让他的子孙们开一次花应该没问题。"

"还有，让朝云峰顶的桑葚提早成熟。"

"知道了，仲意和阿珩都喜欢吃冰葚子，等他们回来时，你就去下场雪，正好可以采摘新鲜的冰葚子，比冰窖里藏的好吃很多。"

青阳冷冷盯了朱萸一眼，朱萸吓得立即低头，心内直嘀咕，人家笨了要盯，人家聪明了也要盯，什么嘛！

第十四章

执子之手，与子偕老

十来个妇人围在一个大扁箩前，扁箩中有十几堆颜色各异的蚕种，阿珩一个个拿起来细讲。

“大荒内最常见的蚕种有桑蚕、柞蚕、蓖麻蚕、木薯蚕、马桑蚕、樟蚕、栗蚕、樗蚕、乌桕蚕、柳蚕、琥珀蚕……大部分顾名思义就可以明白这些蚕主要吃什么。不同的蚕种用途各有不同，比如蓖麻蚕茧不能缫丝，却能做绢纺，而这个金黄色的蚕种是琥珀蚕，以楠木叶为食，丝质坚韧带琥珀光泽，只是产量低，用来制作上等衣料……”

妇人们拿着蚕种一边仔细辨认，一边低声讨论。

阿珩走到一旁的竹席上盘腿坐下，筛选着村人们收集来的野蚕种，因为耗神耗力，天气又热，不一会儿已经是一额头的汗。她随意擦了下额头的汗，正想找水喝，一碗水递到了眼前。

她以为是哪个妇人，随手取过水碗，一口气喝光，笑道：“谢谢。”侧身递回水碗，却看见是少昊。

他半蹲在一旁，好奇地看着她筛选蚕种，而院子里的人不知何时早走空了。

“你什么时候来的？怎么不叫我一声？”阿珩十分意外。

“今日朝中没什么事，我去外面的村子里走了走，听说家家户户都可以免费来领蚕种，正好顺路，就来看看你，看到你正在给村妇授课，听着很有意思，我就站在外面一块儿听了一堂课，真没想到小小的蚕都有这么多学问。”

阿珩一笑，低头继续干活。

少昊问："你哪里来的那么多钱？"

"你忘记父王和王后赏赐的东西了？一些有特殊标志的王族用品，我命半夏都收好了，别的东西扔在库房里也是落灰，不如拿出来雇人收集野蚕，培育蚕种。"

"难怪十里八村的人都在称赞父王，原来是这么回事。"

"我用的是父王赏赐的东西，当然是父王的恩泽了。"

少昊低声说："谢谢你。"

阿珩看少昊神色消沉，似乎刚发生过不愉快的事情，他不想说，阿珩也不方便主动问，指指面前的蚕种："帮我筛选蚕种，你用灵力探视，如果蚕卵健康强壮，就留下；如果不好，就不能养，只能放回野外。"

少昊盘膝坐到阿珩身旁，开始干活。他灵力高强，蚕种从他手里经过，自动分成了两拨，做起来丝毫不费力。阿珩索性偷懒停了下来，一边纳凉，一边只看着他挑选。

少昊问："仲意的婚期定在明年春天，青阳已经派了使者来，向父王请求明年接你回轩辕，参加仲意的婚礼。"

阿珩大喜："父王怎么说？"

"父王答应了，命我陪你一块儿过去，拜见岳父岳母。"

阿珩想到四哥的婚事，想到可以回家，心情十分愉悦，眯着眼睛看着树顶灿烂的太阳。

他们俩不说话了，外面乡村里的声音开始分明：耕牛犁地的声音，顽童追逐的声音……阿珩想起了百黎，马上就是百黎山中桃花盛开的日子了，米朵和金丹是不是已经儿女成群？是不是仍会在一个夕阳洒满江面的傍晚，高唱着山歌，倾诉着对彼此的情意？

少昊问："在想什么？"

阿珩轻声说："如果永远不要有战争，可以永远这么安宁就好了。"

少昊柔声说："会的，一定会的。"

阿珩装作若无其事地问："神农国最近怎么样了？"其实她是想知道赤宸最近怎么样。自从嫁到高辛，身边不是被高辛王的探子包围，就是被轩辕王派来的侍女包围，阿珩几乎与世隔绝，得不到任何外界的消息。

"很有意思。"

“嗯？”

“赤宸利用炎弇去攻打潼耳关的时机，建立了一支军队，刚开始只有几十人，还都是百黎族的男儿。赤宸贴榜在整个神农征召勇士，不论出身贵贱，门第高低，短短几月后就变成了五百人。炎弇在潼耳关坐不住了，可榆襄命他守关，明里是在嘉奖他，维护他的战功，实际是阻止他回去阻碍赤宸的事，炎弇现在有苦说不出。”

阿珩不禁笑道：“等于是把炎弇变相发配边疆了，这么阴的招数可不像是榆襄的主意，肯定是赤宸的意思。”

少昊却面色凝重，心事重重，大半晌后，低声说：“刚才在大殿上，我被父王训斥了。”

“为什么？”

“说起来十分复杂，一言难尽。”

“你可以慢慢说，我有很多时间。”

“神农和高辛作为上古神族，几万年下来，门第森严，为了维护本族的利益，甚至禁止不同门第的人通婚。前代神农王想娶出身低微的王后都十分困难，后来假托王后是赤水氏的旁支才勉强完婚。因为神农王吃过这个苦，所以他在位期间，一直在努力打破门第限制，可几万年的积习，若真想改革，必定是一条血腥之路。神农王本性仁厚，没有那么大的狠心，所以他再努力，也只是改了一点表象，无法撼动根本。但赤宸和他截然不同，赤宸为了达成目的，会不惜血流遍野，神农在他手里一定会改天换地。轩辕就不用提了，本就和我们截然不同。”

“是的，轩辕和你们截然不同。”阿珩的语气中透着骄傲，“我发现高辛的仕女们品评一个男子时，不是谈论他的品德才华，而是先谈他的门第和血统，似乎只有出生在一个好的门第、拥有高贵的血统，才值得嫁。这些看似是闺阁闲话，却反映了很多问题。我们轩辕虽然也不可避免受到你们这些大神族的影响，可我的父王说过，神、人、妖只是上天给的种族不同，没有什么荒唐的高贵低贱的区别，都平等。不管他是人是妖，他的尊卑贵贱只由他自己的所作所为决定。在轩辕，不管你是神族、人族，还是妖族，不管你生在大家族，还是出身寒微，只要你有才华，就会受到大家的尊敬。”

少昊说：“到现在为止，高辛依旧意识不到自己的弊端，还沉浸在上古神族的自满中，就连父王都没有察觉到神农正在发生的巨大变化，他们都只把赤宸和炎弇的争斗看成了简单的权力之争。我今日在朝堂上说赤宸和炎弇的争斗其实是两个阶层的斗争，试探性地提了一下改革，父王就很不高兴，说礼仪尊卑是立国之本，我却妄谈改变。”

这些事情，阿珩也帮不上忙，只能宽解道：“慢慢来吧，有些事情不能操之过急。”

少昊叹了口气：“希望能让父王慢慢明白吧！如果高辛再这样墨守成规下去，迟早要亡国。有时候我真有点羡慕赤宸，无所顾忌，可以想做什么就做什么。”

阿珩凝望着远处，默不作声。

少昊筛选完蚕种，对阿珩行礼：“王子妃娘娘，我的活已经干完，我们可以回家了吗？”

阿珩笑道：“好。”

阿珩和少昊同乘玄鸟回去，阿珩想到四哥的婚事将近，盘算着应该给未来的嫂子准备个见面礼。

少昊看她一直不说话，问道：“在想什么？”

“我在想该给嫂嫂送个什么礼。”

“你可打听了她的喜好？”

“不知道，四哥那性子呀，问十句，他回答半句。我在他耳边唠叨了一天，只打听出嫂子是当地大姓濁山氏。”

“神农的百黎、轩辕的若水，都是民风质朴彪悍的地方，只敬骁勇的英雄，你这个嫂子可不仅仅是出自大姓濁山氏，她是若水未来的女族长。”

“啊？我四哥要娶若水的女族长？”阿珩眼睛瞪得老大，“我一直以为四哥会娶一个温婉柔丽的女子，没想到他竟然喜欢上了个女中豪杰！”

“你想送什么礼给女英雄？”少昊笑。

阿珩想了一瞬，眼睛一亮，歪着脑袋看着少昊，笑得贼兮兮：“自古英雄爱名器！最好的礼就要麻烦名闻天下的打铁匠少昊了，只是不知道他肯不肯帮忙，听说他从不打造兵器。”

“他倒也不是不肯，不过……”

阿珩紧张地问：“不过什么？”

少昊仰头看天，装模作样地想了一会儿：“好像也没有什么不过，当年白拿了你的雌酒方，这个就算是回礼吧！只是时间有点紧，一年时间只能打造一把贴身的匕首。”

阿珩松了口气，激动得直摇少昊的胳膊：“谢谢，谢谢，谢谢……”比自己收了少昊的好处还高兴。

少昊笑："你们兄妹可真像，都是恨不得把天下最好的东西搜罗给对方。"

阿珩倒不否认，笑眯眯地点头："四哥是世上最好的哥哥。"

"青阳呢？"

阿珩笑容一黯，低声道："大哥和父王很像，都是以大局为重。"

少昊想说什么，却只是苦笑了下，什么都没说。

夜晚，阿珩坐在榻上，膝上放着一件叠得整整齐齐的红色衣袍。她的手从衣袍上轻轻抚过，当日神农山上，赤宸让她许诺，年年四月初八相会于桃花树下；她告诉赤宸，只要你每年都穿着我的袍子，我就年年来见你。言下之意，已是暗许了一生，赤宸听明白了她的话外之意，所以狂喜。

和少昊成婚以来，她身边一直有侍女监视，而赤宸那边，估计也是危机重重，她根本不敢给赤宸任何消息，否则万一被发现，不仅会牵累母亲和四哥，还有可能把赤宸陷于绝境。

如今大概因为和少昊成婚日久，传回去的消息都很让轩辕王满意，轩辕王对她渐渐放心，侍女们也习惯了她走来走去地忙碌，没有以前那么警惕。

明日要去人族的村寨看蚕，应该能找到机会让阿獙把衣袍偷偷带出高辛，送到赤宸手里，赤宸看到衣袍就该明白她想说的话。即使一再小心，仍不幸被不怀好意者撞破，他们看到的也只是一件衣袍。

过了两日，阿珩向高辛王上书要去高辛的最北边教授养蚕，因为路途遥远，不能当日赶回五神山。

这段日子以来，轩辕妭在民间的所作所为，高辛王一直看在眼里，百姓对他的赞誉也自然全部听到，比起深沉精明的少昊来，他更喜欢这个会养花弄草、会谈品书画的儿媳，所以很爽快地准了轩辕妭所求。

身边的高辛族侍卫和侍女已经跟着轩辕妭出出进进了无数个村落，从没有出过任何纰漏，只看到王子妃真心为高辛百姓忙碌，警戒心自然而然也就降低了。

傍晚，阿珩做了一个傀儡代替自己，早早安歇了。她自己却和阿獙偷偷赶去了百黎，这边的村落距离神农国很近，月亮才上树梢头，他们就到了百黎。

山坡上的桃花开得缤纷绚烂，山谷中的篝火明亮耀眼，少男少女们簇拥在桃树下、篝火旁，唱着动人的情歌。

阿珩站在桃花树下，静静等候。

等到月过中天，赤宸依旧没有来。

阿珩抱着阿獙，低声问："阿獙，你真的把衣袍带给他了吗？"

"啊呜……"阿獙用力点点头，也着急地张望着。

阿珩摸摸他的头，安慰阿獙："别着急，他会来的。"可实际上她心里七上八下，比谁都着急。

阿珩靠着阿獙，一边静听着山歌，一边等着赤宸。

篝火渐渐熄灭了，山歌渐渐消逝了，山谷中千树桃花灼灼盛开，寂寂绚烂。

赤宸一直没来。

阿珩抱着阿獙，心中无限难过。高辛宫廷规矩森严，为了筹划这次见面，她大半年前就开始准备，借口向民妇传授养蚕，让高辛王同意她外出，又小心翼翼、恪守本分，换取了高辛王的信任，大半年的辛苦才换得一夜的自由，可赤宸竟然再次失约。

她本来准备了满腹的话想告诉他，她的无奈，还有她的生气，生气于他去年的失约，生气于他竟然这么不相信她，可是所有的甜蜜打算全部落空，满腹的话无处可倾吐。

又是悲伤，又是愤怒，泪水不禁潸然而落。

烈阳突然兴奋地尖叫，阿獙也一边兴奋地叫，一边欢喜地跳来跳去。阿珩仰头望去，云霄中一抹红色的影子正在迅疾飘来。她破涕为笑，紧张又欢喜地擦去眼泪，整理着自己的发髻、衣衫，担心地问阿獙："这样可以吗？乱不乱？"

大鹏鸟犹如流星，划破天空，直直下降，阿珩紧张地静静站着，阿獙兴奋地扑过去，想和以往一样扑到赤宸身上，却突然停住了脚步，困惑地看着大鹏鸟。

大鹏鸟背上空无一人，它绕着桃花树盘旋了一圈，把叼着的红色衣袍丢下，竟然一振翅，又没入云霄，迅速远去。

"呜呜……"阿獙低声哀鸣，困惑地绕着袍子转来转去。

阿珩脸色发白，她许诺只要他年年穿着红袍，她就年年来见他，她特意把红袍送回给他，他却让大鹏把红袍扔到桃花树下，表明他不会再穿。

阿珩摇摇晃晃地走过去，捡起衣袍，失魂落魄地抱着红袍，怔怔发呆。

桃花簌簌而落，渐渐地，阿珩的肩上、头上都是落花。

烈阳嘎嘎尖叫，阿珩回过神来，看到他和阿獙担忧的样子，阿珩悲怒交加，用力把红袍扔到地上，你不稀罕，我也不稀罕！

可是付出了的感情却不是想扔就能扔，她即使恨他、怨他，他依旧在她心里。

她仰头看着一树繁花，你们年年岁岁花依旧，可会嘲笑我们这些善变的心？说着什么山盟海誓，转眼就抛到脑后。

阿珩一掌怒拍到树上，满树繁花犹如急雨一般哗哗而落，她的指头摸过树干，依旧能摸到去年写下的无数个“赤宸”。他若看到这些，岂能不明白她的心意，可他压根儿连来都不屑来！

阿珩拔下玉簪，在几百个赤宸旁怒问：“既不守诺，何必许诺？”字未完，簪已断。阿珩坐到阿獙背上，什么话都不想说，只是拍了拍阿獙。

阿獙十分善解人意，沉默地赶回高辛。

此时，赤宸站在一座距离百黎不远的陡峭悬崖上，身体与悬崖连成一线，似乎风一吹就会掉下去。他身上只穿着中衣，没有披外袍，显然是脱下不久。

在他脚下，怪石嶙峋，草木葱茏，有一条溪水潺潺流淌，随着两侧山势的忽窄忽宽，溪水一处流得湍急，一处流得缓慢，最后汇聚成一方清潭。此时正是桃花盛开的季节，山涧两边的崖壁上全是灼灼盛开的桃花，溶溶月色下，似胭霞、似彩锦，美得如梦如幻，风过处，桃花簌簌而落，纷纷扬扬、飘飘荡荡，犹如雪落山谷。

赤宸默默凝视着脚下的景致，良久都一动不动。

忽而，他如梦初醒，回头望向百黎，她来了吗？她真的在等他吗？她既然与少昊那么恩爱，又何苦再来赴什么桃花之约？

赤宸挣扎犹豫了一会儿，扬声叫：“逍遥。”

大鹏落下，他飞跃到鹏鸟背上，急速飞往百黎。

桃花坡上月影寂寂，清风泠泠，桃花树下空无一人，只有一件扔在地上的血红衣袍，已被落花覆了厚厚一层，显然在地上时间已久，看来袍子自被逍遥扔下，就没有被动过。

赤宸捡起衣袍，对着满树繁花冷笑，几次抬手想扔，却终是没扔。

一瞬后，他仰天长啸，跃上大鹏，决然而去。

第二年的四月，当鲜花开遍山野时，阿珩和少昊前往轩辕，参加仲意的婚礼。

在她成婚之前，阿珩对轩辕族的感觉很淡；在她成婚之后，不管走到哪里，大家看到她时，首先看到的是轩辕族，有神族因为她的姓氏而蔑视她，也有妖族因为她的姓氏而尊敬她，她这才真正开始理解姓氏所代表的意义。

她回过无数次家，可从没有一次像现在这样，因为回家而激动喜悦。

等看到阿獙进入轩辕的国界，她立即大叫起来："回家了！"

因为她的喜悦，阿獙和烈阳都分外高兴，阿獙边飞边鸣唱，它的叫声愉人心脾，连少昊的坐骑玄鸟都发出欢快的鸣叫。

少昊落后了几丈，默默地看着欢呼雀跃的阿珩。她自从嫁到高辛国，总是小心翼翼，一举一动、一言一行都恪守高辛的礼仪，从没有像现在这样手舞足蹈地放肆。

阿獙越飞越快，一路冲到轩辕山，比他们预定的时间早到了半日。

阿珩本想给大家一个惊喜，没想到青阳似乎早感知他们的到来，已经在殿前相候。倒是殿前扫地的侍女大吃一惊，立即往殿内奔跑："王姬回来了！王姬回来了！"

少昊下了玄鸟，打趣青阳："几十年不见，青阳小弟风采依旧。"

青阳淡淡一笑："这里是轩辕山，你是上门的女婿，应该换个称呼，称我一声大哥。"

少昊瞟了眼阿珩，笑道："等你什么时候打赢我再说吧！"

青阳道："择日不如撞日。"指着桑林内，做了邀请的姿势。

"好！"少昊没有拒绝，跟着青阳走进桑林。

朱萸急得边追边嚷："两位公子，都打了上千年了，也不用每次一见面就要分胜负吧！"

少昊回头看了朱萸一眼："你老说这块木头没心没肺，我看她倒不错。"

青阳含着一丝笑意："太笨了，调教了几百年，还是笨得让我惊叹。"

朱萸敢怒不敢言，握着拳头，小小声地说："我能听到，我能听到……"

青阳和少昊两个说着话，已经布好了禁制。青阳手掌变得雪白，身周结出一朵又一朵的冰牡丹，桑林内的气温急速降低。少昊微笑而立，衣袍无风自动，身周有水从地上涌出，溅起一朵朵水花，如一株株盛开的兰花。

朱萸无奈，向阿珩求助："王姬，你快说句话。"

阿珩已经看到母亲和四哥，对朱萸吐吐舌头，表示爱莫能助，朝母亲跑去，一头扎进母亲怀里："娘！"

缬祖笑着抱住她，阿珩靠在母亲怀里，上下打量仲意："四哥的样子很像新郎官，恭喜四哥。"

仲意脸飞红，阿珩笑着刚想说话，缬祖拍了一下她的背道："今日是仲意的好日子，别欺负你哥哥。"

"娘偏心，四哥已经有了嫂嫂疼，娘也开始偏心！"阿珩撒娇。

仲意瞪她："难道少昊就不疼你了？我们可都听闻了不少你们的事情。"

阿珩脸俯在母亲肩头，脸上没有丝毫笑意，声音却是带笑的："娘，娘，四哥欺负我，你快帮帮我！"

突然间，鹅毛般的大雪无声无息地飘落，仲意惊讶地抬头。

阿珩指指桑林内："大哥和少昊在打架，希望他们不要伤得太重。"

缬祖笑着接了几片雪花，对身后的侍女吩咐："这雪倒下得正好，过一会儿去采摘些冰葚子。"

朱萸小声嘀咕："真不知道是为了想赢少昊，还是为了找个理由光明正大地下场雪。"

少昊和青阳从桑林内走了出来，少昊脸色发白，青阳嘴角带着一点血痕，显然两个伤得都不轻。

朱萸着急地从怀里拿出丹药递给青阳，青阳摆了下手，冷冷地说："你的续命丹药对我没什么用，自己留着吧！"

仲意道："看样子还是少昊哥哥……少昊妹夫胜了！"仲意难得促狭一回，占了少昊的便宜，话没说完就大笑起来。

少昊笑了笑，没有承认也没有否认，快走几步，在缬祖面前跪下，行跪拜大礼，改称母后。

缬祖受了他三拜后，示意仲意扶他起来。

仲意对少昊说："我小时候第一次叫你少昊哥哥时，就盼着你真是我的哥哥，没想到如今我们真是一家子了！"

少昊微笑如常，眼神却有些恍惚。

缬祖一手牵着阿珩，一手牵着仲意，向殿内走去，青阳和少昊并肩而行，跟在他们身后。

阿珩和仲意还是老样子，边走边说，边说边笑，聒噪得不行。仲意斗嘴斗不过阿珩时，还要回头叫少昊，让少昊评理。

少昊只是笑，从不搭腔，微笑却慢慢地从嘴角散入了眼睛。高辛宫廷礼仪森严，他没有母亲，也没有同胞兄弟，在他的记忆中，他自小就要处处留意言行、时时提防陷害。他从来没有做过母亲的儿子，也从来没有做过弟妹们的兄长，他以为王族就该是他们那个样子，这是他第一次体会到，原来兄弟姊妹可以谈笑无忌、和乐融融。

正午时分，侍者来报送亲队伍已经接近轩辕山，仲意立即紧张得手脚都不知道往哪里放，一边戴帽子穿衣袍，一边不停地问少昊："你当日迎娶阿珩时说了什么？"不等少昊回答，他又说，"你们当时一切顺利，如果有什么意外，我该怎么办？"

阿珩和少昊对视一眼，少昊微笑着没有说话，阿珩笑道："四哥，放心吧，你不会处理，嫂子也会处理！"

仲意瞪了阿珩一眼，朝天喃喃祝祷："一切顺利，一切顺利！"可又迟迟不动，看着青阳："大哥，你会陪我一起下去的吧？"表情可怜兮兮，就好似小时候，一有了什么麻烦事情，就去找大哥帮忙。

青阳实在受不了，直接把仲意推上了云辇，没好气地说："你是去娶亲，不是去打架！我去干什么？快点去迎接新娘子。"

仲意犹抓着青阳的袖子，紧张地说："大哥，你等等，我还想问你……"

"问什么问？我又没娶过亲！"青阳用力拽出袖子，一掌扫到驾车的鸾鸟背上，鸾鸟尖叫着往山下冲。

云辇上下颠簸，消失在云海间，仲意的叫声还不断传来："大哥，大哥……"

青阳不耐烦地皱眉。

阿珩笑得前仰后合，对少昊说："在四哥眼中，大哥无所不能，无所不会，不管什么事都要找大哥。"

少昊微笑不语，他名义上有二十多个弟弟，可从没有一个弟弟把他看作大哥，他只是一块挡在他们通往王位之路上的绊脚石。青阳看似不耐烦，可其实，他心里很高兴。他们两个都明白，在他们的位置上，他们不敢相信别人，更没有人敢相信他们，能被一个人全心全意地信赖都可遇不可求。

等仲意的迎亲车队飞远了，青阳、少昊和阿珩才登上车辇，慢慢下山。

阿珩注意到道路两侧全是树干赤红、叶子青碧的高大乔木：“这是什么树？”

朱萸得意地笑道：“大荒除了汤谷扶桑外，还有三大神木——若木、寻木、建木，这就是大名鼎鼎的若木。若木离开若水从不开花，我却能让它们今日开花。”

随着他们的车辇过处，从山顶到山脚，道路两侧的若木都开出了最盛大的花朵，每个花朵大如碗口，颜色赤红，映照得整个天地都红光潋滟。

阿珩被满眼的红色照得失了神，在一片耀眼的赤红花海下，看到了一个更夺目的红色身影。

赤宸身形伟岸，一身红衣如血，令高大的若木都黯然失色。他凝视着阿珩，神情冷漠疏远，眼神却赤热滚烫，丝丝缕缕都是痛苦的渴望。阿珩呆呆地看着他，心内有一波又一波的牵痛。

车辇停下，青阳和少昊走到赤宸面前，向赤宸道谢，感谢他们远道而来参加婚礼。阿珩惊觉原来这不是幻象，赤宸是真的站在若木树下。

阿珩没有想到会在这里碰到赤宸，心神慌乱，视线压根儿不敢往赤宸的方向看，也压根儿不敢走过去，只能装作被若木花吸引，仔细看着若木花。

青阳叫阿珩过去，阿珩知道躲不过，定了定神，才微笑着走到他们面前。

云桑在大家面前不想显出与阿珩的亲厚，格外冷淡地与阿珩寒暄了几句，完全是王族见王族的礼节。阿珩知道云桑心思重，如今也渐渐明白了王族和王族之间很复杂，就如大哥和少昊，在众人面前也是格外疏远，所以也是绷着一个客气虚伪的笑。

反倒是陌生的珞迦看到阿珩，一改平时接人待物的含蓄温和，态度异样亲切，带着沐槿过来向阿珩行礼，口称“王子妃”，赤宸却是作了个揖，淡淡问道：“王姬近来可好？”

沐槿还以为赤宸是不懂礼节的口误，小声提醒：“女子婚后，就要依照夫家称呼，应该叫王子妃。”

青阳和少昊都好似没听见，阿珩心里一震，有忧虑，可更有浓浓的喜悦，连对赤宸的恨怨都消了一半，对赤宸回道：“一切安好。”

赤宸笑问：“不知道王姬和少昊恩爱欢好时，有没有偶尔想起过旧日情郎呢？”

大家皆悚然变色，正在这时，若水的送亲队伍到了，喜乐蓦然大声响奏，才把赤宸这句话盖了过去。

两个侍女掀开车帘，一个朱红衣服的女子端坐在车内，女子面容清秀，眉目磊落，喜服收腰窄袖，犹如骑射时的装扮，衬得人英姿飒爽。

喜娘把仲意手里握着的红绸的末端放到新娘子手里，示意新娘子跟着仲意走。只要下了送亲车，随着仲意登上鸾车，就表示她成了轩辕家的媳妇。

不想新娘子虽握住了红绸，却没有下车，反倒站在车辕上，高高在上地俯瞰着众人。大家被她的气势所慑，都停止了交谈和说笑。

仲意因为紧张，还没有察觉，只是紧紧地捏着红绸，埋头走着，手中的红绸突然绷紧，他差点儿摔了一跤。

仲意紧张地回头，才发现新娘子高高站在车上，一身红裙，艳光逼人。

濁山昌仆抬抬手，她身后的送亲队立即停止了奏乐，一群虎豹一般的小伙子昂首挺胸、神情肃穆地站得笔直。

轩辕的迎亲队看到对方的样子，也慢慢地停止了奏乐，原本的欢天喜地消失，变成了一片奇异的宁静肃穆。

濁山昌仆朗声说："我是若水族的濁山昌仆，今日要嫁的是轩辕族的轩辕仲意，谢谢各位远道而来参加我们的婚礼，就请各位为我们做个见证。"

四方来宾全都看着濁山昌仆，猜不透她想干什么。

昌仆看着仲意："我们若水儿女一生一世只择偶一次，我是真心愿意一生一世跟随你，与你白头偕老，你可愿意一生一世只有我一个妻？"

这是要仲意当着天下的面发誓再不纳妃，青阳立即变色，想走上前说话，阿珩抓住他的胳膊，眼中有恳求："大哥！"

青阳狠心甩脱了阿珩的手，走到昌仆面前刚要发话，回过神的仲意迅速开口："我愿意！"没有丝毫犹豫，他似乎还怕众人没有听清，更大声地说，"我愿意！"

四周发出低低的惊呼声，青阳气得脸色发青，瞪着仲意，眼神却很是复杂。

昌仆又问道："我将来会是若水的族长，我的族人会为了我，死战到只剩最后一个人；我也会为了保护他们，死战到只剩下最后一滴血。你若娶了我，就要和我一起守护若水的若木年年都开花，你愿意吗？"

仲意微笑着，非常平静地说："我只知道从今而后我是你的夫君，我会用生命保护你。"

昌仆粲然而笑，因为幸福，所以美丽，容色比漫天璀璨的若木花更动人。她握紧了红绸，跳下车舆，飞跃到仲意面前，笑对她的族人宣布："从今而后，昌仆与仲意祸福与共，生死相依。"

她身后的若水儿女发出震天动地的欢呼声。轩辕族这边却尴尬地沉默着，大家都看青阳，不知道该如何反应。

阿珩笑着欢呼，朱萸偷偷瞟了眼脸色铁青的青阳，用力鼓掌，一边鼓掌一边随着阿珩欢呼。轩辕族看到王姬如此，才没有顾忌地欢笑道贺起来。

若水的男儿吹起芦笙，女儿摇着若木花铃，一边歌唱，一边跳舞，又抬出大缸大缸的美酒，给所有宾客都倒了一大碗。大家被若水儿女赤诚的欢乐感染，原定的礼仪全乱了，只知道随着他们一起庆祝。

仲意牵着昌仆走到青阳和阿珩面前，介绍道："这是我大哥，这是我小妹，这位是小妹夫少昊。"

昌仆刚才当着整个大荒来宾的面，英姿飒爽、言谈爽利，此时却面色含羞，紧张地给青阳见礼，似乎生怕青阳嫌弃她。

阿珩是真心对这个嫂子喜欢得不得了，迫不及待地拿出准备的礼物，双手捧给昌仆："嫂子，这是我和少昊为你打造的一把匕首。"阿珩绘制的图样，少昊用寒山之铁、汤谷之水、太阳之火，整整花费了一年时间打造出这把贴身匕首。

"高辛少昊的兵器？"简直是所有武者梦寐以求的礼物，昌仆眼中满是惊讶欢喜，取过细看。把柄和剑鞘用扶桑木做成，雕刻着若木花的纹饰，她缓缓抽出匕首，剑身若一泓秋水，光可鉴人。昌仆爱不释手，忙对阿珩和少昊道谢。

昌仆把手腕上戴着的若木镯子褪下，戴到阿珩手腕上："这是很普通的木头镯子，不过有我们若水儿女的承诺在上面，不管你什么时候有危难，我们若水儿女都会带着弓箭挡在你身前。"

阿珩姗姗行礼："谢谢嫂子。"

仲意凝视着妻子，眼中有无尽的欢喜和幸福。昌仆脸红了，低着头，谁都不敢看。

青阳看到这里，无声地叹了口气，对仲意无奈地说："既然礼仪全乱了，你们就直接上山吧，父王和母后还在朝云殿等着你们磕头。"

朱萸忙去叫了玉辇过来。

阿珩把他们送到车边，直到他们的车舆消失在云霄里，她仍看着他们消失的方向发呆。

耳旁突然响起赤宸的声音："你可真懂得他们那般的感情？既然说新欢是珍珠，为什么又惦记着鱼目的旧爱，让阿獙把衣袍送来？"

阿珩心惊肉跳，先侧身移开几步，才能平静地回头："听不懂大将军在说什么，我和少昊情投意合，美满幸福。"

赤宸眼中又是恨又是无奈："真不知道我看上你什么？你水性杨花、胆小懦弱、自私狠心，可我竟然还是忘不掉你。"

青阳和少昊都看着他们，阿珩脸色一沉："也许以前我有什么举动让大将军误会了，现在我已经是高辛的王子妃，还请大将军自重。"厉声说完，她向少昊走去，站到了少昊身边，青阳这才把视线移开。

赤宸纵声大笑，一边笑，一边端起酒碗，咕咚咕咚灌下。

阿珩心内一片苍凉，只知道保持着一个微笑的表情，茫然地凝视着前方。

若水少女提着酒坛过来敬酒，少昊取了一碗酒递给阿珩："尝尝若水的若酒，味道很特别。"

阿珩微笑着喝下，满嘴的苦涩："嗯，不错。"

珞迦端着两碗酒过来，阿珩以为他是要给少昊敬酒说事，特意回避开。不想珞迦追过来，把一碗酒递给她，笑而不语，一直凝视着她。阿珩心中尴尬，只能笑说："多谢将军。"一仰头，把酒饮尽。

珞迦眼中难掩失望："你不认识我了吗？"

阿珩愣住，珞迦这些年和赤宸齐名，是神农族最拔尖的后起之秀，她当然早就听说过他，可唯一一次见他就是赤宸和她上神农山找神农王拿解药，珞迦恰好奉命把守神农山，当时她用驻颜花变化了容貌，所以认真说来，她见过珞迦，珞迦却没见过她。可珞迦眼中浓烈的失望让阿珩竟生了几丝感动，正想问他何出此言，有赤鸟飞落在珞迦肩头，将一枚小小的玉简吐在珞迦掌中，珞迦容色一肃，看着阿珩欲言又止，终只是行了个礼，匆匆离去。

阿珩愁思满腹，也懒得多想，寻了个安静的角落，把若酒像水一般灌下去。

云桑静静走来，却看朱萸守在阿珩身旁，含笑说了两句客套话，转身要离去，阿珩拉住她："没事，朱萸是我大哥的侍女，绝对信得过。"又对朱萸半央求，半命令地说，“好姐姐，你帮我们看着点，我想和云桑单独说会儿话。”

青阳离开前，只是叮嘱朱萸盯着阿珩，不许阿珩和赤宸单独相处，却没吩咐不许和云桑相处，所以朱萸应了声“好”，走到一边守着。

云桑坐到阿珩身边，细细看着阿珩：“听说你和少昊十分恩爱美满。”

阿珩苦笑，仰头把一碗酒咕咚咕咚喝下。

云桑心中了然，轻轻叹了口气：“真羡慕昌仆啊！纵情任性地想爱就爱，不喜欢与其他女子分享丈夫，就当众让你哥哥立下誓言。你哥哥也是好样的，明知道你父王会生气，仍旧毫不犹豫地发誓。”

阿珩斜睨着她：“何必羡慕别人？神农王榆襄是你的亲弟弟，可不会逼迫你做任何事情，你若愿意下嫁，诺奈也会毫不犹豫立誓，一生一世与你一个共白头。”

“你这死丫头，说话越来越没遮拦！”云桑脸颊飞起红晕，娇羞中透着无言的甜蜜。

阿珩笑看着云桑，看来上次诺奈的神农山之行没有白跑，他们俩已经冰释前嫌：“你和诺奈什么时候？”

“什么什么时候？”云桑故作听不懂。

“什么时候成婚啊！你是神农长王姬，下嫁给诺奈有点委屈，可这种事情如鱼饮水冷暖自知，压根儿不必管人家说什么，只要诺奈自己坚持，少昊肯定也会帮他。”

云桑点点头：“诺奈倒没那些小家子气的心思，他压根儿没拿我当王姬看，只等我同意，他就正式上紫金顶求婚。”

“那为什么……”

“榆襄是个好弟弟，事事为我考虑，正因为他是个好弟弟，我又岂能不为他打算？你也知道榆襄的性子，这个神农王当得十分艰难，炎灷他们都盯着榆襄，赤宸如今羽翼未丰，就我还能弹压住炎灷几分，我若现在成婚，又是嫁给一个外族的将军，对榆襄很不利，所以我和诺奈说，等我两百年。两百年后，赤宸必定能真正掌控神农军队，有他辅佐榆襄，那么我就可以放心出嫁了。”云桑笑着长舒口气，“我也就可以真正扔下长王姬的身份，从此做一个见识浅薄、心胸狭隘、沉迷于闲情琐事、只为夫婿做羹汤的小女子。”

阿珩喜悦地说：“恭喜姐姐！你为父亲、为妹妹、为弟弟筹划了这么多年，也应该为自己筹划一次了。”

云桑含笑问：“你呢？你从小就不羁倔强，我不相信你会心甘情愿地听凭你父王安排。”

“我也有自己的打算。”阿珩倒满两碗酒，递给云桑一碗，“看到四哥今天有多快乐了吗？小时候，不管什么四哥都一直让着我、护着我，如今我应该让着他、护着他，让他太太平平地和真心喜欢的女子在一起。只要四哥、母亲过得安稳，我再委屈，也是一种幸福。”

云桑摇头感叹：“阿珩，你可真是长大了！”可其实，云桑心里真希望阿珩能永远和以前一样。

“干！”阿珩与她碰碗，云桑本不喜喝酒，可今日的酒无论如何也要陪着阿珩喝。

她们两个左一碗、右一碗，没多久云桑就喝得昏迷不醒，阿珩依旧自斟自饮，直到也喝得失去了意识。

第十五章 道是无情却有情

轩辕山下仍旧喜气洋洋，轩辕山上却情势突然紧张。少昊、青阳、赤宸、珞迦先后收到了同样的消息。

河图洛书在虞渊出现。

传说中，河图洛书是盘古大帝绘制的地图，不仅记载了整个大荒的山川河流，还记载着每个地方的气候变化。如果拥有这张地图，不仅可以了解各地的地理，还可以利用气候变化布阵，是兵家必争之宝。

盘古大帝逝世后，河图洛书也消失不见，传闻盘古大帝把河图洛书藏在一颗玉卵中，交给一只金鸡看守，金鸡化作了一座山峰。几万年来，无数神族踏遍大荒山峰，寻访着河图洛书，却一无所获，可今日，有神族的探子看到了传说中的金鸡在虞渊附近出没。

不要说少昊、青阳、珞迦悚然动容，就是凡事带着点不在乎的赤宸都准备亲自赶赴虞渊。

阿珩醒来时，发现自己在三妃彤鱼氏所居的指月殿，父王披着件玄色外袍，静坐在窗前，浮云中的月亮半隐半现，像一个玉钩一样钩在窗棂，就好似是月亮钩开了窗户。

父王望着月亮怔怔出神，好似想起了极久远的事情，依旧英俊的眉目中带着一点点迷惘的温柔。

阿珩从没见过这样的父王，不敢出大气地偷偷看着。

轩辕王对月笑起来，眉目中的温柔却消失了："酒醒了就过来。"

阿珩忙走过去，跪坐到轩辕王膝旁："父王怎么还没睡？"

轩辕王笑看着阿珩："少昊对你好吗？"

阿珩低下头："很好！"

"我可一直在盼着抱外孙呢！"

阿珩哼哼着说："女儿知道，不过这事也急不来。"

"你们都是血脉纯正的神族，少昊灵力高强，又和你如此恩爱，按理说……"轩辕王皱了皱眉，"难道别有隐情？趁着在家，在离开前，让医师查看一下身子。"

一股寒气从脚底腾起，吓得阿珩身子发软，一瞬后阿珩才反应过来父王是在怀疑少昊暗中耍了花招，并没有怀疑到她。

轩辕王说："哦，对了！刚才收到奏报，说河图洛书在虞渊出现了。你也知道你母亲的西陵一族虽未得天下，可地位和神农、高辛一样，都曾是盘古大帝麾下的重臣。你母亲曾和我说过，家族中口耳相传，河图洛书不仅仅是一份地图，还藏着一个堪比盘古劈开天地的大秘密。我想这才是神农和高辛如此劳师动众的原因，我虽不怎么信这种无稽之谈，不过绝不能让河图洛书落到他们二族手中。"

"几万年间都不知道风传了多少次，谁知道这次是真是假？"

"不管真假，我们都必须得到。如果让神农族得到它，轩辕族的覆灭也就近在眼前了。青阳已经带着手下赶去虞渊，可高辛的少昊、宴龙、中容，神农的赤宸、炎斧、洪江、珞迦都纷纷赶往虞渊，我不放心青阳，想让仲意去帮他一把。"

阿珩心内有一丝悲哀，如果真想让四哥去，为什么是把她留在指月殿，还用醒酒石令她醒来？

"我去吧，今夜是四哥的新婚夜，是四哥的第一个新婚夜，也是最后一个。"

轩辕王看着阿珩不说话，阿珩跪下道："我灵力虽然比不上四哥，不过我和少昊是夫妻，何况这种事情只怕最后是斗智而非斗勇。"

轩辕王点了点头，答应了阿珩的请求："记住，如果我们得不到，宁可毁掉它，也绝不能让其他神族得到。"

阿珩磕了个头，起身就要走。

"珩儿。"

阿珩回身，轩辕王站起来，双手按在她肩上：“轩辕一族的安危都在你肩上。”

阿珩在父王的威严前，有些喘不过气来，只能用力点点头。

轩辕王放开了她，她低着头匆匆出来，一抬头看到彤鱼氏站在不远处，两只眼睛像夜猫子一般，阴森森地瞪着她。

阿珩被吓了一跳，转而想到彤鱼氏失去了儿子，倒能理解几分，过去给她行礼，彤鱼氏不说话，只是咬牙切齿地盯着她。阿珩遍体生寒，忙告辞离去。

幽幽的声音从身后传来：“你们别得意，我一定会让西陵嫘那个蛇蝎心肠的毒妇尝遍所有的痛苦！”

阿珩怒意盈胸，霍然回头。

彤鱼氏指着她，笑嘻嘻地说：“你大哥害死了挥儿，他早就想烧死挥儿了，他恨挥儿烧死了云……”

夷澎冲过来，捂住母亲的嘴，对阿珩赔笑道：“母亲受刺激过度，常说些疯言疯语，你别往心里去。”

“九哥。”阿珩怒意退了，亲热地笑着上前，夷澎却拉着母亲后退，眼中隐有戒备。

阿珩停住了步子，心中难受，她和夷澎只差几岁，又是一个师父，小时朝夕相伴，亲密无间，感情深厚，可长大后，不知道为什么竟越来越疏远。

“九哥，我走了。”她勉强地笑了笑，快步离去。

出了指月殿，阿珩命阿獙飞向虞渊。

彤鱼氏的脸在她眼前飘来飘去，三哥真是大哥害死的吗？为什么？因为三哥威胁到了大哥继承王位？

阿珩心头忽然打了个激灵，父王常常宿在指月殿，难道没有听到彤鱼氏的“疯言疯语”？她并不想恶意地去揣度父王，可是父王先用四哥引她主动请缨，彤鱼氏又出现得这么巧，让她不禁会想，这是不是也是父王的一个警告？警告她如果取不到河图洛书，就会让母亲陷入危机？

阿珩只觉得寒意从心里一点点渗出，冷得她整个身子都在打寒战，她弯下身，紧紧地抱住了阿獙。

阿獙有所觉，回过头在她脸上温柔地蹭着，似乎在安慰着她。

虞渊是日落之地，位于大荒尽头、了无人烟的极西边，是上古时代的五大圣地之一，可大荒人压根儿不明白它为什么会和日出之地汤谷、万水之眼归墟、玉灵凝聚的玉山、两极合一的南北冥并称为圣地。虞渊拥有吞噬一切的力量，没有任何生物能在虞渊存活，与其说是圣地，不如说是魔域，所以它也真就慢慢地被大荒人叫作了魔域。

阿珩赶到虞渊时，正日挂中天，是一天中虞渊力量最弱的时候，虞渊上空的黑雾似乎淡了许多，可仍然没有一个神或者妖敢飞进那些翻涌的黑雾中。

性子暴烈冲动的烈阳不听阿珩叫唤，一头冲进黑雾。当它感觉到黑雾好似缠绕住了它的身体，把它往下拽，而下方根本什么都看不清楚，全是黑雾，越往下，越浓稠，浓稠得像黑色的油一样，烈阳有了几分畏惧，一个转身飞了回来，落到阿珩肩头。

隔着一条寸草不生的沟堑，阿珩向西眺望，一望无际的黑色大雾，像波涛一般翻滚，就好似一个没有边际的黑色大海，没有人知道它有多大，也没有人知道它有多深。

阿珩询问朱萸："事情如何了？真是河图洛书吗？"

"殿下用灵力试探过，这次应该是真的。"朱萸指指虞渊最外缘的崖壁。此时，山崖一半隐在黑雾中，一半暴露在阳光下，半黑半金，透着诡异的美丽。

"据说金鸡钻进了山洞里，殿下已经进去一个多时辰了。"朱萸抬头看了一眼已经开始西斜的太阳，不安地说，"虞渊随着太阳的西斜，吞噬的力量会越来越强大，到后来连太阳都会被吸入虞渊，神力再强大也逃不走。"

阿珩把阿獙和烈阳托付给朱萸："帮我照看他们，千万别让他们闯进虞渊，我去看一下大哥。"

朱萸说："一切小心！记住，一定要赶在太阳到达虞渊前出来！"

阿珩把天蚕丝攀附到崖壁上，飞落入洞口。

漆黑一片，什么都看不清，阿珩拿着一截迷谷[①]照亮，谨慎地走着。

走了一盏茶的工夫，找到了青阳。青阳端坐在地上，脸色苍白，袍角有血痕，已是受了重伤。

他看到阿珩，勃然大怒："你怎么来了？"

---

① 迷谷是《山海经 · 南山经》中的植物，能发光照明，防止迷路。《山海经》："（招摇之山）有木焉，其状如谷而黑理，其华四照，其名曰迷谷，佩之不迷。"

“你能来，我为什么不能来？”阿珩去查看他的伤势，“是音伤，宴龙伤的你？”

阿珩把一粒丹药递给大哥：“这药并不对症，不过能帮你调理一下内息。”

青阳问都没有问就吞下：“准确地说是宴龙和少昊一起伤的我，昨日清晨和少昊比试时受了伤，今日让宴龙捡了个便宜。”

“发现河图洛书了吗？”

“只要抓到金鸡，把玉卵从它肚内取出就行，抓金鸡不难，难的是如何应付这一群都想要河图洛书的神族高手。”

“他们在哪里？”

“少昊被珞迦缠住了，他身上也有伤，虽然珞迦的土灵克制他的水灵，若在平时，少昊根本不会怕，可虞渊恰好万灵皆空，只有土灵，少昊的灵力难以施展，和珞迦打了个旗鼓相当。炎弇和洪江遇上了宴龙，也打得不可开交。中容和赤宸都去追金鸡了。我刚进山洞没多久，就中了宴龙的偷袭，索性退避一旁，让他们先打。”

青阳从预先布置的蚕丝上感知到了新的动静，脸色一凛：“赤宸打伤了中容，捉到了金鸡……”整个山洞都好似有一道柔和的青光闪过，不用青阳说，阿珩也知道，“赤宸取得了河图洛书。”

青阳立即站起来：“少昊突然消失在珞迦的土阵中，他肯定去追赤宸了。”

阿珩拉住他：“大哥，我去。”

青阳看着她，阿珩说：“我们现在去追已经来不及，不如索性守在他们必回的路上，我在明，哥哥在暗。哥哥到洞口等我，以逸待劳，我去诱敌，到时候，我们一明一暗配合，总有机会拿到河图洛书。”

青阳也是行事果断的性子，点了点头，隐入黑暗。

阿珩掌中蕴满灵力，戒备地走着。

她开始真正领略到虞渊的恐怖，每走一步都在消耗灵力，而且随着太阳接近虞渊，这种消耗会越来越大。

一个土刃突然从地上升起，她刚躲开，四周的墙壁上又冒出无数土剑。阿珩削断了几把，可四周全是土，一把剑断了，立即又冒出新的剑，源源不绝。

身后的洞壁犹如化作了一把弓，射出一串密如急雨的土箭，阿珩闪得精疲力竭。前方又一把锋利的土剑刺向她，阿珩已经避无可避，不禁失声惊呼，眼睁睁地看着剑刺入自己的胸口。

隐身在土中的珞迦听到声音，猛然收力，土剑在阿珩胸前堪堪停住，珞迦从土中现形，惊讶地叫："妭姐姐？你怎么在这里？"

阿珩惊魂未定，实在难以想象眼前秀美谦和的珞迦刚才杀气凛凛，差点儿要了她的命。阿珩弯身行礼："谢谢将军手下留情。"

珞迦忙把阿珩扶住，竟然又是失望，又是惶然地问："要道谢也该是我谢姐姐，你还没记起我吗？"

阿珩拿出迷谷，借着迷谷的光亮，凝视着珞迦，细细思索。她只在幼时去过一次神农国，如果真见过珞迦，应该是那时候认识的，很多事情都忘记了，就记得把几个王孙贵胄给打得头破血流，大哥为了平息众怒，罚她举着一块很沉的戒石站了一晚上。可是为什么打架呢？哦，是因为他们欺负一个小男孩，那个小男孩虽是王族后裔，可母亲是低贱的妖族，所以一直被别的孩子欺负。那个小男孩有一双美丽温柔、睫毛长长的褐色眼睛，十分爱哭，被孩子们欺辱时，不反抗，不出声，只是缩在墙角，沉默地哭泣。她被罚站的晚上，他偷偷来看她，轻声问她"重吗"，她笑着摇头，他却哭得呜呜咽咽，好似自己被体罚。她刚开始还柔声劝慰，可越劝越哭，他像个女孩子一样泪如雨下，渐渐地她烦了，开始怒骂。小男孩被她骂得傻了眼，呆呆地瞪着她，连哭泣都忘记了。

阿珩看着珞迦的眼睛："你……你……是那个爱哭的小男孩。"

闻名天下的英雄珞迦居然满面羞红："是我，不过已经好几百年没哭过了。姐姐怒骂过我，男子汉流血不流泪，我一直牢记在心中！"

阿珩不好意思地笑起来，感慨地说："你现在可是真正的男子汉了！"

珞迦依依不舍，可此处绝不是叙旧的地方。他说："姐姐快点离开，你是木灵体质，虞渊却寸草不生，随着太阳西斜，你的灵气会被克制得越来越厉害，到最后连离开的力气都没有。"

阿珩笑着答应了："我这就走，对了，你见过少昊吗？"

珞迦尴尬地说："我们刚刚交过手，少昊不愧是少昊，这里只有土灵，他好像还受过伤，我都只能和他打个平手，不过……"

"不过什么？"

珞迦有些抱歉地说："不过他后来心中着急，强行突破我布的土剑阵时，受了点伤。姐姐若是来找他的，就请尽快，他如今伤上加伤，也不适合在这里逗留。”

阿珩说：“谢谢。”

珞迦忙道：“姐姐，请不要对我这样客气。我说了，要说谢谢的是我。也许当年的事情在姐姐心中不值一提，可对那个孤苦无助、自卑懦弱的小男孩而言……”珞迦声音暗哑，眸光沉沉，一瞬后才能平静地说，“因为姐姐，那个小男孩才能成为今日的珞迦。”

阿珩知道他字字发自肺腑，豪爽地说：“好！以后我就当你是自家弟弟，不再客气了。”

珞迦高兴地笑了。

阿珩惦记着赤宸和少昊，怕他们为河图洛书打起来，急着要走，珞迦把一个黄土球给她：“这里除了土灵，万灵俱空，这是我炼制的一件小法宝，你握在手中，只要有土的地方就可以隐匿，与土融为一体，危急时刻抛出去，三丈之内的土灵都会随你调遣，不过不能持久。”

阿珩刚想张口说谢，又吐吐舌头，只笑着把土球接过。

珞迦再三叮嘱阿珩尽早离开虞渊后离去，阿珩依旧向着里面走去，随着时间推移，她开始觉得身上的压力越来越大，就好似她正在被一只巨大的手拖着往下沉。

空气里飘来淡淡的血腥气，阿珩以为是赤宸和少昊在打斗，匆匆往里面奔，心都提到了嗓子眼儿，不知道究竟是谁受了伤。

顺着血腥味，找到打斗的地方，没发现赤宸，只看到少昊和宴龙。阿珩手握珞迦给她的法宝，屏息静气地贴在洞壁后，悄悄察看。

少昊盘膝坐在地上，被一个蓝色的大水泡包着。宴龙手中抱着琴，绕着少昊转圈子，边走边弹，听不到声音，可他每拨一下琴弦，少昊身上的蓝色水泡就会骤然缩一下，好似一个痛苦挣扎的心脏。

不知道少昊哪里受伤了，只看到白袍上洒满的点点血痕。

宴龙嘴边的笑意渐浓，弹奏的气势越发挥洒自如，而包裹着少昊的水泡越变越小。

少昊说：“你太轻重不分！即使想杀我，也不应该趁着我和赤宸交手时偷袭我！让河图洛书落到赤宸手里，你想过后果吗？”

宴龙笑着说：“别担心，我收拾了你，自然会去收拾他。河图洛书固然难拿，不过杀你的机会更难，我等了两千多年，才终于等到今天。炎弇和洪江那两个白痴竟然以为凭他们就能拦住我，我不过是和他们虚耗时间，把真正厉害的珞迦和赤宸留给你，借机消耗你的灵力，不过你也太没用了，号称什么神族第一高手，珞迦和赤宸就能把你伤得这么重。”

少昊白袍上的血痕越来越多，蓝色的水泡越变越薄，越变越小。

宴龙一边笑着，一边啧啧摇头，欣赏着少昊的无力挣扎。自他出生，少昊就一直是他的敌人。从小到大，不管做什么都要被拿来和少昊比，不管他多么努力，做得多么好，只要比不过少昊就没有任何意义。自小到大，他也算天资超群，聪颖出众，样样拔尖，可他偏偏碰上的是少昊，他永远都在输，输得他不明白老天既然生了少昊，又何必再生他？难道只是为了用他来衬托少昊？

这是他第一次看到了胜利的希望，只要没有少昊，他就会成为宴龙，而不是那个事事不如少昊的高辛二王子。

宴龙用力地连弹了三下琴，水泡铿然破裂，少昊整个身子倒下去，耳朵里都渗出鲜血来。

宴龙大笑，走到少昊身边，少昊低声说：“别浪费灵力在我身上，我已经没有力气走出虞渊，赶快去夺回河图洛书。”

宴龙厌恶地狠狠踢了少昊几脚：“别一副高辛属于你一个人的样子，好像只有你最忧国忧民，难道我就不关心高辛吗？从今天开始，我就是高辛的大王子，高辛的事情，我会操心。”

他手掌蕴满灵力，正要用力劈下，结束少昊的生命。珞迦突然大笑着走出，洞窟扭曲变形，土剑从上刺下，土刃从地上涌出，四周烟尘滚滚，什么都看不清楚。

虞渊是土灵的天下，珞迦在此处相当于神力翻倍，宴龙却不擅长近身搏斗，心中一凛，一边全神贯注地闪避着土剑、土刃，一边扬声说道：“河图洛书在赤宸手中。”

珞迦的声音不知道从哪里传来，含糊不清：“真的吗？”

宴龙冷笑：“我何必骗你？”

“那好，告辞！”

一会儿后，滚滚烟尘散去，地上空无一人，看来少昊趁乱逃走了。宴龙气恨，凝聚灵力就要去追杀，突然又迟疑起来，不知道刚才那一幕珞迦看到了多少，父王虽然偏爱他，但如果让父王知道是他杀了少昊，绝对不会轻饶他。

虞渊的吞噬越来越强，不能再耽搁，以少昊的伤势，根本走不出虞渊，那么不如就让虞渊杀了他。日后即使珞迦说了什么，父王问起，他也可以理直气壮地回说，少昊在珞迦和赤宸的攻击下，不幸身受重伤，因为灵力不足，无法走出虞渊而亡，也算天衣无缝。

宴龙思量了一番后，匆匆向外掠去。

等宴龙消失不见了，躲在不远处的阿珩和少昊才敢喘气。

“多谢你。”往日尘埃不染的少昊不但满身是血，头发脸上也尽是污渍，可他的从容气度丝毫没变。

“何必客气？要谢也该谢你平日对我教导有方。如果不是你告诉过我父王心慈长情，我也不敢确信用珞迦就能吓得宴龙不敢再追杀。”

少昊说：“你的驻颜花能变幻容颜，可你怎么能控制土灵，让宴龙确信你是珞迦？”

“说来话长，反正这次要多谢珞迦。”阿珩背起少昊，“我们得快点出去，虞渊的力量越来越强了。”

她刚才自己一个过来时，已经有些费力，此时背着少昊，速度更慢。

走了好一会儿，依旧没有走出洞穴，下坠的力量却越来越大，阿珩的脚越来越沉，就好像脚要和地面黏到一起，再加上少昊的重量，阿珩每走一步，都要动用全部灵力。

少昊看她越走越慢，知道她已经没有了灵力，就是独自逃出去都很勉强。

“阿珩，放我下来，你自个儿趁着太阳还没到虞渊上方赶紧出去，与其两个都死，不如活一个。”

阿珩心里也在剧烈斗争，少昊讲的道理她也很明白，她一边艰难地走着，一边左右权衡，想到母亲和四哥，她停住了步子，她不能死！

少昊见微知著，挣扎着要下去。

阿珩让少昊背靠着墙壁坐下，不敢看少昊的眼睛，低着头说：“对不起。”

少昊笑道：“没必要，如果换成是我，压根儿不会冒着被宴龙杀死的危险出手救你，去吧！”

阿珩一咬牙，用足灵力向外奔去。

黑暗中，她不管不顾地向前奔跑，却觉得是跑不尽的黑暗，少昊的笑容在她眼前挥之不去，只觉得自己每跑一步，少昊的笑容就越发清晰，相识以来的所有时光都变成了各种各样的笑容，浅浅的笑、愉悦的笑、朗声的大笑……她第一次意识到，不管什么时候，少昊永远都在笑。刚才他依旧在笑。

她猛地停住步子，咬了咬牙，转身往向回奔去。

四周漆黑、安静，少昊已经闭目等死，突然听到了缓慢而沉重的脚步声，他却没有睁开眼睛。

一直等到脚步声停在了他身前，他才慢慢地睁开眼睛，凝视着阿珩，却一字未说。

阿珩一声不吭，用力地把他背起，因为虞渊的引力，少昊的身体已经重若千钧，她只能一步一步地往外挪。

少昊沉默着，双臂软软地搭在阿珩的肩头。

阿珩一边大喘气，一边用手抓着洞窟上突起的石头，用力往前挪。

洞窟内的温度越来越高，引力越来越大，阿珩几乎完全移不动步子，却仍咬着牙关，双手用力抓着突起的石头，把自己往前拽，手被磨破了皮。

他们俩以一种蜗牛般的速度往前蹭，每蹭一点，都以鲜血为代价。

少昊忽地用力地伸出手，双手攀住石头，也尽力把他和阿珩的身体向前拉，墙壁上他们俩的血痕交汇相融。

又前进了十来丈，阿珩的脚再也抬不起来，她用力地提脚，却怎么都从地上拔不起，就好似整只脚都长到了地上。

她用力提，用力提，再用力提……

身子左摇右晃几下，带着背上的少昊一块儿摔到地上。

阿珩挣扎着想爬起，发现身体被重重地吸在地上，完全爬不起来，而少昊好似早就料到这个后果，压根儿没有动。

阿珩躺在少昊的胳膊上，嘿嘿地笑起来："我可真傻！没救成你，反倒把自己搭进来了，你刚才干吗不再劝劝我？表示一下你死志已定，不需要我多事？"

少昊闭着眼睛不说话，一瞬后才说："因为我很怕死。"

刚才，阿珩跑掉后，他没有害怕，只是平静地感受着虞渊的力量一点点增加，一点点吞噬着自己。那种看着黑暗逐渐逼近的感觉，他早已经熟悉，因为从小到大，他每一天的日子都是如此。曾经以为父王最可以依赖，却忘记了父王是他唯一的父王，他却不是父王唯一的儿子；曾经以为最心疼自己的老嬷嬷，却几百年如一日地给他的食物投毒；曾经以为可以相信的妹妹，把他所说的话一字不漏地告诉王后；曾经以为……一次又一次，他早已经习惯于平静地看着每一个亲人朋友毫不犹豫地把他抛弃，他觉得那样才正常。

可是，听到阿珩奔跑回来的脚步声，他的平静碎裂了，心跳猛然加速，似乎在隐秘地渴望着什么。面对神农的十万大军，他都能谈笑自若，可那一瞬间，他竟然连睁开眼睛去确认的勇气都没有。

阿珩叹气："我也怕死。"她想起了赤宸，如果就这样死了，她太不甘心！

少昊沉默不语地凝视着黑暗，真奇怪，现在引力大得连坐都坐不起来，可他居然没有了被黑暗吞噬的感觉，也许他怕的不是死亡，而是怕孤独地死去。虞渊的黑暗并不可怕，可怕的是被所有人遗弃的黑暗。

少昊突然说："阿珩，如果……我只是说如果，如果有来世，我不再是高辛少昊，你也不再是轩辕妭，不管你是什么样子，我都会做一个对你不离不弃的丈夫。"

阿珩轻声笑着："今生的羁绊就已经够多了，何必再把今生的羁绊带到来世？如果真有来世，我愿意干干净净地活一次。"

少昊也笑："你说得很对。"

"阿珩，阿珩……"

焦急迫切的声音不知道从哪里传来，在黑黢黢的山洞中回响着。

阿珩和少昊竖着耳朵听了一瞬，阿珩大叫起来："大哥，我在这里，我在这里！"

阿珩的声音发颤，喜悦地和少昊说："大哥来找我了！我大哥来找我了！我们得救了！我们都不会死！"

少昊凝视着阿珩，笑而不语。

因为被虞渊的力量干扰，青阳又有伤，用灵力查探不到阿珩，只能依循着阿珩的声音过来，等看到地上还躺着一个重伤的少昊，很是意外，一时间只是看着他们，神色凝重，好一会儿都没出声。

阿珩明白过来，大哥身上有重伤，虞渊的力量又太强大，他只能救一个走。

少昊淡淡一笑："别婆婆妈妈了，就是可惜我们还未分出胜负。"

青阳抱起阿珩，少昊不再说话，只是微笑着闭上了眼睛。

青阳最后看了一眼少昊，大步流星地朝外奔去。阿珩抱着哥哥的脖子，眼睛瞪得大大的，盯着后面，少昊白色的身影越变越小，就好似在被黑暗一点点吞噬。她把头埋在哥哥脖子上，泪从哥哥的肌肤上滑下。少昊看她的最后一眼还是在笑，似乎在告诉她，没有关系！可是他明明说了他怕死！

青阳面容冷漠，看似无动于衷，只是狂奔，可太阳穴突突直跳，手上也是青筋鼓起。

“嘎嘎，嘎嘎。”

阿珩立即抬头，失声惊叫：“烈阳，阿獙！”

鸣叫声中，烈阳飞扑过来，落在阿珩手上，阿獙随后而到，喜悦地看着阿珩，不停地呜呜叫。它们也不知道怎么了，一个羽毛残乱，一个毛发有损，好似和谁搏斗过。

青阳惊讶地看着这两只畜生，畜生的感觉最为敏锐，常常比灵力高强的神族都灵敏，太阳刚接近虞渊时，所有坐骑都退避躲让，逃离了虞渊，并不是它们对主人不忠，只是畜生的求生本能。可这两只畜生竟然为了寻找阿珩，克服了本能的畏惧。

阿珩看到阿獙，大笑起来，又哭又笑地指着后面：“快去，把少昊救出来，快去！”

阿獙纵身飞扑出去，青阳立即把阿珩放在地上，也往回奔去。

阿珩躺在地上，紧紧地抱着烈阳，嘿嘿地傻笑。

烈阳不满意地扭着身子，一边扭一边啄阿珩，阿珩不但不躲，反而用力亲他，烈阳被亲得没了脾气，只能昂着脑袋痛苦地忍受。

一瞬后，阿獙驮着少昊奔了出来，青阳抱起阿珩，大家一言不发，都拼命往外冲。

冲出洞口的一瞬，太阳已到虞渊，虞渊上空黑雾密布，什么都看不见，浓稠得像黑色的糖胶。

“殿下！”朱萸喜悦地尖叫，她牢牢抱着重明鸟，手上脸上都是伤痕，狼狈不堪地站在山崖边上，黑雾已经快要弥漫到她的脚边，她脸色煞白，身子摇摇欲坠，却寸步不动。

青阳一声清啸，他的坐骑重明鸟哆哆嗦嗦地飞了过来。青阳跃上坐骑，立即朝着远离虞渊的方向飞行。

直到飞出虞渊，他们才狼狈不堪地停下，回头看，整个西方已经都黑雾弥漫，太阳正一寸寸地没入虞渊。

青阳怒问朱萸："为什么要傻站在虞渊边等死？"有等死的勇气却不进来帮忙。

朱萸理直气壮地回道："不是殿下要我在那里等你出来吗？我当然要一直等在那里了。"

青阳一愣，少昊趴在阿獙背上无声而笑。

朱萸对阿珩跪下请罪："王姬，您要我看住阿獙和烈阳，可它们看到太阳靠近虞渊时你还没出来，就拼命往里冲，我怎么约束都没用，被它们给溜进去了。"

阿珩一愣，只能说："没事，幸亏你没管住它们。"站在山崖边等死和在山洞里等死有什么区别呢？这个朱萸……果然是块木头。

大家这才明白朱萸身上的抓痕从何来，阿獙和烈阳为什么又是掉毛又是掉羽。少昊笑得越发厉害，一边咳嗽，一边对青阳说："你说这块木头究竟算是有心，还是没心？"

青阳蹙眉眺望着远处的山头，没留意他们说什么。

阿珩只是受了一些外伤，灵力并没有受损，此时离开了虞渊，很快就恢复了。

她蹲在水潭边，擦洗着脸上手上的脏泥和血痕。

阿獙尾随在她身后，也走到了潭水边，少昊从它背上落下，"扑通"一声掉入水潭，幸亏阿珩眼明手快，抓住了他。

少昊微笑："我修的是水灵，这次谢谢你了。"

阿珩反应过来，水潭正是他疗伤的地方。水是万物之源，修习水灵的神不管受多重的伤，只要有水，恢复的速度就会比别的伤者快很多。

阿珩一笑，放开了手，少昊缓缓沉入水底。

青阳走到阿珩身边，两只脚踩到水面上，水潭开始结冰。

青阳说："我和少昊因为自己身上有伤，为了以防万一，在进入虞渊前，我们俩合力在虞渊外布了一个阵。赤宸现在被困在阵里，我们必须赶在少昊的伤势恢复前从赤宸手里取回河图洛书。"

阿珩十分惊讶："你们各自带手下赶来虞渊，都没有机会见面，怎么能合力布阵？"

青阳淡淡地说："等你和一个朋友认识了几千年时，就会明白有些事情压根儿不用说出来。"

阿珩看着已经全部冻结的水潭，似笑似嘲地说："他也会理解你现在阻止他疗伤的意图了。"

刚才消失不见的朱萸不知道从哪里又冒了出来，对青阳指指远处一个小水潭，那是他们刚从虞渊逃出时，经过的第一个有水的地方。

青阳猛地一脚跺在结冰的湖面上，所有的冰碎裂开，青阳直沉而下。

阿珩正莫名其妙，青阳抓着一个木偶跃出，把木偶扔到阿珩脚下，跳上重明鸟背，向着朱萸指的水潭飞去。

阿珩捡起木偶，发现木偶雕刻得栩栩如生，完全就是一个小少昊，心脏部位点着少昊的心头精血，原来少昊刚一逃出虞渊就已经用傀儡术替换了自己，一路上和他们嬉笑怒骂的都只是一个傀儡。

阿珩想着刚才对她感激道谢的竟然是个傀儡，心中发寒。

朱萸看阿珩愣愣发呆，还以为她不明白自己如何能找到少昊，指了指地上的茱萸："殿下在进入虞渊前吩咐我留意一切有水的地方，我特意在每个水潭边都偷种了茱萸，如果不是如此，只怕就被少昊糊弄过去了。"

阿珩驾驭阿獙赶到小水潭边时，整个水潭已经全部冻结成冰，青阳闭目盘膝坐在冰面上。

阿珩对他说："对不起，大哥。"

青阳说道："我在这里困住少昊，你带朱萸，还有……"青阳看了一眼阿獙和烈阳，不再把他们看作畜生，"他们，一起去拿河图洛书。不用急着出手，等宴龙和赤宸两败俱伤时，再利用阵法盗取，但也不要太慢，这里的地势灵气有利于少昊，我不知道能困他多久。"

阿珩刚要走，青阳又说："不要让宴龙死，他是最好的牵制少昊的棋子。"

阿珩道："明白了。"

"怎么还不走？"

阿珩问道："三哥是你杀的吗？"

青阳淡淡说："是炎奔杀死了他，你从哪里听来的风言风语？"

阿珩说："我从父王那里听来的。父王没有明说，不过彤鱼氏能对着我嚷嚷，大概父王也有了怀疑。”

青阳嘴角一勾，笑起来：“这些事情不用你理会，去拿河图洛书。”

“大哥，请不要因为你的野心陷母亲和四哥于险境，否则，我绝不原谅你！”阿珩说完，跳到阿獙背上，飞向了天空。

第十六章 此生此夜不长好

阿珩按照大哥的指点，先作壁上观。

青阳按照金木水火土的方位，布置了五面冰镜，只需站在镜前，整个阵法内的情形就能尽收眼底。

珞迦、炎弁、中容都被困在了阵法内。珞迦谨慎小心，并不着急出去，不慌不忙地四处查探着；炎弁性子暴躁，气急败坏地左冲右突，放火烧山，看似火海一片，实际他烧的都是幻境；中容驾驭着玄鸟不停地在飞，其实一直在原地兜圈子。

宴龙对阵法压根儿不在意，端坐在山头弹琴，神色镇定，姿态娴雅，琴声一时铿锵有力，如惊涛巨浪，一时缠绵凄切，如美人哭泣。

随着宴龙的琴声，谷底的石头一块又一块被打得粉碎，好几次都险险击中赤宸。赤宸上蹿下跳，左躲右闪，虽然依仗着野兽般的灵活身法堪堪躲开，却越来越狼狈，头上衣服上都是尘土。

烈阳看到赤宸的惨样，十分幸灾乐祸，咧着嘴，挥着翅膀，嘎嘎大笑；阿獙看到赤宸被人欺负，十分着急，一直用头拱阿珩，不明白阿珩为什么不去帮赤宸。

朱萸看得咋舌："难怪殿下这么留意赤宸，宴龙已经成名千年，这个赤宸不过五六百年的修行，却能在宴龙手下坚持这么久。"朱萸通过脚下的青草，把灵识延伸出去，静静感受了一会儿，叹道，"不过好可惜啊，宴龙的杀气好重，赤宸要死了！"

朱萸话音刚落，宴龙的琴声突然变得很柔和，像清风明月、小溪清泉一般，也不再有石块被音波震碎，整个山谷都被宁静祥和笼罩。赤宸却神色凝重，立即盘膝坐到地上，运出全部灵力抵抗，四周长出藤蔓，将自己重重包裹住。

朱萸重重叹息了一声，居然对赤宸生出了惋惜：“唉！这才是音袭之术中最恐怖的魅惑心音，可令千军万马崩溃于一瞬。”

所谓魅惑心音，也就是利用声音的力量，操控心中的感情，或者喜悦，或者悲伤，或者愤怒……不管神族、妖族、人族，只要有灵智，就不可能没有七情六欲、情绪波动，一旦被宴龙抓住情绪的漏洞，再利用琴音攻击这个情绪弱点，被攻击者最后就崩溃在自己极端的情绪中。

赤宸上一次就是利用了阿獙声音中的魅惑之音令神农山的精锐不战而败，宴龙的功力胜过阿獙百倍，威力可想而知，赤宸又爱恨激烈，情感极端，更容易被操纵，所以在朱萸和宴龙眼中，赤宸已经彻底死了。

在宴龙的琴音中，包裹着赤宸的藤蔓从绿色慢慢变成了黄色，随着藤蔓颜色的变化，整个山林的树叶也慢慢地变成了黄色，就好似已经到了秋末，万物即将凋零。

宴龙微微而笑，等所有树叶凋谢时，就是赤宸灵力枯竭时，也就是赤宸的死期！他又加重了指间的灵力。

就在此时，山林里突然响起几声虎啸，令宴龙的琴音一乱。

宴龙稳了稳心神继续抚琴，山林里却开始越来越热闹。

虎啸、狼嚎、猿啼、鼍吠、鸟鸣、虫唱……似乎各种各样的动物都苏醒了，随着宴龙的琴声一会儿这个叫，一会儿那个叫。一只野兽的叫声并不可怕，可是成百上千只野兽会聚到一起的叫声非常可怕。

野兽和人不同，它们没有贪嗔爱恨痴，并不会被琴音左右情绪。如果只是狼嚎，宴龙也许可以利用琴音模仿虎啸，令狼退却，可这么多动物一起乱叫，宴龙没有办法让它们畏惧，反而自己琴音中的力量全部被打乱。

朱萸眉飞色舞，鼓掌喝彩：“好个赤宸！竟然让他想出了这么一招去破解魅惑心音！你利用的是人非草木孰能无情，我就给你一群没心没肺的野兽，看你怎么玩？”

阿珩唇边带着笑意，语气却是淡淡的：“他神力不如宴龙，也只能玩这些耍赖的招数！”视线一扫，瞥到冰镜中的图像，“珞迦找到阵门了。”

珞迦堆起黄土要破阵法，朱萸立即拉着阿珩后退，她们面前的冰镜炸裂，少昊和青阳的灵力变作了漫天雨雪，淅淅沥沥地落着。

同时间，赤宸抓住宴龙琴音中的一个漏洞，令整个山坡上的青草旋转而起，直击宴龙，一根根青草细如发丝，硬如钢针。宴龙的音袭之术不擅长近身搏斗，抱着琴左躲右闪，琴音越发乱了，身上的衣服被割得千丝万缕。

赤宸分开藤蔓跃出，纵声大笑："王子尝试完了千草针，再尝尝万叶刃。"

山林间的黄叶从四面八方呼啸着向宴龙飞去，像无数条黄色的蟒蛇扑向宴龙。宴龙瞳孔收缩，脸色苍白，狼狈不堪地跌到地上，左滚右躲。

赤宸站在大石上，也是浑身血迹，衣衫褴褛，却骄傲得意如一只开屏孔雀，讥笑道："原来这就是神族中大名鼎鼎的音袭之术，号称'不伤己一分，令千军万马崩溃于一瞬'，不过是一个不敢正面迎敌的把戏。王子下次用音袭之术，记得要找一百个神将把你团团保护住，好让王子慢慢弹琴。"

宴龙贵为高辛的王子，从未受过这样的讥嘲，几乎被怄得吐血，一个闪神，手腕被叶子划过。

"啊——"凄厉的惨叫声中，鲜血飞溅，一只手掌和手中的琴都飞了出去。

赤宸冷冷一笑，正要加强灵力，杀死宴龙，忽然透过漫天黄叶，看到一个青衣女子姗姗出现，她的肩头停着一只白色的琅鸟，身侧跟着一只黑色的大狐狸。

女子慢慢停住了步子，她身旁的大狐狸欢快地向赤宸奔跑过来，眼见着就要跑入飞卷的黄叶刀刃中。

赤宸收回了灵力，阿獙穿过徐徐落下的黄叶，冲到赤宸身边，又是摇尾巴，又是抓赤宸的衣袍，左扑右跳地欢叫着。

赤宸蹲了下来，手在阿獙背上来回揉着，眼睛却是瞅着山坡上站立的阿珩，对阿獙说："她怎么来了？只怕也是冲着河图洛书来的吧！"

阿獙可不懂什么河图洛书，只知道又看到了他喜欢的赤宸，高兴地不停扑腾。

此时阵法已去，幻象都消失，中容在空中看到重伤的宴龙，赶忙命玄鸟下落："二哥，二哥……"

宴龙痛得整张脸都扭曲变形，中容一手搀扶起宴龙，一手捡起地上的断掌，立即跳回玄鸟背上，向东边逃去。

宴龙对赤宸大叫："今日之仇，他日必报！"

赤宸毫不在乎地高声大笑。

阵法破后，炎弁和珞迦立即藏身到山林中，袖手旁观着赤宸和宴龙的打斗。炎弁虽然讨厌赤宸，可宴龙曾在蟠桃宴上当众打败过他，他更嫉恨宴龙，看宴龙被赤宸重伤，不禁笑道："我早就说了宴龙的音袭之术中看不中用，如果当年不是我不小心被他抢了先机，怎么可能会败给他？"

珞迦皱着眉头，眼中隐有担忧："我们先杀了轩辕挥，得罪了轩辕族，如今又重伤宴龙，和高辛族结怨，再这样下去，神农族会越来越孤立。"

炎弁训斥道："妇人之仁，对付敌人的最好方法就是杀一个少一个！宴龙靠的是琴音，失去了一只手的宴龙有什么好怕的？我们现在应该考虑的是如何把河图洛书从赤宸手里弄过来。"

珞迦不说话，炎弁盯了他一眼，说道："你别忘记，赤宸本是一只贪婪嗜血的野兽，如果他参透了河图洛书，你想想后果。你以为他会让榆襄那个笨蛋继续当神农王？"

珞迦恭顺地低下头，将眼中的情绪掩去。

炎弁看到一个青衣女子走向赤宸，因为阿珩有驻颜花，容颜早已变幻，他并不认识。

炎弁问道："那个女子是谁？"

珞迦隐隐猜到是谁，却不愿说出，只道："大概是赤宸的朋友吧！"

"朋友？不就是赤宸的女人吗！"炎弁连连冷笑，"上次火烧轵邑的琅鸟就是这只吧？难怪神农王不许我伤它，原来又是赤宸！"

珞迦淡淡说："天下的琅鸟有几万只，你多心了。"

"哼！"炎弁一挥袖，狠狠地盯了赤宸一眼，"咱们走着瞧！"跳上毕方鸟，自去了。

珞迦轻叹一声，身影也消失在了山林间。

阿珩走到赤宸身前，赤宸讥嘲地问："不知道你是轩辕族的王姬，还是高辛族的王子妃？"

阿珩一笑，反问道："王姬如何，王子妃又如何？"

赤宸指指头顶："河图洛书在逍遥腹内，如果是轩辕族的王姬，我和她有点交情，可以给她几天时间，让她偷取河图洛书；如果是高辛族的王子妃，对不起，我并不认识她，只能立即命逍遥把河图洛书送给榆襄。"

逍遥就是赤宸的坐骑大鹏。烈阳看到一只黑色的鹏鸟竟然敢在它头顶盘旋，它冲着鹏鸟叫，鹏鸟却毫不理会，烈阳第一次碰到不听它号令的鸟，大怒下就要飞出去教训对方。

阿珩忙说：“烈阳，它不是普通的鹏鸟，它是北冥中的鲲变化的鹏，既不向水族之王龙称臣，也不向飞禽之王凤凰称臣。”北冥鲲是大荒内最神奇的异兽，生于北冥，死葬南冥，本是鱼身，叫鲲，可刚一孵化就可以变化鸟形，变作的鸟叫鹏，速度极快。据说成年的鹏每扇动一次翅膀，就可以扶摇直上九万里。

这只鹏还不是成鸟，但扇一下翅膀，几千里也许已经有了，赤宸把河图洛书交给它的确再稳妥不过，世间没有任何神和妖能追上它。

阿珩对赤宸说：“我是轩辕族的王姬轩辕妭。”

赤宸盯着阿珩：“即使你救过我的命，我也只能给你三天时间，三天之后我就会把河图洛书交给榆襄。”

“好！”

赤宸清啸，鹏鸟直落而下，停在赤宸身旁。

他跳上大鹏的背，把手递给阿珩：“想要河图洛书就跟我走。”

阿珩看阿獙和烈阳，他们两个怎么办？赤宸说：“他们的速度赶不上逍遥，只能晚一点到。”

阿珩握住赤宸的手，跳到了大鹏背上。

大鹏一振翅膀，就已经进入云霄，因为速度太快，阿珩身子向后跌去，跌入了赤宸怀里。赤宸趁势用胳膊圈住了她，阿珩想拽开他的手，赤宸的身体左晃右闪，搂得越发紧，在她耳畔低声说：“逍遥的速度太快，我现在的灵力也只是勉强控制，你想我们俩都跌下去吗？倒也不错，至少生不同衾死同穴。”

赤宸的身形猛地一斜，差点儿掉下去，阿珩尖叫了一声，再不敢乱动。

因为速度快，什么都看不清楚，只看到白茫茫一片，云就像海涛一般一浪又一浪冲卷过来，割得脸都好像要裂开。

赤宸哈哈大笑，逍遥也是个疯子，听到赤宸的笑声，越发来劲，速度越发快起来，一会儿突然猛冲而下，眼看着就要摔死，结果它猛一个提升，和山尖一擦而过，在一个瞬间又扶摇而上。阿珩刚松一口气，它又猛地翻转一下，阿珩吓得紧紧抓着赤宸。

最初的惊怕过后，竟然慢慢地有了别的滋味。

九天浩荡，云霄寥廓，这个世间好似除了他们，再没有其他，没有任何东西能快过他们，也没有任何东西能束缚住他们，整个天地都任凭他们肆意遨游。

赤宸在阿珩耳畔大声问："感觉如何？"

阿珩没有说话，只是紧绷的身体慢慢放松，不知不觉靠在了赤宸怀里，连灵力都散去，把生死完全交给了赤宸。至少这一瞬，她可以完全依靠他，所有的负担和束缚都可以暂时抛弃。

赤宸感觉到阿珩身上灵力尽散，诧异了一下，就顾不上再想，只是紧抱住她，和她一块在九天之外忽高忽低，肆意遨游。

不知道飞翔了多久，逍遥又是一个急落，阿珩觉得就像是要摔死一般急急坠落，被压迫得喘气都困难，坠落的过程急速而又漫长，就在她觉得没有尽头时，一切突然静止，若没有赤宸的灵力，她的身子都差点儿飞出去。

赤宸轻声说："我们到家了。"

阿珩一愣，缓缓睁开眼睛，放眼望去，桃花开满山坡，云蒸霞蔚、缤纷绚烂，绯红的桃花掩映中，有点点绿竹楼隐约可见。

原来一会儿的工夫，他们就已经到了百黎。

赤宸伸出手，逍遥把一颗鸡蛋大小的玉卵吐到他手里，连招呼都没打一声，又腾空而上，消失在夜空中。

赤宸对阿珩晃了晃手中的玉卵，收到怀里："这就是你想要的河图洛书。"说完，他提步向寨子里行去。

阿珩咬了咬唇，快步跟了上去。

阿珩和赤宸走进赤宸寨时，天色仍黑，四周万籁俱寂，赤宸躺到祭台中央，仰头望着天空。

阿珩坐了下来："这三天你想做什么？"

赤宸食指放在唇上，示意她别吵，默默望了一会儿天空，竟然闭上眼睛，沉沉睡去。

阿珩只能静静地坐着，同样的夜色，可在百黎却多了几分安详，几分轻松，不一会儿，她的眼皮子越来越沉。这几日她先是赶着去参加四哥的婚礼，又赶着去虞渊夺河图洛书，一直精神紧绷，没有好好休息，此时一放松，困意上来，靠着石壁就睡着了。

巫师们清晨起来，正要打扫祭台，看到祭台上竟然有人。一个衣衫褴褛的红袍男子身体呈大字形仰躺在祭台中央，虽然在沉沉而睡，可连睡相都透着一股子张狂，在他身旁不远处，一个青衫少女缩靠着石壁，唇角带着一点笑意，也正睡得香甜。

大巫师忙去叫巫王。巫王拄着拐杖过来看了一眼，笑眯眯地对大家挥手，让大家都安静地离开。

这一觉睡得十分香甜，等睁开眼睛时，阿珩发现自己身上搭着条兽皮毯子，而赤宸已经不知去向，她猛地跳了起来："赤宸！"

赤宸的声音懒洋洋地传来："干什么？"

阿珩探头去看，发现赤宸和巫王正坐在桃花树下晒太阳。他下身穿了一条只到小腿的黑色宽脚裤，上身打着赤膊，肌肤被晒成了健康的棕褐色。

阿珩一边走下祭台，一边看了看太阳，竟然已经偏西，不禁皱眉，暗暗埋怨自己睡得太久。

赤宸伸了个懒腰，拿腔拿调地说："哎呀，都已经快过了一天，连河图洛书藏在哪里都不知道！"

阿珩看不得他这个样子，一脚踹到他的竹椅上，把他踹翻在地，踹完了才想起赤宸就是百黎人的神，这样的动作落在巫王眼里简直是亵渎百黎，这老头儿可是神族都敬让三分的毒王，忙又对巫王讨好地笑。

巫王呵呵地笑着，佝偻着腰站起，对趴在地上的赤宸说："今儿晚上是桃花节，你们既然凑巧来了，可别忘记去看看热闹。"

阿珩看巫王走了，坐到他坐过的摇椅上，一边摇着，一边盯着赤宸琢磨，他把河图洛书藏到了哪里？

赤宸腾身跃回摇椅上，看阿珩一直盯着他。他眼中冷光内蕴，似笑非笑地道："你若想知道，就过来摸一摸，摸遍我的全身不就知道了？"

"呸！"阿珩脸有些烫，瞪了他一眼，别过了头。

阳光隔着桃花荫晒下，温暖却不灼烫，让身子懒洋洋的舒服，好似骨头都要融化了。

祭台一侧是连绵起伏的大山，另一侧是笔直的悬崖，此时悬崖上开满各色野花，灿若五色锦缎，一道白练般的瀑布从崖上落下，飞溅在石头上，激荡起一团又一团的水雾。日光映照下，弥漫的雾气中有半道七彩霓虹，斜跨在洁白的祭台上空。

瀑布的水流入深潭后，沿着白色鹅卵石砌成的水道，绕着祭台蜿蜒而过，水面上点点落花，时不时有鱼儿追着花蕊跳出水面，一个摆尾，啪一声又落回溪水，飞溅起点点银光。

阿珩看得出神，不知不觉中忘记了河图洛书，发梢肩头落满了桃花瓣都不自知。

赤宸侧头看着她，眼中的冷厉渐渐淡了，透出了温柔。

他们俩就这么一个痴看着山野景致的变幻，一个凝视着另一个，凝固成了一幅幽静安宁的山居图。

直到日头落山，倦鸟归林，一群山鸟从他们头顶掠过，阿珩才想起了此行的目的。

她的眼神一沉，抿了抿唇角，透出坚忍，赤宸的眼神冷了下来，赶在她转头前转过了头。

阿珩侧头时，看到赤宸含着一抹冷笑，眺望着远处山坡上的桃林。

巫王派人来叫他们吃饭，赤宸站起来，径自走了："我晚上要去过桃花节，你如果还记得自己承诺过什么，可以来看看。"

阿珩坐在摇椅上没有动，只是看着头顶的桃花。

前年的今日，是她最需要赤宸时，她不惜暗算大哥，逃出朝云峰，在桃花树下等了赤宸一个晚上，赤宸却失约未到。如果那天他到了，如今他们会在哪里？

去年的今日，她苦苦筹谋一年，对高辛王借口要教导妇人养蚕，溜到百黎，等了赤宸半夜，可是，桃花树下，她等来的是一袭绝情的红袍。

今年的今日，她不知道自己是否还有勇气相信桃花树下、不见不散的诺言。

和往年一样，没有祭台，没有巫师，更没有祭祀的物品，只有一堆堆熊熊燃烧的篝火和满山满坡盛开的鲜花，无数的男男女女在篝火旁、鲜花中唱歌跳舞。

传说几万年前，在特定的日子，各族的男男女女可以相见私会，自定嫁娶，可慢慢地这个习俗就消失了，百黎族却仍保留着上古风俗，男欢女爱既不需要父母之命，也不需要婚礼做证，只需要男儿欢喜女儿爱。哥哥妹妹只要对了意，那么就可以立即结成对。

背时哥哥不是人

把我哄进刺芭林
扯起一个扫堂腿
不管地下平不平

少女娇俏地申述着对往日情事的不满，众人哄堂大笑，嘲笑地看着女子的情哥哥。男子急得抓耳挠腮，拼命想歌词，好唱回去。

阿珩听到歌词，羞归羞，可又觉得好笑，忍不住和大家一块笑。她拎着一龙竹筒的酒嘎，一边听着对歌，一边慢慢喝着。

山歌声一来一回，有的妹妹已经刁难够了情哥哥，收下了情哥哥相赠的桃花，别在鬓边。大荒人用桃花形容男女之情估计也就是来自这个古老的习俗。

阿珩摘下头上的驻颜花——一朵娇艳欲滴的桃花，是整个山谷中最美的一朵桃花。她忽地想，会不会当年赤宸相赠驻颜花并不是因为它是神器？在他眼中，它只是一朵美丽的桃花。

阿珩柔肠百转，默默凝视着驻颜花。

突然，山谷中响起了难以描绘的歌声，把所有的歌声都压了下去。那歌声洪亮不羁，粗犷豪放，像是猛虎下山，澎湃着最野性的力量，可又深情真挚，悲伤缠绵，像是山涧松涛，温柔地召唤着远去的女萝归来。

哦也罗依哟
请将我的眼剜去
让我血溅你衣
似枝头桃花
只要能令你眼中有我
哦也罗依哟
请将我的心掏去
让我血漫荒野
似山上桃花
只要能令你心中有我……

所有人都停住了歌舞，四处找寻着唱歌的人。

赤宸一边唱着山歌，一边一步步走了过来，百黎族的少女们只觉得从未见过这么出众的儿郎，他的身板比那悬崖上的青杠树更挺拔，他的眼睛比那高空的苍鹰更锐利，他的气势比百黎最高的山更威严，他的歌声却比百黎最深的水更深情。

哦也罗依哟
请将我的心掏去
让我血漫荒野
似山上桃花
只要能令你心中有我……

赤宸一袭鲜艳的红袍，从人群中穿过，站在了阿珩的面前。他身上的红袍是阿珩为他所织。阿珩的怨恼淡了，心底透出一点甜意，看来他后来还是赶到了桃花树下，终究没舍得把衣袍扔掉。

赤宸的声音渐渐低沉，反反复复地吟唱着："哦也罗依哟，请将我的眼剜去，只要能让你眼中有我。哦也罗依哟，请将我的心掏去，只要能让你心中有我……"

他的眼睛中全是求而不得的相思苦，无处宣泄，无处倾诉，只能化作歌声，反复吟哦。

赤宸取过阿珩手中的驻颜花，变作了一个桃花环，双手举起，如捧王冠一般捧到阿珩面前："这不是王冠，如果你想要的是王冠，我会为你打下一顶王冠，绝不会比少昊给你的差。"

阿珩眼中有了泪意，米朵拽阿珩的袖子，低声说："收下，收下。"

阿珩却站了起来，低着头绕过赤宸，走向前方。

赤宸眼中灼烫炽热的光芒一点点黯淡，刚想把花环扔掉，突然听到背后传来轻轻的歌声。

山中有棵树哟
树边有枝藤哟
藤儿弯弯缠着树

藤缠树来树缠藤哟

赤宸不太敢相信地回头，看到阿珩站在篝火边，脸色绯红，声音小得几乎听不到，可她的的确确按照百黎族的风俗，在用山歌当众表达对赤宸的情意。

日日夜夜两相伴哟
朝朝暮暮两相缠哟
藤生树死缠到死
藤死树生死也缠哟
风风雨雨两相伴哟
生生死死两相缠哟
藤生树死缠到死
藤死树生死也缠哟

赤宸看着阿珩，神情复杂。

八年前，他们许下了桃花之约，约定年年桃花盛开时，树下相逢。每次相逢时，他都或求或哄或骗地让她给他唱情歌，她却总是害羞地拒绝，笑嗔他太狡诈，因为按照百黎赤裸热烈的风俗，男子唱情歌是求欢，女子如果用歌声回应，就表明她愿意和他欢好。

她从没有对他唱过情歌，今年，她竟然当众向他唱了情歌。

金丹推赤宸："我说小兄弟，你怎么光傻站着啊？"

赤宸这才好似反应过来，快步走到阿珩面前，要把花环戴到阿珩头上，阿珩侧头避开："我不需要王冠，我只要一朵代表你心意的桃花。"

赤宸把像王冠一样的花环变回了驻颜花，插到阿珩髻边。

大家不认识赤宸，却知道这个羞涩的女子就是救治了无数百黎人的巫女西陵珩，看到敬爱的巫女找到了意中人，都喜悦地欢呼。

赤宸牵着阿珩的手，仍不确信地轻声问："阿珩，你真愿意？"

阿珩用力握住了他的手。

几个跟着巫师学习的少年一直盯着赤宸打量，一边悄声嘀咕，一边你推着我、我推着你，终于有一个胆子大的对赤宸喝问："嗨！你这人胆子倒大，竟敢向我们的西陵巫女求欢，你是谁？你可知道这是百黎族的桃花节？外人想参加，必须要巫王同意。"

赤宸心情愉快，笑道："我叫赤宸，五百多年前就生活在百黎山中，当然能参加百黎的桃花节。"

男男女女都惊骇地呆住，问话的少年激动地跪下，众人也跟着他陆陆续续地跪倒，朝赤宸磕头。

赤宸摇摇头，对阿珩说："一点明就没意思了，咱们走吧！"

赤宸牵着阿珩的手，看着步速缓慢，等众人抬头时，却已经看不见他们的身影。

溪水潺潺，微风习习。静谧的天空，缀满无数颗星星，一闪一闪，犹如情人的眼眸。

阿珩坐在桃花林间的竹楼上，遥望着天空的星辰。

赤宸提着几桶酒嘎从屋里走出，递给阿珩一只竹筒，阿珩随手接过，连喝了半桶，已经有了七分醉意。

赤宸坐到她身侧，揽住她的腰，从她手里拿过竹筒，喝了一口酒，低头来吻阿珩。

阿珩笑着躲了几下，没有躲开，只能任由他火热的唇落在她唇上，接受他口中渡来的美酒。赤宸的动作很青涩笨拙，和他平日的狡诈老练形成了鲜明的反差，可唯其青涩笨拙，才显出最炽热的真挚。

多年的梦想终于成真，赤宸只听到心嗵嗵直跳，却不知道究竟是自己的心跳，还是阿珩的心跳。

一会儿，欲望澎湃，他体内的野兽呼啸着要冲出来，恨不得立即就和阿珩欢爱；一会儿，双眸清醒，他盯着阿珩，心内有个声音似乎在烦恼、在生气。随着心情变换，他一会儿热烈地亲吻着阿珩，一会儿又迟疑不前。

阿珩主动抱住他，轻轻地吻着他，将他的欲望燃烧得越来越旺。

赤宸身子滚烫："阿珩，阿珩，阿珩……"他喃喃低语，"你真愿意吗？"

阿珩没有回答，而是握住他的手，抽开了自己腰间的裙带，罗衫轻分，眼前春色旖旎，赤宸体内的野兽咆哮着冲了出来，阿珩的身体软倒在他身下。

赤宸一边狂风暴雨般地吻着阿珩，一边将她的裙襦全部撕下。阿珩柔声低叫："赤宸、赤宸、赤宸……"她的声音犹如驯兽师的鞭子，赤宸心中柔情涌动，竟然生怕自己伤到了她，动作渐渐温柔。

阿珩头上的驻颜花，在他们无意释放的灵力交催下，飘出了无数桃花瓣，漫天都开始下起桃花雨。

月光下，凤尾竹间，楼台之上，桃花雨簌簌而下。他们俩交颈而卧，四肢相拥，婉转缠绵。

赤宸很温柔，就像三月的春风，慢慢地吹拂着阿珩的身体，让她的身体为他像花一般绽放，可等她接纳他后，他越来越像咆哮的大海，狂风暴雨般地席卷着阿珩，总在阿珩以为要平静时，又起了一波更高的浪。阿珩的意识被一个又一个更高的浪头席卷，一个欢愉的浪花刚刚在身体内炸开，又一个欢愉的浪花袭来，她惊诧于自己的身体竟然能产生这么多的欢愉。

随着一个个浪花，意识越飞越高，就好似飞到了云霄之上，轰然炸裂，阿珩忍不住尖叫，整个身体因为极致的欢乐而颤抖不停。

赤宸拥着阿珩，辗转反侧地吻着她："快乐吗？"

阿珩全身无力，说不出来话，只是幸福地笑。

歌声从山涧隐隐约约地传来。

哥是山上青杠林
妹是坡上百角藤
不怕情郎站得高
抓住脚杆就上身
几时把你缠累了
小妹才得松绳绳……

赤宸头贴着阿珩的脸，捻着一缕她的发丝在手指间绕来绕去，听到歌声，不禁轻声而笑，他往日的笑总是带着几分锐利傲慢，此时却低沉沉的，全是激情释放后的慵懒无力。

阿珩脸色绯红："你笑什么？"

"你在羞什么我就在笑什么。"赤宸的五指缠到了阿珩的五指上，一字字慢慢说，"藤生树死缠到死，藤死树生死也缠！"

阿珩紧握住他的手："其实，我和少昊并不是外面传闻的那样，我与他的恩爱只是做给我父王和高辛王看，他已经答应了我，有朝一日会允许我选择离开……”

“嘘！”赤宸听到少昊的名字，心中烦闷，一种好似公兽想要拼死决斗来捍卫交配专属权的狂躁冲动，他把指头放在阿珩的唇上，示意她别说了，“这三天只属于你和我，不要提起别的事情。明年的桃花节，我在桃花树下等你，如果你来了，我们再好好商讨以后如何。”

阿珩笑着点点头。

赤宸吻住了她，桃花雨又开始簌簌而下。

天明时分，阿珩醒转来时，赤宸已经不在她身边，想到昨日夜里的样子，她猛地拉起被子捂住了自己的头，却又忍不住偷偷地笑。原来这就是男欢女爱，竟然是销魂蚀骨的快乐。

正在一时羞，一时喜，听到竹楼外传来阵阵笑声，她忙穿上衣服，走到竹台上，阿獙和烈阳不知道何时来了，正在瀑布下的水潭里和赤宸嬉戏。

阿獙又是爪子，又是翅膀，和赤宸对打，闹得水花四溅。烈阳在空中飞来飞去，边飞边不停地吐火球，想烧赤宸，可赤宸身手迅捷，烈阳的火球要么打到了水里，要么打到了阿獙，烧得阿獙总是“啊呜”一声沉进水里，露着一只毛茸茸的大尾巴在水面上摇来摇去。

阿珩坐在竹台上，一边梳妆，一边笑看着他们。

赤宸抬头对她叫：“下来吃饭，吃过饭我们进山。前天我们和逍遥先走了，这两个小家伙还生气了，我答应了带他们去山里玩，这才跟我和好。”

赤宸做饭的手艺十分好，尤其是肉，烤得喷香，吃得阿獙对着赤宸不停摇尾巴。

他们俩用完早饭，带着阿獙和烈阳进了山。

阿獙刚开始还缠着阿珩，后来看到五彩斑斓的大蝴蝶，立即抛下阿珩，追着蝴蝶满山乱跑。烈阳早晨得了赤宸的指点，对凤凰内丹的操控越发灵活，正食髓知味，对着湖面猛练喷火，赤宸和阿珩恰好可以偷得一段安静。

赤宸躺在草地上，双手交放在头下，嘴里含着根青草，惬意地望着蓝天，阿珩坐在他身边，望着在草丛间撒欢的阿獙。

“阿珩！”

“嗯？”

“真的是藤生树死缠到死，藤死树生死也缠吗？”

阿珩看向赤宸，没有说话，只点了点头。她的眼睛，清澄干净，没有一丝杂念，就如百黎山中最美的湖水。

赤宸拿出河图洛书：“这个东西你打算怎么办？”

阿珩侧头想了一会儿道：“父王志在必得，我必须要和他交差，不过你若是把河图洛书给了我，只怕炎奔他们肯定不信，反倒以为是你独吞了。”

“我才不在乎他们怎么想。”

阿珩说道：“但你不得不顾虑你的兄弟怎么想，我听说你如今有了不少好兄弟。”

赤宸眉间有飞扬的笑意：“他们都是真正的勇士。”

阿珩说：“我们把玉卵一分两半，谁都得到了河图洛书，谁也都没有得到，这样我可以和父王交差，你也和神农有个交代。”

“好！”赤宸把烈阳叫来，“到检查你凤凰玄火是否运用自如的时候了。你把火控制到比蚕丝更细，慢慢地把这个玉卵切割成两半。”

烈阳很自负地冲赤宸叫了一声，果真喷出的火比蚕丝更细，温度却越发高。

嗞嗞声中，上古至宝河图洛书被一分两半。赤宸把一半交给阿珩，另一半藏进靴子上的暗袋里：“这个靴子看似简单，却是巫王的精心设计，如果不知道玄机，就会打开藏毒的机关。”

阿珩好笑地看着：“你花样可真多！”

“小时跟着野兽一块儿长大，需要学会的第一个本领就是藏食物，如果藏不好，即使辛苦猎到了食物，也会被更大个儿的野兽抢去，消耗了体力却吃不到食物，很有可能就再没有机会捕到下一个猎物，最后自己变成了其他野兽的食物。”赤宸盯着阿珩，很认真地说，“想成为活下来的野兽，不能仅仅依靠蛮力，狡诈、机警、多疑、凶狠缺一不可。”

阿珩想想自己幼时的幸福，再想想赤宸，只觉心疼，握住了赤宸的手：“从今往后，我们并肩而战，当你需要休憩时，我会守护你的食物。”

赤宸凝视着阿珩，一边笑着，一边慢慢地握紧了她的手，身子渐渐地倾了过来，刚要吻到阿珩，阿獙突然扑到他们中间，贴着阿珩的身子打了个滚，把身上的脏东西全滚到了阿珩身上，又肚皮朝天躺着，展展爪子，示意阿珩给他抓痒痒。

赤宸一巴掌拍到阿獙头上，阿獙歪着脑袋困惑地看着赤宸，不明白赤宸为什么生气打他，一双狐狸眼睛眨巴眨巴的，很是可怜。

烈阳嘎嘎大笑，笑得从树梢上掉了下来，仍在草丛里前倾后倒地大笑，一边笑，一边用两只翅膀不停地往一起对，朝阿獙做亲亲的姿势。

嗯?

阿獙的脑袋慢慢地从左歪变成了右歪，可仍旧不明白烈阳的意思。

阿珩恼羞成怒，对赤宸说："帮我教训一下这只臭鸟。"

烈阳立即跑，还不忘冲阿珩和赤宸喷了团火，一丛青草追在他身后，他在空中左逃右窜，越逃越远，几根白羽被割了下来，青草依旧追着他不放。

阿獙看得有趣，飞上天空，去追草叶子。

阿珩叹气："总算清静了！"

赤宸也说："总算清静了，我们可以……"他的两个大拇指对了对，朝阿珩眨了眨眼睛。

"你怎么跟着臭鸟学？懒得理你！"阿珩一边嗔骂，一边跳起来向山坡上跑去。

赤宸笑着去追她，一追一逃间，他们的距离渐渐接近，赤宸猛地一扑，抱住了阿珩，低头去吻她。

阿獙在高空看到他们，以为他们在做什么游戏，顾不上再追草叶子，欢鸣着飞扑过来，四只爪子齐齐抱住了赤宸，带着赤宸和阿珩摔倒，在草地上跌成一团。

烈阳不甘示弱，也冲了回来。

一时间，湛蓝的天空下，又是鸟叫，又是兽鸣，还有阿珩的笑声、赤宸的喃喃咒骂声。

第十七章 天长地久有时尽

清晨时分，阿珩在赤宸怀里醒来。

阿珩轻声说：“大哥还在虞渊附近等我，我得回去了。”

赤宸道：“竟然已经三天。”时间过得可真快。

阿珩抱紧赤宸，心中满是不舍。

两人相拥了半晌，逍遥从高空俯冲而下，从窗口一掠而过，又直冲云霄而上，似在催促他们上路。

赤宸亲了阿珩额头一下，起身穿衣。

分别就在眼前，阿珩觉得有些事情还是要和赤宸说清楚：“我嫁给少昊只是为了……”

赤宸一边穿衣服，一边说：“我不在乎你有没有嫁过人，我和你之间的问题不是少昊。”他回身看着阿珩，“一切都取决于你，我要的是你的这里！”他的手掌贴在阿珩的心口，“你愿意给我一颗真心吗？”

阿珩用力点点头。

赤宸一笑，目光炯炯，盯着阿珩的眼睛：“只要你愿意真心对我，那就行了，世间所有的困难都会退却！”

是啊！只要他们合心，即使前路荆棘遍布，也一定能披荆斩棘，走出一条路来。阿珩只觉胸中勇气激荡，迟早有一天，她和赤宸可以年年日日都像这三天一般。

阿珩依依不舍地辞别了赤宸，赶去找青阳。

虽然阿獙全力飞行，可等阿珩赶到虞渊时，也已是半夜。

远远就看到火光冲天，阿珩不解，忙命阿獙再飞快点。等飞近了一点，远远看到炎弁、洪江、珞迦在合力催动火阵，被困在火阵中央的是青阳和仲意。他们兄妹三个修行的灵力不同，可因为他们自出生就夜夜被母亲用蚕茧包裹住，挂在桑树上休憩，所以他们的灵力可以相通。此时仲意一只手掌搭在青阳肩头，就是把自己的全身灵力都和青阳相通了。

青阳的神色看不出端倪，像平常一般无喜无怒的冷漠，可即使在仲意的帮助下，他们身周结成的白色冰牡丹也只有拳头大小，显然他的伤势越发重了。

青阳一直是神农族最大的威胁，炎弁好不容易撞到这个千载难逢的机会，肯定想把青阳彻底解决了。

阿珩焦急难耐，可眼前是神农的三大高手，还是火阵，她的灵力本就低微，偏偏修炼的又是木灵，恰好被火克制。

该怎么办？

她正在凝神思索，朱萸驾驭着重明鸟落下，阿珩忙问："大哥和四哥怎么会被炎弁困住？"

"你跟着赤宸走后不久，四殿下就气急败坏地赶来了，听到你去找赤宸拿河图洛书，和大殿下吵起来，骂他利用你，然后四殿下怒气冲冲地跑去找你。后来，炎弁发现了受伤的大殿下，就叫来洪江和珞迦，想要趁机杀死大殿下。大殿下明明可以趁三大高手没有到齐，阵法未完成时逃走，但是少昊还在冰下疗伤，他若走了，炎弁说不定就会发现重伤的少昊，以炎弁的性子，肯定会……"朱萸手在脖子上一比画，做了一个割头的动作，"大殿下不肯走，把水潭解冻后，寸步不移地守在水潭前，就被炎弁他们设阵给困住了。四殿下走到半路，发觉火灵异动，他怕大殿下出事又跑了回来，就和大殿下一块儿变成这样。"

朱萸看着远处的火焰，愁眉苦脸地叹气："真是不明白，大殿下一会儿忌惮得好像要少昊立即死，一会儿又不顾生死地要救少昊，难道就是因为我没有心，所以不明白吗？"

阿珩没工夫理会朱萸的困惑，拿出赤宸给她的一半河图洛书，塞到朱萸手里，低声叮嘱着她。

朱萸驾驭着重明鸟飞过去，举起手中的半块河图洛书，问道："大殿下，我已经拿到了河图洛书，现在怎么办？"

所有人都抬头看向朱萸。

青阳恼怒地喝道："逃！"

朱萸立即逃走。

炎弁既舍不得这个，又舍不得那个，看看洪江，又看看珞迦，对洪江说："追！一定要拿回来，整个神农族的兴亡都在你手中！"

洪江立即去追朱萸。

阿珩咬了咬唇，诱走了一个，还剩两个！

她姗姗走了出去，珞迦看见她，脸色一变，眼睛都不敢和她对视，炎弁却大笑起来："今天可真是个大吉的日子，老天嫌死两个还不够。赤宸，这个女人就交给你了。"

阿珩惊讶地回头，她身后站的正是赤宸。

阿珩眼中暗藏喜悦，心定了下来，赤宸眼中却是一片阴沉冰冷，阿珩觉得哪里不对，又顾不上多想。

眼见着最后几朵冰牡丹也要融化，阿珩扬手织起一张冰蚕网，刚要把网撒出去，她的手足就都被藤条捆住。

阿珩不敢相信地回头，的的确确是赤宸捆住了她。

火阵中，冰牡丹全部熔化，火势汹涌，直扑青阳，青阳的手掌变得焦黑，身体歪歪扭扭地软倒下去。仲意想要救哥哥，可自己也已经力尽，挥出去的灵力在炎弁和珞迦的联力下一点作用也没有。火光渐渐将他们吞没。

阿珩看到哥哥被烈火吞没，眼睛都红了，挣扎着想冲出去，却怎么都挣不脱藤蔓，她对着赤宸嘶声大喊："赤宸，那是我哥哥！"

赤宸盯着她："我告诉过你，我是从林里存活下来的野兽，狡诈、多疑、机警、凶残，缺一不可。"

阿珩急得要哭出来："你说过不管我要什么，都会帮我拿了来，我要我哥哥。"

赤宸招了下手，逍遥从半空把一个被藤条捆得结结实实的人扔下来，是朱萸。

赤宸从朱萸身上搜出半个玉卵，质问阿珩："这是什么？"

"我的半个河图洛书。"

"那这个呢？"赤宸又从朱萸身上搜出半个玉卵。

阿珩一脸震惊，张着嘴回答不出来。

“你不好意思回答吗？我来告诉你！就在你和我在榻上翻云覆雨时，你的婢女来偷玉卵，我任由她偷去，只是想知道你究竟打算把戏演到什么地步。”

阿珩明白了一切，看向火光中的大哥，原来她真是被大哥利用了。可是——那是她的大哥。

赤宸两手各举着半个玉卵，伤、痛、怒、恨交杂。

“轩辕王姬，你为了它，连自己的身体都可以出卖？你真以为我很在乎这个东西吗？我若想要天下，即使没有河图洛书，也照样打得下来。我一再问你，一再提醒你，你却……”

赤宸咬牙切齿，悲愤地大笑起来：“不管你是贪图权势，还是爱慕虚荣都罢，我所求很少，只要你能真心对我。轩辕王姬啊轩辕王姬，我连自己的心都能给你，河图洛书算什么？你若直接开口问我要，我完全可以直接给你！为什么要编着一套又一套的谎言来骗我？”

阿珩眼眶中全是泪水：“我没有！”

“你究竟是个什么样的女人？和少昊的缠绵恩爱天下皆知，人人都以为你对少昊一往情深，你却转身就能和我彻夜欢好，假惺惺地告诉我，你和少昊是虚情假意，那我呢？你和我又算什么？是不是见了少昊时，你又说和我只是虚与委蛇？”

“不……不……不是。”

赤宸拎着阿珩的胳膊，逼在她脸前问：“你在我身下假装娇喘呻吟的时候，是不是一直在想你的婢女有没有顺利偷到河图洛书？”

阿珩泪若泉涌，拼命摇头。

赤宸盯着她，一字一句地问：“为什么以前的桃花节，你从不答应我的求欢，这次却立即就答应了？你老实告诉我，你真的没有任何目的吗？”

“没有！”阿珩刚脱口而出，却又迟疑了。她固然是因为喜欢赤宸，可似乎也有一点是因为父王说要宫廷医师检查她的身体，她怕露出什么端倪，所以才毫不迟疑地和赤宸……但是，那也是她本来就想和赤宸在一起。

赤宸狡猾如狐，何尝看不出阿珩眼中的犹疑，心中的怀疑被落实，他心头悲伤难抑，怒气冲天，猛地扔开了阿珩，好似连碰她都再难以忍受。

几百年，他宁可自己受伤，都不肯接近她，怕伤到她，那么小心翼翼地试探和接近，看似狡诈，实际只是因为知道自己的心在她面前毫无抵抗力，可最终一腔的真挚全被辜负。

阿珩看到赤宸的神情，心如刀绞，眼泪簌簌而下，对赤宸说："我现在说什么你都不会再相信我，只求你一件事情，不要让我哥哥死。"

赤宸冷声说："你忘记了吗？野兽除了狡诈多疑，还很凶残！人报我一滴热血，我酬他一腔热血，人伤我一箭，我还他十箭！"

赤宸负手而立，一脸冷酷，无动于衷地看着炎弁要把青阳和仲意活活烧死。

阿珩一边哭泣，一边哀求："赤宸，赤宸……"

赤宸面无表情，充耳不闻。

赤宸设置了结界，珞迦听不到赤宸和阿珩在说什么，可看到阿珩被藤条捆着，挣扎得披头散发，满面泪痕，他不禁心下愧疚，紧咬着唇。

阿珩不停地哀求赤宸，赤宸却一直面色冷酷。阿珩渐渐心死，不再哀求赤宸，只是遥望着哥哥，泪如雨下，一双眼睛映照出熊熊火光，她的整颗心也好似在火中被一点点烧死，人越变越空。

赤宸看到阿珩悲痛欲绝的神情，明明报复了她的欺骗，可是心里却没有一丝痛快，甚至更加烦躁愤怒，他手一招，把阿珩卷到了身前："你不是很会说花言巧语吗？现在怎么不说了？难道连你对哥哥们的感情也是假的？"

阿珩看着他，神情凄然，一字字慢慢地说："赤宸，如果今日你我易地而处，我会信你！难道几十年的相识比不过三日的误会吗？"说完这句，她不再看赤宸，只是盯着火阵，好似要牢牢记住今日一幕。

第一次，她明白人生至痛不是自己死，而是眼睁睁地看着亲人死去，自己却无能为力。

洪江没有抓到朱萸，沮丧地无功而返，却发现朱萸已经被抓住，没来得及问缘由，炎弁就命他加入阵法。有了洪江的灵力，火越烧越旺，吞没了青阳和仲意的身体。

阿珩面色煞白，紧咬着牙，双目空睁，不再有一滴泪水，唇角却渗出血丝来。

赤宸叫她，摇她，她都一动不动，只是木然地看着熊熊大火。

一个瞬间，赤宸突然意识到，如果这场大火再烧下去，他所认识的那个阿珩也会彻底死去。

赤宸心中挣扎，几经犹豫，虽然怒气未去，心恨阿珩，却终是舍不得阿珩死，他扬起了手，准备发力灭火。

珞迦也在一番犹豫挣扎后，打算偷偷撤去灵力。

突然，一条巨大的水龙从水潭下呼啸而出，席卷过整个火阵。

水与火相遇激战，发出噼噼啪啪的巨大声音，水龙渐渐变小，火光也越来越小。

当水龙消失时，少昊抱着阿珩，矫若游龙般地落在火阵中，所有的火都被他挡住。

阿珩顾不上感谢少昊，忙去探看哥哥。

仲意趴在青阳身上，手臂张开，把青阳的头护在他怀中。阿珩用了点力气才把已经昏迷的仲意拖开，仲意的背部被严重烧伤，青阳却奇迹般地毫发未损，只是灵力枯竭的昏迷。

炎弁、珞迦、洪江看见这一幕，都是心内暗惊，王族内竟然有这样的手足之情！

少昊一边用水挡着火，一边微笑着扫视过众人："好热闹，居然神农族的四位高手都在。"

水是火的克星，少昊灵力又高过他太多，炎弁心虚了，强笑道："没想到少昊一直躲在水底窥伺，真是令人诧异。"

少昊笑说："自家兄弟不争气，让我受了点伤，三天前我就在水底疗伤了，说起来是你们闯进了我的地方，可不是我有意窥伺。"

他大大方方地承认了自己受伤，又点明了已经疗伤三天，炎弁反倒越发忌惮，可又不愿放弃眼前难得的机会，盘算着如果他们四个能齐心合力，根本不用怕少昊，但是赤宸张狂傲慢，压根儿不听他号令，珞迦看似谦顺，实际很阴险，压根儿不可靠，只靠一个傻子洪江肯定不行。

万一他被少昊伤了，赤宸和珞迦反过来收拾他呢？

炎弁左右权衡了一瞬，收起了灵力，对少昊说："看在你的面子上，我就饶轩辕青阳一命。"

"多谢。"少昊笑着道谢，他这次的伤非常重，青阳又一直在阻挠他疗伤，其实他现在根本不是炎弁的对手。

少昊笑对众人抱拳为礼："那我们就告辞了，诸位后会有期。"

少昊救醒了青阳，朱萸扶着青阳坐到重明鸟背上，阿珩抱着仲意坐到阿獙背上，少昊站在玄鸟背上，众人正要离开。

“且慢！”

赤宸一边走过来，一边抛玩着手中的河图洛书，所有人的目光都不禁随着玉卵一上一下。

“青阳、少昊，我用这个和你们交换一样东西。”

青阳和少昊异口同声地问：“交换什么？”

炎奔和洪江异口同声地反对：“不行！”

珞迦一声不出，只暗暗地运满了灵力。

赤宸笑着指指阿珩：“她！”

炎奔再难按捺，破口大骂：“你个疯子，别以为河图洛书是你一个拿到的，要是没有我们，你以为你能拿到？”

赤宸压根儿不理他，只是看着青阳和少昊：“我想请王子妃去神农小住几日，不知二位意下如何？”

青阳和少昊都不说话。

阿珩心中寒意飕飕，身子轻打着寒战，赤宸的微笑下是残忍，他压根儿不是想要她，他只不过是想让她亲眼看到自己在哥哥和丈夫的眼中还不如一件东西，而最可悲的就是——她的确不如！

赤宸把玉卵一分为二，给少昊和青阳看：“整个天下的山川河流地势天气都尽在其中，如果你们俩都同意，就各得一半玉卵，如果你们只一个同意，我就把整个玉卵都交给他。”

赤宸的心思可以说十分狡诈恶毒，几句话就把青阳和少昊逼到了敌对方。青阳和少昊明知道赤宸的诡计，却不得不中计，他们看向彼此，眼中隐有忌惮，视线一对，又立即移开。

赤宸就像是猫在戏弄着已经在他爪下的老鼠，细细欣赏着青阳和少昊的表情。

阿珩冲赤宸说：“够了，我跟你走！”

她把仲意抱到青阳面前，对青阳说：“如果拿不到河图洛书，回去没有办法和父王交代，我就随赤宸去神农走一趟。”

阿珩一直微笑着，就好似青阳根本不会用妹妹去做交换，这完全是她自己的决定。

少昊十分理解阿珩此时的微笑，好像只要坚强地微笑，就不会难过。

阿珩走向了赤宸，少昊突然叫：“阿珩！”

阿珩停住了步子，疑惑地回头。

暗夜里,阿珩的一双眼睛亮如星子,少昊想起了高辛的河流里漂着的点点星光——那些他要去守护的星光。

已经在舌尖的话被用力吞了下去，满嘴的无奈和苦涩，笑容却越发轻柔：“路上保重，几日后我派侍卫去接你。”

阿珩也笑了，笑容中她回转了头，脚步越来越快，走到了赤宸身边。

赤宸左右手同扬，两半玉卵各自落在了青阳和少昊手里。

青阳瞟了眼少昊，命朱萸驾驭着重明鸟飞向东北方。

少昊估量了一下自己的伤势，驭着玄鸟飞向了东南。

炎弃恨得磨牙的声音都清晰可闻，不敢去追少昊，跳上毕方鸟就要去追青阳。

阿珩立即驾驭阿獙挡在了炎弃面前,一边用驻颜花在空中架起一堵厚厚的桃花墙,一边对赤宸扬声说：“别忘记你的许诺。”

阿珩不提许诺还好，她一提，赤宸就想到她这几日虚假的甜言蜜语，曾经有多快乐，现在就有多愤怒。他冰冷地说：“我当然没有忘记自己的许诺，我许诺的是用你交换，没有许诺交换完后炎弃不可以再去夺回来。”

阿珩的伤心失望全变成了悲痛绝望，这个男人是她克服了重重困难、小心翼翼地把一颗心交付的人，是她不惜和命运抗争、努力要在一起的人，是她以为无论生死、无论荣辱、无论祸福，都会信她、爱她、护她，和她不离不弃的人。

“你真就这么恨我？难道你除了野兽的多疑和凶残外，就没有一点人的信任和仁慈了吗？”就在前一日，他还在对她反复吟哦着海一般的深情，可转眼间，一切都没有了。

先是青阳和少昊的遗弃，再是赤宸的背弃，阿珩一瞬间心灰意懒，不管不顾地扑向炎弃，阻止他去追击重伤的哥哥们。

炎弃在阿珩的左前方，当他发现赤宸因为阿珩心思烦乱、举动失常时，就开始另有打算。他借助大火的掩盖，悄悄弹了弹手指，几点微不可见的小小冥火无声无息地飞向阿珩。火光耀眼，阿珩的身体又恰好挡住了冥火，赤宸看不到冥火，只看到阿珩全身飞出无数冰蚕丝，盖住了炎弃的地火。

阿珩凌空跃起，似乎想要攻击炎弃。赤宸知道阿珩根本不是炎弃的对手，站在原地动都没有动，只空中长出几条绿色的藤条，捆住了阿珩，阻止她进攻炎弃。

珞迦在阿珩右前方，突然间惊骇地看到炎弃竟然使用了能焚化万物的幽冥之火，已经近到阿珩胸前。阿珩虽然发现得晚，可也还来得及闪避，因为冥火的威力虽然恐怖，但有一个致命的缺陷就是速度慢。当阿珩凌空跃起想避开冥火时，珞迦刚松了口气，却更惊骇地看到阿珩被赤宸的藤条捆住，无法躲避，乍一看，就好像赤宸和炎弃配合着想要阿珩的命。

珞迦急急出手，在阿珩身前迅速凝聚起一个土盾，却终究是晚了一步，大部分的冥火都被挡住，只有一点冥火穿过土雾，飞进了阿珩的肩头。只有一点，可那是火，星星之火就足以燎原，何况炎弃精炼了上千年的冥火。

赤宸一直遥遥站在后面，不明白发生了什么事情，可看到珞迦突然间惊恐地释放出全部灵力，竖起土盾牌，保护阿珩，而炎弃一脸得意，他心想，糟了，肯定有什么不对，立即解开藤条。

阿珩的整个肩膀变得火红，她捂着肩膀，惨笑着回头看了赤宸一眼。

那一眼，有锥心彻骨的冰寒、万念俱灰的绝望。

赤宸心裂胆寒，所有因为阿珩欺骗而生的失望、愤怒、悲伤，都不重要了，急急地飞奔过去。

阿珩驾驭着阿獙左冲右撞，想飞出炎弃的火圈围困，烈阳喷出凤凰玄火攻击着炎弃。霎时间，又是炎弃的地火，又是烈阳的凤凰玄火，两火交战，火星四溅，天地一片通红。

可其实，炎弃的目的并不是阿珩，他早已料到赤宸会因为阿珩受伤而心神震动，趁着四周一片混乱，明里攻击阿珩，牵引住赤宸的注意，暗中却放出了幽冥之火，去偷袭赤宸。只要杀死赤宸，他通向王位的路就彻底没有障碍了，河图洛书日后可以慢慢设法取回来。

赤宸全速向前冲，冥火在漫天火光的掩饰下，悄无声息地飞向赤宸。

冥火的速度慢，可赤宸的速度却快若闪电。

一个起落间就已经接近了冥火，炎弃激动得全身都在发抖，这个杀不死的赤宸终于要死了！

珞迦看出了端倪，心中一犹豫，就没有出手阻止，只袖手旁观。

阿珩的一颗心冷到冰点，脑海里反倒一片空白的清明，清晰地看着那点点冥火藏在无数地火的火星中偷偷袭向赤宸。

她根本没有考虑，就纵身一跃，飞挡在赤宸身前，数点冥火飞入她的五脏六腑。

一向自制的珞迦失声惊叫，幽冥之火不仅会烧光整个肉体，还会烧灭灵识，一点已经难以阻挡，何况这么多？他一念之间的自私竟然要害死对他恩情深重的嫘姐姐。

赤宸不明白珞迦在惊叫什么，等看到阿珩的背脊透出点点红光，才明白了是怎么回事。

炎弈一击不中，知道已经再没机会，对洪江招呼了一声，立即驾驭坐骑去追赶青阳。

赤宸顾不上炎弈，和珞迦一前一后追在阿珩身后，赤宸叫："阿珩，快点停住。"

珞迦也不停地叫："嫘姐姐，嫘姐姐，你停下，让我用灵力帮你先压住冥火，我们再立即去高辛的归墟。"

阿珩被烧得晕晕乎乎，脑中胸中都激荡着悲伤，听而不闻，只知道让阿獙拼命飞，用力地飞，此生此世，她不想再见到赤宸。

赤宸卷起了大风，想抓回阿珩。

阿珩催动全部灵力，用驻颜花筑起一道桃花屏障，与赤宸的风对抗。

冥火没了灵力的压制，从肩膀和胸部迅速向全身蔓延，阿珩的整个身体都透出红光来。

赤宸满面恐惧，不敢再抓阿珩，求她："阿珩，不要再动用灵力了，一点都不要动！"

赤宸和珞迦不敢步步紧逼，只能跟在阿珩身后。阿珩感觉到五脏六腑之间好像都沸腾了，锥心噬骨的疼痛熊熊燃烧着，她站在阿獙背上摇摇欲坠。

赤宸给珞迦打了个眼色。

赤宸说道："阿珩，你骗就骗吧，我不生气了，我不在乎，就是虚情假意我也要！"

他不提此事还好，他一提，阿珩只觉悲愤交加，回身把驻颜花扔向赤宸，凄声说："自从相逢，你一追再追，口口声声，宁肯血溅衣衫，只要我眼里有你，宁肯血漫荒野，只要我心中有你。我眼里有了你，心中有了你，可你眼里、心中可曾真正有过我？

我告诉你，从今而后，你我恩断情绝，我会彻底忘记你，若我眼里还有你的影，我便剜去我的眼，若我心中还有你的人，我便毁掉我的心！”

珞迦抓住阿珩说话注意力分散的机会，立即出手。

阿珩突然发现自己的身体一动不能动，整个身体被黏土紧紧包着，变成了一个陶俑。阿獙也被土灵束缚住，悬浮在半空，不能动弹。

赤宸让逍遥去接阿珩，却突然发现他们一逃两追间，不知不觉中已经飞到日落之地。阿珩的下方不是虚空，而是吞噬一切的虞渊，即使以鲲鹏的大胆也不敢飞进虞渊。

阿珩感受到冥火烧到了她的心脏，即使被封在陶俑中，也痛苦得在全身颤抖。

赤宸心急如焚，让逍遥尽量飞得距离虞渊近一点，想用藤条把阿珩拉回来。

隔着虞渊上空的黑色雾气，赤宸与阿珩眼神相触，他看到了阿珩眼中的决绝孤烈，忽然间遍身寒气。

三日前，阿珩对他唱着山歌，接过他的驻颜花时，是一心一意，可她伤透了心，扔还他驻颜花时，也是一心一意。

身体里的冥火烧着阿珩的五脏六腑，炙心噬骨，好似要让她为自己的轻浮、轻信付出最痛苦的代价，可是这么多年的温柔缠绵和蚀骨销魂的快乐——她不后悔！

当她在小月顶上，许诺桃花树下不见不散，约定了今生时，就决定了不管日后发生什么，都不后悔！

她不后悔爱过赤宸，她只是决定，从今日起，要彻底忘记他！

“阿珩，我一定能救你。”赤宸的藤蔓就要裹住阿珩。

她最后深深看了他一眼，闭上了眼睛，猛地一用力，整个身体直直地从阿獙背上掉下，赤宸的藤蔓落空。

“阿——珩——”

赤宸撕心裂肺地凄声惨叫，不管不顾地从逍遥背上跃过去，想拉住阿珩。

两人像流星一般，一前一后，迅疾坠落。

终于——

他用藤条拉住了阿珩，可虞渊上空浓稠的黑雾已经缠绕住了阿珩的头，拉扯着阿珩向下陷去。

赤宸用尽全部灵力抓着阿珩，藤条断一根，他就拼尽灵力再生一根，可他的灵力根本难以和虞渊对抗，自己也被带着坠向虞渊。逍遥的双爪抓着赤宸，身形突然涨大，扇动双翅，拼命向上飞，卷得整个天空都刮起了飓风。

逍遥一次振翅，能扶摇直上几千里，可此时，它拼尽全部力量也拉不起赤宸，阿珩的身体被吞没到腰部，赤宸也被一点点拉着接近了虞渊，连带着逍遥也坠了下去。

逍遥一边本能地对生充满渴望，一边却无法舍弃似父似友的赤宸，只能昂起了脖子，对着天空发出哀鸣，无奈地任由死亡一寸寸迫近。

烈阳不顾逍遥扇起的飓风，强行冲了过去，用嘴叼着逍遥头顶的羽毛，拼命把逍遥往上拉，太过用力，它的嘴连着逍遥的头都开始流血。

被定在高空的阿獙也想冲过去帮忙，可是它叫不出，也动不了，两只眼睛开始掉泪，随着阿珩的身体被虞渊一点点吞噬，它的泪水越流越多。

珞迦一直用足灵力帮阿珩封锁幽冥之火，可是当阿珩被虞渊吞噬过腰部时，他突然发现已经感受不到一点阿珩的气息，土灵封锁的陶俑内已经生机全逝，阿珩已经被冥火烧死！

那个在他最无助时，保护过他、鼓励过他的嫂姐姐死了！那个让他变成了今日珞迦的嫂姐姐死了！那个他曾无数次暗暗发誓等他成为大英雄、一定会报答的嫂姐姐死了！

珞迦失魂落魄，呆若木鸡。

黑雾就要卷到赤宸，珞迦突然惊醒，撤去了附在阿珩身上的灵力，对赤宸大喝：“放手！嫂姐姐已经死了！”

赤宸身子剧颤了一下，不但没有松手，反而恶狠狠地咬破舌尖，用心头血滋养着藤蔓，更用力地把阿珩往上拉，可他的灵力根本无法和整个虞渊的力量对抗，他越用力，自己就越往下坠。

珞迦悲声大叫：“她死了，她已经死了，你抓着她也没用了。”

“你抓着她也不可能再救活她，只会害死自己！”

“赤宸，你疯了吗？你知不知道你抓着的是个死人？”

“嫂姐姐既然救了你，你就不能现在死！”

赤宸一言不发，似乎什么都听不到，只是用力抓着阿珩，眼睛一眨不眨地盯着阿珩，眸中是疯狂的绝望和沉重的悲伤。

无论珞迦如何叫，如何劝，赤宸就是不承认阿珩已经被烧死，固执地抓着阿珩，坚决不肯松手，珞迦意识到，赤宸不可能让阿珩从他手中坠入永恒的黑暗。

第一次，他对被他们叫作禽兽的赤宸有了不同的认识。

眼见着赤宸也要没入虞渊，珞迦猛然凝聚全身灵力，挥出一道土柱，击打在赤宸后脑勺上。

赤宸昏厥的瞬间，藤条断裂，逍遥终于拉起了赤宸，立即向着高空逃去。烈阳满嘴鲜血，惊喜地刚要叫，却发现只有赤宸被拉起，黑漆漆的虞渊上已经看不见阿珩。

烈阳悲鸣着，一头冲进虞渊，转瞬间，一点白色就被黑暗彻底吞噬，珞迦连阻止都来不及。

珞迦本想解开阿獙的束缚，看到烈阳这样，立即不敢再动，只能慢慢收力，把阿獙拉了过来。

阿獙盯着虞渊，喉咙里啊啊地嘶喊着，他的阿珩，他的烈阳……他也想冲下去，可是他一动不能动，只能绝望地一直哭，一直哭，泪水慢慢变成了血水，红色的血泪一大颗又一大颗地流出，把束缚着它的黄土全部染成了血红色。

珞迦站在半空，默默地望着黑雾翻涌的虞渊，神情宁静，却一直不肯离去，前尘往事都在心头翻涌。

那时，他还是个胆小懦弱的孩子，因为母亲是低贱的妖族，他总是被其他孩子欺凌羞辱，他太自卑、太怯懦，不敢反抗，只知道默默哭泣，从来没有人理会他，连师父都嫌弃他笨手笨脚，动不动就呵斥他，只有那个温柔爱笑的青衣姐姐会替他擦眼泪，会为了他去打架，会说“谁打了你，你就去打回来，你可是个男子汉”，会暴怒地叫“妖族怎么了？我见过无数大英雄都是妖族，别把自己的胆小没用推到母亲身上”。

他还没有来得及告诉她，无数个遍体伤痛的冰冷黑夜，他就是靠着一遍遍回忆着她的话，一遍遍告诉自己，一定会成为令人尊敬的大英雄，才能在第二日挺起胸膛，走进充满着鄙夷目光的学堂。

很久后，珞迦的眼中忽地滚下了一串泪珠，随着眼泪他开始抽泣，慢慢地，哭声越来越大，伤心得连站都站不稳，蹲在化蛇[①]背上放声痛哭，像很多很多年前一样地号啕哭着。

只是，再没有一个青衣姐姐走过来，抱住他，温柔地擦去他的泪水。

---

① 化蛇：《山海经》中记载的蛇，能飞翔，能招水。“人面豺身，有翼，蛇行，声音如叱呼，招大水。”

因为虞渊的可怕，没有任何生物敢接近这里，整个天空安静到死寂，只有珞迦的哭声响彻天空。

逍遥在高空轻轻扇动着翅膀，俯瞰着珞迦和阿獭，爪子上抓着昏迷的赤宸。

纵横天地、唯己独尊的鲲鹏第一次约略懂得了失去之苦，隐隐约约中意识到有些束缚是心甘情愿的牵绊，有些痛苦是甘之若饴的幸福。就如它可以一扇翅就飞过九天，一摆尾就游遍四海，却冲不破赤宸的一声呼唤。

而如今赤宸亲手把阿珩逼死，失去了他心甘情愿的束缚、甘之若饴的痛苦。

赤宸醒来时，会怎么样？

东边的天空渐渐亮了，虞渊的黑雾开始变淡，又是新的一天，可是，一切都不一样了。

第十八章 不思量，自难忘

白云苍狗，世事无常。悠悠时光看似漫长，不过是白驹过隙，忽然而已。

曾经鲜衣怒马的少年，已卧黄土陇中，曾经容颜如花的少女，已是枯骨一堆，那些恩恩怨怨的悲欢离合，都只变成了街角巷尾人们打发闲暇的故事，即使最跌宕起伏的传奇，在一年又一年的时光中，也渐渐失去了色彩，消泯于风中。只有那山坡上的野花烂漫无主，自开自落，自芳自华，年年岁岁、岁岁年年都绚烂缤纷。

这一年是八世神农王榆襄登基后的第二百零三年，大荒的人早已经忘记了七世神农王，他遍尝百草、毒发身亡的故事只变成了一个似真似幻的传说。

轩辕国的都城轩辕城，位于轩辕山的东南，被高低起伏的群山环绕，建城只有一千多年的历史，城池并不大，可规划整齐，小而精致，又因为是一座山城，易守难攻。

在轩辕城的酒肆中，一个背着三弦，一脸苦相的六十来岁的老头儿，赔着笑，一桌又一桌地问："客官听个曲子吗？"

酒客们抬起头看他一眼，都嫌弃地摆摆手。

靠窗的桌前坐着一个神情冷漠的红袍男子，身形伟岸，五官刚硬，面容却有一种病态的苍白，不过二十来岁，两鬓已经斑白，满是风尘沧桑。

"客官听支曲子吧，故事也行。"

男子凝视着窗外，头未回，只随手给老头儿扔了一串钱，挥手让他离去。

一个胖胖的商贾见状，忙说：“喂，老头儿，钱都收了，给我们讲段故事。”

“不知客官想听什么？”

“随便讲，好听就成。”

老头儿坐下，弹拨了几下三弦，清了清嗓子：“那小老儿就讲一段蟠桃宴的故事。传说在很久以前，玉山的王母每三十年举行一次蟠桃宴，可以吃蟠桃，饮玉髓，临走还有宝物相赠，可谓天下盛事。王母邀请的都是神族、妖族、人族的大英雄，玉山又高万仞，一般人根本上不去，我们这些普通人只能听一听故事。”

酒肆里的客人们都停下了筷子，看着老头儿，胖商贾很权威地说：“的确如此。我听太爷爷说过。太爷爷幼时曾见过神族，是神族的朋友亲口告诉他的。可惜后来王母不再举行蟠桃宴，要不然说不定他还能拜托他神族的朋友帮他偷个蟠桃，他也就不用那么早死了。”商贾好似觉得自己说了很好笑的话，哈哈大笑起来。

众酒客七嘴八舌地问：“王母后来为什么不举行蟠桃宴了？”

老头儿捋了捋山羊胡子，说道：“两百多年前，神族发生了一件惊天动地的大事，神农族的七世神农王仙逝，八世神农王榆襄在督国大将军赤宸的辅助下登基。据说神农王仙逝的消息传到玉山，连苍天都舍不得让神农王走，四季如春的玉山竟然下起了鹅毛大雪，整个玉山变得银白一片，千年不谢的桃花全部凋零，没有了桃花自然结不出蟠桃，没有了蟠桃，这蟠桃盛宴自然也就取消了。”

酒客们唏嘘感叹：“玉山飞雪，看来那个神农王真是个好人。”

胖商贾却说：“有什么好的？就是因为他害得大家都没了蟠桃吃，也不知道什么时候玉山上的桃树才能又结蟠桃。老头儿，再讲一段。”

老头儿倒不计较，拨着三弦，思量了一会儿，徐徐开口：“那小老儿就再讲一段神农族和轩辕族的秘闻。神农和轩辕自从两百多年前开战，一直打到今天，战事连绵，双方互有死伤，轩辕族的三王子战死，神农族的炎弁重伤，至今仍在闭关修养中。”

胖商贾不耐烦地说：“这算什么秘闻？天下皆知的事情！”

老头儿不慌不忙地道：“可是据小老儿所知，炎弁重伤是另有原因。”

“老头儿快说！别卖关子！究竟是谁伤了炎弁？”酒客们听得入神，频频催促。

老头儿笑呵呵地说：“炎弁其实不是被轩辕族所伤，而是被珞迦所伤。”

“什么？”

众人惊叫连连，老头儿很满意这个效果，不慌不忙地拨着琴弦："具体原因，小老儿也不清楚，只知道在两百年前，珞迦突然孤身一人闯入了炎弃大军驻扎的营地，重伤炎弃，炎弃的灵体差点儿被打散，以至于休养了两百多年还没好。"

"那神农王能答应吗？炎弃的家人只怕要恨死珞迦了，肯定要求神农王严惩珞迦。"

"炎弃的家人其实应该谢谢珞迦。"

"老头儿，你老糊涂了吧？都快把人打死了，还要感谢他？"

老头子嘿嘿一笑："如果炎弃不是被珞迦打成重伤，借此机会进入了神农山的古阵中疗伤，只怕他要么已经被赤宸杀死，要么就被仲意和昌仆率领的若水精兵暗杀。小老儿听说，炎弃重伤被封入秘阵后，赤宸仍不肯罢休，发疯一般攻击古阵，想要冲进去杀了炎弃，神农王调遣了几百神将都无法拦阻。后来神农王苦求赤宸，好像是因为破坏了古阵就会损毁历代神农王的陵墓，赤宸才念在和前代神农王的师徒情意，暂时作罢。还有人说，仲意和昌仆带了一队若水精兵夜袭神农，来无踪去无影，一夜之间暗杀了神农族十八名神将，以至于整个神农人心惶惶，神族将士们日夜不敢合眼，生怕今夜闭眼，明日就再没机会睁开。"

酒客们大笑，纷纷摇头："老头儿为了骗酒钱开始乱编了，我们轩辕的四王子是大荒中出了名的好脾气。"

胖商贾忽然说："听我太爷爷说，当年神族中曾暗里谣传轩辕王姬被神农族的人害死了。"

酒客不屑地反问："那现在高辛的大王子妃是谁？人家不是好好地在五神山吗？"

胖商贾不好意思地笑："所以说是谣传啊！"

一位有几分见识的高辛酒客问道："姑且不提仲意刺杀炎弃是否真有其事，赤宸虽然暴虐凶残，却绝不是个疯子，他又是为什么要杀炎弃？为什么连神农王都无法劝阻？"

酒肆突然陷入了死一般的安静，众人一直在刻意忽略"赤宸"这个等同于死亡的名字，心底却又带着恐惧的好奇。

一个刚跟随父亲跑船的高辛国少年初生牛犊不怕虎，说道："老爷爷，您给我们讲段赤宸的故事吧！"

老头儿对少年点点头，轻拨着三弦琴，调子叮叮咚咚，很是欢快："诸位听说过神农的百黎族吗？”

少年说：“我知道！出英雄的氏族，神农国的好几个猛将都是百黎族人，赤宸就是百黎族的。”语气中隐含敬仰、畏惧。

老头儿弹着三弦：“六百多年前，百黎还是贱民，男子生而为奴，女子生而为婢，因为低贱，连服侍神族的资格都没有，只能供人族驱使。”

酒客们都难以置信地瞪着老头儿，英雄辈出的百黎是贱民？

老头儿眯着眼睛，似在回忆：“这般的状况直到赤宸出现才改变，传说他和神族打了上百年，逼迫神族取消了百黎的贱籍。前代神农王十分仁厚，不但没有怪罪赤宸，反而收了他做徒弟。如今的神农王登基时，赤宸受封督国大将军，但那个时候神农国内的大小神族都不服他，都把他当笑话，常背后辱骂他，甚至说他活不过三年。可这两百年来，他们在赤宸面前渐渐变得连大气都不敢喘，生怕一个不小心就横死……”

老头儿停住了，眼中暗含畏惧，只是拨着三弦，乐声凄婉哀伤，酒客们也难得地不催促，一个个都沉默着。几个神农族的人更是面色发白，眼中隐有恐惧。

半晌后，老头儿苍凉的声音才响起：“由于赤宸和神农的贵族一直不和，两派斗争激烈，赤宸用血腥手段消灭异己，改革朝政，神农国有八十七户被灭门，神族、人族、妖族无一幸免，受极刑而死的就有五千三百九十六人！据说神农的大王姬云桑本来站在赤宸一方，在赤宸势弱时，曾对赤宸百般袒护，可毕竟她也是贵族，无法接受赤宸的酷厉手段，企图联合珞迦压制赤宸。赤宸察觉后，竟然一点不念旧情，把王姬的心腹一一诛杀，逼大王姬在紫金顶上当众发下毒誓，不再干预朝政，否则日后尸骨无存。”

老头儿唏嘘感叹：“赤宸此人可谓真正冷血无情，被神农诸侯视作恶魔，不过他在民间倒不全是恶名，大概因为他肯以礼相待那些贱民草寇，少年儿郎们不但不怕他，反而都把他视作大英雄，希望有朝一日能像赤宸手下的将军们一般，凭一身才华建功立业、名震大荒。”

高辛的少年用力点头，兴奋地说：“如果高辛有个赤宸就好了，我就不用跟着父亲跑船，也许可以去朝堂内谋个一官半职，领兵出征。”

少年的父亲咳嗽了几声，低声斥责：“胡说什么？我们的身份……不要痴心妄想！”

少年神色沮丧，可毕竟是少年人，一瞬后，又兴高采烈地说道：“有一次我们一群朋友争论赤宸、少昊、青阳谁更厉害，吵得差点儿打起来。卖酒的大娘打趣说，‘三句话就可以讲尽大荒的三位英雄——少年们都想做赤宸，少女们都想嫁少昊，父母们都想有个青阳做儿子’。”

酒客们想了想，觉得竟是十分贴切。哪个少年不张狂，谁不想和赤宸一样封侯拜将、纵马山河、肆意妄为？哪个少女不怀春，谁不想有个少昊一样的夫婿，风华绝代、名重天下、情深意重？哪对父母不渴望儿子像青阳一样出息能干、恭敬孝顺？

老头儿捋了把山羊胡，含笑道：“不管神农人对赤宸是赞是骂，反正现如今赤宸掌握了神农国一半的军队，他哼一声，整个神农都要颤一颤，可谓真正的督国大将军。”

酒肆的老板摇摇头，长叹一声：“赤宸的军队就是我们轩辕的噩梦。”

酒肆里刚刚轻松一点的气氛又消失了，连胖商贾都无声地叹了口气。

少年不解，连连问：“为什么？为什么？”

老头儿的三弦琴声高昂急促，好似黑云压城，城池将破，逼得人心不安。琴声中，老头儿的声音沉重压抑：“赤宸只亲自和轩辕打了一仗。八十二年前的大时山之战，轩辕族杀了赤宸麾下的靖将军，赤宸率军攻打大时山，宣布要么投降，要么被屠城。可大荒人都知道轩辕士兵坚忍不拔、骁勇善战，他们当然不肯降，与赤宸死战。城破后，赤宸下令屠城。”

老头儿手抖了抖，乐声忽停，在座的酒客多是轩辕国人，都听说过此战，低头沉默着。

寂静中，老头儿的声音响起，“一次战役！只一次战役！十二万人被杀！九万多是平民！从此赤宸的名字成了轩辕百姓的噩梦！”

酒肆中的酒客们都不说话，只高辛的少年还惦记着赤宸要杀炎弃的事情：“老爷爷，是因为赤宸维护我们这样的人，而炎弃保护那些官老爷，他才要杀炎弃吗？”

老头儿愣住，少年叫：“老爷爷？”

“哦！”老头子定了定心神，边思量边说道，“也许这才是最根本的原因，炎弃和赤宸代表着不同人的利益，两边水火不相容，传说中的秘闻只不过是个导火索。”

“什么秘闻？”少年紧张地问。

老头儿手放在嘴边，刻意压着声音，却又让所有人都能听到：“传闻炎弃杀了你们高辛的大王子妃，赤宸是为她报仇。”

少年失望地嚷：“老爷爷，你骗人！”

酒客们哄堂大笑，因为赤宸带来的压抑气氛一扫而空。

老头子笑着朝众位酒客行礼告退：“一段佐酒的故事而已，听个乐子。”背起三弦琴，一边走，一边摇头晃脑地哼唱，“真作假时假亦真，假作真时真亦假，真真假假皆是相，假假真真都是空……”走出酒肆，他随意回头，看清了窗边的红衣男子，霎时间惊得呆住。几百年前，博父山下，那男子就是这个样子，几百年后依旧如此。他当年自负修为，看出了青衣女子来自神族，激她出手灭火，却一点没看出男子有灵力，可见男子的灵力早已高深莫测。

山羊胡老头儿转身又进了酒肆，走到红衣男子身边，恭敬地行礼：“没想到故人能重逢，那位西陵姑娘可还好？”

红衣男子没有搭理他，手中的酒盅颤了一下，老头儿又笑问：“小老儿当年眼拙了，敢问公子大名？”

红衣男子回头，淡淡看着老头儿，轻声吐出两个字：“赤宸。”

山羊胡老头儿踉跄着后退，一屁股软坐在地，骇得脸色惨白，呆了一霎，连三弦都顾不上捡，连滚带爬地往外逃。酒肆里的客人们纵声大笑：“这老头儿几杯酒就喝醉了！”

满堂欢声笑语，斯人独坐。

赤宸端着半杯酒，凝望着西边。正是日落时分，天际晕染着一层又一层的彩霞，橙红靛蓝紫，绚烂如胭，华美似锦，他眼中却是千山暮雪，万里寒云。

他一口饮尽杯中酒，向外行去，等行到僻静处，唤来逍遥，飞向百黎。

今日是阿珩的忌辰，每年的这一天，他都会来虞渊一趟，祭奠完阿珩后再去百黎住一晚。

逍遥的速度更快了，不过盏茶工夫，就到了百黎。

赤宸走进桃花林间的竹楼，默默地坐着，月色如水一般洒在竹台上，凤尾竹声潇潇，他左手的指间把玩着驻颜花，右手拎着一大龙竹筒的酒嘎，边喝酒边望着满山坡的桃花。

山中四月天，满坡桃花开得云蒸霞蔚，缤纷绚烂，可桃花树下，早没了赴约的人。

半醉半醒间，赤宸踉踉跄跄地拿出几百年前从玉山地宫盗出的盘古弓，用尽全部灵力把弓拉满，对着西方用力射出，没有任何动静。

他已经拉了两百年，这把号称不管天上地下都能让自己和所思之人相会的弓却从来没有发生作用。

赤宸不肯罢休，不停地拉着弓，却怎么拉都没有反应。每一次都全力而射，即使赤宸神力高强也禁受不住，无数次后，他精疲力竭，软坐在地上。

赤宸举起龙竹筒，将酒液哗哗地倒入口中。

远处有山歌遥遥传来：

送哥送到窗户前，打开窗户望青天，天上也有圆圆月，地上怎无月月圆？
劝哥不要昧良心，一更起风二更息，寅时下雨卯时晴，翻起脸来不认人！

赤宸手里的龙竹酒筒掉到地上，他不自禁地凝神听着，歌声却消失了。

“阿珩！”

阿珩，是你在责怪我吗？他跃下竹楼，踩着月色，踉踉跄跄地向着山间深处走去。

越往山中走，桃树越多，落花缤纷，几如下雨。朵朵片片，落在肩头脸上，没有打湿人衣，却打湿了人心。

“阿珩，阿珩，你在哪里？”

赤宸不停地叫着，可无论他怎么呼唤，桃花树下都空无一人。

只有冷风吹得桃花雨一时急、一时缓，纷纷扬扬，落个不停，犹如女子伤心的泪。

赤宸的酒渐渐醒了，阿珩永不会来了。

他痴痴而立，凝视着眼前的桃树，年年岁岁花相似，岁岁年年人在何处？

月光从花影中洒下，照得树干泛白，赤宸缓缓走近，却看见树干上密密麻麻写着“赤宸”二字。

阿珩离去后第二年的桃花节，他穿着她为他做的红袍，在桃花树下等待通宵，醉卧在残花落蕊中，悲痛中竟然迁怒桃树，举掌正要将树毁掉，无意中瞥到树干上密密麻麻都是小字，凝神细看，竟然是无数个“赤宸”。

玉山六十年的书信往来，他一眼认出是阿珩的字迹，看到熟悉字迹的刹那，他的心脏犹如被尖刀刺中，窒息地抽痛，字迹犹存，人却已不在。

满树深深浅浅的“赤宸”，都是她等待的焦灼和无望。

足足几百个“赤宸”，一笔一画都是情，一刻一痕都是伤，她当日究竟等了多久？又是怀着怎样的绝望离去？

赤宸闭起了眼睛，手沿着字迹一遍遍摸索着，似乎想穿透两百多年的光阴告诉那个两百多年前站在树下的女子——他的痛苦和相思。

一遍又一遍摸着，掌心滚烫，却温暖不了冰冷的字。

赤宸的手摸到一行小字，身子抖了一下，神色痛苦，明明早把话铭刻在心，却好似要惩罚自己，反倒更用心地去辨认一个个字。

是一行用玉簪子画出的小字，潦草零乱，可见写字时阿珩的伤心愤怒。

既不守诺，何必许诺？

阿珩从未失约，失约的一直是他！

她信他、爱他、护他；他却疑她、恨她、伤她！

赤宸眼前无比清晰地浮现出阿珩的音容笑貌，她半嗔半怒地盯着他。

赤宸脸贴在树干，泪湿双眸，几难自持。

他像山中的每只公兽一样，在择定了配偶后，把最美的鲜花和最好吃的野果献给她，甚至不惜为了保护她而战死，可爱愈重、忌愈深，他害怕阿珩要的不是这些，担心阿珩不懂得他紧张地捧上的鲜花和野果是什么，会辜负他，却不料，她比他更懂得一朵鲜花、一个野果的意义，她看到了他的心，也珍视他的心。

最终，竟是他辜负了她。

赤宸的手紧紧摁着她写的字，似乎还想感受她指尖的温暖、发间的清香。可是，没有丝毫她的气息。

两百年！她已经死了两百年了！

赤宸强压着的泪意终是涌出了眼眶，滴落在桃花树干上，洇湿了斑斑驳驳的“赤宸”。即使倾倒五湖四海、寻遍八荒六合，他都无法再弥补她一丝一毫。

万里之外，日出之地——汤谷。

不同于日落之地虞渊，终年黑雾弥漫，汤谷的色彩清新明亮。向东而去，碧波一望无际，随着微风轻轻荡漾，九株巨大的扶桑树[①]长在水波中央，树冠比山还大，枝头开满了火红的扶桑花，远远望去，就像一片碧绿上浮着一团团红云。

在碧绿和火红间，突兀地有一点白色、一抹蓝色。

白衣男子坐在扶桑树干上，抚着琴，犹之惠风，荏苒在衣。蓝衫男子舞着剑，行神如空，行气如虹，片片雪花从他的剑端流泻出，身周冰雪弥漫，而他的面容比冰雪更冰冷。

这两个男子就是名满大荒的少昊和青阳。

随着剑势，雪花越飘越急，温度越来越低。

一套剑舞完，少昊立即跳起，急急去拿酒坛，往琉璃杯中斟了半杯，喝了一口后，连声称赞：“好，冰镇得恰到好处！”说着，把另一杯葡萄酒递给了青阳。

青阳喝了一口后，淡淡地说：“多了一点涩味，回味后反添一段余香，你酿酒的技艺越发高明了。”

少昊很满意：“别人都没喝出，若论品酒，你若排第二，无人敢排第一。”

“我连在轩辕家都排不了第一，阿珩才……”青阳顿了顿，淡然自若地接着说完，“阿珩自小嗜酒,别人花费时间练功时,她就琢磨着如何偷酒了,舌头被养得刁钻灵敏。”

少昊的笑容也是一滞，沉默地给他斟满酒，青阳一口饮尽。

青阳问：“你父王最近有什么反应吗？”

“大荒的流言都传了两百多年，我父王会不知道真相吗？他肯定早知道承华殿的王子妃是个假的了。”

“那你想怎么样？”

“他不问，我就装糊涂呗！”

“你想装糊涂，你那一群能干的弟弟容不得你装糊涂，迟早会闹出事情，中容不是已经试探过好几次了？王子妃缠绵病榻两百年，终究不是什么好事。”

少昊笑道：“你怎么糊涂了？只要父王还打算和轩辕结盟，就不会让他们捅娄子，即使那是个假的，也不会出任何差错，等父王觉得轩辕没价值了，即使是真的，也处处都是差错。”

---

① 扶桑，长于日出之地汤谷的神树。《楚辞 · 九歌 · 东君》：“暾将出兮东方，照吾槛兮扶桑。”王逸注：“日出，下浴於汤谷，上拂其扶桑，爱始而登，照耀四方。”

青阳说："我听说高辛王后在说服高辛王立神农族的女子为宴龙的正妃。"

少昊摇晃着手中的酒杯，笑着说："我父王比较感情用事，因为当年登基的事情，对神农一直心怀芥蒂，还没答应王后的要求，你要不想高辛和神农走近，反正你的正妃之位还空着，主动给榆襄示好，求娶神农族的王姬。云桑已经心有所属，你怕是娶不到了，还有个沐槿。"

青阳苦笑："你想让我兄弟反目？我父王都拿仲意那块榆木疙瘩一点办法没有。"自从阿珩死后，仲意至今都不和青阳说话，而且对轩辕王明言，除非榆襄杀了炎斧和赤宸，否则休想他会和神农族和平共处。轩辕王费尽心机才收服了若水，如今却根本不敢派若水的勇士上战场。

少昊叹道："老实人发起脾气来是一根筋，你父王纵然心有七窍，碰上了一根筋的仲意一点办法都没有！"

青阳拎起酒坛开始猛灌酒，今日又是小妹的忌辰，似乎只有酩酊大醉才能缓解一切。

少昊想劝却无从劝起，自从阿珩死后，青阳已经从爱酒变成了酗酒。少昊默默看着青阳，忽而想起了两千多年前，他第一次见到青阳时的情景。

那是一个炙热的夏日午后，他坐在院中的槐树荫下纳凉。

青阳嘴里嚼着根青草，肩上扛着把破剑，大摇大摆地走进打铁铺，笑得比阳光更灿烂，嘻嘻哈哈地对他说："兄弟，听说你是这附近最好的打铁匠，帮我修好这把剑，我请你喝酒！"

他眯着眼睛看青阳，不明白这世间怎么能有这么肆无忌惮、热情爽朗的灿烂笑容，那一瞬，他甚至有些嫉妒这个少年。

他帮青阳修好了剑，青阳请他喝了最劣质的酒，是他一辈子喝过的最难喝的酒，当时他的一辈子才几百年，还不懂人生中没有"最"，只有"更"。

也许是因为他修剑的技术好，也许是因为他好糊弄，修剑不用付钱，几杯浊酒就可以打发，青阳总是来找他修剑，后来也不知道怎么的就变成了：青阳来找他修剑，他请青阳喝酒，临走前再附送青阳一套衣服、一壶酒。

青阳不觉得有什么不妥，他也不觉得有什么不对，只有给他拉风箱的二憨子觉得青阳在占他便宜，提醒老板要小心。

在他五百岁，也就是他的母亲亡故五百周年时，父亲又迎娶了两个妃子，同时立宴龙的母亲大常曦氏为正妃，他被传召回去参加册妃大典。他去了，从头笑到尾，笑得比宴龙都开心。

当天晚上他驾驭着玄鸟一直往北飞，去追那颗最北的星星。幼时，每当他哭嚷着"要娘"时，乳娘就会揽着他，指着最北面的星星对他说："看到了吗？那就是你的娘亲，她一直看着你呢！"

玄鸟不知道飞了多久，直到他灵力枯竭才落下。

极北之地，千里冰封，万里雪飘，连阳光都畏惧地躲开，他踽踽独行，不知道该走向哪里，也不知道自己究竟在不甘心什么。

风雪漫天而下，世界冰寒彻骨，漆黑中，他迷失了方向，灵力已经耗尽，唯一知道的就是不能停，停下就是死，必须一直走。他并不觉得恐惧，因为从小到大，他就是这么一路走过来的。可是，真孤单啊，好像这个世界只剩下了他一个。

正当他觉得风雪永远不会停，漆黑无边无际，路永远走不到尽头，想躺倒休息时，一点光闪烁在风雪中。他摇摇晃晃地挣扎过去，青阳全身上下裹着毛茸茸的兽皮，探着半个脑袋嘻嘻笑着说："进来喝酒，风雪连天射冰狐，篝火熊熊喝美酒。"

美酒个头！是比上次更难喝的劣酒，可他觉得很酣畅淋漓。

他没有问青阳为何在此，青阳也没有说，不过在那天晚上，他告诉青阳："我的姓氏是高辛。"虽然他知道青阳已经知道，要不然人不会在这里。

青阳嘴里塞满狐狸肉，一边不停地嚼，一边嘟嘟囔囔地说："我的姓氏是轩辕。"跷着油腻的大拇指，很得意地指指自己，"我，轩辕青阳！"

令大荒色变的姓氏——高辛，在青阳眼里无足轻重，只不过是一个和他的轩辕同等重量的标志。

少昊的心情刹那粲然，纵声大笑，漫天暴风雪只不过是成就了他们的一场豪醉。当时，他们俩都不知道，千年后，轩辕真的和高辛变成了同等重量。

几百年后，轩辕族逐渐从一个默默无名的小神族变成了最强大的神族之一，而少昊的父亲即将从王子变成高辛王。神农十万大军兵临城下，他只身仗剑挡在城上，连挑神农六十员大将，可神农仍然不肯退兵，而身后是已经生了异心的高辛军队。深夜，他正在偷偷疗伤，青阳持剑而来，穿着和他一模一样的衣袍，得意地笑着说："怎么样？是不是挺像？从现在开始，我也是高辛少昊。"

第二日，神农大军惊恐地发现高辛少昊就像一个灵力永不会枯竭的战神，他们自以为可以耗尽他灵力的车轮战根本不管用。那一日，少昊连败百人。第三日，当高辛少昊站在城头，弹着长剑笑问“谁还想与我一战”，灵气充盈，丝毫不像是已经苦战了两日的人，神农军心溃散，最骁勇的勇士也不敢上前应答。

当日夜里，神农大军趁夜撤退，高辛军队见势头不对，把企图反叛的将军擒下，献给了少昊。

两个遍体鳞伤的人跌跌撞撞地冲进一个破落的酒馆，一边喝酒，一边大笑。

青阳喝得晕晕乎乎时，向少昊炫耀自己有弟弟了，吹嘘自己的弟弟长得是多么多么俊俏，又是多么多么聪明。

少昊大着舌头说，天下婴儿都一样。青阳恼了，抓着他往回飞，溜进家里把婴儿抱出来，非要他承认这是天下最俊俏聪明的孩子。少昊不记得自己究竟有没有说，反正他们俩抱着婴儿又去喝酒了。喝到最后，看到大街上兵来将往、鸡飞狗跳，不明白怎么了。酒店老板唉声叹气地说他们族长刚出生几个月的孩子丢了，真不知道哪个杀千刀的干这么缺德的事情。少昊和青阳嗤声讥笑：“真没用，连自己的儿子都会丢，来，咱们继续喝酒！”

喝着喝着，两人面面相觑，总觉得哪里好像不对，少昊看着篮子里呼呼沉睡的婴儿，捧着脑袋想了一会儿，说：“青阳，你爹好像就是族长！”

青阳盯着婴儿，皱眉沉思。醉酒多日的脑袋不太管用，还没绕过弯子来。

少昊摸着墙根偷偷溜出酒馆，立即逃回了高辛，正好可以捧着宿醉的脑袋参加父亲的登基大典。

那段日子酣畅淋漓，在他的生命中，第一次有了一种叫“兄弟朋友”的东西，寂寞时可以饮酒打架，谈笑中可以生死相酬，烦恼时可以倾吐心事……

从高辛王继位到现在已经两千多年。

两千年中，轩辕族变成了左右大荒命运的三大神族之一，轩辕王创建了轩辕国，登基为王，可青阳的母亲不再是轩辕王唯一的女人。

两千年中，青阳有了两个弟弟。他听到过青阳激动地告诉他，云泽会叫他哥哥了，青阳十分偏爱云泽，他也是，把云泽看作自己的亲弟，教他任何他想学的东西。云泽果真如青阳所说，是最俊俏聪慧的孩子，任何东西一学就会，而且还那么懂事体贴，主动承担起一切大哥不喜欢承担的责任。

两千年中，他见证了云泽的死去，听到青阳痛苦地嘶吼，也看到了缬祖的地位和性命都岌岌可危，渐渐地，青阳失去了脸上的笑容、心上的温暖。

那个扛着一把破剑，嚼着一根青草，走得摇摇晃晃，笑得让人嫉妒的少年彻底消失了。

几个时辰，少昊和青阳喝掉了十几坛美酒。

少昊趴在扶桑枝上，伸手去捞水中的月亮，随着枝条左摇右晃，突然，一个倒栽葱掉了下去，“扑通”一声就没了踪影。

青阳仰躺在树枝上，张开嘴，高高举起酒坛，一面随着枝条随风摆动，一面将整坛酒倒进嘴里。

一整坛酒倒完，少昊仍没上来，青阳拍着树干大叫：“少昊，你再不上来，我可就把酒全喝光了。”

水面依旧没有任何动静，青阳正想跳下去捞少昊，少昊的脑袋浮出水面，青阳不客气地一掌打过去：“你还没醉死在水底啊？”

少昊闪开：“我发现了一个奇怪的东西，你来看看。”

青阳看他的神色不像逗他，只得也跳下水，少昊在前面领路，两人沿着扶桑树干一路下沉。汤谷的水很奇怪，别的水潭是越往下越黑，它却是越往下越亮，到后来，眼里全是白得刺眼的光，什么东西都看不见，再这么沉下去，别说看东西了，眼睛不瞎就值得庆幸了。

青阳正在纳闷，突然觉得眼睛舒服了，一颗碧绿碧绿的珠子浮在一片白灿灿的光芒中，映得光线都柔和了。

少昊说：“很奇怪吧？因为是日出之地，汤谷之水是天下至净之水，干净到没有任何生物能活在里面，就是这九株上古神树扶桑树，世人以为生在汤谷，其实都是扎根在别处。”

“嗯。”青阳虽然灵力高强，却没办法像少昊那样自如地在汤谷之水中说话。

“这一百多年我虽没有下过水，可宴龙他们之中肯定有人下过水，既然没有人发现，那只能说明这东西不存在。”少昊皱着眉头思索，“究竟从哪里来的呢？汤谷是高辛禁地，想运这么大颗珠子进来可不容易，更大的可能，这颗珠子是从下面渐渐浮上来的。”再往下就是他也无法进入，传说中只有开天辟地的盘古去过，不过既然太阳从虞渊落，从汤谷升，那么圣地汤谷和魔域虞渊肯定相通。

“不管……待……看一看……就知道了。”青阳的声音虽然有灵力加持，可仍然被汤谷水吞掉了很多。

少昊点点头，他试着用灵力抬了一下，居然抬不动，青阳也加了一把力，两人一起用灵力强行带着“碧玉珠”向水面升去。

等升到水面，少昊惊异地感叹：“这什么东西？天下间居然有东西需要咱们俩合力去抬，说出去都没有人相信。”

青阳低头看着浮于水面的“碧玉珠”，刚才尚需要他和少昊合力抬起，此时，它却好像浮萍一样浮在水面上。

青阳伸手去摸，触手滚烫，少昊碰了一下，立即缩回了手。青阳却不知道为什么，只是觉得心里有很温柔的感觉，竟然舍不得离开。

他心中一动，取剑在自己掌上割开一道血口，鲜血汩汩涌出，滴落在珠子上，一滴没有掉下，全被珠子吸了进去。

少昊见状，也是心中一动，萌生了隐隐期待，心疾跳起来。他从青阳手中拿过剑，举起手掌，却迟迟未割下，竟然在害怕期待落空。

青阳不耐，催促道：“少昊！”

少昊的手从剑刃上划过，鲜血如血雾一般，喷洒在珠子上，顺着珠子缓缓滑落，没有被吸收一滴。

青阳和少昊大喜，抬头看着彼此。

半晌后，青阳说道：“虽说虞渊会吞噬一切，可传说盘古大帝追着太阳跳下虞渊后一路跑到了汤谷，你说阿珩会不会……”青阳再说不下去，只把流着血的手掌贴在珠子上，珠子立即吞噬着他的灵力和鲜血。短短一会儿，青阳的脸色就开始发白，少昊用力拉开他：“你疯了？如果这真是来自虞渊的东西，还不知道是妖是魔！”

青阳说：“它肯定和阿珩有关联，我要带它回去见父亲和母亲。”

“我和你一起去。”

青阳立即说：“不用，这是我们的家事。”

少昊明白了，这一瞬，一切又回到现实，他是高辛少昊，青阳是轩辕青阳。

第十九章 纵使相逢，应不识

青阳把珠子带回朝云峰，缬祖立即派人去请轩辕王。

轩辕王细细询问清楚珠子的来历，又看到珠子吞噬鲜血灵力的异状，对缬祖道：“我知道珩儿死了，你很难过，我也想要珩儿回来，可这不是珩儿，这只是虞渊结出的魔物，应该尽早销毁，否则后患无穷。”

缬祖出身上古名门“四世家”，自然清楚魔物的可怕，她不停地抚摸着珠子，好一会儿方说道：“即使是魔物，也是珩儿变作的魔物，我不信她会连父母兄长都伤。”

青阳和仲意都跪下，向轩辕王磕头恳求。

轩辕王无奈，只得同意尝试一次：“如果这确实是害人的魔物，就必须要在它为祸世人前除掉。”否则让世人知道他纵容魔物，会毁他名望，对他的王图霸业不利。

轩辕王秘密传召精善布置阵法的知未，在朝云峰布下神阵，又命尹朱和象林两个心腹守阵。

轩辕王、缬祖、青阳、仲意同时把自己的灵血注入珠内。

珠子像虞渊一样贪婪，吞噬着一切，随着他们注入的灵力和鲜血越多，它吞噬的力量越来越强大，轩辕王察觉不对，当机立断地切断了自己和珠子间的联系，可缬祖、青阳、仲意明明感觉自己像是要被虞渊吞噬掉一样，仍不肯放弃。

缬祖的脸色迅速黯淡，就好似一株大树正因失去水分而枯萎死亡，轩辕王一面强行分开缬祖和魔珠，一面高声下令，切断了阵法。

仲意软倒在地，双目紧闭，脸黄如蜡，身子不停地打哆嗦，显然灵体受了重创，守在阵法外的昌仆急忙扑过来，护住他的灵体。

青阳脸色煞白，直挺挺地倒在地上，人事不知。他虽然神力高强，可正因为他觉得自己神力高强，又对阿珩的死心怀愧疚，所以刚才在输入灵力和鲜血时，几乎不管不顾地想多输一点，一心想救活妹妹，受伤更重，若不是轩辕王及时阻止，只怕他性命都难保。

轩辕王看到魔珠差点儿要害死两个儿子，不禁勃然大怒，对尹朱下令："取出四象镜，布灭魔阵，把这个魔物销毁。"

缬祖身软无力，拽着轩辕王衣袖，哀声请求："不要！"

轩辕王看到缬祖的样子，心中一痛，说道："你以为我不思念珩儿吗？她可是我唯一的女儿，可这已经不是珩儿。青阳因为珩儿的死一直心怀愧疚，仲意又是个钻牛角尖的性子，一日不除去珠子，他们二人势必会想方设法唤醒珠子，今日有我和知未在，他们侥幸保住了一命，下次呢？我实不想再失去两个儿子。难道你要因为一个已死的女儿再失去两个儿子吗？"

缬祖看到两个重伤的儿子，知道轩辕王所说都是实情，不能留魔珠，可又明明感知那是珩儿所化，不禁心如刀割，泪若雨下。轩辕王知道缬祖在知未等人心中很有影响力，怕待会儿缬祖再行阻拦，便暗用灵力，让缬祖昏睡过去。

轩辕王命宫人将缬祖、青阳、仲意都送回朝云殿。

尹朱来禀奏："四象镜已经取出，要布阵吗？"灭魔阵是盘古所创的杀阵，不论神魔，一入阵法就是死路，迄今为止没有一个能活着走出灭魔阵。四象镜是布阵的神器，盘古仙逝后，四象镜被西陵氏的先祖收藏，后来作为缬祖的嫁妆来到轩辕族。

轩辕王将手放在珠子上，他也能感受到珠子和他的血缘牵绊，迟迟没有下令。

尹朱恭立一旁，静静等候。

轩辕王毕竟是杀伐一方的霸主，纵然心中不舍，却丝毫不为私情左右，半晌后，对知未点了点头。知未等领命而去，开始设置灭魔阵。

老天似乎也感应到了一切，自开始布阵，就天色阴沉，风雨交加，天际一直有雷声轰隆隆地传来。

天灵地气受四象镜召唤汇聚而来，青阳和仲意心有所感，竟然同时醒了过来，看到外面天色黑沉，大雨如注，立即明白了一切，挣扎着想起来，可轩辕王早料到他们会如此，派了神将守护，根本不允许他们走出屋子半步。

仲意不顾伤势，想强行闯出去，被两个神将左右驾着，放回榻上，还用龙骨链条把他牢牢锁住，仲意又气又急，破口大骂，两个神将嘴里说着“殿下恕罪”，神色却毫不迟疑，显然轩辕王早有严旨。

青阳行动困难，又对轩辕王更加了解，知道不可能闯出去，只是默默坐着，望着轩辕山顶，黑色的雷云越聚越厚，雷云后有金色的电光闪烁，只等阵法成时，雷电交击，阵法自会引天火而下，五雷轰击，将魔珠彻底毁灭。

因为阿珩的死，仲意已经两百年没有和青阳说过话，此时无计可施，忍不住叫道：“大哥，你就看着小妹粉身碎骨吗？我不管她是不是魔，我只知道她是我妹妹。”

他话语刚落，昌仆提着两个食盒，披着斗篷进来，她随手把食盒扔到地上，趴在仲意身边，低声说道：“我已经调遣了若水精兵，一定会设法把珠子偷出来。”

仲意心中一震，握住了昌仆的手，只觉心潮起伏，似有千言万语，却一句都说不出来。反抗轩辕王是死罪，昌仆却毫不计较后果，不惜用一族命运与轩辕王对抗，但是他能自私地不顾昌仆和若水族吗？

昌仆完全知他所想，柔声道：“忘记我们成婚之夜的誓言了吗？夫妻一心，相守一世，生同衾、死同穴！你的妹妹就是我的妹妹，我的妹妹就是若水族的女儿，不管任何险境，我们若水族人永不背弃自己的族人！”

仲意点了点头，昌仆决然起身，就要冲进风雨中，青阳冷冷说道：“如果凭你们一群半妖的若水族就能破解轩辕族布下的灭魔阵，轩辕族也不会被大荒内尊称为三大神族。你如今是一族之长，做事应该多动点脑子，别把送死当成是英勇！”

仲意关心则乱，对青阳怒目而视，挣扎着恨不得扑打过去，昌仆却听出青阳话外有话：“既然大哥觉得我们若水族不行，那大哥有什么更好的法子？”

青阳说道：“这个时候最应该去救阿珩的人不是你，你也没那个能力。”

仲意气急，语出讥讽：“那该是谁？难不成是你为阿珩挑选的夫婿高辛少昊？少昊倒是有能力，可我们再没河图洛书和他交换了。”

青阳不理会仲意的讥讽，对昌仆说道：“你乘我的坐骑去找赤宸，把这个消息告诉赤宸。”

昌仆恍然大悟，两百年来，她和仲意年年都去虞渊祭奠阿珩，年年都能看到虞渊外又多了几株桃树。头几年，仲意气得全砍了，可赤宸不声不响地又种回去，仲意砍几次，他种几次，到后来仲意也不砍了，只冷笑着说我看他能种多久，却没想到赤宸就这么种了两百年。

青阳又道：“你让朱萸立即通知少昊。”

仲意想反对，青阳盯着他说道：“阿珩毕竟是少昊明媒正娶的妻子，救不救在他，如今的情形却必须让他知道，何况多一个人多一分机会。”

仲意沉默了一瞬，对昌仆点点头。昌仆拢拢斗篷，冲进了漫天风雨里。

因为灭魔阵，轩辕山方圆百里都黑云密布，倾盆大雨下个不停，在厚厚的雷云中，金色的闪电像无数条金蛇一般扭动闪耀，整个天空就好似墨色的布匹上绣着乱七八糟的金纹。

风雨怒吼，掩盖了一切声音，却有悲凉的歌声穿破风雨，隐约传来。

哦也罗依哟
你的眼为什么紧闭
不肯再看我
若我让你流泪
请将我的眼剜去
只要能令你的眼再次睁开
哦也罗依哟
你的心为什么碎了
不肯再忆我
若我让你悲伤
请将我的心掏去
只要能令你的心再次跳动
……

赤宸一袭耀眼的红袍，脚踩大鹏，分开风雨，裂云而来。

尹朱上前，喝道：“来者止步，前方是轩辕族禁地。”

赤宸不看他，只对峰顶的轩辕王朗声道：“我是神农督国大将军赤宸，前几日遗失了一颗心珠，昼夜难安，听闻被轩辕王拾得，特来求取，还望轩辕王赐还，感激不尽。”

尹朱问：“不知大将军如何证明珠子是你的？”

赤宸把珠子的大小、颜色说得清清楚楚，尹朱哑口无言，象林问轩辕王：“要属下带兵把他驱赶走吗？”

轩辕王摇头：“赤宸性子狂妄自大，刚才却刻意强调自己是神农督国大将军，用身份表明他可以调动神农军队，是警告我们如果敢动兵，他也会动兵，若我们不能证明珠子不是他的，反倒是他占了理，偏偏我们还真没办法证明珠子不是他的。”家丑不外扬，轩辕王连对尹朱他们都未说明珠子的来历，更不可能告诉世人魔珠是他的女儿所化。如果让天下人知道他的女儿是魔，那将是对他威望的毁灭性打击。

象林怒道：“打就打！谁会怕他？”大时山阵亡的将士多是象林的属下，他深恨赤宸。

轩辕王盯着象林：“你性子怎么还这么急？和你说过多少次牵一发而动全身，小不忍则乱大谋！轩辕族的国力能和如今的神农族全面开战吗？”象林低头不语，轩辕王想了想，冷冷道，“让他知难而退吧！从古至今，没有人能闯过灭魔阵，他若强求，倒正合我意，反正他死在阵里，也和我们无关。”

尹朱明白了轩辕王的心意，是想借灭魔阵除去赤宸，于是对赤宸道：“这个珠子吞人灵血、夺人性命，想来绝不是大将军的心珠，现在灭魔阵已成，将军可自行入内探视，一旦确定不是心珠，请速速退出，勿被魔物牵累己身。”

尹朱说完，众人都退了下去。

赤宸提步向阵内走去。神农王曾和他讲过灭魔阵的威力，灭魔阵由上古神器四象镜布成四个阵，意寓人生四象——死、生、幻、灭。阵法十分怪异，从古至今没有一个人能闯过，无数高手不是疯就是死。盘古曾笑言，谁能闯过阵，就把四象镜赐给谁。后来西陵家一个没有一点灵力的傻子误入阵法，又莫名其妙地走出了阵法，盘古就把四象镜送给了西陵氏的先祖。

赤宸踏入了灭魔阵的第一象——死镜。

二十四个巨石雕成的金甲神，怒目圆睁，金戈高举，瞪着赤宸。

金甲神没有血肉之躯，他们力大无穷，不会疲惫，不知疼痛，更不会畏惧，似乎没有缺陷，可其实他们的优势就是他们的缺陷——没有血肉之躯，缺乏灵活机变。对赤宸这般灵力充沛的顶尖高手而言，只要虚与委蛇，时间一长定能发现金甲神招式中的破绽，可赤宸心挂阿珩，不敢浪费时间，一出手就是全力，以硬碰硬，金甲神十分刚猛，赤宸更刚猛，与二十四座巨石人打斗，丝毫未落下风。

但赤宸渐渐发现，这些金甲神对任何灵力的攻击都没反应，水火不侵，刀剑不伤。

天空中的雷云越发低了，赤宸心中着急，下了狠心，就算死也要闯过去！

当一个金甲神击向他时，他不躲不闪，怒吼一声，双手与金甲神对击。毕竟是肉身对抗石头，纵是赤宸，也血气翻涌，他却乘势反握住金甲神的双臂，一声大喝，将金甲神的双臂生生扭下，扔到地上，“呸”一声吐尽口中残血。

“来啊！”

赤宸放声大叫，用这最野蛮却也最有效的方法对付每一个金甲神。

一炷香后，二十四个金甲神全变成了没有手臂的石头人，无法再阻挡赤宸，赤宸付出的代价是满身伤痕，肋骨也断了两根。

这才只是第一象！

赤宸看了看天上的雷云，飞掠向前。

第二象是生镜，阵如其名，没有任何攻击力，不用打架，不用流血，看似十分平和。阵法内汇聚了阴寒之气生成的冰雪，没有任何讨巧的法子可破，唯一的破解之法就是徒步走过风雪。

赤宸走进了暴风雪中，越走天越黑，越走雪越大，冷得人连骨头都要被冻裂，即使神力最高强的神，也无法忍受这种天地至阴生成的寒冷。刚开始，赤宸觉得冰寒刺骨，不停地用灵力对抗，可走到后来，冷到极致反倒不觉得冷了，甚至感觉不到有风雪，脑子晕晕乎乎，冻得已经忘了自己是谁。

恍恍惚惚中，似乎又回到幼时，他是一只野兽，奔跑在荒野丛林中，不停地厮杀，不停地抢夺地盘，不停地争夺食物。

伙伴们要么死了，要么一到春天就组建了自己的新家，连他靠近，都会对他龇牙咧嘴地咆哮。他不明白，他只是觉得孤单，那种比冰雪更冷的孤单。

一年又一年，总是重复地厮杀、流血、死亡；一年又一年，山中的野兽也似乎看出他和它们不一样，不再愿意接近他；一年又一年，来来往往只有他自己。越来越沉重的孤单，那种世间没有一个同类的孤单，那种世间无处可宣泄的痛苦，可他甚至不明白自己在痛苦什么。

他好奇地接近人类的村庄，看着孩子们嬉戏，他好喜欢听那些笑声，似乎能驱散一切痛苦，他想靠近他们，他们却用石头打他，用火把烧他，用刀剑驱赶他。

石头又打在他的头上了，火又烧着他的皮毛了，刀剑又砍在他的身上，他不停地逃跑，跑得好累。

天地漆黑，好似在不停地对他说，休息吧，休息吧！睡着了就不会有痛苦了！

他真想躺下，好好睡一觉，可内心深处总是有一个固执的信念，似乎是他的心缺失了一块，即使要休息，也要找到那缺失的一块，依偎着他睡下去就会拥有那驱散一切黑暗和痛苦的笑声，就会温暖，就不会再孤单。

缺失了什么？究竟缺失的东西在哪里？

赤宸迎着风雪，不停地走，晃晃悠悠地跋涉出了风雪。

雪停云霁，风和日丽，太阳照到他身上，根本看不出人形，他犹如一根雪柱子，从头到脚都是坚冰，脸鼻都被裹在寒冰中。

赤宸怔怔地站着，不知自己身在何处，也不知自己是谁。以前也有人能坚持到这里，却在走出风雪后，神志全失。因为盘古大帝在这一阵中，用天地至寒比拟冰冷残酷的人生，拷问的是一个人活着的意义：你闯过了金甲神的死阵，证明你有足够的能力拿到你想要的一切，可不管你是为名、为利、为权、为情、为义，你的执念能温暖你冰冷的人生吗？能让你面对世间的一切寒冷，支撑着你走过人生的暴风雪吗？

一会儿后，赤宸突然挣开了浑身冰雪，伸着双臂，对着太阳大吼：“阿珩！是阿珩！我要找到阿珩！”

他知道阵法外已经雷电交击，阿珩危在旦夕，不敢迟疑，立即进入第三象——幻镜。

天上晴空万里，山野郁郁葱葱，不知名的野花开满山坡，四野祥和美丽。

赤宸跌跌撞撞地向前跑着，阿珩，等我，我马上就到了！这一次我绝不会让你失望！

跑着跑着，赤宸突然看到山花烂漫中，少昊一身白衣，迎风而立，仪容俊美，丰神清朗，对赤宸含笑道：“你来晚了一步，我已经救了阿珩。”

“阿珩在哪里？”

阿珩姗姗而来，握住少昊的手，依偎在少昊身畔，双眸只是深情地看着少昊。

少昊带着阿珩跃上玄鸟，对赤宸道：“你赶紧出阵吧，我和阿珩回高辛了。”

“阿珩，阿珩！”

无论他怎么叫，阿珩都只是笑偎在少昊怀中。

赤宸失魂落魄地走着，逍遥飞落到他身旁，眼中满是悲悯。愤怒激荡在赤宸的心间，他到底哪里不如少昊？为什么阿珩一而再，再而三地为少昊背弃他？为什么阿珩不肯原谅他，却轻易地忘记了少昊为了半个河图洛书就舍弃了她？难道就是因为少昊出身尊贵，会是一国之王？

那好！我就让阿珩看看我和少昊究竟谁是一国之王。

赤宸带着逍遥回到神农，剑之所指，千军同发，铁骑过处，血流万里，一座又一座城池被他攻下，轩辕国灭，高辛国亡，整个天下都臣服在他的脚下，他手下的将军热血沸腾地欢呼。可是，当跪在他脚下的人越来越多，当所有人看他的目光越来越敬畏，他没有感受到一丝快乐，万人敬畏的簇拥欢呼竟然只是让他怀念草凹岭上榆襄偷来的一壶酒。

他提着酒去找榆襄，榆襄冷冷地看着他：“你是来赐死我的吗？听说那些将军又在逼劝你废掉没用的我，自立为王。”

“不，我只是来找你喝酒。”

榆襄转过了身子，留给他一个清高孤绝的背影：“你心里的血腥味太重，熏得我恶心！”

赤宸默默退出大殿，仰头把酒灌下，却再喝不出以前的好滋味。那段草凹岭上，他四肢着地、野兽一般敌意地瞪着榆襄，榆襄却傻笑着，用酒来讨好他、接近他的日子，再也找寻不到。

大军包围了高辛都城，城中只剩下高辛王族，这是最后一场战役了。

阿珩星夜而来，向赤宸倾吐深情，他满心欢喜，两人彻夜欢爱。

可第二日，他的军队中了埋伏，无数兄弟被杀，他最好的兄弟风伯满身是血，死在他面前，魑、魅、魍、魉指着阿珩，对他大叫：“是她，是她出卖了我们！是她害死了风伯！”

远处，少昊带着千军万马而来，温柔地声声唤：“阿珩。”

赤宸冷意浸骨，盯着阿珩：“是你做的吗？是你告诉少昊埋伏我们吗？”

阿珩一言不发，只是安静地坐着。

魑、魅、魍、魉罗列着阿珩的如山罪证，士兵们鲜血披面，高举刀戈，群情激昂，喧哗着要杀了阿珩。

赤宸看看脚边的风伯，再看看身旁的阿珩，心如炭焚冰浸，五内俱痛。

阿珩不求饶，不辩解，只是微微仰头，默默地看着他。

赤宸忽而想起了不知道多少年前的事情，桃花烂漫，阿珩一手提着绣鞋，一手提着罗裙，在山间的溪水上跳跃，追着落花戏耍，一片又一片的桃花在他眼前轻盈地坠落；也想起了阿珩坠下虞渊前，对他字字泣血地说："如果今日，你我易地而处，我会信你！"他的心竟然慢慢安稳了，一切的焦躁、猜忌甚至痛苦、孤单都消失不见。原来世间的很多痛苦来自自己的心，心若安稳，处处都是乐土。

赤宸对魑、魅、魍、魉斩钉截铁地说："她是我的阿珩，我信她！你们要杀她，就从我尸体上踏过！"

一语既出，阿珩、风伯、魑、魅、魍、魉都消失了。

没有少昊，没有战场，没有鲜血，没有尸体，什么都没有。

赤宸神思恍惚，不敢相信那铁血江山、生死豪情竟然都只是一场幻象！

叹隙中驹、石中火、梦中身，得到失去，失去得到，好似一生一世，不过只是阵法的一场幻镜。得到的令你快乐了吗？失去的令你痛苦了吗？幻镜灭后，你心中最重要的是什么？

自从几百年前，赤宸被神农王带回神农山开始学做人，他一直困惑迷惘于人性，这一刻，他前所未有地明白了自己想要什么。

灭魔阵被誉为盘古阵法中最厉害的大阵，但除了第一阵，其余都不过是自己和自己斗，是不是人生也就如此？是需要一定的实力去打赢挡路的金甲神，可真正挡着路的最大障碍是自己，一切悲欢得失其实都取决于自己，得是因为自己，失也是因为自己。

赤宸不禁自问，盘古的灭魔阵究竟要灭的是什么魔？是世间的魔，还是世间本无魔，一切皆心魔？

一直以来，他因为雄性的心高气傲，因为心底深处一点若有若无的自伤自怜，绝口不承认自己不如少昊，可少昊的绝代风华、尊贵身份，和阿珩的天定姻缘都令他深深忌惮，他心底深处无时无刻不在恐惧着阿珩会变心，爱愈重，忌愈重，才酿成了当年的惨剧。

如果刚才他不信阿珩，究竟会发生什么？

轰隆隆、轰隆隆——

雷声传来，赤宸顾不上再深思盘古灭魔阵的含义，立即收敛心神，快步前行，进入了灭魔阵第四象——灭镜。

一枚碧青的珠子静躺在巨石上，被重重龙骨链条锁缚，墨黑的雷云如山峦叠聚，压在珠子上方，随着一道又一道的闪电，颤颤巍巍，好似就要砸下来。

赤宸迈步飞奔："阿珩，我来了！"他衣衫褴褛，浑身伤痕，心内眼内却全是欢喜。

闪电突然增多，就好似无数条金蛇钻出了洞，噼里啪啦、噼里啪啦地响着，阴暗的天地被映得忽明忽暗。

无数条金蛇从四面八方汇聚到一起，好似一条在迅速长大的蛇，不一会儿就变成了巨蟒。"喀啦啦"一声巨响，五雷轰下，水缸般粗的闪电如一条金色巨蟒般击向珠子。

赤宸飞身上前，护住珠子。

轰——

天雷击打在他背上，他身子痉挛着瘫软在珠子上。

在天地的雷霆之怒前，即使是神力最高强的神族也不堪一击，只是一下，赤宸就被打得气息紊乱、灵力涣散。

天空的雷云又在凝聚第二次更重的击打。

赤宸想移动珠子，可珠子如同生长在地上，纹丝不动。

狂风怒号、暴雨肆虐，赤宸仰头看向天空，黑色的雷云犹如山峰般压下，金色的闪电一道道若利剑，逐渐汇聚一处，凝结成一条巨大的金色电龙，照得四野灿如白昼。

赤宸若还有半丝理智，就该明白他挡不住这样一下击打。天雷虽厉，却只会轰击魔珠，他若弃珠逃生，完全来得及。

可是赤宸不但没有丝毫惧怕，反而狂笑起来，拔出长刀，割开自己的双臂，把灵血注入珠子内，对着苍天，高声咒骂："她吸血，我乐意给她血；她吸灵力，我乐意给她灵力，关你什么事？谁叫你多管闲事？你敢灭她，我就灭你！"

天雷轰然击下，道道电光打向珠子，赤宸披头散发，双目赤红，竟然举起长刀，砍向电龙，不管不顾地和老天对打起来："反正你这天丝毫没有道理，昏聩无能，我就毁了你这个天道！"

山峦一般的雷云压下，巨龙一般的闪电击下，赤宸吐出几口心头血，不惜全身裂亡、魂灵俱灭，凝聚了远超自己身体所能承受的灵力，刀芒大涨，横亘在天地间，雷云电龙都被逼得速度慢了下来。

可大势难逆，山峦倾倒般的雷云，巨龙般的闪电依旧缓缓迫向赤宸，压得赤红的刀光在缩小，赤宸摇摇欲倒，五官中渗出血来，满面血污，长发飞舞，犹如凶魔。

“我告诉你，盘古能创你，我就可以灭你！”赤宸仰天怒吼，拼尽全力，挥刀斩向苍天，金色的闪电巨龙居然被他砍裂，轰然一声巨响，雷云彻底散开，漫天光华大作，无数闪电像流星一般，嗖嗖地从他周身飞过。他的身体被刺得千疮百孔，血落如急雨，带着天地间激荡的灵气打落在珠子上。

珠子吸足了鲜血灵力，颜色变得赤红，突然“砰”然一声巨响，红光大作，直击云霄，天地间又是金色，又是红色，光芒闪烁，不能目视，山河摇曳，似乎世界就要毁灭。

少昊比赤宸晚到一步，进入灭魔阵第一象——死镜时，同样遇到了二十四个金甲神。

他与金甲神缠斗了一会儿，和赤宸一样很快就发现金甲神的缺陷，打败他们不难，可是想快速打败他们却很难，而想救阿珩就必须快。

思谋了一瞬，少昊突然变幻身形，自己也化作一个金甲神。水是万物之源，可随意变幻形态，少昊修炼的是水灵，自然而然也就具有了模拟万物的能力。他神力高强，变幻的金甲神没有丝毫破绽，就是轩辕王亲来都看不出真假。

二十四个金甲神茫然了，彼此看看，的确多了一个。突然一个狠狠打向另外一个，另外一个回击，又打中了另一个。不一会儿，只看金甲神彼此打成一团，他们每一下击打都重若千钧，阵法内一时间天昏地暗、飞沙走石。

等风沙平息，金甲神有的断了胳膊，有的断了腿，全部支离破碎，只有一个站立在中央，毫发未伤，忽而露出一个笑容，身形变回了少昊。

少昊看着满地残裂的石块，摇摇头：“毕竟不是血肉之躯，没有灵智机变！”

接着便提步踏入了灭魔阵的第二象——生镜。

漫天风雪，凄凄而下。少昊一边戒备地走着，一边琢磨，为什么此象叫生镜？

他的神力都用来对抗寒冷，前方风雪弥漫，看不到一丝出路，少昊只能一遍遍回忆着高辛的放灯之夜，想着那些密密麻麻的灯，温暖、壮美。

每一盏灯都是被一个人点燃，给予了另一个人温暖，他在守护这些灯，守护着他们的温暖，可他的灯呢？谁为他点燃过灯？谁愿意给他一点温暖？

天越来越冷，他却找不到一盏为他而燃的灯，暴风雪中，所有的灯都一盏盏熄灭了，黑暗寒冷铺天盖地地袭来，就好似再次经历了生命中所有的残酷冷漠。

母亲死时，父王承诺会好好照顾他，可当常曦部把一对美丽的姐妹送进宫后，父王忘记了母亲，也忘记了对母亲的承诺。父王的儿子越来越多，他见父王的时间越来越少，常常他满怀期待地等待很久，等来的却是宴龙的母亲大常曦氏，笑吟吟地告诉他，父王陪宴龙、中容他们玩累了，正在休息，让他先回去。有时候，他叫父王时，会突然担心，父王还记不记得他。从小照顾他的嬷嬷竟然奉常曦氏姐妹之命一直给他下药，并不是致命的药粉，只是会慢慢损害他的智力，日久天长，他的记忆力会越来越差，会越来越笨，笨得完全没有办法和宴龙再争夺王位。他以为父王会为他做主，满腹委屈、天真地把一切都告诉了父王，可是常曦氏的眼泪、假装自尽，让父王反过来斥责他，小小年纪就心思歹毒，意图陷害母妃。他这才发现这座从小长大的宫殿早就没有他的容身之处，他只得漂泊民间，在打铁铺的熊熊烈焰中寻找一丝丝温暖。他很努力地做好一切，想做一个百姓心中的好王子、父王的好儿子，可父王却因为他的努力越来越猜忌他……

五神山的冰冷无情让他喘息都困难。

太冷了！身上、心里都没有一丝温暖！

为什么没有一个人为他点一盏灯？

他看到了母亲，在黑暗的尽头向他微笑招手，似乎在说：过来吧，孩子，到娘的怀里好好睡一觉。他微笑着走过去，走向最深的黑暗，走向永远的沉睡。

一步又一步，就当整个人都要沉入黑暗时，他的眼前闪过一个似曾相识的人影，喉头涌起了一阵酒香，心头竟然涌起了一点点温暖。

他茫然地回头，风雪密布，天地阴晦，很远处似乎有一点点渺渺火光，有个人烤着火，喝着酒，等着他。

少昊茫然地看看黑暗尽头的母亲，再看看那一点点渺茫的火光，挣扎着，不知道该走向哪里。

突然，他听到了脚步声，一个模糊不清的青衣女子的身影闪过，抓住他的手，拖着他向着渺茫的火光走去。

不知道为什么，少昊心头骤然一暖，竟然腾起一股很坚决的念头，不能放弃，不要死在虞渊！

虞渊？虞渊是哪里？

他不明白，只知道朝着那点渺茫的火光艰难地移动过去，越来越近，身子却越来越冷，冷得好像整个身体都变成了寒冰，好几次都想停下，可鼻端喉头总有一股酒香萦绕不散，身旁的女子总是紧紧地抓着他，让他的心头浮动着丝丝暖意。

终于，他看清了那个坐在篝火畔的少年，笑容灿烂，比夏日最明亮的阳光更耀眼，少昊脑海里莫名地闪过一个少年爽朗的声音——“我的姓氏是轩辕”，他想起了这个笑得令人嫉妒的少年是谁，是青阳！而拽着他前行的女子正是阿珩。阿珩侧头，嫣然一笑，消失不见，青阳的身影也消散在雪中，他的心头却暖意融融。

眼前的黑暗彻底淡去，光明就在眼前。

少昊全身裹着冰雪，呆呆地站着，过了一瞬，他慢慢地把冰雪一块块剥开，仰头看向太阳。

原来这就是生镜！

他一出生母亲就死了，喂养他长大的乳母日日给他下药，他的弟弟们时刻想着如何害死他，他把父王当作最亲近的父亲，父王却不把他看作最亲近的儿子……老天好像对他格外冷酷，可这一刻，他明白老天已经给了他想要的温暖灯火。

青阳，我一定会把阿珩救出来！

少昊飞奔向灭魔阵第三象——幻镜。

重峦叠嶂，道路曲折，跋涉了一会儿，看到珠子就在悬崖高处，少昊打败了几个挡路的妖兽，把珠子带给青阳，他们一起想方设法救活了阿珩。

父王终于看清他是比宴龙更适合的继承人，把王位传给了他。

他实现了从小到大的梦想，成为高辛王，守护高辛河流中的每一盏灯光。他励精图治，把高辛治理得更加美丽富饶。

轩辕王发动了战争，大军东进，打败神农后，撕毁了和高辛的盟约。他率兵与轩辕王对抗。

千军齐发，万马奔腾，他与青阳相逢于战场，两人不得不兵戎相见。

刀光剑影，血流成河，就如每次他们见面的打架一样，两人难以分出胜败。最后，他与青阳对面而立，胜负只能由他们自己决出。可这一次不再是只分出胜负的比试，而是要分出生死的决斗。

打了三天三夜，伤痕累累，如果再拖下去，军队就会生变。

少昊凝聚起全身的灵力一剑刺向青阳，青阳也将剑锋扫向了他。

他真的要杀死青阳吗？

他能犹豫吗？一犹豫，也许就会死在青阳剑下！

不是他死，就是己亡！

少昊的瞳孔在收缩，剑芒却依旧在冷冽地闪烁，飞罩向青阳。

突然，一声巨响，漫天红光，惊散了一切。

少昊披头散发，衣衫上血痕点点，握剑欲刺，眼前却空无一人。他怔怔地看着自己的手，他那一剑究竟刺下去了没有？如果不刺，青阳会杀死他吗？如果刺了，那……

少昊身子一颤，冷汗涔涔，不敢再想，忽然间暗暗庆幸，只是一场幻象。

可这真的只是一场幻象吗？

少昊仰头看向天空，半晌后，漫天刺眼的光线才渐渐消失，风停了，雨住了，阵法竟然消解了。

巨石上躺着两个昏迷不醒的人，一个是赤宸，双臂张开，护着身下，一个赤身裸体，蜷缩如婴儿，依在赤宸怀中，正是阿珩。

看到阿珩赤身裸体，少昊立即背转过身子，脱下衣袍，叫来等候在阵外的昌仆和朱萸，让她们去把阿珩抱出来。

昌仆发现阿珩怀里抱着一只鸟，诧异地问："怎么会有一只鸟？"

少昊头未回地叹道："应该是那只随阿珩赴死的琅鸟。"

昌仆心生敬意，轻柔地把鸟从阿珩怀里抱出来。

昌仆和朱萸刚为阿珩穿好衣衫，轩辕王赶到，似不相信竟然有人能破掉灭魔阵，面色铁青，气急败坏。不曾想看到了少昊，不禁一愣："你怎么在这里？"

少昊恭敬地行礼："听说阿珩活了，我来接阿珩回家。"

轩辕王看到阿珩，面色稍稍缓和，一个箭步上前，揭开阿珩的衣袖，看到她胳膊上有半个爪痕，这是阿珩小时受的伤，轩辕王为了惩戒她贪玩，特意下令永铸其身。轩辕王确认了这的确是阿珩，想到和高辛的联盟再次稳固，不悦尽去，不禁笑着对昌仆说："快带珩儿去朝云峰，让你母后看看她，不管什么病都立即好了。"

昌仆瞅了眼昏迷的赤宸，迟疑地看向少昊，少昊微微点了下头，昌仆知道一切有他，放下心来，抱着阿珩飞向朝云殿。

轩辕王扫眼看向重伤昏迷的赤宸，眼内精光闪动，似有所谋。少昊轻移几步，挡在赤宸身前，含笑对轩辕王行礼："我刚才来的路上，看神农大军守在边境，似在等人，隐约听到魑、魅、魍、魉那几个泼皮说什么再不回来就打进去算了。"世人皆知，赤宸的军队都出身草莽，野性难驯，连榆襄都不放在眼里，世间只认赤宸。

轩辕王淡淡一笑，问道："你是打算住几日再走，还是立即回高辛？"

少昊弯身行礼："住几日。"

轩辕王点点头，"这里的事情千万不要告诉他人，对阿珩不利，对你更不利。"

少昊道："小婿明白。"

少昊看轩辕王离去了，方让朱萸扶起赤宸，检查了一下赤宸的伤势，发现伤得不轻，怕轩辕王路上使诈，决定亲自走一趟："我们先送赤宸回神农。"

朱萸问道："你什么时候见到魑、魅、魍、魉了？我和你一路而来，怎么没看到？听说他们四兄弟是同生兄弟，长得一模一样，我一直想见见呢！"

少昊问朱萸："你家殿下平日教导你什么？"

"少提问，多做事。"

少昊看了眼朱萸，含笑不语，朱萸觉得少昊虽然笑容可亲，可眼神的锐利不比冷脸的青阳差，只能把满肚子疑惑全憋回去。

几个月后，阿珩才真正苏醒，人虽然醒了，却终日呆呆愣愣，不说一句话，如同一个没有灵智的傀儡。

青阳冷面冷语，看不出他心里是何感受，只看到他吩咐朱萸四处搜寻稀世灵草，换着花样给阿珩调养。

仲意日日陪着阿珩，带她去每个儿时的地方，希望能让阿珩记起过去的事情。

阿珩总是默不作声，一点生气都没有。仲意的耐心好似无穷无尽，即使阿珩一天不说一句话，他可以一个人说一天，给阿珩讲过去的事。

日复一日，仲意没有丝毫不耐烦，阿珩却没有丝毫好转的迹象。

一日，阿珩坐在院中，像个木偶一样，低头盯着自己的脚尖发呆，似在沉睡，又似在沉思。

昌仆坐到她身边，阿珩头都不抬。

“我第一次见仲意，是仲意到若水赴任。族内的长老说轩辕族的王子要来了，让我们千万别闯祸，我很不服气，我们若水人自在惯了，凭什么要听人驱使？于是我乔装改扮，亲自去迎接这个王子。一路上，我刁难羞辱了仲意无数次，仲意一直没生气，我反而慢慢被他的胸襟气度折服。我认识仲意这么多年，从没见过他生气，第一次见他发怒是为了你。两百年前，他带着我潜入神农，一夜之间暗杀了神农十八个神将，父王震怒，把他关在火牢中。对修行木灵的神来说，置身火牢是痛不欲生的极刑，父王说只要他认错就放了他，可整整一年，他被折磨得形销骨立，却就是不肯认错，后来，连父王也拿他没辙，一边骂他是个榆木疙瘩，一边无奈地放了他……”

昌仆徐徐道来，讲着这两百年间仲意的难过、对青阳的怨怒，讲到发现魔珠时，仲意是如何高兴，仲意和青阳为了唤醒阿珩，差点儿灵血尽失死去。

因为轩辕王和缬祖的密旨，本就没几个人知道魔珠，知情的青阳和仲意都绝口不提，以至于阿珩自己也是第一次知道她的苏醒竟然那么不容易。

昌仆抚着阿珩的头：“小妹，对你而言，只是睡了一觉，也许你还嫌睡的时间太短，所有的痛苦仍积郁在心头，可对你四哥而言，是两百年啊！即使你已经忘记了过去的一切，可你的心仍是肉长的，肯定能感受到仲意的难过，别再让你四哥难过了。我已经两百年没有看他笑过，只有你能让他真正地笑一笑。”

仲意拎着一条鱼，快步而来，看到并肩坐在凤凰树下的妻子和妹妹，笑问道：“你在和小妹聊什么？”

昌仆笑道：“没什么。”

仲意把鱼给阿珩看：“晚上吃鱼，好不好？”

阿珩犹如木偶，不言不动，仲意也已经习惯，自问自答地说：“我把鱼送到厨房再来看你。”

“冰葚子。”

微小的声音从身后传来，仲意霍然转身，神情激动：“你说什么？”

阿珩望着桑树，没有任何表情，声音却很清楚：“冰葚子，我要吃冰葚子。”

仲意狂喜，扔掉了鱼，大吼大叫：“母后，母后！大哥，大哥！你们快出来，小妹要吃冰葚子。”

缬祖和青阳都冲了出来，仲意蹲在阿珩身边，小心翼翼地说："你再说一遍，你要吃什么？"

缬祖和青阳都眼巴巴地盯着她，阿珩盯着桑树，轻轻说："冰葚子。"

缬祖破颜而笑，眼中有泪，青阳神色不变，一句话未说，随手一挥，想要降雪，却心绪激动，灵气不稳，雪花变作了满天冰雹，噼里啪啦地掉下来，打得大家措手不及。

仲意一手护着昌仆，一手拽着阿珩，往屋檐下跑，笑嘲道："大哥，你行不行啊？我昨天刚和阿珩讲了一天你有多么厉害，今天你就拆我的台，阿珩不觉得你不行，反倒认为我说大话，是不是，小妹？"

青阳紧张地盯着阿珩，半晌后，阿珩抿着唇，轻轻点了点头，青阳心头一暖。

昌仆凑热闹，摇头晃脑地说："大哥怎么会不行呢？肯定是有什么高妙的筹谋，只是我们看不懂，这冰雹肯定下得非常有深意。"

缬祖实在忍不住，"扑哧"笑出声来，在昌仆额头上点了一下："好伶俐的一张嘴，可碰上仲意这块榆木疙瘩就什么都不会说了，真是一物降一物。"

昌仆脸颊飞红，把脸藏到阿珩肩后。

青阳心中又是酸，又是涩，又是暖，稳了稳心神，方把冰雹化作了大雪。

"走，我们去摘冰葚子。"昌仆拖着阿珩跑进桑林里，拉着阿珩快乐地打着转，阿珩被她带得渐渐也浮现出笑容。

昌仆拉着阿珩，回身朝仲意和青阳叫："大哥，仲意，一起来摘冰葚子吧！"

仲意强推着青阳往前跑，青阳看似不情愿，眉梢眼角却隐有笑意。

缬祖站在屋檐下，看着她的儿女们在雪中嬉戏，眼中含泪，唇边却绽开了最欣慰的笑容。

阿珩开始说话后，慢慢地想起了以前的事情，却记得七零八落，有些事记得，有些事却完全不记得。比如，问她小时候的事情，她说得一清二楚，可问她在高辛的事情，她就忘得一干二净。

医师说有可能是那些回忆太痛苦，神识受损后选择性地只记住了快乐的事情。

缬祖毫不介意，仲意拍手称庆，只有青阳隐有担忧，有的事情并不是忘记了，就可以不再去面对。

轩辕王把阿珩复生的消息封锁得很严密，世人只知高辛的大王子妃身体有恙，被少昊送回朝云峰静养，却不知其中乾坤。

赤宸因为重伤在身，连走路都困难，没有办法偷上朝云峰，幸亏昌仆一直暗中给他传递消息，告诉他阿珩的身体正日渐好起来，让他无须担心。

刚能自如行动，赤宸立即亲赴朝云峰求见，缬祖和仲意都不同意赤宸见阿珩。

青阳说："阿珩不是小孩子，见与不见应该由她自己决定。"他看着仲意，"再说了，赤宸当年还是个无名小卒时，就敢迎着我的剑锋上朝云峰，如今他若真想见阿珩，谁又能拦得住？"

昌仆想到当日告诉赤宸小妹有可能还活着时，赤宸悲喜交加，立即放下一切，不顾生死地来救小妹，她站在了青阳一方，握住夫君的手，柔声道："让小妹自己做主吧！"

宫女带着赤宸走过前殿，指指蜿蜒的山径："将军沿着这条路走，王姬在前面等您。"

赤宸脚步如飞，恨不得立即看到阿珩。

道路两侧都是凤凰树，树干高大，红色的凤凰花迎风招展，地上铺着厚厚一层红色的落花残蕊。阿珩一身青衣，站在凤凰树下，因为树冠浓密，光线明暗不定，勾勒得她的身影异常单薄。

赤宸看到阿珩的刹那，脚步突然迟疑了，只觉得心擂如鼓，又是辛酸又是欢喜，两百年来朝思暮想，如今却近乡情怯。

赤宸轻轻地走过去，半晌后，才敢出声："阿珩。"那么温柔，似乎生怕一个不小心，就惊散了眼前的美梦。

阿珩姗姗回身，看到漫天凄迷的落花中，一个红衣男子站在身后，神色似悲似喜，一双漆黑的眼睛里满是缠绵炽烈的哀伤和喜悦。

阿珩笑着点头："我是阿珩，你就是神农国的赤宸吧？"

赤宸听到前一句，眼睛骤然一亮，光华璀璨，那般真心的喜悦连阿珩都看得心头突突直跳，可听完后一句，他眼中刚亮起的光华随即黯淡，眼中激荡着痛楚，竟然牵扯得阿珩的心都一抽一抽地疼痛。

阿珩抱歉地说："我生了一场大病，很多事情都忘记了，听大哥说你和我是旧识，可我实在不记得你了。”

赤宸不相信，眼前的青衣女子和记忆中的阿珩一模一样，正是他朝思暮想了两百年的人，是他愿意付出一切换回的人，可两百年后的再相逢，已成陌路，曾经的恩怨纠缠就好似完全没发生过。

他宁愿她恨他，也不愿她忘记他！

“阿珩，我是赤宸，是你的……”是你的什么？赤宸突然语滞了。他也不知道自己在阿珩心中究竟算是什么。赤宸急切慌乱地说着他和阿珩的一切，说着他们桃花树下的许诺，竹楼中的缠绵……

阿珩脸颊飞红，嗔怒道：“别说了！我都知道，大哥说了，他说我……说我和你……是情人。”阿珩咬了下唇，“大哥说是你和炎弇把我逼落虞渊，是吗？”

“表面上是炎弇的错，其实和炎弇无关，全是我的错！”

“不过大哥说也是你不顾性命地救活了我。”

赤宸未说话，只是急切地看着阿珩。

阿珩微笑道：“你害死了我一命，又救了我一命，我们就算两清吧，从此两不相欠，好不好？”

赤宸如遭雷击，心口骤然一痛，神色惨然地盯着阿珩，不敢相信这么冰冷无情的话是出自阿珩之口。

阿珩笑道：“也许你和以前的那个阿珩真的很好，可我不是她，你和她的事情对我而言就像听一个陌生人的故事，我不想背负着她的痛苦而活。苍天给了我一次重生的机会，我想要重新开始。”

阿珩对赤宸施礼：“我毕竟已经嫁作人妇，我和少昊都不是常人，我们的婚姻还事关国体，您贵为神农国的大将军，想必也能体谅我的苦衷，以后烦请将军视我为陌路。”阿珩举手送客，“大将军，请回吧！”

“阿珩！”赤宸伸出了双手，带着渴望和悲伤，祈求一般伸向阿珩，想再次拥她入怀。

阿珩挥了下衣袖，火焰冲天而起，隔开了赤宸和她。

阿珩后退几步，带着几分不悦说：“纵使我们以前认识，可我已经把话说清楚，还请将军自重。”

隔着熊熊烈焰，赤宸悲笑道：“你忘记了，我却还记得一清二楚！”

阿珩皱眉，甩袖离去，不耐烦地说："父王说少昊今日会来朝云峰接我回高辛，我还要去收拾行囊，将军自便吧！"

赤宸想伸手拉住她，灵随意动，幻出了藤蔓，缠向阿珩。阿珩神色惊慌，踉跄后退，厉声问："你要做什么？"

她惊慌的样子好似两百年前，赤宸心中一痛，灵力散去，藤蔓消失。

阿珩快步跑着，不一会儿就消失不见。赤宸失魂落魄地站在凤凰树下。

她忘记了，她都忘记了！

赤宸只觉眼前天昏地暗，一切都失去了光彩。

阿珩忘记了他！

两个宫女走来，弯身行礼，轻言轻语地说："将军，大殿下命我们送你下山。"

下午时分，少昊到了朝云峰，青阳让宫女去禀告阿珩。

阿珩磨磨蹭蹭地不肯出去，又是换衣衫，又是检查行囊，缬祖笑催："又不是今日就走，明日才出发，你着急什么呢？"

阿珩出来时，看到青阳、少昊、仲意和昌仆都坐在草地上，一边喝酒，一边欣赏着日落，不知道说了什么，一阵又一阵的笑声荡漾在晚风中。夕阳将他们的身影晕染成了橙红色，透着无限的温暖。

阿珩默默看了一会儿，笑着冲过去："大哥，四哥，嫂子。"

众人齐齐回头，少昊站起来，看着阿珩，竟然有几分紧张。

青阳对阿珩说："这就是你的夫君少昊，他来接你回高辛。"

阿珩安静地行了一礼，少昊说："我听青阳说你忘记了过去的事情。"

"嗯，有些事情记得，有些事情不记得了。"

"还记得我吗？"

阿珩抱歉地摇摇头："我就记得娘和哥哥他们。"

少昊体谅地说："那大概是你最快乐的记忆，自然记得牢。"

少昊和阿珩相对尴尬地沉默着，都不知道说什么好，青阳拿着酒壶自走了，昌仆悄悄地拽拽仲意的袖子，也离开了。

少昊问："走一走吗？"

阿珩点点头，两人并肩而行，少昊低声讲着他们在玉山第一次见面的事，又讲了一些阿珩在高辛的生活琐事，阿珩一直默默聆听。

走到悬崖边，阿珩停住了脚步，少昊也随她站定，一起眺望着最后一抹落日。

悬崖下，茂盛的葛藤攀着崖壁而生，枝叶纠缠，郁郁葱葱，浓密的绿色中有一角红衣，赤宸附在藤蔓上，与藤蔓化为一体。

崖顶的两人尴尬地沉默着，崖下的人屏息静气，只有山风吹着凤凰花簌簌而落。

阿珩忽而鼻子深深地嗅了嗅，赞叹道："好酒！"

少昊笑起来，把酒壶递给她："这还是你给我的酒方，雌滇酒。"

阿珩连喝了好几口，才心满意足地把酒壶还给了少昊，一来一往之间，尴尬消失了几分。

喝得有些急，酒气上涌，阿珩脸颊绯红，头上又落了几片凤凰花瓣，衬得她有了几丝生气。

少昊不禁想伸手拂去，阿珩下意识地一躲，少昊立即缩了手。

"对不起！"

他们异口同声地道歉，又都是一愣，世间哪有这样客气的夫妻呢?

夕阳已经坠入虞渊，天黑了。

少昊站在悬崖边，冷风过处，衣袂飘拂，落下的是无限萧索："阿珩，还记得我们在虞渊内说过的话吗？"

阿珩皱着眉头想了一会儿，抱歉地摇摇头："想不起来。"

"当时，我中了宴龙的偷袭，即将命绝，你明明可以独自逃生，却为了救我，被困在虞渊中。我们俩都以为死定了，临死前，我和你说如果有来世，我们做夫妻。"

阿珩微笑："我们现在不就是夫妻吗？"

少昊摇头："我们只是无奈地被轩辕和高辛捆到了一起。"

阿珩默不作声，少昊轻声说："自从我们走上玄鸟搭建的姻缘桥，不管你我是否愿意，都注定要纠缠一生，如今老天给了你一次来世，也许就是给我们一次机会。你愿意试一下吗？给你我一次机会，做真正的夫妻。"

阿珩没有回答，凝望着苍茫的虚空，不知道在想什么。

少昊问："你还记得赤宸吗？"

"不记得了。"

少昊想说什么，阿珩赶着说："既然能忘记，说明也不打紧，忘就忘了吧！"她笑了笑，盯着少昊，“大哥说我和赤宸是情人，你介意我和他之间的事吗？”

少昊道：“当然不会。你我姻缘早定，我若有心，谁都抢不走，是我自己推开了你。”

“那你现在为什么又想做夫妻了？”

“我……我……新婚时，和你定了盟约，让你做我的假王子妃。”向来从容的少昊竟然结结巴巴，透着紧张，“现在，我后悔了。”

阿珩盯着少昊，似乎想看透少昊的心。少昊只觉心跳如雷，好像整个天地都在这一刻消失了，唯有眼前的阿珩清晰分明，一呼一吸都撕扯着他的心。

半晌后，阿珩把手伸给少昊，说道：“那好，我们重新开始，不管以前发生过什么，以后我会做你真正的王子妃。”

崖下忽有一声急促的喘气声，少昊提掌凝力，却见一只老山猿从崖下掠出，抓着藤条荡到了树上。

少昊散去灵力，握住阿珩的手，把她拉进怀里，迟疑了一下，在她额上轻轻吻了一下，阿珩依偎着他，没有拒绝。

少昊紧紧抱住了阿珩，在她耳畔许下今生最郑重的诺言：“我要的不仅仅是王子妃，我还要你是我的妻子，一生一世，一心一人。”

阿珩身子猛地一颤，想抬头说什么，少昊用力抵住了她的头，喃喃低语：“什么都别说，我什么都不想听，你只需记住我的诺言就好了。”

阿珩能感受到他掌间的微颤，似一种无声的乞求，半晌后，她俯在他的肩头，慢慢闭上了眼睛。

山亭中挂着的火明珠发出明亮的红光，从少昊和阿珩身上照过，在对面的崖壁上投下两个黑色的影子，相依相偎，亲昵恩爱。

赤宸背贴山崖，悬在藤蔓上，恰好面对着崖壁上的影子图。

赤宸面色苍白，眼睛直勾勾地盯着相拥的影子图，野风吹来，藤蔓被吹得一起一伏，赤宸也就随着藤蔓荡来荡去，犹如一片孤苦无依的秋叶，在冷风中，摇摇欲坠。

第二十章 天能老，情难绝

赤宸悲伤地凝视着崖壁上相依相偎的影子。

若换成其他人，此时朝云峰上有少昊、青阳两大高手，自己又重伤未愈，要么知难而退，徐图之，要么另谋他策，可赤宸的性格中连转圜的余地都没有，有的只是奋不顾身的一往无前。

他眼眸中的悲伤渐渐被狠毅取代，突然拽着青藤，一荡而起，挥刀砍向少昊。

猝不及防间，少昊用足灵力，想把对方逼退，不曾想硬碰硬了一下，少昊被震得半边身子麻木，对方却未退半步，他心下骇然。

赤宸左手横刀胸前，右手抓着阿珩，嘿嘿一笑："少昊，这些年你没什么长进啊！"

少昊看清是他，知道不会伤到阿珩，反倒放下心来，右手虚探，握住了一把白色的水剑，淡笑道："将军倒是大有长进，不会被我一下就打落水中了。"

赤宸不以当年为耻，反而笑着说："所以这一次我要把阿珩带走了。"拽着阿珩就要走，不想少昊的左手依旧紧握着阿珩，不肯放松丝毫。

少昊的水剑攻向他，赤宸不敢轻敌，反身回击，因为两人都抓着阿珩，都怕伤到阿珩，所以都收敛着灵力，招式一触即散，只见在一个小小的圈里，刺眼的刀光剑芒闪烁不停。

阿珩被拽得歪歪扭扭，又突见赤宸，心神激荡，灵力不受控制，身体变得滚烫，以少昊和赤宸的灵力都禁受不住，下意识地松开了她。

阿珩脚边的青草野花迅速枯萎，连悬崖下长着的葛藤叶子都开始发黄，少昊和赤宸惊讶地盯着她，阿珩修炼的是木灵，怎么会毁损草木之灵？

阿珩看到他们的眼神，生了自厌自弃之心，后退几步，冷冷道："你们现在发现了，我早已经不是以前的阿珩。"

少昊思索着眼前发生的一切是怎么回事，赤宸却眼中只有阿珩，根本不去细想，看她正好站在悬崖边上，大笑着扑向阿珩。

少昊挥掌，一条白色的巨龙扑向赤宸，想把赤宸逼开，赤宸却未闪未避，任由巨龙袭身，不管不顾地抱住阿珩。

龙头打到赤宸背上，赤宸被打下悬崖，阿珩也随着他坠下。

"啊——"

阿珩尖叫着，下意识地紧抱住赤宸，风声呼呼地在耳畔吹过，青丝飞起，迷乱了她的眼睛。

这一刻，万丈悬崖，两人疾落如流星，命悬一线，她的世界被逼得只有他了，不得不依靠他。

阿珩瞪着赤宸，眼中似恨似怨："放开我！"

赤宸背上挨了少昊一掌，怀里的阿珩又烫如火炭，痛得他龇牙咧嘴，却嬉皮笑脸地说："不放手，你杀了我也不放手！"

少昊看到阿珩也被带下悬崖，忙召唤玄鸟，飞跃而下，急急追来。

眼看着赤宸和阿珩好像就要触地，赤宸长啸，逍遥从谷底飞掠而出，接住了赤宸和阿珩，一个盘旋提升，向远处飞去，赤宸回头看了看少昊，居然得意扬扬地咧嘴一笑，做了个鬼脸。

逍遥一振翅就消失不见了，遨游九天的大鹏根本不是玄鸟所能追赶。

少昊呆立在玄鸟背上，痴看着长空浩荡，晚风清凉，山岚聚，雾霭散，他的指间似乎还有阿珩的余温，可是，她又一次从他指间离去。

少昊心内滋味复杂，他当然可以调遣手下的力量去搜寻阿珩，可是他能吗？在难以分辨的悲伤中，隐隐竟然对赤宸有一点羡慕，张狂无忌、随心所欲也许是所有男人的梦想，可真正能做到不怕生死、不计得失、不惧世人眼光的又有几个？

逍遥的速度比两百多年前更快了，不过盏茶工夫，就进入神农国内，它速度渐慢，越飞越低，落在百黎。

“放开我！”阿珩用力挣扎着，想甩脱赤宸。

赤宸拿出一截龙筋，把自己的左手和阿珩的右手捆在一起，打了个死结，决绝地说：“什么时候你想起我了，我什么时候解开它。”

阿珩气得怒嚷：“我一辈子都想不起来呢？”

“那我们就这么一辈子。”

赤宸强拖着阿珩往前走。

在这个远离红尘繁华的地方，两百年的时光就像是不存在一样，一切都是老样子。

凤尾竹间的竹楼依旧是老样子，半新不旧，竹台上停着几只不知名的鸟，叽叽喳喳地叫着。

白色石块砌成的祭天台，因为日日维护，丝毫不见陈旧，洁白如新，周围悬挂的兽骨风铃有的洁白，有的泛黄，和从前一样，风一过，就叮叮当当地响。

祭台的外面，全是桃树，枝繁叶茂，郁郁葱葱。两百年前，这里还没有这么多桃树，看来是这两百年间栽下的。

赤宸推开竹楼的门，把阿珩拖到竹台上：“还记得这里吗？”

阿珩冷冰冰地说：“不记得！”

赤宸指着山坡上的桃树问：“记得那里吗？”

“不记得！”

他抱着阿珩跃下竹台，从桃林间慢步走过：“有没有想起一点过去？我们曾许诺不管身在何处，当桃花盛开时，都相会于桃花树下，不见不散。”

阿珩看着四处的桃树，若有所思，赤宸满眼期盼。

阿珩忽然淡淡一笑：“我倒是想起有一次我和少昊相逢于桃花树下，那天正好是高辛的放灯节，他带我去看河灯，我们同乘玄鸟，从高空俯瞰高辛，整个大地星辰密布，可真美啊！”

赤宸神色难看，紧紧地抓着阿珩的手，阿珩不耐烦地说：“不要白费时间，忘记了就是忘记了。”

赤宸牵着阿珩走到一株大桃树下：“还记得这里吗？”

阿珩无聊地打量了一眼：“一株比别的桃树更大些的桃树。”

赤宸握着她的手去摸树上刻的字："这些字呢？"

阿珩淡淡看了几眼，哧地讥笑："写这么多的赤宸做什么？难道是以前的那个阿珩写的？她可真够闲的！"

"你我约定桃花树下不见不散，可是我失约了。第一次，因为神农王当日亡故，云桑下令封山，我没能赶来；第二次，因为我怒你嫁给了少昊，以为你已经变心，收到你的衣袍后，虽然明白了你的心意，可又恨你水性杨花。但其实我来了，看看我身上的衣袍，我又捡了回去。"赤宸强把阿珩的手摁到她用簪子刻的字上，"你骂得很对，'既不守诺，何必许诺？'诺言的意义就在于明知不能为、不可为时，也要拼命做到。"

阿珩手指冰凉，没有任何反应，赤宸把她的手摁在心口："今生今世，永无第三次！"

阿珩甩脱他的手，冷冷地说："即使我需要男人的诺言，也自会去找我的夫君少昊要，不劳您多事！"

赤宸神色黯然，默站了一瞬，拉着阿珩继续边走边看周围景致，行到祭台边，他拖着阿珩坐下："两百年不见，你就不想知道这些年我做了些什么吗？"

阿珩好笑："我根本不记得你了，干吗要关心你做过什么？"

赤宸悲伤地看着阿珩，阿珩低下头，撕扯着龙筋，想把它解开。

他们的面前是百亩桃林，山风吹过，绿叶翻滚，犹如绿色的波涛，祭台四周的风铃时急时缓地响着。

叮当、叮当……

反反复复的声音越发凸显出山野的静谧。

良久的沉默后，赤宸低沉的声音乍然响起："你认识的巫王已经死了，米朵和金丹也走了。米朵老时，一直想再见你一面，说什么都不求，就是想再给你做顿饭吃。她一遍遍追问你的下落，我却无言以对。米朵惦记着你爱喝酒嘎，每年都把最好的酒嘎用石坛封好，埋在桃树下，这边的几十株桃树，每株下面都埋着一坛米朵为你做的酒嘎。她老得眼睛都看不清时，依旧挣扎着为你做了一坛酒嘎。"

阿珩解龙筋的手不知不觉停了，凝视着桃林，咬着唇，一声不吭。

"头几十年，每年四月，我来百黎时，都和他们一块儿喝酒嘎，金丹陪着我种桃树，米朵把酒坛埋到树下，我喜欢听他们谈论你，就好似你仍在一样。后来他们都走了，只剩下我一个，无数个夜里，辗转反侧，夜不能寐，我真正理解了师父的感受，漫长的生命就是最大的惩罚，很多时候我会忍不住大笑，因为，我活该！”

赤宸的头深埋着，阿珩看不到他的表情，但能看到他鬓角的白发，以他的年龄和神力，实不该如此。她轻叹了口气，温和地说：“反正我已经全都忘记了，你也不必愧疚，你就当作我没有复生，把我全忘了吧！”阿珩一边说话，一边居然悄悄地解开了龙筋。

赤宸沉声问：“要怎么样你才能原谅我？”

阿珩猛然跳起，撒腿就跑：“让我重新开始，我就原谅你。”

赤宸反应十分机敏，立即就追上来，在桃林中抓住了她。阿珩又踢又踹又骂：“我已经全忘记了，我想重新开始，我就要重新开始！”

赤宸神色悲痛，默默地盯着她，一瞬后，突然把她用力抱起，扛在肩头，跃到逍遥背上：“好，让你重新开始！”

阿珩不停地打着赤宸：“放下我，放下我！”赤宸没有任何反应，只是驾驭逍遥疾驰。

一会儿后，逍遥落在了一处旷野中。赤宸像栽葱一般，把阿珩立到地上，阿珩刚一站稳，转身就逃。

赤宸倒不着急，倚着逍遥，好整以暇地说：“你跑吧，跑一次，我抓一次，看看是你跑得快，还是我追得快。”

阿珩脚步一顿，回过身，又是无奈，又是愤怒地喊道：“你究竟想做什么？”

“你不是要重新开始吗？我们就重新开始！”

阿珩对赤宸不停地作揖行礼，近乎哀求地说：“赤宸，赤宸大将军，我已经忘记了你，你堂堂一国大将，何必再纠缠不休？比无赖还不如！”

赤宸靠着逍遥，抱臂而笑，满不在乎地说：“我就是纠缠不休又如何？我就是个无赖又如何？”

阿珩气得双目喷火，破口大骂：“浑蛋，禽兽，野兽，禽兽不如的浑蛋，蛇蝎心肠……”

赤宸笑眯眯地听着，边听边点评：“这句‘禽兽不如’骂得很好，禽兽当然不如我了，它们见了我逃都来不及！蛇蝎心肠……”赤宸咂巴着嘴，摇摇头，“不好，不好！太娘气了！你好歹想个更毒辣的野兽来比喻……”

阿珩气得浑身打战，理也讲不通，骂也骂不过，怒火上涌，直接动手！

几团赤红的火焰飞向赤宸，赤宸撒腿就跑，阿珩追在后面，七拐八绕，竟然跑进了一座城池中，今日应该是个节日，大街上人来人往，欢声笑语不绝于耳。

有好打抱不平者看一个瘦弱女子追着一个魁梧大汉跑，动了怜香惜玉之心，时不时踢根木头、扔块瓜果，阻拦赤宸。

赤宸在人群中钻来钻去，每次看似阿珩就要打到他，他又如泥鳅一般溜了，气得阿珩什么都顾不上，一心只想抓住他。

赤宸边跑边叫：“好媳妇，我知道我这次错了，让你伤心了，下次再不敢了，我一定信你，敬你，疼你，护你……我不会相信我听到的，也不会相信我看到的，我只相信我心感受到的！好媳妇，你饶我一次，就这一次……”

原来是小两口闹别扭，众人都大笑起来，一边笑，一边七嘴八舌地相劝。

阿珩不知是气还是羞，满面通红，泫然欲泣，恨恨地跺着脚对赤宸嚷：“我是少昊的媳妇，不是你的！”

赤宸脚步立停，回身盯着阿珩，似伤又似怒，硬邦邦地说：“他休想！”

阿珩看到他的样子，自己的气反倒消了，笑笑说：“我乐意，他就能想！你可管不着！”

赤宸脸色越发难看，阿珩越发高兴，也不想打赤宸了，竟然转身要走了。

赤宸凝视着她的背影，压下胸臆间的不适，强行凝聚灵力。

从南边传来几声闷雷一般的声音，好似什么东西炸裂了，几道红光冲天而起，刹那间南边的天空已经火海一片，整座城池都笼罩在红光中。

所有人都看向南边，目瞪口呆，没有一丝声音，整座城好似变成了死城。半晌，有老者高举双臂，哭号道：“天哪！博父山的山神又发怒了！”

男女老幼纷纷跪倒在地，对着博父山跪拜，泣求山神息怒，有人哭叫道：“我们去求西陵娘娘。”众人纷纷附和，人群汇聚在一起，一步一跪，朝着城外的祭台而去。

阿珩仓皇地打量着四周，这才明白为什么她有似曾相识之感，原来这里竟然是博父国。

天边的潋滟红光，遮盖了星辰，黯淡了灯光，大街小巷都笼罩在迷蒙的红光中。

赤宸一身泣血红袍，站在街道中央，脚踩大地，头望苍天，凝然不动，好似世间万物都不看在眼内，也全不在乎。

阿珩惊骇地盯着他："你是个疯子！"

赤宸含笑道："两百七十年前，有个叫西陵珩的女子，灭了炎奔的练功炉，救了博父国，至今博父国内到处都是西陵珩的祭坛，今日就是祝祷西陵娘娘的灭火节。两百七十年后，赤宸点燃了博父山，你若今日离开，那就让它烧去吧！我倒是要看看，如今的天下谁有胆子灭赤宸的火炉？"两百年来，在赤宸的雷霆手段、铁血政策下，他的名字在神农国等同于死亡，根本无人敢违逆。

阿珩默默凝视着天际的红光。

孩子的哭声，人群的跪拜祈求声，声声传来。

过了一会儿，阿珩向着红光走去。

赤宸默默地跟随在她身后，只要他不想放手，那么不管天命如何，他都会把命运拖回来。阿珩想重新开始，那么就重新开始吧！不过——不是和少昊，而是——要从他们相识的地方重新开始。

火势猛烈，博父山下到处都是滚烫的气柱，融化的岩浆。

阿珩小心翼翼地走着，身后突然传来一声痛哼，她脚步顿了一顿，没有回头，可也不敢继续往前走了，谨慎地后退了几步。一声巨响，滚烫的气柱从地下喷出，把四周的岩石击得粉碎。

赤宸的笑声传来："好媳妇，你怎么停下了？"

阿珩气得直磨牙，恨不得立即离开，永不要再见赤宸，可更知道他说到做到，今日她若离开，博父山的火会永远烧下去。

阿珩继续走着，赤宸在她身后嬉皮笑脸、油嘴滑舌，逗着阿珩说话，一口一个"好媳妇"。阿珩满肚子怒气无处可发，只能紧咬着牙，一声不吭。

行到一片坑坑洼洼的泥浆地，阿珩举步而入，赤宸"咳咳"的咳嗽声不停地传来。

阿珩忍不住冷笑，不但不理会他，反倒走得越发快。

黄色的气泡带着地底的毒煞汩汩冒出，赤宸咳得声嘶力竭，阿珩却充耳不闻，昂着头，走得怡然自得。

"唉！我倒是忘记了，好媳妇学过《百草经注》，这点地煞毒怎么会难倒她呢？看来你把老头子的东西记得很牢嘛！"笑声从身后传来。

阿珩气得紧捏拳头，想要捏死自己，她是没进狼窝，却入了虎洞，梗着脖子说道："我本来就是有些事记得，有些事不记得，有什么大惊小怪？"

阿珩如今的身体孕育在虞渊，诞生在汤谷，并不惧火，走得比以前轻松，只花费了以前一半的时间就到了博父山脚下。

她向山上攀缘，赤宸跟在她身后，哼哼唧唧地喊痛："好媳妇，你走慢点，我痛得很，爬不动了。"

阿珩不理他，只在心内咒他，装！装！你就往死里装吧！

几个火球飞落，阿珩躲都没躲，甩袖轻挥，火球被她轻松地扫开。身后却传来一声短而急促的惨叫，阿珩实在受不了，冷嘲道："大将军，你装了一路不累吗？"

"好媳妇，救我……"

阿珩无奈地摇摇头，继续走自己的路。

走了半晌，身后再没有一点声音。

这一路之上，赤宸不是在后面油腔滑调地逗阿珩，就是哼哼唧唧地喊疼，阿珩听得又烦又气，可这会儿没了他的声音，又觉得若有所失。

"赤宸，你怎么不装了？"

没有回音，阿珩心内七上八下，哼，不知道又是什么诡计！我才不会上当！

强忍了半晌，终是忍不住，装作整理裙裾，弯下了身子，偷偷向后看，却压根儿不见赤宸。

她立即回身，四处张望，漫天烟火中，不见那袭张狂耀眼的红袍。

她匆匆往回跑，看到赤宸昏倒在路边，满身泥污，幸亏有一方凸起的石头挡着，才没有摔下悬崖。

阿珩蹙眉："喂，你别装死好不好？"

没有声音。

阿珩犹豫地走过去，检查了下他的身子，这才发觉赤宸并非装的，他的确是重伤。

赤宸在灭魔阵中伤得很重，本就旧伤未愈，为了劫走阿珩，生生挨了少昊一掌，没有调息就驾驭逍遥疾驰赶路，又不顾伤势，强行汇聚灵力把博父山点燃。一路而来，他一直强压着伤势，勉力支撑，此时再也压不住，已是力竭神昏。

赤宸全身滚烫，迷迷糊糊地睁开眼睛，脸都被烧得发红，却还是嬉皮笑脸："好媳妇，又要你背我了。”

阿珩瞪着赤宸，气得呼哧呼哧直喘气，喘了半晌的气，却无计可施，只能把赤宸背起来：“警告你，再敢胡说八道，我就把你扔到火眼里去，烧死你！”

“你舍得吗？只怕是伤在我身，痛在你心。”赤宸伤得已经走都走不动，可一张嘴皮子依旧油腔滑调，占着阿珩的嘴头便宜。

阿珩走到悬崖边，作势欲扔，赤宸忙讨饶：“舍得，舍得，你舍得！”

阿珩“哼”了一声，背着他继续走。

赤宸烧得昏昏沉沉，头软软地俯在阿珩肩头，却忽然低声笑起来。

“你笑什么？”

“笑你傻啊！我当年为了试探你，把自己变得和座小山一样沉，你却一点没察觉异样，背得满头大汗，还担心我被火伤着。”

阿珩恨恨地咬了咬牙，嘴里却淡淡说：“你如此多疑自私，难怪我会忘记你，看来都是你自作自受。”

赤宸半晌都不搭腔，阿珩又担心地叫他：“你可别睡过去，让山上的热毒入了心脉。”

赤宸脸贴着阿珩的脖颈，在她耳畔低声说：“阿珩，我是自作自受。”

阿珩不吭声，爬到山顶，她把赤宸放下：“你坚持一会儿，我去把这火彻底灭了。”

赤宸拽着她：“还是我来吧！”

阿珩气结道：“疯子！点火是你，灭火也是你，你不把自己的命当命无所谓，可你别不把别人的命当命！”她甩脱了赤宸的手，“老实待一边去！”

阿珩拔下髻上的玄鸟玉簪，这是高辛归墟内万年水灵凝聚而成的水玉，可避火、幻形、疗伤，真正的稀世之珍，是当年高辛国送的聘礼，她一直未戴过。这一次，缬祖为了让她身体尽快康复，寻出来为她戴上，没想到……

阿珩暗叹一声，把水玉簪子抛出，簪子化作了一只水蓝色的玄鸟，清脆鸣叫着。在阿珩的灵力催动下，玄鸟挥动翅膀，朝着火焰飞去，不愧是万水之眼的水灵，地火在它面前迅速消退，玄鸟绕着博父山一圈又一圈飞着，直到火势尽灭，方缓缓落在山头，化作鸟状石峰，封住了火眼。

火光灭去，天色异样黑沉，阿珩仰头看着天空的星星，星罗棋布，分外璀璨，一闪一闪，好似颗颗宝石。

阿珩回身，看着赤宸，一头青丝失去了绾束，披垂而下，星光下，有一种欲诉还休的妩媚。

赤宸懒懒地斜倚着石头，看着阿珩，满面笑意。

阿珩扶起他："你打算去哪里养伤？"

"百黎。"赤宸的手从她发间顺过，随手把她的头发绾起，用驻颜花簪上。

阿珩面色骤变，立即拔下，扔还给赤宸："我送你一程，最后一次！若你再纠缠不休，轩辕和高辛两族绝不会客气！"阿珩眉目森冷，难得地有了王族的杀气。

赤宸神色黯然，默不作声，靠着阿珩，身子滚烫，呼吸紊乱。

也不知道他和逍遥心意如何相通，逍遥悄无声息地出现，流星般落下。阿珩半抱半扶着赤宸，坐到逍遥背上："逍遥，你飞慢点，赤宸有伤，我的灵力驾驭不了太快的速度。"

逍遥轻轻颔首，展翅而起，徐徐飞向百黎。

晚风清凉，繁星满天，逍遥平稳地飞着，阿珩不想理睬赤宸，只专注地欣赏周围的景色。

飞出博父国后，繁星渐稀，阿珩正惋惜，却见云海中一轮巨大的圆月，云追月，月戏云，别是一重风景。

赤宸低声说："那一次我去朝云峰找你，阿獙带着我们逃走时，也是这样明亮的月色，当时我虽然被你大哥打得重伤，可心里真欢喜。"

阿珩闭上了眼睛，不再去看月亮，用行动回答了赤宸。

赤宸看着冰冷的阿珩，忽而不确定起来，天倾了，可以扶，地覆了，可以撑，但碎了的心能补吗？用什么去补？

逍遥落下，阿珩睁开眼睛，打量了一下四周，说道："这不是百黎，你把我们带到了哪里？"

逍遥不理她，自顾展翅而去，把阿珩和赤宸丢在了荒山野岭间。

阿珩气得直跺脚，赤宸欺负她，连他的鸟都欺负她！

"赤宸，赤宸，醒一醒，我们迷路了。"阿珩摇着赤宸。

赤宸烧得昏昏沉沉，难受得直皱眉头。

阿珩摸了摸他的脉息，看来是撑不到百黎了，必须先给他配些药疗伤。她看了看周围，两侧青山起伏，草木茂盛，一条小溪在山间蜿蜒穿过。

阿珩背起赤宸，沿着小溪而行，边行边寻找着草药。

随着山势开合，溪水忽而急促，忽而轻缓，阿珩背着赤宸，行动不便，石头又滑，走得歪歪扭扭，裙子鞋子都湿了，所幸倒真找到了不少草药。

行到一处，小溪汇聚成一汪潭水，潭边参差错落着石块，阿珩拣了一块平整的青石，把赤宸放下。

把草药碾碎，用泉水给赤宸灌下，又脱下他的衣衫，用十几枚大小不一的松针，凝聚灵力刺入他的穴道，疏导他的灵气，缓和伤痛。手边没有灵草神药，阿珩只能在他头顶足下燃了艾草，完全用灵力来拔出他体内的热气。赤宸的烧慢慢退了。

一番忙碌完，阿珩毕竟也是重伤初愈，累得手脚发软，瘫坐在一旁休息。

水潭四周怪石嶙峋，草木葱茏，月光从林间洒落，星星点点落在石上，月照树，树映泉，泉动石，石托影，静中有动，动中含静，美妙难言。

阿珩深吸了几口气，只觉心神舒畅。她的鞋子衣裙早已湿透，又沾染了不少泥污，穿着很不舒服。她看赤宸鼻息酣沉，一时半会儿醒不了，遂轻轻脱去衣衫，滑入了水潭中，把衣衫鞋子洗干净，搭在青石上，探头看看赤宸，他仍在昏睡，她就又放心大胆地在水潭里游着。

从这头游到那头，再从那头游回来，和水中的鱼儿比赛着谁快，只觉尘世的一切烦恼都不存在了。

四周山色如黛，山峰高耸入云，天变得很窄，月儿就挂在窄窄的天上，阿珩仰躺在水面上，伸手去碰月，明知碰不到，可仍喜欢不停地伸着手。也许是喜欢伸手摘月的肆意动作，让人心中无限欢喜，也许是喜欢看水珠从指间纷纷坠下，银色的月光照得水珠好似一颗颗晶莹的珍珠，叮叮咚咚地落在平整如镜的潭面上。

突然，几片绯红的桃花瓣飘下，落在阿珩的面颊上，阿珩拈着桃花瓣，惊疑不定，此时已经仲夏了，哪里来的桃花？仰头望去，只见四周的山峰，山顶突然变成了红色，红色继续向下蔓延，短短一会儿，从山顶一路而下，千万树桃花次第怒放，一团团，一簇簇，红如胭脂，艳比彩霞，令黑沉沉的天地突然变得明艳动人。

月色如水，轻柔地洒落，桃花瓣簌簌而落，犹如春雨，一时急，一时缓，沾身不湿，吹面不寒，只幽香阵阵。

看着漫天花雨，阿珩犹如置身梦中，恍恍惚惚地回身，赤宸坐在石上，微笑地凝视着满山涧的桃花，脸色惨白，身子轻颤，显然这一场逆天而为的举动损耗了很多灵力。

“我为你疗伤不是让你去逆时开花。”

赤宸仰头看着月亮，自顾自地说：“五百多年前，我的灵力还很低微，炎弃带着一群神族高手来追杀我，我受了重伤，四处躲藏，却怎么逃都逃不掉。逃到此处时，我心里明白我活不长了，我宁愿摔死，也不愿意死在炎弃手里。当我绝望地从山崖纵身跃下时，却突然看到一个青衣少女一手挽着裙子，一手提着绣鞋，走入了山涧。当时正是桃花盛开的季节，那一晚的桃花就像现在一样落着，缤纷绚烂，美如梦境……”

赤宸伸手接了一把桃花雨，微笑地看向阿珩：“那个少女就和现在一样在水里嬉戏，好似山精花魂。我躲在山顶，看着她，感受到了春天的勃勃生机，我就像那些春天突然发情的野兽，身体真正苏醒，只一个瞬间，灵智随着身体的苏醒真正打开，第一次明白自己是谁。”

赤宸滑下石头，走入水潭，朝着阿珩走来，阿珩口干舌燥，往后退去，所幸水潭上落满了粉粉白白的桃花，看不见她的身子。

赤宸说：“我不知自己有无父母，不知自己从何而来。自我记事，就和山中的野兽在一起，但我和虎狼豹子长得完全不一样，我小时也曾好奇为什么自己和它们都不一样，为什么它们都有无数同伴，我却孤零零一个，我也好希望自己有一个同伴。我偷偷接近山寨，看孩童戏耍，学他们说话，学他们走路，甚至偷了他们的衣服，把自己打扮得和他们一样，想和他们一起玩，可是小孩们用石头丢我，女人们用火把烧我，男人们用箭射我，我只能逃进深山。”

赤宸指着自己的心：“那时候，我灵智未开，还不明白为什么我这里会那么难受，我愤怒地杀死他们的家畜，毁掉他们的房子，让他们一见我就逃，再不敢射我打我，可我这里没有好过，反倒更加难受。我躲在黑暗中窥视他们，发现他们喝酒时都会在一起欢笑，我偷了他们的酒，学着他们喝酒，以为一切欢笑的秘密藏在酒桶里，可直到我练得千杯不醉，依然没有发现任何秘密，究竟怎么样才能欢笑呢？”

赤宸仰头看着天上的月亮，神情迷惘，阿珩从未见过他这么无助，即使今日的他已经纵横四海，所向披靡，可那个孤独困惑的小赤宸依旧在他体内。

“神农王说要带我去神农山，我表面上很不情愿，要他请我、求我、讨好我，其实心里乐开了花，从来没有人请我到他家去玩，神农王是第一个。在神农山，我跟着神农王学习做人，那里有很多和我一模一样的人，我可以和他们一起坐在篝火旁喝酒，可是我比在大山里更孤单。在山里时，我至少可以自由自在地蹿高蹿低，高兴了就尖叫，不高兴了就乱号。可在神农山，我不能像野兽一样没规矩。那些和我一样的人总用刀子一样的眼神看我，他们既害怕我，又讨厌我，笑眯眯地叫我禽兽，我傻傻地一遍遍答应，还为了能和他们一起玩，做各种他们要求的动作，学狼爬行，学猴子在枝头跳跃，他们冲着我大笑，我也冲着他们傻傻地笑。直到榆襄看到，训斥了他们，我才明白禽兽不是个好话，他们叫我做的每一个动作都是在羞辱我。我讨厌他们的目光，讨厌他们的笑声，不想做人了！我捣毁了学堂，逃出神农山，榆襄星夜追来，劝我回去，我骂他打他，让他滚回去，他却一直跟着我，他说，‘只要你有真正想去的地方，我就离开。你想去哪里？’我呆站在旷野上，不知道该如何回答他。山中的野兽换了一茬又一茬，早已经不是我当年认识的野兽了，这座山或者那座山对我没有任何意义，都只是一座山，四面八方都是路，可我该走向哪里？东西南北对我没任何意义，也没有任何区别。我站在路口发呆，从深夜站到清晨，从清晨站到傍晚，天下之大，我竟然不知道该去哪里。榆襄一直陪我站着，他问我，‘你为什么愿意跟随父王回神农山？为什么想做人？’我想起了那个山涧中的少女，当我在山顶嗥叫时，她仰头看到我，对我粲然而笑。”

赤宸低头看向阿珩：“想起她的那一瞬，我突然觉得做人并不是一件没意思的事，即使仅仅为了拥有一刻那样的笑容。榆襄看出我心有牵挂，温和地说，‘做人并不是那么坏，对吗？我们回去吧’。于是我跟随榆襄返回了神农山。”

阿珩看着赤宸，嘴巴吃惊地半张着。赤宸温和地笑了：“四百七十年前，在这个山涧中，我第一次看到你。你肯定已经记不得了。”

阿珩咬着唇，什么都没说。那个夜晚，一只野兽在悬崖顶对月长嗥，她仰起了头，欢喜地笑着挥手，因为那一刻，天地不仅属于她，还属于它。

赤宸和阿珩面对面，站在水潭中，桃花纷纷扬扬，落个不停，好似笼着一层粉色的轻纱，两人的面容都朦胧不清。

赤宸看着迷蒙的桃花雨，缓缓说道：“在神农王的教导下，经过两百年的刻苦学习，我已经是一个很像人的人了，我懂得品茶饮酒，懂得抚琴吹笛，也懂得行烦冗无聊的礼节，说言不及义的话。二百七十年前，炎弁用博父山的地火练功，以致博父国火灵泛滥，四野荒芜，榆襄那个心地善良的呆子听说了此事，求我来博父国查看一下虚实。

当我查清一切，准备离开，蓦然回首间，竟又看见了那个青衣女子，她从漫天晚霞中向我款款走来，惊喜让我一动不能动，可是，我不敢接近她，我竟然慌得想逃跑。”

阿珩张了张嘴，却什么声音都没发出，赤宸做事向来勇往直前，竟然也会有胆怯的时候？

赤宸说道：“六百多年前，有一个小男孩跟着父亲入山打猎，父亲被老虎咬伤，他也要被老虎吃掉，我看着那个小男孩心里好欢喜，就救了他们，留下小男孩和我一起玩。我带他去坐老虎满山跑，让猴子从峭壁上摘最好吃的果子给他，捉了小鸟给他唱歌听，我带他去看我的每一个洞窟，把我最柔软的窝给他睡。我好欢喜和他一起玩，以为他也很欢喜和我玩，可没想到他心里一直想回村子，只是天天装着和我玩得很开心，我那时只知道欢喜就叫，不欢喜就嚎，我以为兔子不喜欢和狼玩，自然一见狼就逃，根本不懂人的复杂心思。一段日子后，等他知道了我的每一个洞窟，他父亲和一大群猎人来杀我。”赤宸顿了一顿，淡淡说，“是他领的路。”

阿珩眼中隐有泪光，赤宸冷冷一笑：“我九死一生，不过最终还是活了下来。我把他、他的父亲和所有猎人都杀了！几个村子的人为了除掉我，约定放火烧山，我只能逃，他们发现我身上有箭伤，一直追在后面，我逃了一座山又一座山，逃到百黎。我躲在水底下，听到他们要百黎族人帮他们杀我，没想到百黎的巫师拒绝了。他说，‘我们饿时，猎取野兽的肉是为了果腹，我们冷时，猎取野兽的皮是为了取暖，不饿不冷时，杀野兽做什么呢？’”

阿珩很诧异，她一直以为赤宸出生在百黎，没想到他并不算真正的百黎族人，只怕连神农王都不知道此事，人说狡兔三窟，赤宸不知道有多少窟。

赤宸淡淡笑道：“六百多年来，人们要么怕我，要么想杀我，即使待我最好的神农王，仍会为了族民安危给我下毒，可我依旧敬他、尊他，视他如父，只因他从没有欺骗过我。记得有一次神农王教我书写‘大义’二字，我问神农王，什么是大义，他解释了半天我都没明白，后来他说若让他在族民和我之间选择，他即使再愧疚，也会毫不犹豫地杀死我。他也曾非常坦率地告诉我当初想要收我为徒，是因为看中我天赋异禀，能帮他保护神农国。还有我看作兄长的榆襄，其实，我很不喜欢榆襄做事的温软敦厚，没有决断，可他一直是个诚实的人，我会一直把他看作兄弟，给他最忠诚的心，但如果有朝一日，他背弃永不猜忌的誓言，我会第一个杀了他！”

阿珩盯着赤宸。

赤宸凝视着阿珩:“我不在乎别人来猎杀我,却绝不能容忍那个小男孩来猎杀我!我能容忍别人欺骗我,却绝不能容忍神农王、榆襄欺骗我!两百七十年前,我看到你转身就走,不敢接近你,是因为我害怕有朝一日,我会杀了你!”

不知是水冷,还是赤宸的话冷,阿珩情不自禁地打了个寒战。

赤宸自嘲道:“我能活下来,就是因为我是一头禽兽,够狡诈、够狠毒、够冷酷。”

可这头“禽兽”却因为百黎巫师的一言之恩,把自己认作百黎人,护佑了百黎数百年,不惜以己命和神族对抗,让曾经的贱民变成了英雄的民族;他明知神农王在利用他保护神农,却依旧义无反顾地许下重诺。

不知道何时,东边的天空亮了,清冷的晨曦从树梢斜斜射下,映得两人的身影都半明半昧,半冷半暖。

赤宸凝视着阿珩:“我生于荒岭,长于野兽中,我没有少昊的家世、修养、风华,也不可能像他一样,给你最尊贵的地位,让你成为一国之后,让整个天下都敬重你,你跟着我,注定要被世人唾骂,但……如果……如果你还愿意记得我,我会把我此身唯有的东西彻底交给你。”赤宸用拳头用力敲了敲自己的心口,语声铿锵,“我的这颗心!”

阿珩撇撇嘴,想冷笑,可看着这个略有几分陌生的赤宸,她一点都笑不出来。就像毒蛇抛弃了毒牙,虎狼收起了利爪,刺猬脱下了尖锐的刺,他褪去了一切的伪装,把最脆弱、最柔软的一面暴露在她面前,没有了张狂不羁,没有了什么都不在乎的傲慢,没有了讥讽一切的锋利,眼前的他只是一个平凡的男子,一个受过伤,会痛、会难过、会害怕再受伤的男子。

阿珩迟迟不语,赤宸盯着阿珩,眼睛黑沉深邃,似有千言万语,却又一句话没说,半晌后,他猛地转身走回石头旁,拿起衣服披上:“阿珩,不管你是真忘记,还是假忘记,我现在清清楚楚地告诉你,你是我的女人,我是你的男人,以前是,现在是,将来还是。你若真不愿意,那就当机立断,趁我重伤在身立即杀了我,否则等我伤好后,一定会不择手段纠缠到底!”

赤宸背对着阿珩站着,一动不动。

阿珩默默地站着,胸膛起伏剧烈,很久后,她走过去,安静地穿好衣服,面色冰寒,道:“好,那我就杀了你!”

她朝赤宸走过去,手掌放在赤宸的后心上,只要灵力一吐,赤宸就会立即气绝身亡。

赤宸闭上了眼睛。

阿珩咬了咬牙，灵力送出。赤宸已是强弩之末，神竭力尽，身子向后倒下，阿珩抱住了他："为什么宁肯死也不放弃？"

赤宸脸色惨白，平静地看着她，对死亡无忧无惧，一双眸子褪去了狡诈凶蛮，好似两汪深潭，清澈见底，空无一物，唯有两个小小的阿珩。

阿珩恨恨地盯着赤宸，眼泪在眼眶里打转："你明知道伤在你身，痛在我心，却故意一逼再逼，我是真想杀了你这个折磨人的浑蛋……"

赤宸一听到前半句话，就破颜而笑，刹那恢复了生气，立即把阿珩抱在了怀里，阿珩推着他，似乎不想被他触碰，可又不是那么坚决地要推开他，欲拒还迎间对赤宸是又恨又喜，又怨又怜。

赤宸紧紧地抱着她，也不知是惊喜，还是后怕，身子簌簌直颤，一遍又一遍叫："阿珩，阿珩，阿珩，我的阿珩……"

渐渐地，阿珩的推打变成了拥抱，双手紧抓着赤宸，俯在他怀中，无声而泣，哭着哭着，声音越来越大，变成了号啕大哭，哭得惊天动地，好似要把几百年的委屈痛苦都哭出来。

两人彼此贴着，身子都在抖，赤宸一遍遍说："我错了，我是浑蛋，我是不识好歹的浑蛋……"

阿珩哭着哭着，忽然嘟嘟囔囔地说："他们才是浑蛋！"

"谁？"

阿珩一边哭得肝肠寸断，一边愤愤地说："神农山上所有欺负过你的坏蛋！"

赤宸一愣，谁敢欺负他？待反应过来，只觉心潮起伏，情思缠绵，不管有多少的刺骨之伤都在这句话中消解了，他长叹一声，用力把阿珩按入怀里，像是要揉到骨血中，一生一世再不分离。

赤宸赔着小心哄阿珩，可阿珩越哭越伤心，一直停不住。赤宸怕她伤到身体，九分真一分假地"哎哟"了一声，阿珩果然立即忘了伤心，急急忙忙地检查他的伤势，边为他疗伤边埋怨："你下次若再这样不管自己死活，我绝不会浪费精力救你。"

赤宸不说话，只是看着阿珩，看着她为自己紧张，为自己心疼，看着她因为自己而笑，因为自己而哭，从心底深处有温暖源源不绝地溢出，早忘记了身上的伤痛。

阿珩想去寻一些草药，赤宸却抓住她，不让她走。

“我去去就来。”

赤宸像个任性霸道的孩子，摇摇头，眼睛一眨不眨地看着阿珩。

阿珩无奈：“你的伤怎么办？你不想好了吗？”

“我的伤在心里，不在身上，你就是我的药，只要你在我身边，我的伤自然而然就会好。”

阿珩又气又笑：“胡说八道！”

“真的，你忘记我的功法和你们都不一样吗？只要我的心神平静安宁，和天地融为一体，对我而言，天地万物都可以给我灵气、帮我疗伤。”

赤宸用力拽住阿珩不放，阿珩只得躺到他身边，枕在赤宸胳膊上。

赤宸看着阿珩：“我舍不得睡，就想一直看着你，可更舍不得让你为我的伤势担心。我稍稍睡一会儿，你别走开。”

阿珩一边用手把赤宸灼灼的视线挡住，一边红着脸啐道：“要睡就睡，哪里睡个觉都有那么多废话？”心里却是甜蜜欢喜的。

赤宸笑着闭上了眼睛，立即陷入沉睡。

阿珩静静地看着他，心绪宁和，眼皮子越来越沉，她毕竟也被赤宸折腾得两天没有睡觉了，迷迷糊糊地睡了过去。

睁眼时，已经是正午，明亮到刺眼的太阳正正地挂在悬崖顶上。两人头挨头躺着，彼此呼吸可闻，都知道对方醒了，却都没说话，贪恋着这一刻的温暖。

山谷安宁静谧，日光映照下，树木越发翠绿，托得桃花越发明媚，人心一静，能听到落花的簌簌声，清泉从石上流过的潺潺声，还有深山里的布谷鸟有一声没一声地啼叫。

阿珩低声问：“那天晚上你在哪里？”

阿珩的话没头没脑，赤宸却完全明白，笑着指指左边的峰顶。

“那你都看见了？”

“嗯，一清二楚。”

阿珩脸埋在赤宸肩头，捶打赤宸。赤宸哈哈大笑，整个山谷都在回音。忽而他觉得阿珩伏在他肩头，一声不吭，不安地问：“怎么了？”

阿珩半撑着身子坐了起来，神色严肃，似有话要说，却又好像畏惧着，不敢张口。

赤宸也不再嬉皮笑脸，虽一声不吭，却用温柔的视线鼓励着她。

“我告诉你我并不是以前的阿珩，并不是在骗你，我真的已经不是以前的阿珩，我有可能……是魔！”

赤宸笑笑，不以为然地说：“你身体里的力量是非常奇怪，那又怎么样呢？”

阿珩低声说：“还很恐怖。”

她走到一株大树旁，把手掌放到大树上，很小心地让力量流出，已经成长了上千年的大树开始枯萎，树叶纷纷掉落，短短一霎后，整株树都变得焦黑，她立即拿开了手。

一阵风过，整株大树竟然像碎沙一般被吹散，扬起的黑色粉末随风而去，地上什么都没有了，就好似从来没有生长过一株大树，只有阿珩脚下些微的焦黑提醒着一切并不是梦。

阿珩脸色发白，看着自己的手掌，自己都被自己吓着了，她回头看向赤宸，他的眼中全是惊讶。

阿珩说道：“这只是我的一点点力量，父王十分忌惮我的力量，和母亲一起给我下了禁制，帮我封住它们。大哥千叮咛万嘱咐不要告诉任何人，他怕别人会像除魔一样除掉我。”

赤宸走了过来，拿起阿珩的手掌，阿珩的整只手掌皮都掉了，胳膊上的肌肤红肿得好似被火烧过，一个个水疱鼓起。赤宸握着阿珩的手伸入水中，为她疗伤。

赤宸温柔地说：“火能给人取暖，也能烧死人；水能滋养花草，也会淹死花草；太阳能令万物生长，也能令万物死亡。不是力量可怕，而是过度的力量可怕。不要憎恶自己，你只是不小心拥有了一些不属于你的力量，不过你一定要小心，这些力量就像洪水猛兽，放出去容易，收回来难，千万不要过度使用它们。这些力量不是你辛苦修炼所得，你的身体并不能真正掌控，伤到别人的同时更伤到自己，好比刚才，你只是想让树掉叶子，却难以控制地把树毁了，自己也被灼伤。”

自她苏醒后，所有人都一再叮嘱她千万不能让任何人知道，虽然知道他们是关心她，可那种关心也暗示着她的不祥，连她自己都对自己有了厌恶之心。可在赤宸的话语慰藉中，阿珩心中对自己的厌恶不见了，她咬了咬唇说：“如果我真的和父王说的一样呢？是虞渊孕育的魔呢？”

赤宸微笑：“你若是魔，我就陪你一起化魔，若真这样岂不是更好？我们终于甩脱了那些无聊的人和事，只有你和我。”

阿珩欲笑又颦，欲嗔又喜："甜言蜜语，假惺惺！"

赤宸看着她的样子，忽然情动，低下头，轻轻地吻住了她。

在温暖的太阳下，在他第一次看见她的地方，他终于做了那件几百年前就想做的事情。

欢爱过后，阿珩缩在赤宸怀里，四周万籁俱静，只有赤宸的心跳声，嗵嗵、嗵嗵地响在耳边，阿珩闭目倾听，铿锵有力的心跳，澎湃着力量，给她莫名的安心。

赤宸抚着她的背，眯眼看着日头渐渐西斜，又是一天要过去了。

阿珩低声说："我得回去了，这会儿大哥他们肯定在四处找我，再不回去，只怕就要出大娄子了。"

赤宸漫不经心地笑："你的意思是说你大哥要找我麻烦？或者还有少昊？"

"我毕竟是高辛的王子妃，即使少昊不计较，高辛王族也容不得王子妃被劫走，这事有关一国颜面。"

赤宸敛了笑意："阿珩，跟我走！我明日清晨就对天下昭告你和我在一起，管他轩辕王高辛王还是青阳少昊，反正你是我的女人，他们若不同意，先过我这一关！"

在赤宸的灼烫视线下，阿珩真想立即不管不顾地答应了，可是，毕竟她自小的教导都是三思而行、谋定而后动，她不是孤身一人，不能像赤宸一样不顾后果地随心所欲……她心内愁肠百转，眼眶渐渐发红。

自从苏醒，所有人都只和她讲开心的事，连大哥都不再督促她，可她从点滴言语中已经知道，这两百年来父王对大哥很是冷落，九哥夷澎在父王的刻意栽培下，已经几乎可以和青阳分庭抗礼，三妃彤鱼氏对母亲步步紧逼，看似安宁的朝云峰其实危机四伏。

赤宸这些年强行推动神农的体制变革，不拘一格选拔人才，誓死追随他的人很多，可恨他欲死的人更多，一旦被敌人抓住把柄，到时候即使榆襄想帮他也帮不了，因为国有国法。

赤宸看到阿珩低着头，泪珠一颗颗掉落，长叹道："罢罢罢！我不逼你，你说怎么办？"

阿珩说道："我和少昊在新婚之时定过盟约，有朝一日，他会给我一次自由选择的机会。我毕竟是嫁出去的女儿，只要高辛不追究你我之事，我父王也不能说什么。"

赤宸不以为然："因为怕高辛，所以宁愿和我分开，和少昊在一起？"

"不是的。不仅仅是高辛，而是少昊和朝云峰休戚相关，一荣俱荣，一损俱损，如果少昊垮掉了，母亲和大哥只怕……到时候四哥也……母亲和四哥待我如何，你都看在眼里，我不想因为自己伤害到母亲和四哥，给我点时间，好吗？"

赤宸弄明白阿珩为什么不肯离开少昊后，反倒释然了，笑着把阿珩揽到面前："好！"他亲了亲阿珩眼角的泪，嬉皮笑脸地逗阿珩，"不管发生什么，你都不用害怕，我永远在你身后，谁若欺负了你，你叫一声'赤宸'，我就立即冲上去，咬死他！"

阿珩破涕而笑："你到底是神农国的将军，还是条野狼？"

赤宸笑眨眨眼，自吹自擂地说："就算是狼，也不是普通的狼，是对阿珩忠心耿耿、勇敢无畏、机智聪明、神功盖世、英俊无敌、天上地下独一无二的狼。"

阿珩哈哈大笑，忧愁尽去。赤宸温柔地看着她，对男人而言，不管他是平凡还是伟大，看到自己能令心爱的女人开怀大笑，那一刻的幸福会强烈到令他为自己骄傲。功名利禄算什么呢？能让一个人真正地欢笑才是天下至难之事！

阿珩用力抱住了赤宸，天色在渐渐黑沉，可她的心里有一个太阳，明亮温暖。

图书在版编目（CIP）数据

曾许诺 / 桐华著 . — 北京 ： 中国友谊出版公司，2019.6

ISBN 978-7-5057-4772-2

Ⅰ．①曾… Ⅱ．①桐… Ⅲ．①长篇小说—中国—当代 Ⅳ．① I247.5

中国版本图书馆 CIP 数据核字（2019）第 118076 号

书名 曾许诺
作者 桐华
出版 中国友谊出版公司
发行 中国友谊出版公司
经销 新华书店
印刷 嘉业印刷（天津）有限公司
规格 700×980 毫米 16 开
20 印张 350 千字
版次 2019 年 8 月第 1 版
印次 2019 年 8 月第 1 次印刷
书号 ISBN 978-7-5057-4772-2
定价 45.00 元
地址 北京市朝阳区西坝河南里 17 号楼
邮编 100028
电话 （010）64678009

如发现图书质量问题，可联系调换。质量投诉电话：（010）82069336